11 7/25
$2-

DU MÊME AUTEUR

Aux Éditions Gallimard

ENTRE CIEL ET TERRE
LA TRISTESSE DES ANGES
LE CŒUR DE L'HOMME

Du monde entier

JÓN KALMAN STEFÁNSSON

D'AILLEURS, LES POISSONS N'ONT PAS DE PIEDS

CHRONIQUE FAMILIALE

roman

Traduit de l'islandais
par Éric Boury

GALLIMARD

Titre original :
FISKARNIR HAFA ENGA FÆTUR

© *Jón Kalman Stefánsson, 2013.*
Publié en accord avec Leonhardt & Høier Literary Agency A/S, Copenhague.
© *Éditions Gallimard, 2015, pour la traduction française.*

PRÉLUDE

Le soleil lui-même eût été impuissant à l'éviter, tout autant d'ailleurs que les mots sublimes tels amour ou arc-en-ciel, devenus désormais parfaitement inutiles, et qu'on pouvait sans dommage mettre au rebut — tout cela avait commencé par une mort. Nous avons tant de choses : Dieu, les prières, les techniques, les sciences, chaque jour apparaissent de nouvelles découvertes, téléphones portables toujours plus sophistiqués, télescopes toujours plus puissants, puis voilà qu'une mort survient et nous n'avons plus rien, nous tendons la main, cherchant Dieu à tâtons, nos doigts se referment sur le vide de la déception, la tasse de cet homme, la brosse où subsistent quelques cheveux de cette femme, et nous conservons tout cela comme une consolation, comme une amulette, comme une larme, comme ce qui jamais ne reviendra. Que peut-on en dire, rien sans doute, la vie est incompréhensible, et injuste, mais nous la vivons tout de même, incapables de faire autrement, elle est la seule chose que nous ayons avec certitude, à la fois trésor et insignifiance. Sans doute n'est-elle suivie d'aucun après. Et pourtant, tout a commencé par une mort.

Non, cela n'a aucun sens, la mort est la fin de tout, elle est celle qui nous impose le silence, nous arrache le crayon au milieu d'une phrase, éteint l'ordinateur, masque le soleil, consume le ciel, la mort est une impasse absolue, nous ne saurions porter aucun commencement à son crédit ; cela, nous devons nous l'interdire. Elle est l'argument ultime de Dieu, née lorsque, de désespoir sans doute, ce dernier a combiné cruauté et absence, confronté à l'échec manifeste de sa Création. Pourtant, chaque mort porte en son sein une vie nouvelle —

Keflavík

— AUJOURD'HUI —

« Keflavík n'existe pas. »
Extrait
du recueil de poèmes
Islande.

Keflavík a trois points cardinaux :
le vent, la mer et l'éternité.

*Valeur agricole négligeable ; nulle part
la distance mesurée entre ciel et terre
n'est plus importante*

    Ce n'est pas un reproche, mais Ari est bien la seule personne susceptible de me traîner à nouveau jusqu'ici, de me conduire à travers cet immense champ de lave noire, enfanté dans la souffrance, il y a plusieurs siècles. Par endroits, le sol est désespérément nu, mais ailleurs, la mousse l'a adouci et consolé, revêtu de silence et d'apaisement : quittant la ville, on longe l'interminable fonderie d'aluminium pour entrer sur ce champ de lave qui est d'abord un cri ancien, bientôt relayé par un silence tapissé de mousses.
    Le ciel est bas et lourd, les nuages sombres étouffent la clarté hésitante de décembre et la lave est noire de nuit des deux côtés du boulevard de Reykjanes. Quand on arrive à mi-chemin, les lampadaires s'allument, ils longent la route entière de leurs lumières immobiles et persistantes, veillant sur l'être humain qu'ils privent d'étoiles et d'horizon, occul-

tant la vue. Je traverse en voiture ce ciel brouillé et les souvenirs, la lave et les sentiments flous : ceux qui partent ne reviennent jamais, pourtant, je reviens, non pas hésitant, mais à une vitesse de cent dix kilomètres à l'heure, et je roule vers Keflavík.
Vers Keflavík qui n'existe pas.
Je ne saurais dire si cela tient à cet audacieux vers de poésie, ou à la vérité que recèle ce poème lui-même, mais se rendre là-bas semble toujours revenir à quitter le monde pour rejoindre un lieu qui n'est pas. Il suffit pourtant de rouler une vingtaine de minutes depuis la longue fonderie d'aluminium pour voir la végétation rase et morne qui ceint la baie et les premières maisons du village de Njarðvík apparaître, comme sorties de la lave, enveloppées de grisaille, incongrues. Ari et moi ne cessons jamais de nous étonner en constatant que ce lieu abrite des existences, un village, et même une foule de bâtiments, toutes choses qui semblent défier les lois de la raison et la logique historique. Pourtant, les maisons de Njarðvík ne devraient nullement nous surprendre, nous avons été préparés, ayant aperçu à droite le village de Stapaþorp après avoir parcouru un peu plus de la moitié du chemin, ce hameau qui est né et s'est développé autour de la base américaine, et qui aujourd'hui sommeille, à demi enfoncé dans la lave, surplombé par le Stapi, ce gros rocher dont les lieux tirent leur nom, et qui avance comme un gigantesque poing ou un cri sur la mer agitée. Quelques kilomètres plus loin, on découvre un grand panneau qui clignote, comme un battement de cœur lourd et lent en surplomb de la circulation, et qui porte l'inscription :

REYKJANESBÆR

Il clignote en guise d'avertissement à l'intention de ceux qui passent par là : dernière occasion de faire demi-tour, ici s'achève le monde.

Commune de Reykjanes, froide désignation recouvrant les trois ports de pêche et leurs anciens noms : Njarðvík, Keflavík, Hafnir.

Dix mille âmes. Et une mer spoliée de son quota de pêche.

Je ne fais pas demi-tour, je dépasse la mise en garde sans toutefois franchir la limite du monde, et bientôt l'incongru se dévoile à la vue, d'abord le titanesque hangar à avions sur le périmètre de l'ancien aéroport, longtemps le bâtiment le plus vaste du pays, construit par les Américains et dont la taille confirme la supériorité, puis on découvre les maisons de Njarðvík qui dépassent du champ de lave, et face à elles s'étend Keflavík, le port de pêche qui conserve le souvenir d'années capitales dans la vie d'Ari et la mienne, ce lieu qui n'a que trois points cardinaux.

L'Islande est une terre âpre, lit-on quelque part : « à peine habitable les mauvaises années ». L'affirmation doit être juste, les montagnes colériques hébergent la mort en leur sein, le vent est impitoyable, le froid glacial et désespérant. Une terre âpre d'où les Islandais ont par deux fois été pour ainsi dire rayés de la carte par les famines, les épidémies, les éruptions, et dont Keflavík est sans doute la zone la plus hostile.

Par comparaison, les campagnes de Biskupstungur ou du fjord de Skagafjörður ressemblent à des contrées bénies par les félicités célestes, baignées d'une douceur toute méridionale. Quand le poisson vient à manquer, il ne reste plus grand-chose vers quoi se tourner, le vent saturé d'iode gifle les habitants, l'eau potable se perd avec l'espoir dans les crevasses de lave et nulle part la distance mesurée entre ciel et terre n'est plus importante. Valeur agricole insignifiante, précise le *Livre des terres* rédigé au dix-huitième siècle par Árni et Páll Vidalín, qui y dressent la première description complète de Keflavík avec une sobriété toute scientifique. Ils n'accordaient aucune place à la poésie, à l'émotion, aux jugements péremptoires, qui s'effaçaient au profit du souci de précision et de modération : « Ici n'accoste aucun navire de commerce, les lieux sont peu propices au mouillage. Aucun champ, tout juste quelques pâtures, et l'eau potable manque cruellement, été comme hiver. L'église est éloignée et la route qui y mène bien souvent impraticable à la mauvaise saison. Nulle part ailleurs en Islande, les gens ne vivent aussi près de la mort. »

Ari et moi-même avons quitté Keflavík à la fin des années quatre-vingt du siècle dernier, nous avons pris l'autocar en emportant les choses qui comptaient, les vêtements, les souvenirs, les livres et les disques, sans même jeter un regard par-dessus notre épaule. Le chauffeur, un homme d'âge respectable, le cheveu argenté, l'air débonnaire et dur d'oreille, a mis une cassette dans l'autoradio et haussé le son. Sur l'ensemble du trajet jusqu'à Reykjavík, le groupe Wham nous a percé les tympans comme un cruel châtiment. Nous avons lentement quitté Keflavík, longé le port, la base américaine, ses six mille hommes et ses bombardiers, partis il y a quelques années, emportant avec eux leurs armes et la mort, les emplois et les hamburgers, leur station de radio, leurs bars et leurs discothèques, ne laissant dans leur sillage que du chômage et des bâtiments à l'abandon. Le car a traversé le village de Njarðvík avant de rejoindre le boulevard de Reykjanes, à l'époque moins large et plus gourmand en temps de conduite, il fallait alors au minimum une heure pour atteindre Reykjavík ; le chauffeur a passé *Wake me up before you go go* trois fois en chemin, transformant graduellement sa bonhomie en impitoyable torture.

« Je me réjouis grandement d'être à l'endroit le plus noir de notre pays », déclara le président islandais lors de sa visite à Keflavík, trois mois après la fondation de la république. Tels étaient les premiers mots prononcés lors de l'unique visite dont un président ait jusque-là honoré la ville. L'endroit le plus noir du pays — comment pouvait-on vivre ici avant l'arrivée de l'armée américaine, avant l'avènement des machines ?

La réponse est toute trouvée, c'était simplement impossible.

« Nulle part ailleurs en Islande, les gens ne vivent aussi près de la mort. »

Le vent insistant semblait provenir de deux directions en même temps, les bourrasques salées, chargées de poussière et d'embruns, nous frappaient tour à tour, le ciel était si loin que nos prières ne l'atteignaient jamais et s'arrêtaient à mi-chemin avant de retomber comme des oiseaux défunts ou changées en grêle, et l'eau potable avait un goût de sel, comme si nous buvions la mer. Ce lieu est inhabitable, tout s'y oppose, la raison, le vent et la lave. Pourtant, nous y avons vécu toutes ces années durant, tous ces siècles, aussi entêtés que cette pierre ponce, muets au sein de l'histoire comme la mousse qui la colonise et la réduit en poussière, nous mériterions qu'on nous naturalise, qu'on nous décerne une médaille et qu'on écrive un livre qui parlerait de nous.

De nous ?

Ari et moi-même ne venons évidemment pas d'ici — d'ailleurs, d'où sommes-nous censés venir ? —, enfin, pas vraiment d'ici, nous sommes arrivés là à l'âge de douze ans, puis repartis, disparus, une décennie plus tard, après avoir achevé notre scolarité obligatoire, travaillé comme maçons, puis à saler le poisson et à le faire sécher à Keflavík et Sandgerði, nous avons passé trois années cernés par le sel et la morue qui sèche au vent, terminé le lycée, nous sommes arrivés là enfants et en sommes repartis transformés. Nous ne sommes pas du tout d'ici, mais pourquoi mon cœur s'affole-t-il quand la voiture approche de Njarðvík, ce port de pêche qui fera éternellement figure d'échauffement avant Keflavík, cet orchestre inconnu dont la seule composante notable est la maison commune, cette salle des fêtes qu'on appelle Stapinn ? Un nouveau quartier résidentiel s'est construit là où s'étendaient jadis les collines nues en direction de la base militaire, principalement de grands pavillons individuels, certains sont vides et se hissent en surplomb de la route, comme des vies qu'on a négligé de vivre. En contrebas, s'étendent des buissons rabougris, des rangées d'arbres frêles qu'on a solidement arrimés au sol pour les empêcher de fuir. Puis la voiture franchit la ligne invisible séparant Njarðvík de Keflavík. Le cœur s'emballe, muscle imbécile, vaisseau spatial insondable, écrin de l'éternelle enfance, et je franchis la place de Londres, Lundúnartorg, qui est le premier rond-point en arrivant, le second s'appelle place de New York — je me sens un peu gêné face à cette volonté qu'ont les habitants de Keflavík de se hisser plus haut que leur propre existence ou de fuir leur histoire : je franchis le second rond-point et me gare à proximité d'une des innombrables camionnettes à hamburgers. L'endroit offre une vue panoramique sur le port, son vide béant et désespérant, c'est à croire que le dieu qui l'a créé par mégarde l'a ensuite oublié. Trois vieux marins se tiennent au bout de la jetée depuis laquelle ils voient encore mieux la mer, les bras ballants, les mains vides et oisives, ils observent l'unique bateau de pêche qui rentre au port aujourd'hui. Je vais chercher mes jumelles dans la voiture, je les porte à mes yeux, on distingue un soupçon de douleur ou d'angoisse sur le visage des hommes — comme s'ils avaient marché jusqu'au bout de la jetée dans l'espoir que leurs collègues ramènent dans leurs filets les années perdues.

Cette douleur, ce cœur meurtri,
ces goélands et les Tonnerre-Burgers de Jonni.

C'est par texto qu'Ari nous a dit adieu à moi et à l'Islande, il y aura bientôt deux ans : « On peine à respirer dans les petites sociétés, le manque d'air est suffoquant, je m'en vais avant d'étouffer. » Voilà une excellente raison de partir. Celui qui veut aimer l'Islande doit parfois s'en exiler.

La pénurie d'air qui caractérise les sociétés de taille restreinte oppresse l'être humain. En manque d'oxygène, ce dernier pense moins ou de manière plus étroite, l'image qu'il a du monde devient alors plus autocentrée et par conséquent moins intéressante, moins ample. Et Ari a raison, notre société souffre d'un manque d'oxygène alors même que les montagnes devraient nous apprendre à penser. Elles s'élèvent, montent à la rencontre du ciel en quête d'air pur et d'une vue dégagée tandis que nous végétons entre les touffes d'herbe. Non que celles-ci n'aient pas leur importance, elles sont tels des chiens endormis, elles sont la pensée de ce pays, le silence auquel nous aspirons. Les mottes d'herbe sont l'Islande, dit bien souvent Ari qui, une fois encore dans le courriel qu'il m'a envoyé il y a une semaine, ajoute : « Elles me manquent à un point que je ne saurais dire. Les Danois n'en ont pas, pas plus que de montagnes, et c'est impardonnable. » Cette phrase n'était suivie d'aucune salutation, mais simplement d'une date, de la mention d'un lieu et d'un smiley. Sa manière à lui de m'informer qu'il était en route, et incapable de le dire plus clairement. Ari descend par sa mère d'une famille extrêmement émotive et sentimentale, de plus il a passé son enfance à partir d'environ six ans auprès d'une femme de la province des Strandir, aussi taciturne qu'un bloc de pierre, et d'un homme plongé dans la confusion des sentiments, originaire des fjords de l'Est. Une telle combinaison ne saurait rien engendrer de bon et appelle immanquablement sur elle nombre de désagréments : malheurs et tragédies, profusion d'heures pénibles et nuits d'insomnie. Tout cela n'a pas manqué d'arriver, comme il apparaîtra ici d'une manière ou d'une autre puisqu'on ne saurait y échapper, celui qui entreprend d'écrire ne peut rien passer sous silence, c'est le premier commandement, le fondamental, le soubassement. Voilà comment j'ai su que cette date et ce lieu signifiaient qu'Ari rentrait au pays, il atterrirait ce jour-là, à l'heure dite, sur la lande de Miðnesheiði, alors je lui ai répondu immédiatement en reprenant notre ancienne façon de parler et les expressions de notre jeunesse, cette époque où le monde avait un tout autre visage, parfait, nous boirons ton alcool détaxé ensemble, tu dors où ? Sa réponse m'a surpris : Hôtel de l'aéroport, Keflavík.

Le mystère dont il tentait d'entourer son retour en Islande n'était nullement indéchiffrable, il n'y avait pas besoin d'être spécialiste en cryptologie pour le percer. En revanche, les mots d'adieu qu'il m'avait envoyés deux ans plus tôt, « on peine à respirer dans les petites sociétés... », étaient difficilement décodables pour d'autres que moi car leur sens

profond tenait à peu près en ceci : La douleur me pousse à quitter ces lieux, elle me broie le cœur au point de le détruire. Que vaut un être humain si son cœur est détruit ?
— je m'en vais pour sauver ma peau.
La douleur.
Disons plutôt ce qui s'est subitement brisé, de manière inattendue, si violemment et affreusement, dans son existence, dans celle de sa femme et de leurs trois enfants. Ou disons plutôt a semblé se briser de cette manière si inattendue et abrupte. Un bras s'est abattu comme un hurlement sur la table d'une cuisine et plus rien n'était comme avant. Plus rien. Quelle terrible expression.
Ari s'est fait fuir lui-même. Ou peut-être est-ce la vie qui a déclenché sa fuite, le quotidien, les choses qu'on ne règle pas, celles auxquelles il avait refusé de se confronter, ajoutées à tous ces menus détails qui s'accumulent sans qu'on y prête attention parce que, je le suppose, nous sommes trop occupés, trop négligents, trop lâches, pour toutes ces raisons-là peut-être. D'abord, un bras s'abat comme un cri sur une table de cuisine, puis vient le vide que l'absence — ce mot qui est à la fois fleur et poignard — envahit lentement, mais sûrement.
Mais voici qu'il revient, avec son cœur brisé, au terme d'un séjour de deux ans au Danemark, pays qu'on ne saurait à proprement parler considérer comme l'étranger.
Debout sur le port de Keflavík, je continue d'observer l'unique bateau de la journée qui rentre à terre avec ses prises. Les vieux marins ont plongé les mains dans leurs poches et se sont mis à discuter, l'expression que j'ai cru distinguer sur leur visage s'est dissipée, comme un malentendu, ils rient, quelques mouettes accompagnent l'embarcation dans son sillage, l'air étrangement absent comme si elles

avaient elles aussi perdu foi en la pêche et en la flotte de Keflavík, et qu'elles ne décrivaient ces cercles en surplomb du bateau que pour la forme. Je lève mes jumelles pour les observer, elles me semblent afficher un air étrange, mais je me trompe sans doute, les mouettes n'affichent aucun air qui soit, à part celui engendré par l'avidité et la peur de la mort — elles sont très probablement néolibérales, ajouterait Ari. Je sursaute au klaxon d'une voiture qui stationne à proximité ; cinq véhicules, deux jeeps, un camion à plate-forme et deux grosses berlines attendent leur tour devant la baraque à hot dogs et hamburgers, Jonni Tonnerre-Burgers précise le grand panneau d'aluminium luisant sur le toit et au-dessous, en caractères de tailles comparables, on lit en anglais, à moins que ce ne soit de l'américain : Jonny's Thunder-Burgers ! J'imagine qu'il s'agit là d'une vieille habitude liée à la proximité de l'armée américaine pendant cinquante ans. Je regarde les voitures et sans en avoir pleinement conscience, j'ai porté les jumelles à mes yeux. L'un des véhicules klaxonne à nouveau, peut-être d'ennui, peut-être pour protester contre la vie, contre la situation qui règne sur la péninsule de Suðurnes, le chômage, le désespoir, la disparition du quota de pêche, le départ des troupes, il klaxonne peut-être d'impatience, attendant l'installation de la fonderie d'aluminium dans la baie de Helguvík ou de la station de traitement des déchets américaine que le maire tente d'implanter ici, il klaxonne car il est impatient d'être en sécurité, d'être heureux dans la vie, parce que son désir sexuel s'éteint peu à peu ou au contraire parce qu'il ne cesse de le tarauder ; ou simplement car il a hâte que vienne son tour, parce qu'il en a assez d'attendre, le ventre vide, son Tonnerre-Burger de Jonni. À moins qu'il ne klaxonne parce que je me tiens là, debout, à observer le port, à regarder ce mémorial à la gloire des temps meilleurs, d'un temps où le port avait un rôle, où c'était le cœur du village, sa fonction, la confirmation de son importance, ce temps où il formait un trait d'union indestructible avec l'histoire et la nature intime du pays, constituant ainsi un contrepoids précieux à la présence américaine et à son influence sur le mode de vie et le comportement des gens de Keflavík. Je rejoins ma voiture sachant que les autochtones se méfient des piétons, lesquels sont en général à la fois communistes et poivrots sans le sou. Je jette un regard par-dessus mon épaule, les mouettes ont disparu, à l'endroit qu'elles occupaient ne subsiste que l'air qui va s'assombrissant, le jour s'abîme lentement dans cette mer qui, jadis, assurait la vie de cette bourgade et des environs, son fondement et sa subsistance, ce jour sombre de fatigue avec le soleil hivernal rougeoyant dans la mer s'abîme avec les mouettes, les coups de klaxon, les Thunder-Burgers de Jonny dans la mer nourricière et rejoint les poissons qui y nagent, bien à l'abri des gens de Keflavík, la plupart des bateaux ayant été vendus avec le quota, un village où la pêche est pour ainsi dire interdite, la justice et l'égalité ayant de longue date déserté les lieux, ces lieux les plus noirs de l'Islande. Nous regardons à la fenêtre des cuisines ou des salons en murmurant, voici la mer, elle est donc si grande, puis nous tirons les rideaux : qui donc voudrait, par la contemplation d'une telle immensité, convoquer le souvenir de jours meilleurs, ces jours de gloire où l'on pouvait marcher la tête haute : qui voudrait se rappeler avoir accepté en silence de voir les prairies de la mer englouties dans les comptes en banque des gros armateurs et de leur descendance, de voir le cabillaud bouche bée et le hareng qui scintille les alimenter, d'assister au spectacle de cette mer privatisée — nous tirons bien vite les rideaux

aux fenêtres tant il est douloureux d'avoir sous les yeux un océan qui regorge de poisson, sachant qu'on a aussi l'interdiction de le pêcher, de même qu'il est douloureux de posséder une usine de traitement et de congélation sans rien avoir à traiter ni à congeler.
Je ne vois plus les mouettes ni les vieux marins. Les hommes se sont évanouis avec le jour, sombrant peut-être dans l'océan avec le soleil, les oiseaux et les klaxons. Je pointe mes jumelles vers le ciel où, espérons-le, le système des quotas n'a pas cours, je scrute l'air qui s'assombrit vers l'est d'où arrive l'avion d'Ari. Pilote, prends grand soin de cette cargaison, de cette douleur, de ce cœur meurtri.

Dix conseils pour arrêter de pleurer

De là-haut, lorsqu'on adopte le point de vue des dieux, les montagnes ne sont ni menace, ni beauté vertigineuse, mais un simple assemblage de plantes violettes que la neige de l'hiver change en fleurs de glace, en roses immémoriales offertes au ciel qui surplombe à la fois l'Islande et l'avion dans lequel Ari occupe le siège 19A, côté hublot. Son cœur meurtri bat avec une intensité qui lui fait honte, il s'est mis à s'agiter ainsi depuis que les nuages se sont dissipés, laissant apparaître son pays tapissé d'antiques roses, ses glaciers et la côte noirâtre de la province du Suðurland. Il se masse le torse, comme afin d'apaiser son cœur, ce petit animal qui nous malmène bien souvent, il ferme les yeux afin de mieux cerner le sentiment qui l'assaille, les souvenirs intenses, les regrets insoutenables, et tant d'autres choses qu'il ne comprend pas. La petite femme grassouillette assise à ses côtés plisse les yeux derrière ses épaisses lunettes. Elle a largement entamé le deuxième paquet de chips du voyage, plonge sa main pour en attraper encore une poignée, discute constamment avec l'homme qui occupe le siège côté couloir, un iceberg aux lèvres lippues, et qui de ses mains épaisses, pelles ou battoirs, se frotte sans arrêt les genoux. L'iceberg n'a pratiquement pas ouvert la bouche de tout le voyage et s'est contenté de se masser les genoux, parfois vigoureusement, comme afin de contrer la logorrhée de sa voisine ; si le voyage était plus long, il la tuerait sûrement, a pensé Ari alors qu'arrivés à mi-chemin ils survolaient les îles Féroé, ces dix-huit cailloux verts jetés au milieu de l'Atlantique. Le reste du temps, il n'a accordé aucune attention à ses voisins et s'est efforcé d'oublier leur présence, même si chaque fois que la femme attrapait une poignée de chips l'odeur lui montait aux narines. Il s'est enfoncé des écouteurs dans les oreilles dès que l'avion est arrivé au-dessus des nuages et des oiseaux, brûlant le kérosène dans sa lutte contre l'attraction terrestre, cette force qui fait que nous tenons à la surface du globe et maintient la lune à sa place, cette puissance invisible que nous éprouvons pourtant à chaque seconde de nos vies, dans le sommeil comme dans la veille, ainsi en va-t-il d'ailleurs des autres grandes forces qui peuplent ce monde tout en tumulte et déceptions, tout en beauté et banalité : l'amour, la jalousie, la haine, l'inspiration, le désir, l'ambition, l'empathie, la compassion. Invisibles et indécelables par les instruments de mesure les plus sensibles, on les sous-estime constamment, on les passe sous silence dans les rapports officiels et les réunions. Ces forces qui nous poussent en avant, qui nous séparent et nous unissent. « J'ignore si, en te voyant, je t'embrasserais ou je te tuerais », « *Don't know if I saw you if I would kiss you or kill you* », chantait Bob Dylan dans les écouteurs au moment où le plat pays de Danemark disparaissait de la vue, relayé par la haute mer, jamais calme et en proie à des déchaînements tout aussi violents que ceux qui agitent l'homme. Ensuite, les nuages ont occulté la vue. Nous revenons parfois à la souffrance. À nos regrets, à la nostalgie. Et remuons le couteau dans la plaie. Nous ne sommes pas très bien, la vie constitue un écheveau de plus en plus complexe, comme si l'homme peinait toujours plus à la cerner. Nous prenons des calmants, des excitants, des tranquillisants pour supporter le quotidien. Les années passent, le but de la vie demeure vague, nous ne comprenons presque rien, nous prenons du poids, nos nerfs s'usent puis se rompent et nous sommes constamment affligés par l'insatisfaction et les désirs inassouvis. Nous rêvons d'une solution, aspirons à l'azur et l'éther, mais n'ayant ni le temps, ni la sérénité, ni l'endurance qu'il faut pour les atteindre, nous avalons, reconnaissants, les solutions hâtives, les plats préparés, le sexe à la va-vite, tout ce qui nous procure une solution d'urgence, nous vivons à l'époque de l'instantané. Les manuels de développement personnel nous promettent une vie meilleure et un peu plus de profondeur dans nos existences : panoplie de dix conseils pour arrêter de boire, arrêter de grossir, de souffrir, d'avoir peur, dix conseils pour mieux vivre, ils sont rarement plus de dix, nous peinerions à en mémoriser plus, ils sont au nombre de dix comme les doigts, comme les commandements. Dix conseils pour mieux vivre. J'aurais mieux fait de ne pas écouter cette fichue chanson, a-t-il pensé, alors qu'il volait par-dessus les nuages et la haute mer, au-dessus de ces dix-huit cailloux verdoyants, c'est pourtant ce qu'il a fait, quatre fois, cinq fois, allait-il l'embrasser ou la tuer la prochaine fois qu'il la verrait ? Pénétrez au plus profond de la plaie, prône le manuel intitulé *Dix conseils pour guérir d'un chagrin d'amour*, c'est ainsi que vous surmonterez la souffrance. Ari connaît bien ce livre, c'est lui qui en a dirigé la publication pour une maison d'édition danoise, l'ouvrage s'est vendu à cent soixante mille exemplaires en l'espace de cinq mois, c'est qu'elles sont légion, les peines de cœur — les journaux islandais ont évidemment relayé l'information, en cédant à la manie locale qui consiste à exagérer les prouesses du compatriote : « Un éditeur islandais conquiert le marché du livre au Danemark ! »

Me voilà au cœur de la plaie, pense-t-il tout en époussetant discrètement une miette de chips sur sa cuisse, les oreilles emplies par le chagrin d'amour de Dylan. Ainsi va le monde : dans sa jeunesse, Dylan chantait avec rage la révolution, l'avènement d'une époque nouvelle, du changement. Aujourd'hui, toutes ces années ont passé et il ne parle plus ou presque que d'amours contrariées, de tristesse et d'insupportable doute. Peut-être doit-on en déduire qu'il est plus simple de changer le monde que de guérir d'une peine de cœur, plus aisé d'aspirer à l'avènement de temps nouveaux que de tordre le cou à la solitude.

Dès le début, la vie d'Ari aurait dû être un voyage au pied des montagnes, une ascension vers les étoiles et la maturité, or le voici là, qui approche la cinquantaine, il connaît les religions, la musique, la littérature, il sait calculer le volume d'une sphère, est à l'aise en histoire et en histoire du football, mais en réalité il ne sait rien, n'est nulle part chez lui, il est désemparé, perdu, ses enfants devenus adultes lui manquent affreusement, de même que la femme avec laquelle il a passé vingt ans de sa vie, mais il n'a, en dépit des regrets, pas eu la force de rentrer à la maison, de rentrer en Islande, comme si une chose inexplicable le retenait de le faire tout en alimentant constamment son désespoir. Cette chose l'a retenu — jusqu'à l'arrivée de ce courriel inattendu de Jakob, son père. Inattendu par son contenu, mais également parce qu'ils n'ont jamais été proches et qu'ils n'avaient presque plus aucune relation depuis deux ans. Le message tenait en deux phrases :

« Eh bien, mon vieux, nous y voilà, je ne vais plus tarder à casser ma pipe, saloperie de crabe ! Attends-toi à recevoir un paquet par la poste. :-) »

Ari ne s'était pas affolé. Ce n'était pas la première fois que son père tenait de tels propos en claironnant que la mort allait le frapper, d'ailleurs, qui irait accompagner d'un smiley ce genre de nouvelle alarmante si elle était vraie ? Il savait toutefois qu'il y avait anguille sous roche, et ce d'autant plus que trois semaines plus tôt, il avait reçu une lettre de sa belle-mère — la chose était hautement surprenante, presque aussi déconcertante que si on l'avait interpellé en plein jour depuis la Lune. Apparemment, cette lettre qu'Ari n'avait toujours pas lue entièrement était rédigée avec une étonnante sincérité et accompagnée d'une coupure de journal, un article écrit par Sigríður Egilsdóttir — Sigga —, une femme qu'Ari et moi avons bien connue autrefois. Il avait commencé à lire la missive, mais décidé presque aussitôt de les laisser de côté, elle et l'article, et de ne plus y penser pour l'instant, comme à tant de choses, de laisser les jours enterrer cette lettre et de s'arranger pour qu'elle sombre dans l'oubli. Sa belle-mère et son père étaient divorcés de longue date, apparemment, elle ne l'avait pas vu depuis plus d'un an, mais ayant entendu dire certaines choses inquiétantes, elle avait tenu à informer Ari. Il s'était dit machinalement, c'est la boisson, papa a replongé dans l'alcool une fois encore, et je ne le suivrai pas, il n'en est pas question, il s'était donc remis au travail, avait terminé ses *Dix conseils pour trouver un but dans la vie*. C'est alors qu'était arrivé ce courriel indiquant que quelque chose déraillait : il téléphona chez son père, mais personne ne décrocha. Il pensa, surpris, tiens, personne ne répond, qu'est-ce que ça veut dire ? Une minute plus tard, il reçut un texto : « Tout va très bien, contente-toi d'attendre le paquet. » Le colis lui était parvenu deux jours après par la poste, c'est-à-dire par le postier qui arpente sur ses deux jambes les rues des villes et des villages, tel un souvenir sympathique du bon vieux temps : un petit paquet contenant deux enveloppes. Ari en avait ouvert une d'où il avait sorti une photo de ses parents, un vieux cliché, évidemment, puisque sa mère est morte depuis plus de quarante ans. Elle est morte et s'est changée en absence. Changée en un trou noir, en une plaie qu'on ne mentionnait jamais : une plaie qu'on passe sous silence et qu'on ne soigne pas devient avec le temps un mal intime et incurable.

Ses parents sont assis l'un à côté de l'autre. Son père passe un bras autour du cou de sa mère qui appuie sa tête sur son épaule, tous deux sourient en regardant l'objectif. Pour une raison imprécise, Ari n'avait jamais vu cette photo, ou peut-être l'avait-on empêché de la voir, en tout cas, il était déconcerté. Sa surprise n'avait toutefois rien de joyeux, elle procédait bien plus d'un coup, d'un choc. Il avait longuement fixé le cliché, ce moment disparu, perdu dans le passé. Assommé. Et s'était senti mal sans vraiment saisir pourquoi. Puis tout à coup, il avait compris : ses parents semblaient heureux. Il ne se rappelait pas qu'ils l'avaient été. Il y avait lui, Ari, et sa mère. Eux deux, et ensuite, il y avait Jakob, son père. C'était ainsi dans son souvenir. Quant à ce père, se pouvait-il qu'il ait été si jeune, si souriant, et qu'il ait eu cet air si innocent ?

Deuxième question : pourquoi ne lui envoyait-il cette photo que maintenant, qui plus est en la liant à son propre décès ? Troisième question : pourquoi ne lui permettait-il de voir cette image que maintenant, quarante-quatre ans après la mort de sa mère ?

Le paquet l'attendait à son retour de la maison d'édition où il travaillait depuis plus d'un an en tant qu'éditeur sous la direction d'un vieil ami qui officiait depuis longtemps dans la profession. Il avait l'habitude de rentrer tard, peu avant le dîner, n'étant pas pressé de retrouver son trois-pièces du quartier d'Østerbro ; d'ailleurs, quel motif aurait-il eu de se dépêcher puisque ne l'attendaient là que les trois cordes de son instrument, la solitude, le regret et la nostalgie ? Il avait déchiré l'emballage, ouvert l'une des enveloppes et s'était retrouvé complètement bouleversé, assis là, à scruter cette photo, tandis que dehors le soir brunissait, allumant les télés des appartements voisins, les lampes à côté des fauteuils où l'on s'installe pour lire. Son esprit ne se fixait sur rien de précis, il en était incapable, les pensées et les sentiments le traversaient à toute vitesse, chaotiques, et se télescopaient en gerbes d'étincelles. Il était soulagé de pouvoir observer cette photo en l'absence de son père, soulagé de savoir que tout un océan les séparait. Sans doute n'avaient-ils jamais regardé aucune photo d'elle ensemble, jamais ils ne s'en étaient senti la force à moins que jamais l'idée ne les ait effleurés.

Il restait là à regarder.

Ailleurs.

Une voiture hurlait dans le soir, une sirène déchirait l'air de la nuit.

Au début, il se concentrait presque exclusivement sur sa mère, son sourire, ses grands yeux bleu-gris qui scintillaient, comme gorgés de toute la lumière du monde, le soleil, les étoiles, la lune et les aurores boréales, ces yeux qui avaient depuis si longtemps déserté la terre, effacés, éteints, évanouis dans un nulle-part tout comme elle, ses pensées, son visage, son air taquin, ses bras, comment une telle immensité peut-elle disparaître sans que le monde ne dévie de sa course, que la Terre ne hoquette dans sa révolution et ne perde la Lune en route ? Ari était parvenu à oublier ou tout du moins à faire abstraction de la présence de son père sur le cliché jusqu'au moment où la sirène d'une ambulance avait déchiré la nuit au-dehors tel un cri de désespoir, scindant du même coup sa conscience en deux, et là il avait vu son père, s'était souvenu de sa présence. Ils étaient heureux — peut-être justement parce qu'ils étaient ensemble. Il avait écouté l'ambulance s'éloigner et senti une jalousie haineuse à l'égard de son père se déverser sur lui pour envahir le monde tout entier. Il avait regardé cet homme et n'avait ressenti que haine, une haine limpide et sans limites. Il l'avait fixé dans les yeux en pensant : Espérons que tu vas mourir.

Son voisin du dessous avait ri.

C'était à croire que par cette photo, le père d'Ari lui volait sa mère. Qu'il la lui avait envoyée afin de lui dire, regarde, nous étions heureux, vois comme elle se penche vers moi pour appuyer sa tête sur mon épaule, vois comme elle sourit, regarde, nous avions simplement besoin l'un de l'autre, et maintenant, je vais mourir, je ne tarderai plus à la rejoindre, tu vois, il y a nous deux, elle et moi. Regarde, tu n'es pas sur la photo, tu n'es pas le bonheur. Tu es en dehors. Tu n'as rien à voir avec elle et elle est mienne.

Ari s'était levé pour avaler la moitié d'une bouteille de whisky.
Génial, avait-il pensé, quelle maturité. Et il avait bu.
Il n'était pas allé travailler le lendemain, ce qui ne posait pas de problème, le livre *Dix conseils pour trouver son but dans la vie* était parti à l'impression et il avait droit à un peu de repos. Il s'était réveillé avec la gueule de bois, avait regardé la photo en prenant son petit déjeuner, il allait mieux, la haine s'était évanouie, laissant place à la honte. Et peut-être à un soupçon de jalousie, peut-être un peu plus qu'un simple soupçon, l'envie couvait quelque part au fond de lui, il n'y pouvait rien. Mais désormais, il avait la capacité de se réjouir de leur bonheur, sachant que des heures difficiles les assailliraient sans pitié : le quotidien, les déceptions, la boisson, la violence, puis sa maladie à elle, ce message de ténèbres envoyé par la mort.
Ce n'est qu'en prenant sa première tasse de café du matin qu'il s'était souvenu de la seconde enveloppe présente dans le paquet, il l'avait ouverte en toute hâte et avait laissé échapper un juron d'étonnement quand il en avait sorti le cadre contenant le diplôme d'honneur de son grand-père paternel, Oddur. Le document beige joliment calligraphié dans son cadre doré, celui-là même qui était toujours accroché à la meilleure place du salon, d'abord dans le quartier de Safamýri à Reykjavík, puis dans les trois autres lieux où avait vécu son père à Keflavík, un diplôme décerné à Oddur Jónsson, capitaine et armateur. Accroché en bonne place, c'était ce que les visiteurs voyaient en premier, le verre toujours impeccable, mais jamais personne n'abordait le sujet sauf son père, quand il était ivre, qu'il avait passé un long moment assis au salon, à boire tout seul en écoutant Megas et Johnny Cash. Alors, il avait l'habitude d'appeler Ari, de

lui demander de s'asseoir d'une voix douce et embrumée par l'alcool, puis de mettre ses lunettes afin de lui déclamer le texte. Souvent, sa voix tremblait comme s'il peinait à contenir son émotion et Ari fixait le sol en attendant qu'il ait fini. Pour un ensemble de raisons, ce brevet est la seule chose que Jakob ait conservée de son père, et c'est sans doute la première qu'il sauverait si le feu se déclarait dans son appartement. Pourtant, il l'envoyait maintenant par la poste à son fils, au Danemark. Et sans aucune explication. « Attends-toi à recevoir un paquet. »

Ari avait bu des tasses et des tasses de café en regardant alternativement le diplôme et la photo tandis que la grande ville lui hurlait aux oreilles. Il était allé sur le Net, avait pris un aller simple pour l'Islande, décroché son téléphone, appelé notre ami l'éditeur en lui disant qu'il rentrait au pays de manière définitive, avait répété la douloureuse locution en insistant : *au pays*. Puis il avait fait ses bagages et le voici maintenant assis dans cet avion, loin au-dessus des nuages et de la haute mer, il attrape son bagage à main sous le siège, sort le diplôme d'honneur, fixe le texte qu'il connaît par cœur depuis qu'il est enfant et le lit en silence :

« À l'adresse d'Oddur Jónsson, capitaine et armateur. Alors que nous célébrons solennellement et pour la première fois... »

Mais à ce moment-là, la femme assise à ses côtés plonge sa main dans le paquet de chips à moitié vide et l'odeur envahit l'espace, Ari jette un œil par le hublot, voit les nuages qui se dissipent, l'avion a entamé sa descente, quitté les hautes sphères, cette antichambre des Cieux, et l'Islande apparaît, dévoilant ses roses immémoriales. Ari s'arrête de lire et ferme les yeux, tout à coup, il n'est plus à bord d'un avion, mais d'un autocar vert il y a presque quarante ans, un autocar qui roule vers l'ouest du pays suivi par un long serpent de poussière, longtemps avant qu'on ne goudronne les routes, il avance lentement, la boîte de vitesses craque affreusement quand le véhicule gravit les côtes les plus abruptes, le chauffeur serre les dents afin d'accompagner le moteur dans ses efforts, un cigare éteint entre les lèvres, puis la montagne Baula s'élève à droite, c'est le point de vue des anges ; de là, ils peuvent embrasser du regard toute la province du Vesturland, compter les joies, les rires et les décès avant de transmettre les nouvelles au ciel. Assis à l'avant du véhicule, Ari et moi luttons contre la nausée depuis quatre heures, nos yeux ont absorbé des champs aux couleurs mornes et des enclos d'herbe fanée, mais quand enfin, tel un cri de joie verdoyant, l'autocar descend la pente de Brattabrekka, dévoilant la campagne au centre de laquelle trône la montagne Bátsfell, le cœur est en proie à une telle impatience que les paupières tremblent.

Et c'est ainsi qu'à cet instant elles tremblent, alors qu'il ouvre à nouveau les yeux sur le siège 19A côté hublot et que d'antiques roses, des glaciers blancs, une côte noir de jais, sableuse et mouvante, lui apparaissent ; il rouvre les yeux et son cœur s'effondre dans sa poitrine. Submergé par l'émotion, il suffoque, fait tomber le diplôme d'honneur, attrape le livre qu'il a rangé dans la pochette devant lui simplement afin de le remettre à sa place, presse le bouton pour appeler l'hôtesse simplement afin de s'excuser de l'avoir dérangée, cligne des yeux, regarde par le hublot même s'il ne voit presque rien tant sa vue est brouillée. Quand il a plus ou moins retrouvé ses esprits, sa voisine ramasse le cadre tombé à terre, le lui tend et lui frôle la main de ses doigts gras de chips en lui disant tout bas en anglais, celui qui ne ressent aucune souffrance et n'est pas bouleversé face à la vie a le cœur froid et n'a jamais vécu — voilà pourquoi vous devez être reconnaissant de verser ces larmes.

Honneur et fierté

À l'adresse d'Oddur Jónsson
capitaine et armateur

Alors que nous célébrons solennellement et pour la première fois la Journée des marins au village de Neskaupstaður, nous tenons à saisir l'occasion qui se présente à nous de te témoigner toute notre admiration et notre reconnaissance pour la lutte sans merci que tu livres depuis trente ans afin de développer l'industrie de la pêche dans notre fjord. En cette heure, chacun d'entre nous forme le souhait de voir l'étendard que tu as levé et arboré si magnifiquement devenir le garant éternel de notre profession et de ses prouesses, toi qui constitues l'honneur et la fierté du fjord de Norðfjörður ainsi que de l'ensemble des marins d'Islande.

NESKAUPSTAÐUR 7 JUIN 1944
CONSEIL DES MARINS
DE NESKAUPSTAÐUR

Norðfjörður
— JADIS —

Le fjord de Norðfjörður est court, aussi bref ou presque qu'une vague hésitation, cerné par des montagnes d'un peu plus de mille mètres, certaines aux arêtes acérées comme des lames de rasoir et fendues de gorges qui sont autant de cris. Jadis, la neige et les tempêtes de l'hiver le rendaient inaccessible, sauf à la mort et, parfois, à quelque postier épuisé. En revanche, la vallée qui se trouve au fond est longue et délicieuse, aussi verte que le paradis en été, les ruisseaux y murmurent, les mouches bourdonnent, les oiseaux des marais entonnent leur musique. On la nomme Snædalur, la Vallée des neiges, car la neige peut s'y accumuler en telle abondance qu'elle enterre les vies et les habitations. Ce fjord aussi bref qu'une hésitation, aussi court qu'un commencement, est gardé par la puissance solide de la Nípa, la montagne qui arrête les vents et accalmit le monde : les nuits sont parfois si tranquilles que le fjord se peuple d'anges et que l'air s'emplit du bruissement de leurs ailes. Alors, on a l'impression que plus jamais la mort ne frappera personne.

Le Norðfjörður est l'une des trois branches qui entrent dans les terres depuis le Norðfjarðarflói et, pendant bien longtemps, rien ne laissait présager qu'ici s'élèverait un authentique village, et encore moins une bourgade de quinze cents âmes. L'emplacement sur lequel le bourg s'est construit est un terrain pierreux et meuble, en maints endroits entaillé par les ruisseaux descendus de la montagne ; l'hiver, les avalanches s'y abattent et engloutissent les maisons bâties au mauvais endroit, trop haut sur la pente peut-être, apportant leur mort blanche. À la fin du dix-neuvième siècle, trente habitations parsemaient les lieux, une petite centaine d'âmes qui vivaient de la pêche, élevaient quelques moutons et peut-être une vache, et il y avait aussi un marchand qui ne s'attendait pas à faire fortune. Or en 1898, l'éminent naturaliste Bjarni Sæmundsson effectua des recherches sur les ressources en poisson dans la région des fjords de l'Est pour le compte du landshöfðingi, le plus haut représentant du roi du Danemark en Islande. Il rédigea un rapport circonstancié qui parut dans la revue *Andvari* l'année suivante et affirme que le Norðfjörður se prête parfaitement à la pêche :

> ... d'une part eu égard à sa brièveté, laquelle permet de ne pas avoir à ramer bien loin à moins qu'on ne veuille atteindre les eaux profondes, mais également parce qu'il est fort bien protégé de la houle par la pointe de Hornið qui avance loin dans la mer et remonte haut vers le nord.

La région a pris son essor après la publication de ces lignes, la population s'est rapidement étoffée, et en quelques années un village était né autour d'une importante industrie de pêche. L'histoire de Nesþorp, plus tard rebaptisé Neskaupstaður, le destin des gens qui y ont vécu et qui y sont morts, leurs baisers, leurs paroles enflammées, leurs larmes inconsolables et par conséquent toute l'histoire d'Ari sont advenues suite à la parution de ces quelques lignes écrites par le naturaliste Bjarni et publiées dans la revue *Andvari*. La vie naît par les mots et la mort habite le silence. C'est pourquoi il nous faut continuer d'écrire, de conter, de marmonner des vers de poésie et des jurons, ainsi nous maintiendrons la faucheuse à distance, quelques instants.

Tout a commencé par une nuit
de tempête et de mort —
puis elle est allée le voir.

Oddur a passé son enfance sur la côte, dans le village de Nesþorp, cerné par d'antiques montagnes et des failles menaçantes. La maison de ses parents, comme la plupart des autres, est située à un jet de pierre de la mer à laquelle on accédait alors par un étroit sentier. En contrebas, il y avait les cabanes des pêcheurs qui y entreposaient leur matériel et parfois de la morue salée. Ces cabanes étaient si proches de l'eau que par mauvais temps ou quand la clarté se faisait hésitante, elles semblaient se changer en bateaux. Il a passé son enfance au village de Nesþorp, mais a vu le jour dans la baie de Vinavík, située légèrement plus au sud, baptisée ainsi au début du dixième siècle par une femme qui avait vu se battre à mort deux amis l'un comme l'autre amoureux d'elle, ivres de boisson, fous de jalousie, ce poison amer qui se déverse parfois dans les veines. Cette femme avait choisi le nom de Vinavík, la baie des Amis, soit par remords, parce qu'elle avait causé la perte de ces deux hommes ou peut-être tout bonnement afin de conjurer le sort. Pour ce qui est de la branche paternelle, les ancêtres d'Oddur ont passé leur vie à Vinavík, dans cette baie ouverte sur le large, exposée aux déchaînements, mais située non loin d'une généreuse zone de pêche et bordée d'une plage de sable accueillante en forme de croissant de lune, tel un soupir poussé par l'océan. Sa mère, Ingiríður, originaire du Norðfjörður, incapable de vivre ailleurs que sur les lieux de son enfance, avait fini par convaincre Jón, son époux, de déménager et de s'arracher à la baie de ses ancêtres. Ils avaient emporté avec eux une grande quantité de bois de construction, récupéré à bord d'un navire projeté par la tempête sur un écueil à proximité de la côte, seuls deux membres d'équipage avaient survécu. Ils avaient rejoint à grand-peine une ferme à l'entrée du fjord de Reyðarfjörður, bravant les flots, le froid glacial, le vent qui hurlait, sans savoir où ils se trouvaient ni où ils allaient, poussés par ce blizzard qui décidait de tout, puis étaient arrivés de justesse à cette ferme. Le corps blessé, transi par le froid et l'humidité, ils y avaient passé quelques semaines le temps de se remettre un peu, en tout cas suffisamment pour repartir sur un autre bateau venu d'Angleterre. Quelque temps plus tard, il était apparu que l'un d'eux avait mis enceinte une fille de ferme âgée d'une quarantaine d'années, une femme que la vie n'avait pas épargnée, de ces âmes contre lesquelles le destin semble s'acharner, mais qui avait pourtant connu brièvement les plaisirs de l'amour dans les bras de ce marin anglais et donné naissance neuf mois plus tard à un petit garçon en pleine santé. Un enfant qui fut le soleil et la lune de sa mère et devint plus tard quelqu'un de bien. Avait-il fallu que les compagnons d'équipage de ce marin se noient pour que naisse une vie nouvelle, pour que la fille de ferme infortunée connaisse cette bénédiction, est-ce ainsi qu'opèrent les forces du destin ?

 Le navire était étonnamment intact, juché sur l'écueil. Certes, la tempête avait noyé plus d'une dizaine de membres d'équipage, mais sans parvenir à tailler le bateau en pièces, ce dernier trônait sur l'écueil qui avait percé une importante voie d'eau dans la coque et, à la marée basse suivante, Jón avait pu en toute tranquillité, en s'accordant quelques pauses, récupérer du bois qu'il avait soigneusement entassé à côté de la vieille ferme en tourbe de Vinavík, résolu à s'en servir pour construire sa maison. Ce que d'ailleurs il avait fait, non pas comme prévu dans la baie de ses ancêtres, mais plus au nord, dans le Norðfjörður. Prenant fait et cause pour sa sœur, son beau-frère l'avait en effet persuadé que le Norðfjörður offrait plus d'avantages, et voilà maintenant qu'il avait, de manière tout à fait inattendue, mis la main sur ce bois de construction qui lui permettrait de bâtir une maison sur le lopin de terre que ce beau-frère proposait de lui donner. Jón avait cédé sans trop de difficulté, peut-être par superstition : quelque chose lui disait que le naufrage du navire anglais était un signe, le signe que désormais tout allait changer et qu'un nouveau chapitre s'ouvrait dans sa vie. Ce furent donc ce naufrage et la noyade de tous ces marins qui firent tourner la roue du destin, cette roue qui continue de tourner alors que la femme dans l'avion tend à Ari le diplôme d'honneur, honneur et fierté, un siècle plus tard. Cette nuit de tempête et de mort constitue le commencement, l'origine — voilà pourquoi nous vous apostrophons en vous soumettant cette histoire. Il a fallu que les marins anglais soient pris dans une tempête loin de chez eux, qu'ils s'échouent sur un écueil qui a éventré la coque de leur navire pour que la mer les attrape plus facilement, un à un, il faisait si noir que je ne les voyais pas, avait confié le survivant à la fille de ferme célibataire, murmurant dans l'obscurité alors que tous étaient endormis, il avait soupiré sur ses blessures et ses souvenirs, elle était venue à son chevet avec tout son malheur, convaincue qu'elle était laide, mais ses mains étaient douces, ses mains apaisaient, et il lui avait tout raconté. Bien sûr, elle n'avait pas saisi grand-chose, ne connaissant que quelques mots d'anglais, mais elle avait compris ses larmes et perçu la tristesse qui colorait sa voix. Plus tard, elle s'était dit qu'il lui avait raconté le naufrage : je ne les voyais pas, mais je les entendais. Dans la nuit, ils n'étaient plus que des cris que la mer emportait.

C'était du bois de premier choix.

Jón préférait le transporter par voie terrestre, même si cela prendrait plus de temps. Il faudrait enjamber les failles et affronter les difficultés des chemins de montagne, mais de vieilles histoires auxquelles il croyait dur comme fer affirmaient que le bois récupéré sur des navires naufragés ou échoués ne devait sous aucun prétexte revoir la mer ni servir à la confection d'une barque ou d'un navire, ce qui ne pouvait qu'appeler le malheur sur l'embarcation, les marins noyés saisiraient la première occasion de la faire sombrer et l'attirer au fond de la mer. Voilà pourquoi il n'était pas question de charrier ce bois par voie maritime. Jón avait cependant fini par y consentir et par se soumettre, comme bien souvent, à la volonté de sa femme. Il avait donc transporté le chargement vers le nord en quelques traversées. Avec son épouse, ils l'avaient entassé sur la barque en veillant à ne pas la surcharger et avaient navigué par temps calme. Elle était à la barre, il redoutait que s'abatte sur eux la malédiction, redoutait tellement que le fond de la mer se déchaîne et vienne réclamer son dû qu'il était resté assis, raide et inutile, jusqu'à ce qu'ils approchent du village clairsemé de Nesþorp. À ce moment-là, il s'était arraché à sa terreur et avait empoigné le gouvernail. Ils ne sont pas légion, les hommes qui, en ce monde, osent affronter leurs peurs. Puis la maison fut bâtie, confortable et solide, à quelques encablures du rivage. La fenêtre de la chambre qu'occupaient Oddur et ses deux frères donnait sur la mer. Chaque soir Oddur s'endormait au clapotis permanent des vagues, et chaque matin se réveillait bercé par la même musique. La mer lui parlait. Le soir elle lui composait des berceuses pour l'accompagner dans le sommeil, et le matin elle l'éveillait avec son joyeux babil ; il est plus aisé de trouver le bonheur quand on vit auprès d'un rivage. Depuis toujours, l'océan était pour Oddur un ami cher ou une âme sœur, il avait confectionné sa première barque à l'âge de quatre ans, un bateau long de seize centimètres, et demandé à sa mère de lui tailler un petit bonhomme qu'il avait attaché au mât avant de mettre l'embarcation à l'eau. Tu es un marin-né, lui disait-elle souvent, et le ton de sa voix valait tous les diplômes. La chose s'était imposée comme une évidence lorsque avec son ami d'enfance vivant dans la maison voisine, Tryggvi, un beau garçon costaud mais rêveur, ils avaient voulu se lancer dans la pêche, alors âgés d'à peine dix ans. Ils avaient emprunté un canot qu'on les avait autorisés à manœuvrer aux abords de la rive et pas plus loin que ça, avaient clairement signifié leurs parents. Mais les paroles s'envolent aisément dès qu'on est en mer et les recommandations des adultes perdent tout leur poids à bord d'un bateau qui vogue sur les flots. Ils n'avaient donc pas tardé à oublier cette interdiction, cette recommandation, et la mer les appelait, les attirait irrésistiblement. Alors, ils avaient ramé de plus en plus loin, pêchant de mieux en mieux et rencontrant des vagues nées de plus grandes profondeurs qu'ils voyaient s'assombrir subitement. Ils y avaient aperçu une ombre qui ressemblait à la mort et avaient pris peur, mais avaient continué à ramer, incapables de lutter contre leur fascination. L'été suivant, ils s'étaient encore enhardis et se considéraient déjà comme des marins à part entière. Puis à l'automne, ils étaient allés si loin qu'ils avaient à nouveau pris peur en levant les yeux et en constatant à quel point ils s'étaient éloignés de la terre, on eût dit que le rivage les avait repoussés alors que les vagues grossissaient et s'assombrissaient tout autour. Il semblait improbable qu'ils parviennent à regagner la rive. Ils s'étaient regardés comme pour se dire adieu, se dire que leur vie était déjà finie alors qu'elle commençait à peine. Ils étaient restés un long moment immobiles, pétrifiés, les yeux fixes, la gorge nouée, la peur plantée tel un couteau en plein cœur, menaçant de fondre en larmes parce qu'ils ne reverraient plus leurs parents ni leurs frères et sœurs, parce qu'ils n'avaient que onze ans, parce que la vie était à ce point cruelle et Tryggvi s'était effondré. Il s'était mis à pleurer, ou plutôt à sangloter, soit parce qu'il était moins solide, soit parce que sa peine était plus profonde et les images qui lui venaient à l'esprit plus douloureuses. Assis sur le banc de nage, il sanglotait, et tout à coup Oddur avait déclaré en s'efforçant d'adopter une voix de basse, nous retournons à terre. Et c'est ce qu'ils avaient fait. Ils avaient ramé jusqu'à la rive, presque épuisés, étaient descendus du canot en titubant, animés du désir de rentrer droit chez eux pour y boire un bol de cacao, se mettre au lit, se blottir dans les bras de leurs parents, mais il n'en était pas question, la pêche avait été excellente et il fallait commencer sur-le-champ à vider les prises. Puis, ils s'étaient mis à siffloter comme si de rien n'était. Leurs jambes tremblaient certes un peu, mais ils avaient nettoyé le poisson. Margrét, la sœur de Tryggvi et d'un an leur aînée, était descendue leur prêter main-forte, si agile et rapide avec le couteau qu'Oddur ne pouvait la quitter des yeux, comme si c'était la première fois qu'il la voyait, comme s'il n'avait jamais été témoin de sa vaillance avant ce jour-là, n'avait jamais remarqué son port altier, cette manière qu'elle avait de relever la tête de temps à autre. Pour une raison imprécise, il avait pensé à un battement d'ailes. Deux étés de suite, ils avaient nettoyé les prises ensemble, l'automne arrivait, mais ce n'était que maintenant qu'il la *voyait*. Était-ce ce qu'il venait de vivre en mer, la mort qu'il avait aperçue dans les vagues, la fin qu'il avait entrevue qui l'avaient ainsi transformé ; cette expérience toute récente avait-elle fait de lui un homme, était-ce pour cette raison qu'il ne voyait vraiment Margrét que maintenant ? Il peinait tant à détacher d'elle son regard qu'il s'était entaillé la main gauche avec le couteau. Une coupure profonde. Le sang avait coloré la lame avant de goutter sur le poisson. Oddur l'avait reposé en observant la plaie quelques instants, se disant peut-être, voilà à quoi je ressemble à l'intérieur, puis il avait levé la tête vers Margrét. Ils s'étaient regardés droit dans les yeux, le sang coulait, c'était septembre, les montagnes parsemées d'entailles avaient blanchi en une nuit, le voile de neige qui les couvrait était si léger qu'il ne parvenait pas à adoucir les arêtes acérées et leur colère noire. Vous n'avez qu'à finir, je dois rentrer à la maison et montrer ça à maman, avait-il précisé avant de se mettre tranquillement en route, d'un pas assuré, mais furieux d'avoir ajouté ce « montrer ça à maman » qui attestait d'un manque de dignité même si le sang continuait de couler de sa main, c'était déjà ça. Margrét l'avait accompagné du regard jusqu'à le voir disparaître et s'était à nouveau penchée sur le poisson avant de se redresser et de lever les yeux vers son frère en lui annonçant : il sera mon époux. Mais nous avons seulement onze

ans, s'était offusqué Tryggvi comme pour lui rappeler que malgré tout ils n'étaient encore que des enfants. C'est bien possible, avait-elle rétorqué, mais j'aurai bientôt douze ans, ce à quoi son frère ne voyait évidemment rien à répondre. Il avait donc continué son travail, envahi par la tristesse, comme si sa sœur venait de lui voler son enfance.
L'été suivant, on avait envoyé cette sœur au Canada.

Sa tante maternelle, qui avait émigré là-bas quinze ans plus tôt, venait de mourir, laissant son époux avec quatre enfants dont l'aîné n'avait que sept ans. Voici donc que Margrét est envoyée en toute hâte pour s'occuper des petits bien que n'ayant elle-même pas encore treize ans — elle ne rentre en Islande que huit ans plus tard. Elle arrive dans les fjords de l'Est par le bateau de Reykjavík. Sa famille l'accueille sur le rivage, Oddur est là, à un jet de pierre. Entre eux, il n'y a eu aucune lettre, pas même un bonjour, mais Tryggvi a parlé de son ami dans les innombrables missives qu'il a envoyées à sa sœur, il l'a fait sans même s'en rendre compte, entre les lignes, et n'a pas manqué non plus de donner des nouvelles à Oddur, le plus souvent quand ils sortaient en mer, seuls sur leur petite barque, puis les choses ont changé quand ils ont atteint l'âge de dix-sept ans et qu'Oddur s'est vu confier le commandement d'un chalutier de quatorze tonnes, devenant ainsi le plus jeune capitaine de tous les fjords de l'Est ; Tryggvi lui donnait des nouvelles de Margrét, comme ça, comme s'il monologuait en l'air et Oddur ne lui posait aucune question, il ne répondait rien, pas même eh bien — comme si tout cela ne l'intéressait pas. Et pourtant, il est là, il attend sur la rive, à un jet de pierre de la famille de Margrét, cette famille que la jeune fille salue avec une joie sincère et un soupçon de tristesse car le temps a passé, tant de choses ont changé, elle constate que ses parents ont vieilli, comprend en un instant qu'elle est condamnée à les perdre. Puis elle jette un regard en direction d'Oddur, comme par hasard, serait-ce Oddur, interroge-t-elle d'un air absent, et son frère Tryggvi est le seul à remarquer le tremblement presque imperceptible qui agite le contour de ses yeux. C'est bien lui, confirme le frère, tu devrais aller le saluer. Alors elle sourit. Sa bouche est assez petite, son sourire sans pareil, lumineux et généreux, innocent, mais il a aussi quelque chose d'intrépide et il est teinté d'un soupçon de ténèbres, à moins que ce ne soit de la tristesse. Ce sourire s'est gravé comme une eau-forte dans le cœur de plus d'un jeune homme au Canada, il y est demeuré profondément ancré et s'est changé pour certains en regrets de toute une vie. Mais elle marche sur la rive, ce sourire aux lèvres, et s'avance vers Oddur, elle porte une robe achetée à l'étranger, ses cheveux auburn sont rabattus en arrière comme afin de mieux souligner son front haut et parfaitement dessiné, elle s'avance vers lui, il l'attend et ne peut s'empêcher de serrer les poings. Elle s'en rend compte et une vague de chaleur l'envahit aussitôt, une vague qui lui monte aux yeux et irradie. Oddur serre les poings plus fort encore, impuissant, vaincu, il serre les poings, c'est sa manière à lui de déclarer sa flamme, elle le sait, c'est ainsi que se tisse le chant d'amour qu'il lui destine.

Bref exposé sur la force qui ravage les vies et rend les déserts habitables

C'est elle qui maintient les planètes en orbite, déclenche l'expansion de l'Univers et engendre les trous noirs. La volonté est pour ainsi dire impuissante dès que cette force se manifeste, dès qu'elle entre en jeu. Elle nous prive de raison et de discernement, nous dévêt de notre prudence, de notre dignité, de notre honnêteté, mais nous offre, avec un peu de chance, une joie enivrante, de radieuses promesses, si ce n'est le bonheur. En sa présence, chaque instant devient poème, symphonie insolente. C'est la réponse que Dieu a trouvée à la mort, voyant qu'il avait échoué à sauver l'être humain de sa fin certaine, il lui a offert cette étrange lumière, cette flamme qui depuis réchauffe les mains de l'homme et le réduit en cendres, change les taudis en palais célestes, les palais grandioses en minables ruines, les réjouissances en solitude. Nous la nommons amour, faute d'avoir trouvé mieux.

L'Histoire de l'homme, de l'humanité tout entière a depuis lors consisté plus ou moins clairement à trouver l'amour, à le goûter, à le haïr, à le désirer, à le fuir, même si c'est sans espoir car cette fuite nous rend amers, nous désespère, nous transforme en pauvres types qui boivent, en vagabonds éternels, en suicidés. La réponse que Dieu a trouvée à la mort. La flamme qui réchauffe les mains, réduit les vies en cendres, ce cadeau qui, à l'aube des temps, fut répandu sur le monde. Fragile et insolent. Il ne vous demande ni votre adresse, ni où vous êtes, à quel endroit du monde ; il fait fi d'être à raison, se fiche d'être à tort, ne s'embarrasse ni de votre situation, ni de votre réputation, ni de vos victoires ou de vos humiliations, tous sont égaux devant lui, il n'en fait qu'à sa tête, nulle part vous n'êtes à l'abri, vous êtes désarmé, vulnérable, rien ne saurait vous protéger, ni la raison, ni les religions, ni toute la philosophie des trois siècles passés, ni l'expérience de vos années, ni les épaisses parois d'un abri atomique, ni l'oubli absolu que procure la boisson. Il n'épargne personne, s'empare aussi aisément d'une jeune fille de seize ans dont le cœur bondit comme celui d'une biche que d'un nonagénaire cacochyme dont le cœur ressemble à celui d'un rhinocéros. Étoile filante et corde de violoncelle, il change le meilleur en pire et le pire en meilleur sans même vous demander si vous êtes marié, si vous êtes heureuse, si votre vie affiche un équilibre enviable et beau ; il peut s'en prendre à vous comme un sauvage, comme un barbare — comme une éruption solaire qui ravage votre vie, et rend les déserts habitables.

Minuit, la trappe de la cale est ouverte, quelqu'un descend

Les poings serrés d'Oddur étaient son chant d'amour, son ode la plus sincère, le signe de son impuissance, debout sur la rive. Ils étaient la preuve que sa force alliée à son courage légendaire — en dépit de son jeune âge —, la preuve que sa volonté et son caractère étaient désemparés face à elle. Et Margrét l'avait compris. Ils s'étaient salués, posément, avaient échangé quelques mots, te voici rentrée, oui, me voilà rentrée, à quoi ressemble le Canada, c'est grand et loin de la mer, et tu parles américain, oui, mais l'océan me manquait, ça, je le comprends, te voilà capitaine, le sort en a voulu ainsi, et tu as peut-être même un bateau, eh bien, j'en possède quelques planches, en effet, à quoi ressemble-t-il, interroge-t-elle, bien que connaissant parfaitement la réponse. Tryggvi lui a décrit ce navire à l'envi dans ses lettres, il avait été le premier à être engagé à bord par Oddur sur ce bateau ponté muni d'un moteur et baptisé

Sleipnir, *SU 382*, d'une capacité de 14,37 tonnes, équipé de deux mâts et d'une cabine de pilotage. C'est un fier bateau, répond Oddur. Puis ils gardent le silence pendant quelques secondes, elle sait que les siens attendent, qu'ils les observent, la scène se déroule au printemps, cette saison qui met l'être humain en éveil, ce temps où les jours s'allongent à toute vitesse, où la terre renaît et gonfle avec une vigueur que les hommes perçoivent à travers le sommeil, derrière l'agitation du jour : la force de vie irrésistible, bouillonnante, insolente. Une brise légère souffle depuis les montagnes, portant avec elle les senteurs des hauts plateaux déserts : ils se taisent. Enfin, s'efforçant d'adopter un ton tout à fait banal, Oddur déclare, comme si ce détail n'avait aucune importance : mon bateau est amarré à la jetée de Konráðsbryggja. Ah oui, je vois, répond-elle avant de rejoindre sa famille d'une démarche assurée sans même le saluer, elle rentre chez elle, mon Dieu, comme tout a changé, s'exclame-t-elle en parcourant la maison, la petite maison en bois, sans comprendre que c'est elle qui s'est transformée. Le jour passe. Il disparaît à l'arrière des montagnes et le soir se pose, portant un soupçon de ténèbres, mais ce n'est rien qu'un soupçon, disons tout au plus que l'air semble un peu plus dense au-dessus des sommets, vers le fond de Snædalur, la Vallée des neiges. C'est le soir. Elle est impatiente de s'endormir dans son ancien lit qui l'attend comme un vieil ami, elle a hâte de le retrouver, dit-elle en souhaitant bonne nuit, oui, bonne nuit et dors bien toute la nuit, bien loin des mauvais esprits, c'est ainsi que sa famille s'est toujours dit au revoir le soir, il faut s'efforcer de rendre le monde un peu plus accueillant. Elle s'allonge, soupire, la voici tout à fait rentrée, mais elle se relève dès qu'elle est assurée que tous sont endormis dans la maison, elle enfile sa robe américaine, prend le temps de relever ses cheveux — et sort. Dans la clarté printanière, il est minuit. Pas un souffle de vent, la quiétude confère au monde une plus grande profondeur. Elle longe les maisons endormies, les vies qui sommeillent, s'avance sur la jetée de Konráðsbryggja, descend jusqu'au bateau baptisé *Sleipnir 382* et d'une capacité de 14,37 tonnes, la trappe de la cale est ouverte, elle y entre, je n'ai jamais vu une robe comme celle-ci, déclare Oddur. Je sais. Ni cette coiffure avec les cheveux relevés. Je sais, c'est la mode en Amérique. Puis ils se taisent, tous deux gardent le silence, elle baisse les yeux, il ne parvient pas à maîtriser les siens, ils lui font honte, refusent de lui obéir, comme happés par elle et il faut bien dire qu'elle est plus belle que tout ce qu'il a pu voir et rêver jusque-là, à cet instant, il ne se souvient de rien qui puisse soutenir la comparaison, sans doute devrait-il couper court à tout ça, faire preuve d'un peu de courage et de virilité, pourtant il ne fait rien, comme s'il se débattait avec un ennemi plus grand que lui, plus fort aussi, c'est insupportable, il serre à nouveau les poings, récitant inconsciemment son poème d'amour. Elle s'en rend compte et lui dit, si je dénoue mes cheveux, alors tu sauras que je suis nue sous ma robe, alors tu sauras que je t'aime. Il parvient tout juste à hocher la tête. Attend, parfaitement immobile. Puis elle libère ses cheveux.

Et la vie peut commencer, se mettre en route
avec armes et bagages

Question : Qu'est-ce qui voyage plus vite que la lumière ?
Réponse : Le temps lui-même.

Il nous traverse comme une flèche. Sa pointe acérée fend la chair, les organes et les os, c'est la vie, l'instant d'après, cette pointe ressort en empruntant le même chemin, c'est la mort.

Plus vite que la lumière. Il suffit qu'il pleuve pour que passent dix années. Un battement de paupières et vous vieillissez, la nuit de la mort surplombe les montagnes. Le temps va si vite, mais parfois si lentement que, presque, nous suffoquons. Nous sommes à la fois la tortue et le lièvre, arrivons à la fois premier et bon dernier, c'est à n'y rien comprendre. Alors, nous disons simplement : Elle a ôté sa robe.

Le vêtement est tombé à ses pieds. En tout cas, c'est ainsi que cela s'est passé dans le souvenir d'Oddur, héros des mers, armateur, honneur et dignité des marins d'Islande. Elle a ôté sa robe, nue, entièrement nue, jamais il n'avait vu une telle nudité, ses seins plutôt petits semblaient tout en délices, c'étaient deux soupirs, deux baisers, qui luisaient face à lui, blancs et sans doute capables d'arrêter les guerres qui affligeaient le monde, d'influer sur le cours de l'Histoire — ils avaient suspendu les battements de son cœur, lequel s'était changé en planète muette au creux de sa poitrine. Il avait inspiré et s'était avancé, sa main, grande et calleuse, s'était doucement posée sur le sein, il avait senti le téton presser contre sa paume, elle avait soupiré, maintenant, tout cela pouvait commencer. Et cela commença. Six heures plus tard, un jour nouveau était né, une matinée tout en fraîcheur. Dans l'air immobile, les montagnes étaient des psaumes, leurs arêtes acérées, ces couteaux noirâtres qui fendent l'air à mille mètres d'altitude, défiant le ciel, menaçant les anges dans leur vol, étaient elles aussi grandioses, en ascension vers les cieux. Debout tous les deux sur le pont du *Sleipnir* qui sentait le poisson et la mer, ils n'avaient presque pas fermé l'œil de la nuit, ses longs cheveux auburn étaient ébouriffés comme si le bonheur lui-même les avait emmêlés, et ils se blottissaient l'un contre l'autre, repus, mais encore affamés, affamés des plaisirs de la chair, se sentant mutuellement et désirant encore ce souffle, cette épaule, ce genou, cette poitrine, ce membre, cette fesse, cet orteil, cette liqueur, cette semence, et pourtant, ils étaient parfaitement immobiles, et si jeunes qu'on eût dit que le temps ne pouvait les atteindre. La nuit avait passé sans qu'ils disent un mot ou presque, ils avaient tout juste prononcé une phrase entière depuis ce moment où elle avait parlé de sa nudité et de ses cheveux, je t'aime, ils n'avaient rien dit ou presque, chacun se contentant par moments de murmurer le prénom de l'autre ou de pleurer un peu, oui, même lui, Oddur avait lui aussi versé quelques larmes, la rendant encore plus heureuse, presque folle de bonheur, la rendant plus folle encore de lui, de sa chair, de son souffle, de ses cheveux, son membre et ses yeux. Elle avait léché ces quelques larmes, presque paralysée de joie avant de murmurer à son oreille, ne bouge plus, si, bouge, non, si, maintenant, bouge, plus vite, plus vite, *plus vite* ! Ils étaient debout sur le pont au matin de la vie, les montagnes étaient des psaumes et toute chose conforme à ce qu'on a décrit parce qu'ils étaient si jeunes et si vibrants de vie, parce qu'ils avaient à peine fermé l'œil de la nuit, parce que leurs corps étaient soudés l'un à l'autre par la sueur, le désir, le bonheur, parce qu'ils avaient pleuré. Voilà pourquoi ils étaient si beaux, si intemporels, si éternels, voilà pourquoi les sommets s'étaient changés en psaumes, en précieuse poésie, il la serrait dans ses bras où elle se blottissait en lui disant tout bas, en osant le dire, d'une voix fragile, mais sans hésitation ni timidité, tandis qu'elle posait sa tête contre son épaule, Oddur, mon amour, il me tarde tant de vivre.

Ainsi, la vie peut commencer et se mettre en route avec armes et bagages, attendons de voir ce qui adviendra.

Incise
LA VIE, CE PESANT FARDEAU

Souvenez-vous tout comme moi que l'homme doit avoir deux choses s'il veut parvenir à soulever ce poids, à marcher la tête haute, à préserver l'étincelle qui habite son regard, la constance de son cœur, la musique de son sang — des reins solides et des larmes.

Keflavík

— AUJOURD'HUI —

Tout s'est éclairci quand
sept perdrix des neiges ont pris leur envol,
fendant de leurs ailes immaculées la nuit
qui nous surplombait

Étreinte est sans doute le mot le plus beau de toute notre langue. Ouvrir ses bras pour toucher une autre personne, tracer un cercle autour d'elle, s'unir à elle l'espace d'un instant afin de constituer un seul être au sein des maelströms de la vie, sous un ciel ouvert d'où Dieu est peut-être absent. Nous avons tous, à un moment ou l'autre de notre vie, et parfois terriblement, besoin que quelqu'un nous prenne dans ses bras, besoin d'une étreinte à même de nous consoler, de libérer nos larmes ou de nous procurer un refuge quand quelque chose s'est brisé. Nous désirons qu'on nous étreigne simplement car nous sommes des hommes et parce que le cœur est un muscle fragile.

Évidemment, j'ai envie d'accueillir Ari, de l'étreindre, de devenir le mot le plus beau de la langue islandaise et de serrer dans mes bras cette âme sœur, ce jumeau, d'embrasser sa tristesse, ses regrets, sa douleur, mais quelque chose me retient ici. Je suis toujours sur le port, ce mémorial d'un temps meilleur, cette plaie ouverte dans le flanc du village. Deux immeubles de dix étages trônent à l'est du quai surélevé, surplombent les environs et bravent le vent insistant, bâtis pour accueillir les marins en retraite et adoucir le soir de leur vie, afin qu'installés avec leurs épouses dans leurs beaux salons, ils puissent observer la mer et l'animation du port, se gorgeant du même coup de vie et de souvenirs. Une bien belle idée, pour ainsi dire poétique, mais à peine ces deux tours furent-elles achevées, à peine les marins se furent-ils postés à leurs fenêtres, une thermos emplie de café chaud et un sucrier à côté de leur tasse, la peau craquelée par le sel et les souvenirs, voilà qu'on vendit le quota de pêche à des gens d'ailleurs, les bateaux partirent et le port dépérit. Je regarde l'heure sur mon téléphone, Ari et moi avons pour point commun, parmi tant d'autres, de ne jamais porter aucune montre, cela occasionne une gêne au poignet et donne l'impression d'être menotté par le temps. Il est presque trois heures, l'atterrissage approche et, au moment où la petite femme ronde frôle de ses doigts légèrement huileux le dos de la main d'Ari, au moment où elle lui adresse cette observation à propos des larmes en lui disant qu'il doit être reconnaissant, ce qui est sans doute vrai car sans elles nous serions perdus, fossilisés de l'intérieur, le cœur changé en stalactite, nos baisers aussi froids que des glaçons, c'est à ce moment-là que l'odeur du camion à hamburgers de Jonni me frappe les narines, et je me rends compte que je n'ai rien avalé depuis ce matin.

 Je m'approche, l'homme se penche en avant pour mieux m'entendre, pose une main sur la radio comme afin de lui imposer le silence pendant que je passe commande. La faim me tenaille, je lui demande un hamburger bien copieux en ajoutant, n'hésitez pas à forcer sur la sauce. Dans ce cas, je vous prépare l'Arnaque du quota, mon petit, me répond-il, guilleret, en tapotant sur le menu que je n'avais pas remarqué, imprimé sur la plaque d'aluminium au-dessous du guichet. Certes, il est placé tellement bas sur le camion qu'il faut se pencher pour le lire ; juste au-dessus figure un long texte exposant le système des quotas de pêche, en islandais et en anglais, quelques lignes bien senties qui donnent une image on ne peut plus claire de la manière dont l'introduction du système a été « menée tambour battant au Parlement le temps de quelques journées d'automne en l'an 1983 » :

> *« La proposition de loi octroyait au ministre des Affaires maritimes tout pouvoir de distribuer à qui bon lui semblait les richesses de la mer, le poisson appartenant à la nation islandaise. Le quota n'était censé être la propriété de personne, mais c'est tout de même ce qu'il devint et on vit bientôt apparaître des barons des quotas qui ne tardèrent pas à spéculer, à vendre leurs parts pour des sommes mirifiques, ce qui créa une nouvelle classe de riches (les barons de la mer), lesquels, au fil des ans, ont acquis les quotas d'autres personnes et possèdent depuis l'ensemble de l'industrie de la pêche. Ils règnent sur les villages et les bourgades qu'ils réduisent en ruines quand cela sert leur intérêt, ils ont fait chanter des gouvernements, pris la tête du Parti de l'indépendance et fini par acheter le quotidien* Morgunblaðið *dont ils se servent pour diffuser leur propagande. Tout cela s'est produit sous nos yeux et nous avons laissé faire. Au lieu de nous lever, nous avons courbé l'échine. Au lieu de protester, nous nous sommes laissé piétiner. »*

Les gens de la péninsule de Suðurnes ont manifestement encore quelques ressources, me dis-je avec un sourire narquois, puis je commence enfin à lire le menu, mais le vendeur est si rapide à me servir que je n'ai le temps que de parcourir le tout début, c'est-à-dire les quatre plats vedettes du « top four » :

La Populace : Cheeseburger classique, steak haché de 80 grammes.
Le Baron des mers (celui qui avale tout) : Double cheeseburger, 2 steaks hachés de 100 grammes chacun.
L'Arnaque du quota : Double burger bien garni.
Le Quota de Keflavík : Pain à hamburger sans steak haché.

Les avant-bras épais de cet homme ont manifestement soulevé des fardeaux bien plus lourds que des hamburgers au cours de sa vie, il doit approcher la soixantaine, le visage viril, buriné par le sel et le vent, une vraie gueule de marin. Et voilà, mon petit, annonce-t-il en me tendant l'Arnaque du quota. Et, ça y est, je me souviens de lui. Sans doute est-ce ce mot, mon petit, qui me rafraîchit la mémoire, la manière qu'il a de le prononcer, la façon dont il pince les lèvres, et qui fait qu'on se demande s'il s'apprête à sourire ou à cracher — c'est Jonni en personne, le capitaine du Drangey, Jonni le fort en gueule, Jonni le baraqué, marin depuis l'âge de quatorze ans, capable de naviguer par tous les temps, capitaine apprécié, qui avait la mer dans le sang, connaissait jusqu'au mode de pensée du poisson et savait en outre imposer la discipline à tous les équipages, faisant plier les pires rustauds aussi aisément que les freluquets. Jonni le baraqué. Jonni le capitaine.

Et aujourd'hui, Jonni le Tonnerre-Burger. Devenu un as de la cuisine. L'Arnaque du quota est la recette parfaite en termes de fast-food, et ce à l'échelle mondiale. Je l'engloutis en quelques bouchées, vais chercher ma bouteille d'eau dans la voiture pour avaler une gorgée, et là un avion apparaît dans le ciel, à l'est, un point en surplomb des montagnes blanches qu'on aperçoit au loin : ici, à Keflavík, on ne voit les montagnes que de loin et elles n'ont que peu d'influence sur la vie quotidienne. J'attrape mes jumelles. Ari est là-bas, dans l'air azuré, il survole des champs de lave calcinés, noirs et apparemment sans vie, mais qui abritent toutefois quelques carrés verts, quelques taches verdoyantes : les rêves que ce champ de lave caresse. Ari rentre au pays, renonçant à l'exil, à la fuite, à la quête d'une nouvelle vie, au terme d'un séjour de deux années ou presque à Copenhague où, pour le compte d'un vieil ami commun, il a publié des recueils de poésie, afin, disait-il, de ne pas sombrer dans la folie, même si sa tâche principale consistait à diriger l'édition de la série intitulée *Dix conseils* : dix conseils contre tout ce qui nous afflige aujourd'hui. Dix conseils — et chacun de ces livres portait le sous-titre *Espoir et beauté* : afin de leur offrir un peu de densité, et aussi deux ailes immaculées.

Espoir et beauté, dis-je tout bas tandis que j'abaisse mes jumelles — et que, dans mon esprit, sept perdrix des neiges s'envolent à tire-d'aile et fendent l'air brunissant d'un automne d'il y a trente ans.

J'étais avec Ari, comme cela arrivait bien souvent, dans la province des Dalir, à l'ouest de l'Islande. On nous avait prêté un vieux fusil de fabrication russe pour aller chasser la perdrix des neiges dans la montagne qui surplombe le village. Ari portait cette arme dotée d'un fort recul, au point que son épaule lui faisait mal et que le doigt avec lequel il appuyait sur la détente avait gonflé au bout de trois coups, qui avaient abattu quatre perdrix. Nous les avions vues fuir devant nos balles, et l'instant d'après elles gisaient immobiles sur la neige, les ailes inutiles, figées, tout devient inutile au sein de la mort, les ailes, la beauté, la force, les souvenirs, la cruauté, le courage — tout. Voilà pourquoi la mort est la pire des choses, elle détruit tout, quatre perdrix abattues par les plombs, puis plus rien. Leurs congénères s'étaient envolées à tire-d'aile et c'était tout simplement beau, indéniablement beau, il était bien plus beau de les voir voler que de les voir inertes, de voir leur vie se perdre dans ce vide qui, parfois, semble menacer notre existence. Quatre perdrix constituaient toutefois une chasse bien maigre, tout bonnement ridicule, les jours précédents, les garçons de notre âge vivant dans la région, fils de fermiers, étaient rentrés chaque soir avec trente à quarante oiseaux. Ramener quatre perdrix eût été pour nous une véritable humiliation, nous avons donc continué la chasse, mais en gardant le silence, pour les raisons que je viens d'évoquer : les ravages causés par la mort, le spectacle du sens de la vie allié aux battements d'ailes des perdrix qui avaient survécu. Sans parler du doigt enflé, de l'épaule meurtrie et de la douleur engendrée par chaque coup de fusil. Parvenus plus haut sur le flanc de la montagne, alors que la clarté déclinait à vive allure, nous surplombions la région et les étendues immenses du fjord de Breiðafjörður parsemé d'îles hérissant l'horizon telles les dents d'un monstre gigantesque, nous sommes arrivés à portée de tir d'un groupe de sept perdrix, posées au pied d'une clôture, à proximité d'un poteau. Elles ne bougeaient pas même en nous voyant approcher, comme si cette clôture leur offrait un abri, mais quel abri trouver en ce monde, face à un fusil ? Ari pointa le canon de l'arme russe, hésitant, réticent, peut-être parce que le recul de l'arme lui heurtait si violemment l'épaule, ou peut-être parce que la mort nous ôte tout espoir d'envol, rendant inutiles les ailes et les baisers. Il pressa finalement la détente. La détonation déchira le silence d'octobre. Le poteau de la clôture vibra et les sept perdrix des neiges prirent leur envol, indemnes et blanches, pour s'élever dans l'air sombre, tel l'espoir d'un monde meilleur, un espoir limpide, vaut-il mieux tuer des perdrix ou les regarder s'envoler, aussi immaculées que la beauté ? La nature profonde du chasseur opposée aux aspirations de l'esthète, faut-il s'étonner que l'être humain soit à ce point contradictoire, sachant que nous ignorons précisément, voire entièrement, qui nous sommes, pas plus que nous ne savons comment nous voulons être, éternellement tiraillés entre deux pôles, sommes-nous ce coup de fusil ou cet espoir limpide qui prend son envol — à moins que nous ne soyons à la fois le chasseur et la proie ? Ces perdrix s'étaient envolées, indemnes, dans le jour déclinant d'octobre, le soir arrivait, l'air s'épaississait autour de nous et de ces sept oiseaux blancs dont les ailes fendaient l'obscurité, ces ailes et ce vol avaient un sens que nous percevions tous les deux avec une telle intensité que c'était presque une souffrance. Ari avait retiré la douille en la laissant tomber dans la neige, et le métal incandescent s'était enfoncé dans le blanc. Puis nous avions pris une décision. Soudain, tout était clair tandis que l'obscurité devenait plus dense et nous occultait la vue : les deux années précédentes, nous avions travaillé dans le poisson à Keflavík et Sandgerði et nous avions passé trois automnes aux abattoirs de la vallée de Búðardalur, tout simplement parce que nous ignorions pourquoi nous existions, pourquoi nos cœurs battaient, à quoi la vie servait. Les études, certes, nos anciens camarades de Reykjavík en étaient arrivés à la moitié du lycée, mais à quoi bon étudier puisque nous ignorions le but et que nous ne savions pas à quoi nous étions destinés. Quels enseignements avions-nous tirés de la disparition de certains de nos proches si nous vivions sans la moindre passion, sans la moindre flamme, si nous vivions sans objectif précis, pour la seule et unique raison que nous n'étions pas morts ? N'étions-nous pas venus dans ce monde abîmé, violent et sublime afin de l'adoucir un peu ? Nous en avions confusément l'impression sans toutefois vraiment le comprendre, dès lors, nous vivions dans une manière d'hésitation, dans l'instant avant le grand saut. Puis subitement, tout s'était éclairci, nous avions compris en voyant ces perdrix prendre leur envol dans la nuit tombante et fendre de leurs ailes les ténèbres au-dessus de nos têtes. Il nous était apparu que nous devions écrire, comme l'avaient fait certains membres de notre famille, certains avec succès, d'autres moins, aucun d'entre eux n'étant taillé pour le bonheur, Ari désirait en outre publier des livres, des œuvres importantes, utiles, des livres qui seraient un vol d'oiseaux et fendraient la nuit. Sommes-nous le chasseur ou la proie — « Ce qui nous empêche de nous désagréger », écrivait Ari il y a quelques années dans la préface d'une anthologie de poèmes composés par un de nos oncles, « de tomber en morceaux, de nous transformer en malheur, en plaie suintante ou en pure cruauté, c'est la poésie, la musique : l'art. À la fois excuse et justification de notre existence, à la fois provocation, accusation et cri, en dépit des paradoxes irréconciliables qui habitent chaque être humain, l'art est ce qui nous permet de vivre sans sombrer dans la folie, sans exploser, sans nous transformer en blessure, en malheur, en fusil. Il est ce qui permet malgré tout à l'homme de se pardonner les imperfections de sa condition humaine. »

Les mouettes sont revenues, elles planent, désemparées, au-dessus du port, l'une d'elles pousse un cri de douleur, regrettant toutes ces choses perdues, tous ces changements, regrettant que le monde qui nous a vus naître disparaisse dans une large mesure bien avant notre mort. En jetant un regard vers les deux points d'exclamation que sont les immeubles, il me semble apercevoir un rideau qui bouge, se pourrait-il que la tristesse de l'oiseau ait ému quelqu'un ? *À l'arrière des fenêtres closes.* Ainsi s'intitule un recueil de poèmes composé par notre indomptable tante, décédée depuis longtemps, tant de gens ont disparu qui comptaient pourtant, effacés par la mort qui transforme ce qui avait du sens en non-sens. Ari est un bon éditeur qui ampute sans pitié les textes de ses auteurs afin de les améliorer, mais il ne supprime presque rien quand il s'agit de lui, il ne jette rien, n'efface pas les numéros de téléphone même quand leurs propriétaires sont défunts, le répertoire de son portable regorge de numéros de gens qui sont morts, pour certains de longue date, avant même l'apparition de ces appareils. Il a d'ailleurs conservé celui de la maison de son enfance dans le quartier de Safamýri, 30183, à l'époque où les numéros de téléphone étaient plus courts, ce qui nous berçait de l'illusion que la vie était plus simple, même si rien n'est simple — jamais — dès qu'il est question de l'être humain. Se peut-il qu'envers et contre toute forme de raison, Ari espère qu'un jour on l'appellera depuis l'un de ces numéros, qu'un parent décédé de longue date lui donnera tout à coup des nouvelles, que sa tante maternelle lui fera part de sa consternation face à la cupidité et à l'égoïsme des Islandais, que son grand-oncle, le poète, viendra lui déclamer ses plus récentes œuvres où il serait question d'un monde que nous ne connaissons que par ses ténèbres et par son silence, ou encore que sa mère, le cœur même de l'enfance, viendra rouvrir la plaie, la douleur de l'absence, ce flot de lave incandescente qui lui entaille la chair ? Inconcevable ? Improbable ? Périlleux ? Certes, et sans doute est-ce également malsain de conserver dans son répertoire une foule de numéros appartenant à des défunts, et auxquels seul le passé a le pouvoir de répondre, cela indique que l'intéressé a quelque chose d'irrésolu au fond de l'âme, qu'il refuse de regarder la réalité en face, qu'il n'ose pas le faire, que tout simplement il fuit, qu'il vit dans le déni des règles élémentaires, et que cela ne peut que mal finir.

Et pourtant, que savons-nous des règles élémentaires ?

Quelle est la profondeur de l'Univers, et pourquoi certains rêves atteignent-ils les planètes les plus lointaines du système solaire, pourquoi pénètrent-ils si profond au sein d'une dimension qui échappe à notre entendement ? Pourquoi la majeure partie de l'humanité croit-elle en ces histoires que racontent les religions alors que ces dernières s'opposent aux règles élémentaires de la logique, aux preuves avancées par les sciences ? Si on se fonde sur la raison, il faut être un enfant ou un simple d'esprit pour croire en l'existence de Dieu, et pourtant, peut-on trouver meilleure consolation que celle procurée par la foi ?

Est-ce donc là qu'elle se trouve, cette raison qui nous permet de vivre pour la plupart à peu près sains d'esprit en dépit de tous les paradoxes dont nous sommes pétris, à la fois balle de fusil et envol, chasseur et gibier, est-ce parce que nous sommes, sans le moindre effort, capables de croire à l'improbable, d'ancrer les fondations de notre culture et de notre existence sur des histoires dénuées de toute logique ? Dans ce cas, en vertu de quoi Ari n'aurait-il pas le droit de conserver dans son répertoire ces numéros de téléphone, ces portes ouvertes sur les regrets et l'absence, à moins qu'elles ne soient ouvertes sur le néant, comment pouvons-nous être sûrs que des choses importantes ne seraient pas perdues à jamais s'il supprimait ces numéros ? Que savons-nous du monde ? Comment savoir si la perdrix des neiges qui s'envole dans le soir brunissant d'octobre n'est rien de plus qu'un oiseau de la classe des galliformes, équipé d'un cerveau de la taille d'un petit pois, ou si elle est au contraire la beauté qui réside dans l'espoir, si elle est ce qui fend les ténèbres de ses ailes, comment savoir si les mouettes qui volent au-dessus du port sont des oiseaux de proie voraces ou un cri de douleur face à ce qui n'est plus — comment celui qui connaît un tant soit peu l'homme, son histoire, sa culture, sa nature et son univers intime, peut-il d'un revers de main balayer l'improbable et l'irrationnel ?

Incise

CHAQUE JOURNÉE AVEC TOI
EST COMME LE PARADIS,
UN RÊVE ENGENDRÉ PAR LES DIEUX

Cela débute de manière anodine et dénuée de panache. De tout panache. D'une manière bien trop banale pour justifier l'écriture d'une tragédie ou d'une chanson de variété.

En premier lieu : Il est plutôt injuste qu'avec son lot de fulgurances et de silencieuses tendresses, l'amour ne survive pas toujours aussi longtemps que l'être humain, mais se délave avec le temps, refroidisse et perde son attrait.

Comment l'exceptionnel, l'incroyable, peut-il en un temps finalement assez court, en quelques brèves années peut-être, se transformer en quotidien banal, en mardi sans relief ? Comment traverser la vie sans trop de dommage alors que tout passe, que les fulgurances s'affadissent, que les baisers refroidissent et que si peu de choses nous accompagnent sur la route qui est nôtre ? Pourquoi vivons-nous dans cet univers imparfait où les couples se déchirent car l'amour, première, deuxième et troisième merveille du monde, s'est changé en un mardi maussade, une sécurité stérile, une simple habitude ? Pourquoi Ari et Þóra, son épouse, deux individus normalement intelligents et éclairés, qui ont vécu ensemble une bonne vingtaine d'années, qui ont eu trois enfants, acheté une maison mitoyenne confortable et se trouvaient à l'abri de toute menace, de problèmes criants, de difficultés financières autant que faire se peut dans un pays à l'économie aussi instable que l'Islande, où le système semble constamment sous la botte des rapaces et des intérêts de quelques-uns, pourquoi ces deux êtres qui n'avaient aucun problème visible, alcoolisme, dépression ou infidélité, pourquoi ces deux êtres qui semblaient heureux ont-ils brusquement cessé de vivre ensemble, pourquoi leur vie a-t-elle volé en éclats comme soufflée par une bombe, par un astéroïde surgi des ténèbres insondables et incompréhensibles de l'Univers ?

Pourquoi ?

C'est difficile à dire. Parce que, avec toi, l'existence sera une danse fluide et douce, un long baiser, jamais tes baisers ne refroidiront, la lumière de tes yeux illuminera toujours ma route à travers les aléas de la vie, et dès que je t'aperçois mon cœur bondit, ce muscle imbécile, ce sage puéril, ce soupir. Chaque jour avec toi. Chacun nourrit le rêve d'un amour invincible, d'un lien que rien ne saurait dénouer, un rêve alimenté par ce flot de chansons de variété et de films où les baisers sont plus profonds, d'une ardeur née d'un quotidien qui s'embrase et se change en conte de fées. Cette kyrielle de chansons sirupeuses, de films et de poèmes d'amour serait-elle devenue sans même qu'on le remarque l'objectif que nous nous fixons dans la vie, ces montagnes vertigineuses qui risquent ensuite de s'effondrer sur nous avec leurs ombres, leurs déceptions et leurs éboulis mortels ? S'effondrer sur nos jours parfois difficiles, ô combien éloignés du bonheur décrit dans ces chansons, nos jours d'où sont absentes ces fulgurances qui coupent le souffle au monde. Est-ce cela qui pousse certains à tromper leur conjoint, le désir de connaître à nouveau cet éclair, de voir cette étincelle, comme si l'infidélité était un moyen de lutter contre le quotidien et les années qui s'empilent — si ce n'est que cet éclair risque de nous brûler, de nous consumer en un feu destructeur ?

Mais cela débute de manière anodine et dénuée de panache. De tout panache. Et de manière bien trop banale pour justifier l'écriture d'une tragédie ou d'une chanson de variété. C'est un mardi tout en lenteur, pas un souffle de vent au-dehors, le voisin promène son chien, une vieille chanson à succès passe à la radio, et tout à coup une explosion se produit à la table de la cuisine. Ari demande à Þóra, faut-il que tu fasses autant de bruit en mangeant ? Le ton de sa voix est posé, puis il renverse son petit déjeuner, un bol de musli et de yaourt liquide, un verre d'eau et une tasse de café, qu'il balance sur le sol. Et son geste est un cri. Il n'attend aucune réponse, du reste, sa question n'en était pas une, il s'agissait plutôt d'une accusation, d'un cri lancé à la vie, un poing brandi face à ce morne mardi, face à tous ces fichus mardis qui, si prévisibles et terrifiants, semblent assis devant lui avec le joli visage de Þóra dont il partage la vie depuis plus de vingt ans, à qui il a fait trois enfants, trois raisons de vivre qui lui ont offert ses heures les plus précieuses, une caverne au trésor ; mais quelque chose s'est subitement brisé, transformant sans pitié ces joyaux en pierres grises. Il n'attend pas la réponse, balance son petit déjeuner par terre d'un revers de main, sa phrase était un cri et non une question. Puis le voici sorti. Il se tient devant la maison, les oreilles emplies de bourdonnements, il fuit celle qui peut lui offrir cette étreinte à l'abri de laquelle il s'est si souvent réfugié, ce cou qui a si souvent accueilli ses larmes, ces oreilles qui connaissent presque tous ses secrets, qui conservent ses mots les plus limpides, la douleur, le drame de son enfance, et il ne connaît rien de plus beau que ces cheveux noirs qui volent au vent, cette voix très légèrement rauque et teintée de grisaille, ces yeux vifs qui cachent une fragilité invisible, est-ce qu'un jour tu m'abandonneras, lui a-t-elle parfois demandé, quand la vie la rendait vulnérable, laissant affleurer cette inquiétude dans sa voix, dans ses yeux, et une fragilité si évidente que le moindre mouvement, l'aboiement d'un chien, l'accélération subite d'une moto eussent été capables de déchirer le ciel au-dessus de sa tête. Jamais, lui a-t-il toujours répondu, tu es folle, ton nom est gravé dans mon cœur à la pointe du couteau de l'éternité.

L'éternité a gravé ton nom au fond de mon cœur.

Nous pouvons dire des choses avec une infinie sincérité et malgré tout trahir. L'être humain est faible et les assauts répétés du quotidien ne font que lui ôter encore un peu plus de sa force en le privant de dignité face à l'existence, puis un jour, un bras balaie une table comme un cri.

Þóra l'a d'abord regardé, terrifiée, puis assommée, et enfin, furieuse. La lèvre inférieure de Gréta, leur benjamine, s'est mise à trembler, comme toujours quand elle essaie de retenir ses larmes ; sa sœur aînée, Hekla, était encore endormie, quant à leur fils Sturla, ce dernier avait fort heureusement passé la nuit chez son amoureuse. Il renverse tout ce qui est posé sur la table, puis sort. Il attrape sa veste en cuir, monte en voiture, quitte à reculons sa place de parking sans vraiment s'en rendre compte, sans du tout en avoir conscience, puis il s'enfuit, il disparaît. Trois heures plus tard, il s'enregistre dans un hôtel à Hólmavík après avoir roulé d'une traite et à grande vitesse, bien plus vite que la route ne le lui permettait, la côte de Brattabrekka et la vallée d'Arntökudalur étaient dangereusement verglacées, mais il s'en fichait éperdument et ne ralentissait pas même quand la voiture dérapait dans les virages alors qu'il écoutait le *Requiem* de Fauré, comme s'il se rendait à son propre enterrement et qu'il était en retard. Puis le voilà qui reste allongé dans cette chambre d'hôtel à Hólmavík deux jours durant. À sa fenêtre, on voit la mer. Elle est là, avec ses vagues tour à tour azurées, grises et noires, ses profondeurs bleues et sombres, mais peu importe. La mer est immense, certes, elle est sans doute plus vaste que le langage et tout ce que l'être humain a pu accomplir. Pourtant, elle n'a rien à dire. Ari avait pensé qu'elle lui procurerait une forme de consolation, de sagesse, de repos, que toutes ces vagues, que cet abîme insondable, ce mouvement permanent lui murmureraient quelque chose, lui indiqueraient la route à suivre. La mer comprend sans doute les poissons et c'est à sa manière qu'elle chérit les noyés, mais elle n'entend rien ni ne s'intéresse à nos blessures, à nos vies quand elles sont chamboulées. À moins qu'une chose aussi vaste qu'elle, ou une autre, plus immense encore, puisse comprendre l'angoisse insondable de l'homme ou s'imaginer qu'un être aussi petit et éphémère que lui ait assez de sensibilité et de profondeur pour s'emplir de terreur et s'égarer sur de sombres sentiers ?

Ari avait demandé une chambre avec vue sur la mer, je vous donne la meilleure, lui avait répondu la propriétaire de l'hôtel qui possède également la pizzeria et le café du village, la moitié d'un bateau de pêche et occupe le poste de gardienne au Musée des revenants, c'est qu'il faut bien remplir ses journées, avait-elle commenté. Il l'avait interrogée sur le village, la vie dans ce petit port de pêche, par simple politesse, presque machinalement, entendant à peine ce qu'il disait, comme s'il était absent de sa propre existence. Il avait pris l'habitude de poser ce genre de questions afin d'être poli avec son prochain et de lui donner l'impression qu'il était digne d'intérêt, qu'il n'était pas un mardi sans relief et, sans aucune hésitation, la propriétaire s'était mise à lui raconter sa vie jusque dans les moindres détails, comme si elle en éprouvait le besoin. Ce monologue avait duré une petite quinzaine de minutes. L'hôtel était presque désert en hiver, il n'y avait pas grand-chose à faire à la pizzeria ou au café, mais quand même un peu à l'occasion des matchs importants, surtout en première division, le Musée des revenants recevait par moments quelques groupes scolaires et de rares touristes qui s'aventuraient en hiver jusqu'ici, si loin du sud-ouest de l'Islande, si loin de Reykjavík, cela dit, c'était le bateau qui l'occupait le plus. Brandur sort en mer par tous les temps et revient toujours chargé à couler bas, nous nettoyons les prises ensemble, non, nous ne sommes pas mariés, il a une épouse, Alexandra, une Polonaise qui travaille à la Coopérative, une femme belle comme le jour, vous devriez aller y faire vos courses, histoire d'apprécier. Deux gars originaires de Trékyllisvík viennent ici une fois par semaine, l'un d'eux est même marié depuis trente ans, et en hiver il faut deux heures de conduite rien que pour l'aller, tout ça simplement pour venir admirer cette femme. Brandur, quant à lui, est un beau parti, toutes les filles d'ici le voudraient pour elles, moi comprise — mais moi, je me suis débarrassée de mon mec il y aura bientôt trois ans, mon pauvre Lassi préférait étudier la composition chimique des alcools forts et de la bière que de faire quoi que ce soit avec moi. Ce que vous pouvez être bizarres, vous, les hommes ! Au fil des ans, il préférait aussi regarder du porno sur Internet que de se mettre au lit avec moi. Que fait-on d'un bonhomme qui n'est plus un amant ni un compagnon de route — on le vire !

On le vire. Évidemment, c'est la seule solution avant que notre vie ne devienne minable, qu'elle ne ressemble à une lamentable défaite, ne pas le faire serait un péché mortel. Et que fait-on d'une vie qui n'est ni minable ni ratée, mais qui, sans crier gare, se retrouve tout à coup au fond d'une impasse ?

Ari reste allongé dans sa chambre sans mettre le nez dehors, il renonce bien vite à établir le contact avec la mer, n'a pas franchement envie d'aller à la Coopérative pour y voir Alexandra même si Sjöfn, la propriétaire, l'a vivement encouragé à le faire, nous n'avons pas de musée des Beaux-Arts, lui a-t-elle dit, navrée, mais nous avons Alexandra.

Deux jours entiers.

Un bras qui se change en cri.

Des mardis sans relief.

Il se couche dans le lit, sur le sol, dans la cabine de douche, sous le jet brûlant, voit la lèvre inférieure de Gréta qui tremble à chaque fois qu'il ferme les yeux dans l'espoir de dormir, mais ne parvient pas à trouver le sommeil, ne parvient pas à faire quoi que ce soit, paralysé, il sait qu'il devrait se manifester, il a certes oublié son portable, mais il pourrait au moins emprunter à Sjöfn son ordinateur et vérifier ses courriels, répondre aux questions que ses enfants n'auront pas manqué de lui envoyer, papa, où es-tu, pourquoi es-tu parti, papa, qu'est-ce qui se passe, que t'arrive-t-il, papa, tu reviens quand ? Certaines de ces questions le blessent jusqu'au sang. Or, reclus dans sa chambre, il ne comprend rien, il ne sait plus rien, si ce n'est qu'un chapitre touche à sa fin, qu'une chose importante vient d'être détruite. Il reste allongé à fixer le plafond, à quel moment a-t-il cessé d'aimer Þóra, est-ce ainsi que l'amour nous quitte, en s'estompant si lentement qu'on le remarque à peine jusqu'au jour où il disparaît, ne laissant derrière lui que cet effondrement ? A-t-il réellement cessé de l'aimer ? Il reste allongé, les yeux fermés, et pense à elle, il pense aussi à d'autres femmes, à Katrín qui dirige l'agence de publicité avec laquelle il travaille le plus souvent, apparemment elle ne connaît pas les mardis sans relief, elle a une jolie chute de reins et quelque chose dans son sourire, il pense à sa respiration, à cette façon qu'elle a de bouger et il pense à la liberté.

La mer qui se tourne et se retourne inlassablement au-dehors le rappelle à l'immensité, mais ne lui est d'aucun secours. Octobre est parfois lourd et sombre, et les vitres des bâtiments bien fines. Il reste allongé sur le dos. Þóra est devenue un mardi, un tube de dentifrice écrasé en son milieu, le son de la télé du voisin, le bruit qu'elle fait quand elle mange à la table du petit déjeuner. Il est allongé sur le ventre, le visage contre le drap. La lèvre inférieure de Gréta tremble. Il écoute cette mer dérisoire, son cœur inutile qui se débat, qui bat, qui s'élève et s'affaisse, son cœur au fond duquel l'éternité a gravé ce prénom.

Et comment s'y prendre pour effacer les mots écrits par l'éternité ?

Keflavík
— AUJOURD'HUI —

*Ce sont les regrets qui pèsent le plus lourd :
Un soir de février il y a plus de trente ans,
la voix d'un vieil homme récitant un long poème,
une benne croulant sous le cabillaud
et deux filets de morve brunâtre*

    Ce n'est qu'au moment où Ari sort ses achats du caddie et où l'employé du magasin détaxé les scanne qu'il — comment dire — se réveille et s'abstrait de cette situation où le temps s'est arrêté, ou plutôt, cette situation à la temporalité brouillée dans laquelle il est plongé depuis l'atterrissage : il se réveille, voit les produits avancer sur le tapis, mais ne fait rien, laisse le caissier les scanner jusqu'au dernier, puis les range dans deux sacs en plastique. Un litre de whisky écossais pur malt, une bouteille de vin rouge et une bonne quantité de friandises, des M&M's, des bonshommes en gélatine, diverses sortes de chocolat, des confiseries belges, de la réglisse, tous ces bonbons qu'il achetait autrefois à l'aéroport quand le monde était encore à sa place, qu'il n'avait pas explosé, qu'il ne s'était pas déchiré au point que rien ou presque ne semble pouvoir en recoller les morceaux. Cette époque où ses trois enfants attendaient, impatients, qu'il revienne d'un bref voyage à l'étranger, cette époque où ils étaient petits, ce qui n'est plus le cas aujourd'hui, puisqu'ils sont pratiquement adultes, la dernière est au lycée, l'aînée en faculté de géologie et le garçon en Espagne où il apprend l'espagnol, où il disparaît dans une langue qu'Ari ne comprend pas. Il paie et attrape les sacs. On s'efforce parfois de freiner la course du temps par notre comportement, par nos pensées, en refusant l'idée que les choses ont changé et continueront de le faire, surtout lorsqu'elles nous importent, et nous n'acceptons pas que chacun de nos pas nous rapproche un peu plus de notre mort. Les signes du zodiaque se déplacent dans les ténèbres avec leurs secrets, la Terre sous nos pieds se précipite à travers l'Univers à une vitesse de cent mille kilomètres à l'heure tandis que nous essayons sans relâche d'imposer le silence à cette sensation, cette certitude, cette réalité indéniable qui est que l'homme est un phénomène éphémère, que notre vie se résume à un chant d'oiseau, au cri de douleur d'un goéland, avant de sombrer dans le silence. Que fera donc Ari de toutes les sucreries qu'il vient d'acheter comme si le monde n'avait pas changé depuis dix ou quinze ans ? Il aperçoit ses compagnons de voyage, la femme au paquet de chips qui lui a dit ces mots sur l'importance des larmes, et le géant taciturne, tous deux récupèrent leurs bagages, lui adressent un signe de la main, le géant, prénommé Adam, soulève à peine sa paluche d'un air timide, mais juste assez pour qu'on voie sa paume. Helena, quant à elle, lève bien haut la main droite et l'agite copieusement, joyeusement, ses doigts atteignent à peine le front du géant, elle doit mesurer un mètre cinquante tout au plus. Ce voyage en Islande est leur lune de miel tardive, ils se sont mariés il y a un an, mais n'ont pas trouvé le temps de partir avant, ils ont réservé une excursion en cette période la plus noire de l'année jusqu'à l'Eyjafjallajökull, le volcan qui les a rapprochés par son éruption au printemps et à l'été 2010, la sauvant, elle, d'un mariage catastrophique et lui, d'une vie de malheur. Helena lui a dit cette phrase à propos des larmes, de leur importance, elle a effleuré du bout de ses doigts huileux le dos de la main d'Ari puis a continué de lui parler. Expliqué le mutisme entêté d'Adam, c'est qu'il est véritablement terrifié, chose tout à fait normale, a-t-elle précisé, il n'y a pas de quoi avoir honte, bien au contraire, c'est à la fois signe de logique et de raison que d'avoir peur en avion, après tout, nous n'avons pas d'ailes qui nous permettent de voler, c'est bien naturel qu'il trouve anormal de planer dans les airs, cela va à l'encontre de toute l'expérience humaine accumulée depuis des milliers d'années. Cette expérience « qui est aussi profondément ancrée dans nos esprits que celle de la caverne préhistorique ». Astrophysicienne de profession, elle écrit de la poésie pendant son temps libre, le géant, quant à lui, a été garde du corps pour des criminels, des directeurs de banques et des hommes politiques, il arrive parfois que les limites soient floues entre tous ces gens-là, l'argent et le pouvoir s'embarrassent bien peu des questions d'éthique. Présents par hasard dans le même hôtel à Istanbul au moment où l'Eyjafjallajökull est entré en éruption, tous deux devaient aller à Londres au plus vite, Helena pour un colloque où elle était censée présenter les conclusions de son équipe de recherche, lesquelles portaient sur le temps, était-il possible de le maîtriser, et si oui, par quel moyen, Adam, quant à lui, devait de toute urgence se rendre au chevet de son père mourant suite à un accident de la route. Ils s'étaient retrouvés côte à côte dans le train, avaient engagé la discussion et ne s'étaient plus quittés. Leur histoire et leur bonheur avaient commencé par une éruption et un décès. Elle a quarante ans et lui vingt-neuf. Helena a promis à Ari de lui envoyer le dernier recueil de poèmes qu'elle a publié ainsi qu'un compte-rendu de leur séjour en Islande.

Et maintenant, ils ont depuis longtemps quitté les lieux, ils sont sans doute déjà à bord de l'autobus tandis qu'immobile Ari fixe le tapis où ses deux bagages tournent en rond, et ses sacs chargés d'une époque révolue lui pèsent. Il est parfois difficile de porter à bout de bras ce qui a disparu. Il observe ses bagages qui s'éloignent sur le tapis et quelque chose lui revient en mémoire.

Une voix lui parle de souvenirs et de fardeaux.

Les souvenirs sont de gros blocs de pierre que je traîne, me disait il y a plus de trente ans un vieil homme qui travaillait avec Ari et moi au séchage et au salage de la morue à Sandgerði, il avançait parfois le dos voûté comme cerné par une tempête alors qu'il ne faisait qu'aller d'une tâche à l'autre dans l'usine de congélation, il bravait des bourrasques invisibles, les mains derrière le dos comme si ces dernières cherchaient à se protéger du passage du temps qui leur ôtait peu à peu leur force et les tordait, tu marches lentement, lui ai-je dit un jour, poussé par l'insolence de la jeunesse, mais au lieu de se mettre en colère, Kristján m'a simplement souri et répondu de sa voix rauque, les souvenirs sont de gros blocs de pierre que je traîne derrière moi. Est-il donc pesant de se souvenir ? lui a demandé Ari. Non, ça ne vaut que pour les choses que tu regrettes ou que tu aimerais oublier — ce sont les regrets qui pèsent le plus lourd.

Anesthésié, Ari regarde ses bagages qui font un tour de plus sur le tapis dont le chuchotis discret se confond graduellement avec la voix du vieux Kristján qui travaillait le poisson dès sa plus tendre enfance, ouvrier recherché, il savait tout faire, rapide et fiable, dur à la tâche et infatigable, jamais il ne se plaignait ; son seul défaut était de trop s'intéresser à la poésie, surtout aux œuvres d'Einar Benediktsson qu'il citait dans les situations les plus improbables, il trouvait toujours un motif d'inviter ce bon vieil Einar dans la conversation, qu'il y soit question de poisson ou du pasteur de Sandgerði, du temps ou des hommes politiques, récitant parfois des poèmes entiers — certains de ceux composés par Einar sont rudement longs — il les déclamait d'une manière qui alliait étrangement conviction et platitude. Il eût cependant été injuste de lui reprocher sa passion, même si elle était parfois diablement pénible, car la poésie ne diminuait en rien le cœur qu'il mettait à l'ouvrage, c'était même à croire qu'il travaillait plus vite quand il déclamait des vers. Mais le temps nous transforme tous, jamais il ne suspend son vol, il rend l'être humain plus lent, or Kristján avait déjà tellement décliné, accablé par le poids des années quand nous l'avons connu, Ari et moi, que Máni, le patron de l'usine Drangey, contre l'avis de Kári, capitaine sur un chalutier de deux cents tonnes et baptisé du nom de l'entreprise, avait été le seul à daigner lui offrir une place. Kári ne supportait pas le vieux Kristján et ne s'en cachait à personne, surtout pas à l'intéressé qu'il avait un jour violemment réprimandé en notre présence alors que nous vidions avec lui un bac de morue salée que nous devions finir de débiter. Kári avait déclaré que l'entreprise employait Kristján à perte, cette place offerte par

Máni n'était que de la bienveillance mal placée et Kristján lui-même aurait dû avoir assez de jugeote pour reposer sa vieille carcasse plutôt que de venir gêner tout le monde, il s'imposait une humiliation et c'était une épreuve pour les autres. Kristján avait ouvert la bouche, peut-être dans l'intention de se défendre avec quelques vers d'Einar Ben, mais il avait eu l'intelligence de se taire, Kári étant rudement soupe au lait, il n'aurait sans doute pas apprécié de l'entendre déclamer des poèmes au-dessus d'une caisse de poisson. Le vieux s'était donc contenté de rire avant de baisser les yeux comme un chien battu.

Nous autres, qui travaillions à Drangey, n'avons jamais remis en question la décision de Máni, nous pensions simplement, il sait ce qu'il fait et c'est donc avec patience que nous tolérions les logorrhées poétiques et la lenteur de Kristján. Nous ignorions en revanche qu'au début de la saison de pêche Máni avait d'abord refusé de l'engager. Il lui avait donné une petite tape dans le dos en lui disant, non, non, non, je n'ai pas de place pour toi, avant d'ajouter : d'ailleurs, tu en as assez fait. Ce qui signifiait, tu devrais maintenant laisser les autres travailler en paix. Les jours suivants, Máni avait eu vent du calvaire du vieil homme qui allait frapper à toutes les entreprises de pêche, petites et grandes, à Sandgerði et à Garðar, mais n'essuyait que des rejets, certains allaient même jusqu'à refuser de lui parler, apparemment le vieil homme était mis au rencart. Lui qui avait autrefois été tellement sollicité que les entreprises s'étaient battues pour l'employer, voilà qu'il n'appartenait plus au monde des vivants, qu'il était hors jeu, aussi inutile que sa longue expérience, ses connaissances et ses mains usées. Il n'avait plus qu'à s'en aller là où il ne générait personne. Un jour, à bord de son camion, Máni l'avait croisé alors qu'il sortait de la dernière entreprise, les épaules ployant sous un refus supplémentaire, le dos tellement voûté que l'ancien bourreau de travail menaçait de se changer en larmes muettes. Máni avait marmonné un juron, ralenti, abaissé sa vitre et sorti sa tête au vent avec sa casquette à carreaux qui ne s'envolait jamais quelle que soit la violence des bourrasques, il avait craché son tabac à chiquer afin de parler plus clairement, baissé les yeux sur Kristján, sur cette tristesse, ce désespoir, puis déclaré, allez, je t'attends demain matin à huit heures. Sur quoi, il avait donné un bon coup d'accélérateur afin de s'épargner les remerciements du vieil homme.

Tout l'hiver, Kristján était arrivé vers huit heures moins dix, moins cinq, et s'acharnait à la tâche afin de ne pas décevoir Máni, se démenant par à-coups comme pour se soustraire au temps, s'arracher au poids de l'âge, et masquer à quel point il était lent. Mais peu importaient ses efforts, il n'abattait que la moitié du travail que nous autres accomplissions. Quant à la poésie d'Einar Benediktsson, elle ne lui était plus d'aucun secours pour accélérer sa cadence. Sa passion pour l'homme de lettres avait fait corps avec lui, telle la corne sur les mains d'un travailleur de force, elle avait augmenté avec l'âge, au fur et à mesure qu'il gagnait en lenteur, comme s'il imaginait que la puissance contenue dans ces poèmes lui rendait la vigueur que les années lui avaient volée. C'était vrai dans une certaine mesure, son regard s'allumait et retrouvait sa jeunesse dès qu'il déclamait une strophe d'Einar. Hélas, chaque fois qu'il commençait, il avait une fâcheuse tendance à oublier aussi bien son travail que ceux qui l'entouraient, lui qui n'avait jamais supporté les traînards, dans son esprit, la flânerie était un poison qui corrompait le sang ; il suffisait maintenant qu'un vague je-ne-sais-quoi dans l'atmosphère lui rappelle une poésie d'Einar, parfois un simple mot, pour qu'il oublie tout le reste, qu'il tressaute, se mette à s'agiter comme pour s'échauffer, et qu'ensuite les vers retentissent à profusion, une strophe, deux strophes, parfois, tout un poème.

Qu'est-ce qui nous conduit à nous souvenir ?

Les mains chargées de sacs emplis d'années perdues, anesthésié, Ari regarde ses bagages qui tournent en rond sur le tapis dont le chuchotis se confond avec la voix du vieux Kristján quand il déclamait les *Monologues de Starkaður* ; ce vers douloureux lui serait-il par hasard revenu en mémoire : « En quel pays demeure notre éphémère bonheur ? » Est-ce cette ligne-là qui a relancé le manège à souvenirs en l'arrêtant sur ce soir de février au tout début des années quatre-vingt-dix ?

Le bateau de Kári était rentré au port juste avant l'heure du dîner, croulant sous le poisson, ce qui impliquait qu'on travaille jusqu'à minuit. Ari, Kristján et moi étions en bout de chaîne, nous réceptionnions les prises après que la machine à fileter les avait débitées et recrachées dans un bassin long d'environ deux mètres d'où une chaîne remontait les poissons dégoulinants, propres et glacés qu'Ari et moi-même devions placer dans un bac. Kristján se chargeait du salage. Il peinait par moments à suivre la cadence, se démenait par à-coups et salait si mal qu'Ari et moi devions attraper une poignée de gros sel et la verser aux endroits qu'il avait négligés avant de mettre dans le bac une nouvelle couche de poisson. Máni avait une fois de plus ouvert le grand couvercle de la benne où il avait déversé tout un camion de cabillaud, le dernier chargement, le soir sombre blanchissait sous les bourrasques de neige, il gelait à pierre fendre, nos doigts étaient engourdis par le froid qui s'infiltrait à travers le plastique de nos gants, l'eau coulait constamment des tuyaux d'arrosage afin que ces derniers ne gèlent pas, le temps passait si lentement qu'il semblait presque immobile, la quantité de poisson ne diminuait pas dans la benne en dépit de notre labeur incessant, ceux qui étaient à l'écaillage et au filetage faisaient grise mine. Quel froid de canard ! m'étais-je exclamé en maudissant Máni qui, debout en surplomb de la benne ouverte, baissait les yeux sur les poissons, calme comme un pape, insensible au froid et au vent, les mains nues et son anorak comme toujours à moitié ouvert tandis que le noroît, le soir et la neige s'infiltraient partout. On est transi jusqu'aux os et ce, où qu'on soit, avais-je dit, c'est vrai, avait répondu Ari, je dirais presque jusqu'au cœur. Et là, le vieux Kristján était sorti de sa torpeur, il avait sursauté, brandi la petite pelle dont il se servait pour saler comme un point d'exclamation, une déclaration solennelle : « Blanche étreinte. » Nous avions immédiatement compris ce qui nous attendait, maudit ce froid glacial, cette soirée, ce poisson, ces minutes immobiles et cette satanée poésie, décidément, nous n'en avions pas fini : « Blanche étreinte — mon cœur était-il froid ? / Pourquoi le nom d'amours s'est-il tu sur mes lèvres ? »

Et Kristján avait déclamé l'ensemble du poème.

Rien ne l'arrêtait, une force contre laquelle il ne pouvait lutter propulsait la poésie sur ses lèvres, Ari et moi connaissions désormais la musique, qu'il ait à la main une pelle, un couteau, une corde, des têtes de morue attachées à une ficelle, qu'il soit au beau milieu d'une opération ou même à l'étage, dans notre cafétéria à nous, les plus jeunes, qu'il préférait à ce placard du rez-de-chaussée, saturé de fumée, où les femmes prenaient leur pause avec Máni. Des rivières de mots lui sortaient de la bouche, la seule chose susceptible de l'arrêter d'un coup eût été la présence de Máni, mais ce dernier était parti dans la nuit, offert à l'étreinte blanche de la neige après avoir refermé le couvercle de la benne et plus rien ne pouvait nous sauver, Ari et moi, de l'oppression de la poésie. Tandis que le tapis roulant sortait les poissons débités hors de la benne et alimentait le bac incliné qui se trouvait au-dessous, Kristján récitait les *Monologues*, campé sur ses jambes écartées pour garder l'équilibre. Il s'était penché en avant, et bientôt deux filets de morve brunâtre avaient coulé de ses narines, deux filets colorés au tabac à priser qui allaient et venaient au rythme des mots — trente ans plus tard, Ari se dirige vers le couloir pour passer la douane et rejoindre la sortie avec ses sacs en plastique, ses deux valises posées sur un chariot et la voix légèrement rauque de Kristján dans les oreilles. La tête emplie de poésie : la voix d'un vieil homme, un soir de février, une benne qui déborde de cabillaud et deux filets de morve brunâtre qui se balancent au rythme des vers et des strophes.

Vous allez devoir vous dévêtir ; considérations diverses sur la culpabilité et ces saloperies de gauchistes

Où le sentiment de culpabilité prend-il sa source ? Ce fardeau que tant de gens traînent derrière eux, cette sensation que nous avons d'être coupables ou d'avoir trahi d'une manière ou d'une autre notre propre personne, nos proches, le monde, la vie ; cette idée que nous sommes porteurs d'une faute qui, tôt ou tard, se verra punie ? C'est pour cette raison que le cœur bondit brusquement et manque une mesure quand nous apercevons une voiture de police ou un agent dans le coin de notre œil — d'où nous vient ce sentiment de culpabilité ? De la faute originelle, de cette cruelle théorie qui affirme que notre sang à tous porte les traces des péchés de nos ancêtres ? La rancune terrifiante de Dieu n'a d'égale que l'éternité. Nous avons ingurgité ce soupçon de culpabilité avec le lait maternel, et depuis il coule dans nos veines : en tout cas, Ari n'est nullement surpris quand il voit l'imposant douanier s'avancer et lever le bras, faisant ainsi taire le vieux Kristján dans sa tête. Le vers de poésie se disloque et tout disparaît : ce soir de février et l'étreinte blanche de la neige, le froid mordant, l'usine de poisson de Sandgerði, la benne remplie de morue, le couinement de l'appareil à étêter les prises, le bruit de la machine à fileter, le vieux et sa pelle de salage brandie en l'air.

Le douanier s'avance, lève son bras imposant et la tête d'Ari se vide, il n'entend plus rien que son cœur qui bat.

Vous ne pouvez sortir d'ici avec ce chariot, déclare le préposé, navré, presque gêné, en tapotant sur le caddie où reposent les valises et les deux sacs en plastique qui croulent sous le poids d'un monde disparu. Ari balaie les lieux du regard, il est manifestement bon dernier parmi tous ces voyageurs, debout devant le tapis de livraison des bagages, à regarder ses valises décrire des cercles inutiles. Il n'avait pas remarqué que le magasin détaxé s'était entièrement vidé. Pardonnez-moi, répond Ari en levant les yeux vers l'homme qui lui semble tout à coup familier, désagréablement familier, mais il décide aussitôt de ne pas s'en soucier et s'apprête à attraper ses sacs, pour peu qu'il parvienne à soulever le monde englouti qu'ils contiennent, mais le douanier pose son autre main sur eux et demande ou plutôt déclare, à nouveau navré, comme si cela lui était pénible, comme s'il trouvait la chose regrettable, ça ne vous gênerait pas qu'on jette un œil dans ces sacs et dans vos valises, puis il lance un regard en direction de son collègue qui vient d'arriver derrière lui. Un nœud aussi gros qu'un poing se forme dans l'estomac d'Ari, il toussote, hausse les épaules, sort son téléphone pour regarder l'heure et constate qu'il a deux messages non lus. L'autre douanier attrape sans un mot les deux sacs du magasin détaxé, il les soulève sans peine, c'est un jeune homme qui n'a pas à lutter contre le passé, allons plutôt dans la pièce d'à côté, suggère son collègue plus âgé, ajoutant aussitôt à voix basse, si ça ne vous gêne pas. Ari marmonne quelque chose et un troisième employé des douanes apparaît, une jeune femme, qui prend l'une des valises sur le chariot, celle qu'Ari a ouverte après l'avoir récupérée sur le tapis pour y glisser à la hâte les trois magazines qu'il a achetés à Kastrup, *Rolling Stone*, *Astronomy* et une publication américaine qui semblait à la limite de l'érotisme et de la pornographie, Ari l'avait choisie un peu vite, s'étant retrouvé avant même de s'en rendre compte devant le présentoir de magazines et DVD à caractère sexuel, le sexe, ce désir primaire que nous dissimulons et laissons exploser, que nous assouvissons tout en le taisant, peut-être n'y a-t-il rien d'aussi caricatural que le désir dans l'univers de l'homme, ce désir qui est pourtant l'origine de toute vie.

À son grand soulagement, la jeune femme quitte la pièce après avoir posé la valise sur une longue table, elle referme la porte, et ils se retrouvent tous les trois, Ari et les deux douaniers, lesquels se mettent aussitôt à vider les valises et les sacs. Ils posent chaque objet avec soin sur la table, le plus jeune feuillette rapidement le manuscrit qu'Ari rédige sur le poète Jóhann Sigurjónsson ou plutôt les brouillons de ce livre qu'il écrit depuis longtemps, depuis plus de vingt ans, et qu'il a toujours rêvé d'écrire, mais toujours hésité sans savoir pourquoi, peut-être par peur d'assister à la défaite d'un rêve de jeunesse, de ne pas parvenir à soulever ce fardeau. Il s'est finalement attelé à la tâche pendant son exil à Copenhague, il l'a fait presque en secret, cela le met très mal à l'aise de voir le douanier lire une ligne par-ci une ligne par-là, et quand le jeune homme bouge les lèvres, il a l'impression qu'il sonde le tréfonds de son âme. Puis il repose le manuscrit, manifestement peu intéressé, ouvre les livres en les sortant des valises, de même que les trois magazines qu'il secoue, Ari baisse les yeux quand le douanier feuillette la publication érotique qui, en ce moment précis, semble nettement plus pornographique. Le jeune douanier soupire, à moins qu'il ne se rengorge de mépris face à ce torchon qu'il pose bien à l'écart du reste, sur la longue table, la couverture en évidence. On y voit une jeune femme très légèrement vêtue qui fixe Ari droit dans les yeux, la provocation qui émanait de son regard à Copenhague a disparu, remplacée par un vide mêlé de tristesse, comme si le photographe lui avait dit quelque chose de blessant avant de prendre la photo. Brusquement, une chose le frappe, un coup asséné entre les deux yeux, il comprend que cette femme n'a sans doute guère plus de dix-huit ans, l'âge de la plus jeune de ses filles. Sa bouche affiche une moue, ses yeux gris sont tristes, peut-être parce que personne ne veut plus la serrer dans ses bras, lui murmurer des mots magnifiques qui consolent quand les nuits sont sombres et que la vie se change en couteau. Les douaniers restent les bras ballants, pensifs, face aux valises et aux sacs en plastique qu'ils viennent de vider. Rien n'est plus dénué de vie que ces sacs qui reposent, tire-bouchonnés, à côté des magazines, comme deux yeux éteints. L'un des douaniers, le plus costaud, celui qui lui rappelle quelqu'un qu'il a dû connaître autrefois, ouvre son bagage à main et en vide le contenu, deux livres, un court roman de Roberto Bolaño, *Nocturne du Chili*, un recueil de poèmes de Hannes Pétursson, un bloc-notes contenant principalement des idées pour son livre à propos de Jóhann Sigurjónsson, mais également des notes qui ressemblent à de la poésie ou à des bribes de roman, des lignes qui lui sont venues tout à coup, à sa grande terreur, lui qui n'avait pas écrit de prose depuis plus de vingt ans : des mots à propos de son iPod, de la photo de ses parents et du diplôme d'honneur d'Oddur. Le douanier feuillette avec une certaine curiosité les pages du bloc-notes, une curiosité si intense qu'elle semble presque malsaine, puis il attrape le diplôme d'honneur dans son cadre et on dirait qu'il sursaute. Il lit le texte tandis qu'Ari l'observe, s'attarde sur les rides au coin de ses yeux, sont-ce des rides d'insomnie ou d'expression, de sourire ? Ses lèvres confirment la première hypothèse, la vie est parfois difficile, y compris pour ceux qui endossent l'uniforme du pouvoir, de la loi, de la surveillance. Une bedaine conséquente tend sa chemise blanche, peut-être sa bouche affiche-t-elle une moue tombante à cause de ces kilos en trop, il en aurait au moins vingt, si ce n'est trente à perdre, c'est un poids qu'il doit porter où qu'il aille, un fardeau qui l'oppresse chaque nuit, trois cent soixante-cinq jours par an, nombre de bouches afficheraient une moue pour moins que ça. Et son regard est très particulier, il semble gris clair à première vue, mais on y remarque bientôt une nuance de vert, des rayons qui luiraient faiblement au fond de son iris — et à l'instant où le douanier lève les yeux du document, Ari comprend brusquement en un sursaut, il est désolé de ne pas l'avoir reconnu plus tôt, comment est-il possible d'oublier son cousin, ce cousin-là surtout, comment oublier ces yeux gris clair et leur lueur verte, comment oublier, et surtout cet oubli-là est-il pardonnable ? Mais la bouche du fonctionnaire se fend en un sourire, à moins que ce ne soit un rictus, quand Ari s'écrie : Nom de Dieu, c'est bien toi, Ásmundur !?

J'en ai bien peur, mon vieux, confirme son cousin avec un rictus qui le transforme radicalement : son assurance presque insolente mâtinée d'insouciance, et qui nous fascinait, Ari et moi, mais aussi bien d'autres, il y a des décennies, affleure à son visage. Par le diable ! s'exclame Ari, sans savoir si c'est de joie ou de surprise. Tu l'as dit, répond Ásmundur, je croyais que tu ne m'avais pas reconnu. C'est que tu as un peu changé, plaide Ari. Ásmundur caresse machinalement sa bedaine de sa main droite, en un geste qui contient environ trente ans.

Ásmundur : Je vois que tu as le diplôme de grand-père.

Ari : Oui, papa me l'a envoyé récemment à l'étranger. J'habite, ou plutôt, j'habitais à Copenhague.

Ásmundur : Je suis au courant. Nous sommes évidemment tous inquiets pour ton père. Fidèle à lui-même, il se met en colère dès qu'on s'occupe de lui. C'est bien que tu sois rentré. À part ça, j'ai vu dans les journaux que tu réussissais. Tu es l'honneur de la famille, nous sommes fiers de toi !

Ari : Que je réussissais — allons, je t'en prie !

Ásmundur : En tout cas, on lit ton nom dans les journaux.

En effet, convient Ari, triste de constater que son cousin, notre ancien chef de bande, notre exemple, notre héros, mesure la réussite de quelqu'un à la place que lui accordent les journaux dans leurs colonnes, que c'est là pour lui le signe d'une vie accomplie, si ce n'est du bonheur. Une vague de tristesse l'envahit, confronté à la vie et aux épreuves qu'elle nous impose. Dire qu'il lui faut croiser son cousin Ásmundur ici, trente ans plus tard, dans de telles conditions, endossant de tels rôles. Il est triste de voir qu'Ásmundur n'a pas connu un destin plus grandiose, nous qui l'imaginions conquérant le monde, en tout cas à sa manière, nous n'avions pas rêvé qu'il finisse comme douanier à l'aéroport de Keflavík, affligé par cet embonpoint de trente kilos au moins. Ari baisse les yeux afin qu'Ásmundur ne remarque pas sa déception, pourtant évidente, cela dit, que sais-je de la vie qui est la sienne, pense-t-il, peut-être est-il heureux, n'est-ce pas une grande victoire que de trouver le bonheur et de le garder, une prouesse dont bien peu de gens peuvent s'enorgueillir, n'est-ce pas l'unique victoire qui compte ? Il jette un regard en biais, aperçoit le magazine, et à nouveau l'angoisse le tenaille, accompagnée par un sentiment persistant de culpabilité. Il regarde la fille sur la couverture. Elle est si jeune qu'il en est impardonnable. Comment s'appelle-t-elle, quels rêves étaient les siens quand elle avait sept, huit ou dix ans, voulait-elle devenir ballerine, princesse, artiste, vendeuse, peut-être ? En tout cas, certainement pas cette femme nue face à l'objectif froid de l'appareil afin que des garçons et des hommes qu'elle ne connaît pas, gamins âgés de quinze ans et arrière-grands-pères, puissent se caresser en la regardant. Quel est son prénom, est-elle gentille, farouche, tiraillée, abîmée ?

Ásmundur toussote, certes pas très fort, mais sa toux

résonne dans la pièce comme un coup de feu et fait sursauter Ari. Le second douanier, la petite trentaine, svelte mais robuste, les cheveux noirs rabattus en arrière, fronce les sourcils. Je crains, annonce Ásmundur, l'air embarrassé, le front empourpré, que nous ne devions procéder à une fouille plus complète.
Son collègue hoche la tête, bombe légèrement le torse, comme s'il se préparait à livrer bataille.
Ari : Plus complète ?
Ásmundur : J'en ai bien peur. C'est terrible de devoir imposer ce genre de chose à son propre cousin.
Ari : Plus complète, c'est-à-dire ?
Ásmundur : Mais bon, soit on fait correctement son travail, soit on dégage et on rentre chez soi.
Ari : Plus complète, comment ça ?
Eh bien, hésite Ásmundur, posant brièvement la main sur sa bedaine, comme pour lui rappeler les trente ans qui se sont écoulés dans leur vie, pour lui signifier que bien des choses ont changé sans qu'ils n'y puissent rien. Eh bien, reprend-il, puis il s'interrompt, son collègue vole à son secours, regarde Ari droit dans les yeux et déclare sur un ton aussi calme que résolu, vous allez devoir vous dévêtir.
Me dévêtir ? Me déshabiller ?
Les deux douaniers hochent la tête.
Tout de même pas entièrement ?
Ásmundur : Nous avons reçu un signalement, hélas.
Un signalement, répète Ari, la voix étranglée.
Et il est très clair, précise Ásmundur.
Ari : Un signalement, c'est-à-dire, enfin, de quel genre ?
Le plus jeune, sèchement : Qui précise que vous ne seriez pas aussi innocent que vous en avez l'air.

Comment Ari pourrait-il nier une telle évidence, nier qu'il lui est arrivé de trahir ses proches, ceux qui comptent le plus, se trahissant simultanément lui-même, nier qu'il a trahi sa mère et son souvenir, trahi ses rêves de jeunesse et Margrét, sa grand-mère paternelle ? Et quel moyen Ásmundur aurait-il de démentir le fait qu'Ari est coupable d'une faute grave — après tout, ils ne se sont pas vus depuis trente ans et n'ont pas échangé un mot. Ari, qui a publié deux recueils de poèmes et deux romans, comme afin de défendre les couleurs de ses deux familles, de rendre le monde meilleur et plus vaste grâce à l'écriture, mais qui a renoncé alors qu'il avait à peine commencé, puis dissimulé sa défaite en s'attachant à publier d'autres textes que les siens. Lui qui a presque exclusivement consacré ses deux dernières années à l'édition de la série *Dix conseils*, des livres offrant des solutions clef en main, des livres qui claironnent qu'avec quelques recettes aussi simples que rapides, on se facilite l'existence — ce genre d'homme n'a-t-il pas nécessairement quelque chose à cacher ?

Ásmundur reprend la parole, évoque son devoir de fonctionnaire et le signalement reçu par les services de douane, précise en outre que le fait qu'Ari soit sorti en dernier n'arrange rien, puis il parle des chiens, ils ne sont pas sur les lieux en ce moment et de toute façon ils ne suffiraient pas, Ari n'est pas certain de bien comprendre ; engourdi, il ne sent plus rien. Il commence à se déshabiller avec des gestes mécaniques, veste, pull-over léger, jean de couleur sombre, et sent sa vulnérabilité augmenter à chaque vêtement qu'il retire. Ásmundur détourne les yeux pendant que son cousin se déshabille, il cache son regard gris clair, éclairé par cette étrange lueur verte, ces rayons lumineux qui le rendaient si ensorcelant, il y a trente, il y a quarante ans, un peu comme s'il avait vu des mondes inconnus, comme s'il pouvait sur simple décision s'arracher aux entraves du quotidien, comme si le ciel était plus clair au-dessus de sa tête qu'en surplomb de celle des autres ; Ásmundur détourne les yeux, son regard se perd dans le vague tandis que, solidement campé, les jambes écartées et les mains derrière le dos, son jeune collègue fixe le voyageur qui a maintenant tout enlevé sauf son slip. Ari pose son doigt sur l'élastique, hésite, regarde la porte comme s'il craignait que la douanière ne réapparaisse, regarde le jeune fonctionnaire pour obtenir confirmation et s'assurer qu'il doit bien tout enlever, le douanier comprend et lui répond par un hochement de tête bref, mais résolu. Ari pose à nouveau sa main sur l'élastique et pense, sans pouvoir s'en empêcher : et dire que certains sont excités sexuellement par le pouvoir et l'uniforme. Il lui revient alors en mémoire, en un éclair, un roman allemand dont l'histoire débute en Italie. Suite à un malentendu ou par simple hasard, le héros, un jeune homme, est embarqué par un fourgon de police au milieu de la nuit et se retrouve assis sur le banc à l'arrière, les mains menottées derrière le dos, en pyjama, face à une belle et jeune policière qui porte des bottes en cuir, et en dépit de l'énergie qu'il déploie pour que cela n'arrive pas, il a une érection, il affiche une érection triomphante et très visible. Ari a toujours la main posée sur l'élastique de son slip, il sent l'angoisse lui remonter la moelle épinière, et si tout à coup il se mettait à bander, ne serait-ce qu'un petit peu, après tout, cette scène du jeune homme face à la policière l'a toujours impressionné, Dieu tout-puissant, si cela se produisait, quelle humiliation ! Il baisse son slip, ne sent même plus son corps et se contente de regarder droit devant lui, n'ose pas baisser les yeux pour vérifier que son membre n'a pas raidi. Le collègue d'Ásmundur l'observe, de même que la jeune fille sur la couverture du magazine, à nouveau, le coin de sa bouche affiche du désir, un sourire coquin, et Ari est nu comme un ver. Il n'a plus rien, on l'a privé de tout, de personnalité, de droits, ses bras ballants le long du corps sont inutiles, ils ne savent que faire, ils lui sont étrangers, ils appartiennent à quelqu'un d'autre, et maintenant Ásmundur et son jeune collègue le regardent tous les deux. En fixant son visage, en rivalisant d'efforts pour éviter de regarder son membre, il y a quelque chose de honteux à regarder le sexe d'un autre homme, cela revient presque à déclarer qu'on serait intéressé. Mais peut-être font-ils tout ce qu'ils peuvent pour ne pas baisser les yeux, justement parce que la catastrophe s'est produite et que le souvenir brûlant de ce roman allemand a propulsé un sang tout aussi bouillonnant dans ce membre qui se serait mis à grandir, à durcir et grossir. Ari incline légèrement la tête, baisse les yeux et regarde en biais, l'air pensif, un peu triste, et ressent un immense soulagement quand il constate que son sexe n'a ni grossi ni durci, mais qu'au contraire il s'est recroquevillé, sans doute intimidé. Une idée imbécile l'envahit subitement, il aurait envie de préciser : eh ben, il est beaucoup plus petit que d'habitude.

Ils ont installé au centre de la pièce une table qui ressemble à celles de l'école primaire de Keflavík. Devant, ils ont posé un pupitre face auquel ils demandent à Ari de se placer, comme s'il devait prononcer un discours confessant sa culpabilité. Le plus jeune tapote le pupitre. Son regard jusqu'alors ferme voire menaçant s'est quelque peu adouci. Ásmundur se racle la gorge, il se tient en retrait, légèrement sur le côté, derrière Ari, qui jette un œil dans sa direction et sursaute en le voyant couvrir sa main droite d'un gant en latex à usage unique et en apercevant la boîte de lubrifiant dans son autre main. C'est mieux pour toi, mon vieux, précise-t-il, les yeux baissés sur la boîte comme s'il s'adressait à elle, c'est mieux si tu te penches en avant sur le pupitre, cela te permettra de te détendre. Donc, c'est un pupitre, répond Ari entièrement nu.

Ásmundur : Un cadeau du club Kiwanis de Keflavík. Il nous est bien utile pendant les réunions, et ça nous permet de faire des économies. Je veux dire, puisqu'on peut s'en servir aussi bien ici qu'en réunion.

Il y a suffisamment de gâchis comme ça dans cette société, lance le jeunot d'un ton sec, en proie à une colère subite.

Ásmundur fustige, à voix basse : Sævar !

Sævar : Il faut quand même bien dire les choses telles qu'elles sont — ces saloperies de gauchistes sont en train de bousiller le pays !

Ari et Ásmundur regardent tous deux le jeune douanier qui, on l'aura compris, se prénomme Sævar. Quels gauchistes, interroge Ari qui aurait bien envie de cacher sa nudité, mais n'ose pas, préférant mettre ses mains derrière son dos. Or il aurait mieux fait de s'abstenir, ne semble-t-il pas, ainsi, menacer de son membre ce jeune homme qui les regarde alternativement, lui et son cousin, comme s'il avait face à lui deux imbéciles. Enfin, qui dirige ce pays depuis quelques années, dit Sævar en baissant les yeux sur le corps d'Ari qui laisse retomber ses bras. Ce ne sont pas eux qui sont responsables des dépenses engagées avant leur arrivée, les malheureux, déclare Ásmundur, manifestement excédé, et ils s'en sont tellement donné à cœur-joie que tes pauvres gauchistes n'avaient plus rien à dépenser, il ne leur restait qu'à éponger les dettes ! Mes gauchistes, s'agace Sævar, *mes* gauchistes, répète-t-il en se rengorgeant par deux fois, ils ne sont pas plus à moi que... que les deux couilles de ton cousin, ajoute-t-il, l'index pointé vers Ari comme s'il y avait quelqu'un d'autre que lui à être nu dans cette pièce. Tout ce que ces gauchistes sont capables de faire, c'est s'engueuler, lire des poèmes et assassiner les pauvres gens d'impôts à n'en plus finir.

Ásmundur : Sævar...

Sævar : Sans doute pour pouvoir continuer à publier encore et encore leurs putains de poèmes !

Il pointe à nouveau son index en direction d'Ari et de ses organes génitaux, comme si ces derniers étaient en lien direct avec le marché du livre et l'édition de recueils poétiques, puis il tressaute, s'avance d'un pas et frappe le pupitre.

Ásmundur : Nom de Dieu, Sævar, on devrait me payer double rien que pour écouter tes conneries !

Sævar : Il faut bien que quelqu'un dise les choses, les montre comme elles sont, sinon on court à la catastrophe, et vous, vous êtes de quel côté en politique ? demande-t-il incidemment à Ari. Je..., hésite-t-il, disons que... que je préférerais surtout pouvoir me rhabiller assez vite. Sævar le toise, inflexible, comme pour lui dire clairement, tu ne t'en tireras pas aussi facilement, et à ce moment-là Ásmundur se reprend. Je crains que nous ne devions d'abord terminer la fouille, annonce-t-il, tu n'y échapperas pas, nous avons reçu un signalement très précis, comme Sævar vient de te le dire, et même si je ne te crois pas capable de quoi que ce soit de mal, cousin, je dois quand même faire mon travail, peu importe l'identité de la personne concernée, peu importe combien la chose est dégradante, et tu comprends en quoi il consiste, n'est-ce pas ? Ari s'est retourné afin de pouvoir regarder son cousin dans les yeux, il a l'impression que ses organes génitaux affichent la preuve criante de son innocence. Il voudrait lui poser des questions à propos de ce signalement, l'interroger sur les chiens, lui dire qu'il n'a pas compris ce qu'il lui a expliqué à leur sujet, lui demander si leur flair excellent ne pourrait pas permettre d'éviter... euh, ce genre de fouille, mais il se tait et se contente de hocher la tête.

Ásmundur : Comme je viens de te le dire, il vaut mieux que tu te penches sur le pupitre, cela détendra le muscle, enfin, tu me suis. Il n'y en a pas pour longtemps et nous ne reparlerons plus jamais de tout ça. Ásmundur baisse les yeux sur la boîte de lubrifiant, Ari s'avance vers le pupitre, se penche, écarte machinalement les jambes, Sævar se place face à lui, peut-être afin de l'encourager ou afin de le dissuader de toute résistance. Il entend Ásmundur qui s'affaire et se prépare, jette machinalement un regard en arrière, panique à l'idée qu'il ait baissé son pantalon, n'ose toutefois pas se tourner entièrement pour vérifier et n'aperçoit que la silhouette de son cousin. Les yeux d'Ari cherchent désespérément un point sur lequel se fixer, mais n'en trouvent aucun et tombent sur le magazine, sur le visage de la jeune fille. Sa bouche affiche une expression où se mêlent amertume et cynisme, comme si, au moment où l'index large et explorateur d'Ásmundur entre dans l'anus d'Ari, elle voulait lui dire : tu vas maintenant comprendre ce que signifie être une femme dans l'univers des hommes.

Incise

DES CHEVEUX BRUNS, UNE ROBE VERTE,
DÉSORMAIS, JE POURRAI AIMER
D'AUTRES HOMMES QUE TOI

Un jour, cette pensée ne manquera pas de nous envahir : dans quel but ai-je vécu ? Pourquoi suis-je ici ? Si nous ne nous posons jamais la question, si jamais nous ne doutons, si la plupart du temps nous traversons sans réfléchir les jours et les nuits en allant si vite que peu de choses ont prise sur nous à part le portable dernier cri ou l'ultime chanson à la mode, alors nous avons toutes les chances de foncer tôt ou tard droit dans le mur. Il n'est pas impossible que le doute, que ces questions arrivent comme autant de bombes, semant le chaos, changeant et défigurant l'univers, et que ces détails que vous aviez à peine remarqués, les menus agacements du quotidien, le bruit que fait l'autre quand il mange à la table du petit déjeuner, le tube de dentifrice écrasé en son milieu, deviennent brusquement si assourdissants que votre bras se transforme en un hurlement dément qui éjecte la vie de la table.

Puis vous voici parti pour deux jours entiers à l'hôtel Hólmavík.

Les eaux bleues de froid du golfe de Húnaflói baignent les fjords, les baies et les criques alentour, les poissons au sang glacé qui nagent dans ces profondeurs ignorent presque tout de la vie. Brandur sort en mer, le bruit étouffé du moteur diesel l'accompagne sur les vastes étendues, le vent du nord claironne quelques nouvelles de l'éternel hiver et racle les pentes dénudées de la contrée, Brandur lance ses filets dans la mer, plus profonde que l'existence humaine, mais dont la chair n'est pas aussi sensible, il entend le moteur qui marmonne son chant à l'odeur de pétrole, écoute la radio ou le chœur d'hommes Heimir sur le disque laser, boit son café à petites gorgées, fume sa pipe. Chez lui, à Hólmavík, Sjöfn l'attend à l'hôtel, le couteau à fileter à portée de main, elle l'attend avec son malheur et son désir de voir un homme entrer dans sa vie, tandis qu'Alexandra, son épouse, est à la coopérative, avec ses cheveux bruns et son rire communicatif, Brandur ferme un instant les yeux, mordille sa pipe, deux paysans de Trékyllisvík parcourent cent kilomètres en voiture par un temps des plus incertains, ignorant si la route est praticable, simplement pour acheter un sandwich, un plat chaud, un litre de lait, deux bières au rayon des alcools, simplement pour sentir sa présence, pour la voir, simplement pour entendre cette jeune femme prononcer leur prénom.

Ari s'accorde une halte à la coopérative avant de repartir vers Reykjavík, mais il ne rentre pas chez lui ; gardons-nous pour l'instant de recourir à cette périlleuse expression, chez lui, évitons-la pour l'heure et pour toujours peut-être. Il s'arrête un long moment au magasin installé dans une sorte de cube situé à l'orée du village, ce dernier ressemble plutôt à un hangar et ne fait pas vraiment la fierté du lieu, l'Islande regorge de bâtiments hideux, comme si nous n'avions pas encore compris que les constructions font partie du paysage et que leur manque de personnalité colore de grisaille notre environnement et, de fait, toute notre existence. Mais Alexandra est là, à l'intérieur de ce hangar, elle se lève deux fois de sa chaise tandis qu'Ari déambule à travers les rayons, il constate que Sjöfn n'a en rien exagéré sa beauté et son rayonnement, elle agit comme un aimant, elle ressemble à une musique, se dit-il en payant ses deux pommes et son yaourt à boire. Alexandra lui sourit, ce sourire illumine ses yeux sombres qui pétillent sous sa chevelure brune et le cœur d'Ari bondit bêtement, comme celui d'un adolescent, d'un jeune homme innocent, ouvert et désarmé, et non de cet homme qui approche la cinquantaine, cet homme dont la vie est un champ de ruines, dont l'existence s'est effondrée il y a deux jours à peine suite à une mystérieuse explosion atomique qui a tout dévasté, il continue de vivre parmi les ruines, mais les radiations se diffusent déjà dans ses veines. Enfin, elle est peut-être de mauvaise humeur au réveil, pense-t-il en rejoignant sa voiture. Le ciel s'est assombri. Tombent les premiers flocons de la journée. Peut-être est-elle injuste, égoïste, trop préoccupée par sa beauté, peut-être écoute-t-elle de la musique infâme, marmonne-t-il comme s'il récitait un mantra, comme afin de s'arracher à Hólmavík où il a repéré cette petite maison à vendre ou à louer sur la colline, avec vue sur le large. Celui qui peut contempler la mer de jour comme de nuit risque moins d'être malheureux. Et l'idée l'a effleuré de s'installer ici pour un temps, d'habiter là, comme à l'écart de la vie elle-même, d'attendre que les fissures dans le sol sous ses pieds se referment et, pourquoi pas, d'y écrire ce livre sur Jóhann Sigurjónsson, ce livre dont il rêve depuis si longtemps, depuis qu'il a vingt ans. Évidemment, cette idée est hautement déraisonnable, mais elle a quelque chose de séduisant, il en émane une séduction qui n'a fait que croître considérablement tandis qu'Alexandra le regardait.

Il allume le moteur, se met en route sous les flocons en maudissant ce Brandur qui possède un bateau, toute une vie en mer, et qui est marié à cette femme. Sans doute est-il béni des dieux, sans doute peut-il fumer sa pipe sans craindre le cancer, les volutes de fumée sont le signe de sa sérénité, de la profondeur de sa pensée, et ne sauraient avoir pour conséquence un cancer, ne sauraient le conduire à une mort douloureuse et médicalisée, sous morphine en intraveineuse, privé de toute dignité, n'ayant plus rien d'autre que sa souffrance.

Il entre dans l'averse de neige qui ne tarde pas à s'épaissir confortablement, le vent se réveille et balaie les flocons, le monde tout entier, l'air, la terre et le ciel blanchissent comme s'il pénétrait dans les profondeurs de la pensée des anges. Il progresse à une vitesse de trente kilomètres à l'heure dans sa jeep Kia, écoute Bach assez fort, les deux mains sur le volant. Penché en avant, il conduit si lentement qu'il se prend à espérer que jamais il n'arrivera à destination, qu'il se perdra dans les pensées des anges pour y mourir. Il a consulté ses courriels sur l'ordinateur de Sjöfn, elle avait relevé ses cheveux, enfilé une robe verte qui lui allait bien, et semblait lui dire, allons, reste encore un peu, je promets de panser tes blessures, avec douceur, et peut-être panseras-tu les miennes, je crois que ta vie et la mienne côtoient dangereusement la solitude, peut-être est-ce ce mot terrifiant qui les a façonnées, je ne saurais t'apporter le bonheur ou la sérénité, et certainement pas la moindre solution, je ne puis t'offrir qu'un peu de compagnie, l'oubli que procure une étreinte, mon épaule saura accueillir tes larmes, et mes doigts apaiseront tes blessures. Son attitude qui exprimait tout cela proposait tout cela, et l'espace de quelques secondes Ari avait ressenti le désir de dénouer ses cheveux roux, de lui ôter sa robe et de caresser ses jolies hanches, elle l'avait sans doute vu dans son regard car elle lui avait souri et ses yeux s'étaient allumés — mais il lui avait seulement demandé d'emprunter son ordinateur. Il avait reçu treize messages. Huit étaient de nature professionnelle, un devis pour l'impression de deux ouvrages, une proposition de couverture, un courriel d'un de ses auteurs dont le livre avait reçu d'élogieuses critiques au Danemark, « voici les liens, pourquoi ne pas les mettre sur le site de la maison d'édition, puis les envoyer aux journaux ? ». Par ailleurs, un agent littéraire l'engageait vivement à acquérir les droits d'un roman appelé à connaître un succès mondial, douze pays l'avaient déjà acheté, c'était une histoire emplie de meurtres, de folie, d'alcool, de sexe et d'amour, le cocktail parfait, un livre qui jouait avec les nerfs du lecteur ; le seul problème : son auteur était inconnu, il aurait bientôt soixante ans, or il est malaisé de promouvoir un débutant aussi vieux.

Il avait également reçu cinq courriels envoyés par ses proches.

Gréta : Papa, où es-tu ?? Pourquoi es-tu parti ? Quand reviens-tu ? Vas-tu rentrer ??? Papa, j'ai peur !

Hekla : Mon petit papa, je ne comprends pas pourquoi tu es parti. T'es-tu disputé avec maman, je veux dire, vous êtes fâchés ? Il s'est passé quelque chose ? Maman ne veut rien me dire, mais je vois parfaitement qu'elle va très mal. Je suis *extrêmement* inquiète. Gréta s'est endormie en pleurant hier soir. Et peut-être que moi aussi, d'ailleurs. Où es-tu ? Pourquoi ce silence ? C'est insupportable de ne pas savoir.

Sturla : Papa, que s'est-il passé ?! Gréta m'a dit que tu avais brusquement hurlé je ne sais quoi et balancé par terre le petit déjeuner avant de quitter la maison comme un fou.

Je, ou plutôt nous pensions que vous étiez heureux, toi et maman, papa, je crois même que j'ai bâti ma vie sur cette certitude. Et là, tout s'effondre. Mes doigts tremblent en écrivant ces mots. Papa, que s'est-il passé ? Vous êtes-vous trahis, je veux dire, l'un de vous a-t-il été infidèle à l'autre, je n'arrive pas à l'imaginer ! Enfin, quoi ? J'ai l'impression que quelqu'un m'a mis un mixer dans la tête et je n'arrive plus à réfléchir correctement. Papa : appelle !!!

Þóra : Je sais que les enfants t'ont déjà écrit, tu devrais leur téléphoner. Ce serait le minimum. J'aurais bien des choses à te dire, mais je me demande par où commencer. Je ne sais rien, je ne sais plus rien, si ce n'est que j'ai l'impression qu'on m'a battue. Et que plus jamais rien ne sera comme avant. Tu as réussi à détruire quelque chose de grand. Tu — et puis, non, je ne peux pas, je ne veux rien t'écrire de plus pour l'instant, je risquerais vraiment d'être méchante.

Seize heures plus tard, un autre message d'elle, envoyé à 04:13 : Je ne suis pas allée travailler et je n'arrive pas à trouver le sommeil. J'ai pris deux calmants, ça n'a servi à rien, mais j'y vois plus clair. Je disais dans mon dernier message que je préférais ne pas t'en dire plus pour l'instant, afin de ne pas risquer de perdre mon sang-froid ou de prononcer des paroles qui dépasseraient ma pensée. Tu sais que ce n'est pas mon genre. Pour résumer, j'ai lu les textos qui se trouvent dans ton téléphone. L'as-tu oublié dans ta précipitation ou bien laissé derrière toi afin qu'il m'apprenne ce que tu n'as pas osé me dire en face ? Bref, l'univers s'est effondré, je ne vois pas comment dire ça autrement, au moment où j'ai lu les messages que tu as envoyés à Katrín, les quatre derniers et aussi ses réponses. Chacun d'entre eux aurait suffi à détruire notre monde. Tu te souviens, ce monde qui était le nôtre et que je croyais bâti sur la confiance, la tendresse et la persévérance. Nous. En premier lieu, nous deux, et ensuite, les enfants. Ce monde, tu l'as saccagé. Je n'ai pas envie de citer les mots de ces sms, d'ailleurs, je ne m'en sens pas la force, je suppose que je vomirais, comme je l'ai fait après les avoir lus. Je suis allée à la salle de bains et j'ai vomi comme si j'étais mourante. Je *me croyais* mourante, c'était mon impression, je suppose d'ailleurs que je suis morte, je suppose que tu es parvenu à me tuer, reçois pour cela toutes mes félicitations. Mais bon, j'imagine que tu te rappelles très bien ce que contenaient ces messages, que ce soient les tiens ou les siens. Je me suis souvenue que tu l'as parfois mentionnée dans nos conversations, ou disons plutôt, que tu l'as mentionnée dans quelques apartés. J'aurais vraiment envie de te dire maintenant bien des choses aussi laides que méchantes, mais je ne m'abaisserai pas à ça. Pas plus que je n'essaierai de te décrire la déception, la douleur et la peine que je ressens face à ce dont tu t'es manifestement rendu coupable. Au fait, dis-moi, t'es-tu enfui si subitement parce que je te dégoûte ? « Faut-il que tu fasses autant de bruit en mangeant ? » m'as-tu demandé, l'air mauvais. Te dégoûterais-je à ce point ? Est-elle donc tellement mieux que moi ? À moins que ce ne soit simplement ta lâcheté qui ait pris le dessus, et que tu aies cru t'en tirer par la fuite ?

Non, ne te sens pas obligé de me répondre, d'ailleurs, je n'ai que faire de tes réponses. Elles appartiennent désormais à une autre vie, une vie qui a pris fin pendant que je vomissais dans la salle de bains. Désormais, je serai froide. Telle sera ma vengeance. Ne t'attends pas à récupérer ton téléphone. J'ai attrapé un marteau et je l'ai réduit en mille morceaux, j'ai réduit tous ces mots et ces trahisons en mille morceaux. C'est idiot, je sais, mais ça m'a fait du bien. Naturellement, les draps ont gardé ton odeur. Je t'ai aimé si ardemment, si passionnément que parfois c'était une douleur. J'ai erré dans la maison sans savoir que faire de moi, pleurer ou hurler, m'arracher les yeux, vivre ou mourir — pour m'occuper, j'ai attrapé le recueil de cette poétesse polonaise que tu m'as offert l'an dernier à mon anniversaire. Avais-tu conscience de la nature de ce cadeau, avais-tu connaissance de ce qu'il contient ? On a parfois l'impression que tout est parfaitement orchestré et décidé par je ne sais quelles (j'aurais envie de dire putains de) puissances, tout à fait invisibles, par quelqu'un ou quelque chose qui sait ce qui ne manquera pas d'advenir et influe sur notre comportement en conséquence. Une force qui t'a conduit à m'acheter ce recueil de poèmes, qui m'a conduite, moi, à l'attraper dans la bibliothèque au moment où le monde s'effondrait et où je ne savais plus où j'en étais. Ce livre contient un bref poème intitulé *adieu*, on dirait presque qu'il a été composé pour moi. T'en souviens-tu ? Je te le joins à ce courriel, considère-le comme un adieu de ma part :

Tes mots
ont déchiré le ciel en deux
détruit la forêt
les écureuils
et tes baisers.
Mon corps abrite cinquante millions de cellules
désormais leur activité sera modifiée
désormais elles penseront autrement
désormais elles se diviseront d'une manière plus étonnante
 encore
désormais je pourrai aimer d'autres hommes que toi.

Certains affirment, comme Ari, que la poésie est supérieure à toute autre forme d'écriture : profondeur, capacité à émouvoir, douleur, beauté, mais également source de gêne et d'embarras. Ainsi, la poésie tiendrait par sa nature plus de la musique que des mots eux-mêmes. Les textes anciens l'appellent le discours du cœur ou du sang, voire la langue perdue des dieux, mais n'allons pas trop loin sur ce terrain glissant. Au début de sa carrière d'éditeur, Ari citait volontiers ces textes anciens, qualifiant la poésie de langue des dieux, mais la manie lui avait vite passé, certains poètes prenaient la chose un peu trop au pied de la lettre et, gonflés d'orgueil, finissaient par poser problème. Il avait compris qu'un poème et son auteur étaient deux choses distinctes, que le premier est bien souvent supérieur au second, et parfois très nettement : la poésie est importante, ce que n'est pas son auteur. Ari avait publié un certain nombre de recueils et six anthologies en traduction avant que le monde n'explose, se changeant en bras qui balaie une table. Naturellement, il travaillait à perte. Mais je serai comblé, disait-il souvent, si je perds de l'argent en publiant sagesse et beauté, amour et douleur. Ce sont là de bien belles paroles dans la bouche d'un éditeur, des paroles empreintes de vérité, même si personne ne saurait gagner sa vie en travaillant à perte. Rien n'est aussi important qu'un poème, certes, certes, mais là, cerné par les bourrasques de neige et le blizzard, alors qu'il progressait à une vitesse de trente kilomètres à l'heure dans la pensée et les rêves des anges, ce satané poème polonais résonnait dans sa tête, couvrant parfois les notes amples et profondes de Bach, récité par Þóra, de sa voix claire voilée d'un soupçon de brume qui la rendait tellement irrésistible, aussi irrésistible que les notes d'un violoncelle, mais à cet instant, ce soupçon d'enrouement la rendait aussi cruelle qu'une scie égoïne. Entre Hólmavík et les landes plus au sud, alors qu'il traversait des campagnes occultées par la neige et le blizzard, la voix de Þóra revenait constamment, récitant, marmonnant, déclamant sans cesse le poème et sa chute, désormais je pourrai aimer d'autres hommes que toi, cette voix sciait lentement mais sûrement sa vie en deux, puis en quatre morceaux, elle sciait son existence et ses fondements, telle une scie à la fois émoussée et tranchante comme un rasoir, tout le jour et toute la nuit parce que, avec le soir, il n'y voit plus rien et encastre sa voiture dans une congère qui borde la route au pied de la colline de Brattabrekka, à quelques kilomètres de la ferme où il a passé plusieurs étés, enfant et adolescent, et dont il conserve des souvenirs emplis de soleil, de mottes d'herbe odorantes, de prairies verdoyantes, de ciel tranquille, il s'encastre profondément dans une congère et se recroqueville dans le froid, dort d'un sommeil entrecoupé, léger, enveloppé dans la couverture qu'il garde toujours dans sa voiture, essaie de se rappeler les messages qu'il a envoyés à Katrín, ces quatre textos expédiés il y a deux semaines, et ses réponses à elle, il se souvient de son hésitation, de son excitation quand il les a écrits, mais a oublié les mots, peu importe combien il fouille sa mémoire, il les a envoyés quelques jours après cette soirée au bar à la fin d'une longue journée de travail, ils avaient bu un certain nombre de bières et quelques alcools forts. Il ne se souvient pas comment les choses ont commencé, mais tout à coup, ils se sont embrassés, lui qui n'avait embrassé que Þóra depuis vingt-cinq ans, depuis un quart de siècle, et c'était tellement étrange de sentir la langue de Katrín dans sa bouche, il se rappelle avoir pensé à la liberté, à un envol, il se rappelle qu'elle se blottissait contre lui, si proche, ardemment, passionnément, il se rappelle que lui aussi, il se serrait contre elle, se souvient des endroits que leurs mains exploraient sans honte, mais à ce moment-là, le téléphone de Katrín avait sonné, c'était Pétur, son mari, qui avait déjà envoyé quelques textos, où es-tu, lui avait-il demandé, alors ils s'étaient arrêtés. Cela n'avait toutefois pas dissuadé Ari de lui envoyer ces messages quelques jours plus tard, il fallait qu'il le fasse, il n'avait pu s'en empêcher et elle lui avait aussitôt répondu, dans le même registre, certes à mots couverts, s'il se souvenait bien, des textos imbéciles, irréfléchis et traîtres. Baisers traîtres, mains traîtresses, en a-t-il aussi peu dans les tripes, n'a-t-il donc pas la force de vivre dans l'honnêteté, n'avait-il pas supporté les assauts du quotidien, avait-il rendu les armes, courbé l'échine sous le poids des mornes mardis ? Katrín est belle, c'est vrai, elle est attirante, en effet, il a rêvé d'elle et c'étaient parfois des rêves un peu trop osés, des fantasmes, mais c'est une chose de penser et c'en est une autre d'agir — l'espace entre l'idée et sa mise en pratique, n'est-ce pas cet espace-là qui se nomme trahison, et dans ce cas, pourquoi a-t-il fallu qu'il trahisse tout, ses enfants, Þóra, leur vie commune, leur bonheur ? — pour comprendre cela : le nom de Þóra est toujours gravé au fond de son cœur.

Toute la nuit, les montagnes se sont effondrées sur sa vie, le voici enterré sous les éboulis du désespoir, les reproches et les questions de ses enfants, mais au petit matin, il parvient à s'extirper de ces blocs de pierre, un chasse-neige tire la jeep d'un coup sec et l'arrache de la congère, l'homme qui le conduit s'adresse à lui, mais il n'entend que des bribes, la scie qui continue d'œuvrer dans sa tête, la voix de Þóra, le vers de cette poésie polonaise, désormais je pourrai aimer d'autres hommes que toi, tout cela taille les paroles de l'homme en pièces, même Ari imagine qu'il lui parle de l'état de la chaussée, des chutes de neige persistantes, du blizzard. Le conducteur du chasse-neige secoue la tête et poursuit sa route au sein de la pensée des anges, de leurs rêves blancs comme le bonheur, à moins que ce ne soit l'enfer qui soit blanc, marmonne Ari en continuant vers le sud. Il se retrouve bloqué deux fois sur la colline de Brattabrekka qu'il met deux heures à franchir, une distance qu'on couvre normalement en une quinzaine de minutes, et le vers de poésie continue de débiter en morceaux le sens de l'existence, il scie également tout ce qui maintient le cœur à sa place, à la gauche du corps, ce qu'on appelle artères et ce genre de chose, il scie également tout cela en morceaux, et quand finalement Ari ressort du tunnel qui passe sous le fjord de Hvalfjörður, il a accéléré sans même s'en rendre compte, dans l'espoir de fuir cette voix, ce poème, et sort à cent à l'heure du tunnel. Plus aucune neige ne tombe au pied du mont Esja, il n'y a plus de blizzard et Reykjavík lui apparaît, à ce moment-là, la voix et le poème ont parfait leur travail, et Ari entre en ville, le cœur en apesanteur dans sa poitrine comme une lune qui aurait perdu sa planète-mère — et plane sans aucun but dans la plus parfaite solitude.

Keflavík

— AUJOURD'HUI —

*La mort est au volant d'une Mercedes noire
à Berlin, la démarche d'une jeune fille
menace les équations algébriques, et bientôt
l'air crache un vol de goélands blancs*

Il pleut sur l'après-midi et sur Keflavík. L'absence de neige alliée à cette pluie assombrit un peu plus encore ce mois de décembre. Les voyageurs ont disparu de la salle des arrivées quand Ari ressort, tous sont partis, le dernier bus s'apprête à quitter l'aéroport. Dehors, le paysage sombre dans la dépression.

Cela n'a pas été réellement douloureux. Ásmundur avait convenablement lubrifié son index droit, la main gauche appuyée sur la fesse d'Ari, et il avait enfoncé ce doigt long et large, fouillant son anus avec précaution et application, comme s'il cherchait une chose importante, la chose qui lui manquait, mais n'avait rien trouvé, puis on avait entendu un discret plop quand il avait retiré son doigt. Ari avait pensé, brisé, au bord des larmes, j'espère que je me suis bien essuyé en allant aux toilettes à l'aéroport de Kastrup. Pas réellement douloureux, mais son anus le démange tout de même, si intensément qu'il se cache entre les présentoirs de cartes postales devant la boutique 10-11 de la salle des arrivées et se met à se gratter vigoureusement tout en regardant les paysages et leurs belles couleurs, des photos des joyaux de l'Islande, et quelques clichés où l'on voit des chevaux.

Il sort son téléphone, met ses lunettes et consulte ses messages, espérant qu'ils aient été envoyés par ses filles, salut, sois le bienvenu, mon petit papa, quelque chose comme ça, quelques paroles gentilles, quelques mots qui disent, tu m'importes. Mais il y a peu de chance que ce soit le cas, il ne les a pas prévenues de son arrivée impromptue, s'il l'avait fait, il aurait dû leur expliquer pourquoi, leur expliquer que son père, leur grand-père, était probablement au seuil de la mort, qu'il tenait d'abord à vérifier la gravité de son état, à s'assurer que c'était aussi sérieux que ça, or il ne voulait pas les inquiéter inutilement, toutes deux étaient fragiles, surtout Gréta qui perdait le sommeil au moindre événement, dès que le monde faisait un pas dans la mauvaise direction, elle avait beaucoup maigri et souvent manqué les cours après le divorce — Ari sait que jamais il ne se pardonnera.

En effet, les textos ne proviennent pas de ses filles, c'est moi qui lui ai envoyé le premier pour lui proposer qu'on se retrouve ce soir, histoire de boire ensemble l'alcool qu'il a acheté en détaxe — et le second est de Þóra. Il scrute l'écran, fixe le prénom et la photo qui s'affiche juste à gauche : adossée à un mur, elle lui sourit, oui, elle était capable de lui sourire ainsi il y a trois ans à peine, mon Dieu, cette époque où elle lui souriait comme ça a donc bel et bien existé, cette époque où il était à l'origine de ce sourire, comment a-t-il pu détruire cette vie, se perdre en malentendus, et imaginer

qu'il pouvait vivre sans elle ou même le désirer, quel monumental crétin. Les jours n'avaient pas tardé à l'attacher à un poteau et à le cribler de balles, armés de quatre fusils : regret, remords, honte et désespoir. Il regarde la photo de Þóra, regarde son nom et les mots juste au-dessous : « Ton père m'a prévenue que... »
L'écran est trop petit pour en afficher plus. Il doit l'effleurer afin de faire défiler la suite. Mais ces premiers mots sont de bon augure, ils vont vers le bonheur et l'apaisement, à moins qu'ils ne soient une rafale supplémentaire sortie de ces quatre fusils, combien de balles sa poitrine supportera-t-elle encore ? Il pose son pouce sur l'écran, presse légèrement, mais lève les yeux au moment où le texte apparaît et regarde les cartes postales. Toutes sont prises par beau temps, pas un souffle de vent, ciel limpide. Voilà donc à quoi ressemble l'Islande, une succession de merveilles naturelles, un air immobile, un ciel azuré, et quelques chevaux débonnaires.

Sans doute ne disons-nous jamais la vérité. Parfois nous mentons entièrement, mais de toute façon nous taisons toujours certaines choses ; pour nous rendre la vie plus supportable et nous préserver du malheur. Mais peut-être plus souvent encore parce que nous vivons dans l'illusion, par volonté de nous embellir, et peut-être plus souvent encore par lâcheté. Nous transformons le silence en mensonge, puis ce mensonge en trahison. Nous dévoilons rarement l'entière vérité et ne sommes par conséquent jamais tout à fait honnêtes. Est-ce parce que nous n'osons pas nous regarder en face, affronter le monde tel que nous l'avons façonné ? La vie de l'homme ne serait-elle que fuites et illusions ? Ari regarde les cartes postales, son téléphone à la main, l'écran s'est éteint, plongeant les mots dans les ténèbres — ces cartes ne sont aucunement l'Islande réelle, mais la vision fantasmée que nous en avons, elles font abstraction du vent, des déchaînements du climat, de ses caprices, ne montrent pas l'humidité, ne montrent pas les chevaux ruisselants de pluie, ni les bourrasques, les averses de neige, les jours gris, et surtout, elles ne montrent pas Keflavík. Keflavík n'est pas l'Islande et n'a rien à voir avec cette vision idyllique. Ces cartes ne nous présentent que l'illusion et, par défaut, ce que nous n'osons pas regarder en face.

 Pas vraiment douloureux ; après avoir retiré le gant en latex, Ásmundur lui avait présenté son collègue Sævar qui était allé ranger le pupitre, l'air furieux, à moins qu'il n'ait été simplement déçu : mon cousin Ari, anciennement poète et aujourd'hui éditeur, avait annoncé Ásmundur avec un sourire indéchiffrable. Ari s'était demandé s'il entendait ainsi torturer Sævar pour avoir maudit les poètes et la poésie tout en les associant au gauchisme destructeur, ou s'il fallait lire dans cet « *anciennement* » une forme de reproche. Il avait en tout cas interprété ou peut-être surinterprété l'adverbe comme une manière de critique, et s'était souvenu, comme si une brèche s'était brusquement ouverte dans sa mémoire, d'une lettre assez courte qu'Elín, la mère d'Ásmundur, lui avait envoyée quinze ans plus tôt après avoir lu une interview consacrée à son travail d'éditeur, à son ambition de publier de grands textes, y compris en traduction, touchant ainsi au domaine de la littérature mondiale, ce qui serait sa contribution personnelle à la culture et à la nation islandaise. Il avait déclaré que nous ne saurions nous targuer d'être un peuple littéraire, une nation de livres, si des œuvres telles *La Montagne magique* de Thomas Mann ou une anthologie des poèmes de Fernando Pessoa n'étaient pas disponibles dans notre langue. À la fin de l'entretien, le journaliste lui avait demandé, mais qu'en est-il de vos textes personnels, vous avez écrit deux recueils de poèmes et deux romans, tous salués par la critique, l'un de vos romans a même été traduit dans quatre pays, n'avez-vous pas également votre rôle à jouer ? « Non, avait-il répondu avec un sourire, comme le font certains, confrontés à leurs rêves de jeunesse, certes jolis, mais quelque peu naïfs... Non, d'autres que moi sont nettement meilleurs dans ce domaine et ils ont bien plus de choses à dire. Ma voix serait nécessairement moins intéressante — j'ai, pour ma part, renoncé à l'écriture. »

Il avait alors reçu d'Elín Oddsdóttir[1] une lettre assez brève, mais plutôt surprenante. À l'époque, Ari ne l'avait pas revue ni ne lui avait parlé depuis dix ans, pas plus qu'il n'avait revu les autres membres de la famille du côté de son père, à l'exception de son père lui-même qu'il ne rencontrait que trois ou quatre fois par an, taisant soigneusement les sujets importants, et n'abordant que le superficiel, le temps, la politique, le football. « Tes propos concernant ton écriture dans cet entretien m'ont blessée, lui confiait-elle. Je veux que tu saches que, comme la majeure partie de notre famille, ton père compris, je suis fière d'avoir un neveu qui travaille dans l'édition, d'autant plus qu'il poursuit un but louable et qu'il est animé d'une ardente ambition, cela aurait grandement réjoui ma mère, ta grand-mère. Mais elle aurait sans doute été tout autant affligée par ce que tu dis de ton écriture. Tu sais sans doute combien notre famille avait à cœur de voir un de ses membres se distinguer dans ce domaine. Nous nous disions qu'alors les épreuves endurées prenaient tout leur sens, qu'il était écrit que les choses

---

1. Fille d'Oddur et de Margrét.

devaient se passer comme elles se sont passées, que — et puis non, je ne veux pas, je ne me sens pas la force d'évoquer tout ça. Mais tu es sans doute au courant de certains détails et tu comprendras ma peine, voilà pourquoi je t'écris cette petite lettre. Je te demande d'ailleurs d'être indulgent avec ces mots, ils ne sont sans doute pas bien intéressants pour l'homme cultivé, l'homme de lettres que tu es, dois-je ajouter, pardonne-moi le culot qui pousse la vieille tante inculte que je suis à t'envoyer ces lignes maladroites. Je me souviens que mon frère Þórður se plaignait toujours de la distance qui sépare ce que l'œil voit de ce que la langue peut exprimer. Ce qu'on perçoit de ce qu'on écrit. En fait, je ne m'en souviens pas vraiment, c'est ma mère qui m'a raconté ça, et aussi ma sœur Anna. (Je sais qu'elle aussi a été choquée par cet entretien, mais elle se refuse à t'importuner. J'ai toujours été la plus effrontée, je suis celle qui n'a jamais su se tenir.) Enfin, ce n'est que maintenant que je comprends cette distance, cette différence, en voyant mes pensées s'écrire et se transformer sous mes yeux en mots maladroits et balourds. Ou si tu préfères, simplement stupides. J'espère en tout cas que tu auras saisi l'important. Pardonne-moi ce verbiage, je suis une femme vieillissante, certes pas encore très âgée, mais assez pour soupçonner ou comprendre qu'il sera bientôt trop tard pour dire quoi que ce soit. Il n'est toutefois pas trop tard pour te faire mes adieux, mon neveu. Il va de soi que nous continuerons à acheter les livres que tu publies, même si je ne les comprends pas tous. »

Évidemment, il ne se souvenait pas mot pour mot de cette lettre, loin de là, il n'avait conservé en mémoire que le ton et quelques bribes, mais il la relirait dans sa chambre, deux heures plus tard, quand le taxi l'aurait déposé à l'hôtel de l'aéroport à Keflavík, il la chercherait dans l'épaisse chemise jaune débordant de lettres, de coupures de presse, de photos, de poèmes ou d'extraits de poèmes, cette chemise qu'il emporte partout et qu'il traîne derrière lui comme les gros blocs de pierre dont parlait le vieux Kristján, mais qu'il n'a pas ouverte depuis des années — par peur sans doute. Et ce mot dans la bouche d'Ásmundur, cet *anciennement* n'impliquait-il pas le même reproche que celui qu'il avait lu dans la lettre — il l'avait lue et aussitôt mise de côté, comme tant de choses, mise de côté, ignorée comme on le fait avec les vieux fantômes, les accusations, les malentendus, il passait son temps à tout refouler, à nier, constamment — jusqu'à ce qu'une chose se brise. Jusqu'à ce que tout se brise et jusqu'à tout détruire — tout. Puis les jours n'avaient pas tardé à l'attacher à un poteau et les quatre fusils s'étaient mis à faire feu. Anciennement poète, avait dit Ásmundur, Sævar les avait toisés, comme s'ils s'étaient ligués contre lui, comme si ce qui venait de se produire, ce moment où Ari s'était trouvé nu comme un ver sur le pupitre avec l'index de son cousin dans l'anus n'avait jamais eu lieu. Te serais-tu remis à l'écriture, avait interrogé Ásmundur en l'aidant à rassembler ses affaires, feignant de ne pas le voir glisser en vitesse le magazine érotique sous les deux autres. Ari s'était promis de s'en débarrasser dès qu'il arriverait à l'hôtel, ou plutôt, de s'offrir une promenade et de le balancer dans la première poubelle, te serais-tu remis à l'écriture, avait demandé Ásmundur en attrapant le manuscrit et en lisant le titre *Les ténèbres savent tant de choses — les journées d'errance de Jóhann Sigurjónsson* sur un ton appuyé qui l'avait embarrassé. Bah, avait-il répondu, j'ai toujours eu envie d'écrire sur ce grand poète, mais ce truc-là n'a rien de sérieux, recherches personnelles, c'est tout. À part ça, quelles nouvelles de ta mère, s'était-il inquiété, pressé d'orienter la conversation vers un autre sujet que sa propre personne, trop pressé, mille fois trop pressé d'ailleurs car, au moment où il avait posé la question, alors que les mots lui sortaient encore de la bouche, il s'était souvenu, mais trop tard pour se reprendre et, en voyant le visage d'Ásmundur se décomposer, il s'était dit, le gifler eût été moins lâche de ma part.

Quelles nouvelles de ta mère — Elín était décédée trois ans plus tôt, fauchée par une voiture alors qu'elle passait des vacances à l'étranger, à Berlin, le véhicule était arrivé à grande vitesse, Elín avait posé un pied sur la rue pour traverser et le choc l'avait projetée à plus de trois mètres. La voiture avait disparu, le chauffeur, ivre ou drogué, n'avait apparemment rien remarqué dans sa Mercedes noire toute neuve, il était rentré chez lui, s'était mis au lit et réveillé le lendemain matin sans même imaginer qu'il avait tué une vieille dame originaire d'Islande, une femme qui avait passé son enfance au bord de la mer dans l'Est, dans le fjord de Norðfjörður, et dont le frère aîné Þórður aimait renifler les cheveux le matin, aimait tenir ce petit corps chaud, aimait le chatouiller parce que, disait-il, son rire ressemblait « à des fils d'argent, à des rayons de soleil triomphants », on l'avait aimée et regrettée, elle était morte juste après l'accident, même si le terme est assez mal choisi, il faudrait plutôt parler d'une agression, d'une exécution, je dois avoir une tête à faire peur, avait-elle murmuré à son mari qui s'était agenouillé à côté d'elle, s'était précipité à son chevet sur l'asphalte, et qui pleurait, ce capitaine si grand, si fort, si dur, au visage aussi buriné qu'une falaise battue par les vents, s'était mis à pleurer quand elle avait dit ça, quand il l'avait vue, puis la voix de cette dame s'était éteinte en ce monde.

Comment avait-il pu oublier ça ?! Il avait vu Ásmundur se décomposer et s'était empressé de lui dire, terrifié, infiniment sincère, pardonne-moi. Tu es resté trop longtemps à l'étranger, avait simplement observé son cousin en lui tendant le manuscrit.

Son téléphone à la main, Ari regarde les cartes postales, les paroles de Þóra l'attendent derrière l'écran noir du Samsung. Il regarde ces cartes et se dit qu'elles sont le reflet de nos rêves. Il se dit, tristement, parfois nos rêves ne sont qu'illusions et fuite, ils ne sont que la preuve de notre incapacité à regarder la réalité en face, la preuve que nous n'osons pas affronter le monde, pas plus que nous n'osons nous affronter nous-mêmes. Il se dit, n'est-ce pas ce qu'Ásmundur suggérait indirectement quand je lui ai proposé qu'on se voie pendant mon séjour à Keflavík — crois-tu vraiment que ce soit une bonne idée, a-t-il répondu, crois-tu que nous le supporterons ?

Peut-être entendait-il par là : nous risquons alors de devoir aborder des sujets que nous avons fuis, de devoir rendre des comptes à ceux que nous étions il y a trente ans, d'expliquer pourquoi nous sommes devenus ceux que nous sommes aujourd'hui — et il n'est pas certain que ces explications soient plaisantes. Il n'y a, en réalité, que très peu de chances.

Tout va bien ?

Ari sursaute si violemment en entendant la question que son téléphone lui échappe des mains et tombe sur le sol, le capot arrière saute, la batterie est éjectée et les mots de Þóra s'enfoncent plus loin encore dans les ténèbres. Une des vendeuses du 10-11 vient de déplacer un des présentoirs derrière lequel il traîne depuis cinq bonnes minutes, immobile. Or qui donc s'attarde ainsi devant des cartes postales à moins d'avoir un problème, d'être souffrant, victime d'une attaque, d'un malaise cardiaque, à moins d'être en larmes ou animé d'intentions suspectes, d'être un pervers, qui sait, peut-être se caressait-il devant ces paysages, émoustillé par la présence des vendeuses ?

C'est d'ailleurs armée de prudence que cette femme, ou plutôt cette jeune fille d'une vingtaine d'années avait éloigné le présentoir des deux autres en déclarant auparavant, ohé, je peux vous aider, mais elle s'était aussitôt corrigée. Et si elle avait eu affaire à un pervers plutôt qu'à un homme en danger, en détresse, non, un pervers comme ceux dont parlent les journaux ou qu'on croise sur Internet et qui, le membre à la main tel un petit démon, lui aurait répondu, hein, oh que oui, vous pouvez m'aider, je ne demande pas mieux ! Elle s'était donc corrigée en toute hâte et lui avait demandé, tout va bien, avant de tirer le présentoir sur le côté en regardant l'autre vendeuse, son téléphone à la main, toute prête à appeler à l'aide. Mais ce n'était qu'un homme âgé d'une cinquantaine d'années, perdu dans le paysage contrarié des souvenirs. Il ramasse son téléphone, remet la batterie et le capot en place, marmonne, excusez-moi, et la jeune fille lui présente également ses excuses pour lui avoir causé une telle frayeur, il s'était attardé si longuement, complètement immobile, elle et sa collègue ne voyaient que ses pieds et ne savaient pas quoi penser, c'est vrai, confirma l'autre vendeuse, on ne sait jamais, alors Ari avait souri, un peu gêné, à ces deux jeunes filles au visage rayonnant de jeunesse, l'une d'elles portait deux piercings à la lèvre inférieure, l'autre avait les cheveux teints en rose, toutes deux rudement rondelettes, celle qui avait déplacé le présentoir pouvait sans dommage perdre quarante voire cinquante kilos, quel fardeau pour une aussi jeune personne que de traîner chaque jour une telle surcharge, comme si à chaque seconde de sa jeune existence, elle devait accomplir des travaux de force. Nous mangeons trop, ne bougeons pas assez et grossissons énormément, pauvre terre condamnée à tourner en portant notre poids, n'est-ce pas là le résumé de notre culture, le signe de notre dégénérescence, cette époque n'a-t-elle pas une odeur de fin du monde, pense Ari, aussitôt envahi par la honte, allons, allons, ces demoiselles sont adorables et celle qui porte les piercings est même allée lui chercher un chariot pour qu'il puisse emporter ses bagages jusqu'à l'extérieur, jusqu'à cet après-midi ruisselant de pluie, et il se dit, pour s'absoudre, que tout cela c'est la faute à notre civilisation, pas à vous, mes petites, vous êtes simplement victimes de votre époque. Puis il sort.

Le chauffeur du taxi, une femme qui a dans ses âges, descend à la hâte de voiture et met si vite ses bagages dans le coffre qu'il ne lui vient même pas à l'esprit de l'aider, il perçoit son parfum discret et annonce, Keflavík, hôtel de l'aéroport. Ce n'est pas très loin, répond-elle joyeusement, pour moi, ça l'est, marmonne-t-il. Il s'assoit, ouvre le message de Þóra, arrachant ses mots aux ténèbres : « Ton père m'a prévenue que tu arrivais. Alors, ils t'ont bien fouillé ? Pardonne-moi, mais je n'ai pu me retenir de leur signaler que tu n'étais pas aussi innocent que tu en avais l'air et qu'ils devaient te fouiller avec application. L'ont-ils fait ? Ont-ils trouvé quelque chose ? Ont-ils trouvé ce que tu dissimules à tout le monde et, en premier lieu, à toi-même — ont-ils découvert tes multiples trahisons ? »

Il range son téléphone dans sa poche et attache sa ceinture.

À peine le taxi a-t-il quitté le parking que la conductrice reçoit un appel, ça ne vous gêne pas que je réponde, demande-t-elle d'une voix douce en jetant un œil dans le rétroviseur, deux grands yeux bruns, bien sûr que non, répond Ari. Son kit mains libres lui permet de garder les mains sur le volant. Elle parle à une personne qu'elle apprécie beaucoup, elle dit, mon chéri, à deux reprises en quelques minutes, et le dit chaque fois sur un ton chaleureux.

Mon chéri, ces grands yeux bruns. Ari la reconnaît enfin, trente ans plus tard, elle me réceptionne comme un colis venu du temps jadis, pense-t-il, il a oublié son prénom, mais se rappelle son apparence, un peu, qu'il s'en souvient ! Évidemment, elle a vieilli, le temps n'épargne rien, les gens, les bêtes, les bâtiments, les piquets de clôtures, les pierres, il atteint toute chose plus ou moins rapidement, marque les êtres humains et les piquets de clôtures plus vite que d'autres choses, mais passe plus lentement dans la vie de certains, comme dans celle de cette femme. N'est-elle pas bien trop belle pour conduire un taxi ? Il y a trente ans. C'était l'époque des Smiths, de Dire Straits, d'Ego, des recueils de poèmes d'Einar Már Guðmundsson, Brejnev venait de mourir, mais le froid glacial qu'il avait installé continuait de régner et on dansait joue contre joue sur *Hello* de Lionel Richie dans les boums. Ari et moi fréquentions Fjölbraut, le lycée polyvalent, au même moment qu'elle. Les deux premières années, cette jeune fille consciencieuse passa inaperçue derrière ses grosses lunettes, mais tout changea quand, par une journée d'automne alors qu'ils étaient en troisième année, en jupe courte et pull vert à col en V qui mettait joliment en valeur sa poitrine, ses longs cheveux clairs offerts au vent, elle arriva, la démarche fière comme une conquérante, et son corps svelte révéla des courbes aussi insoupçonnées qu'ensorcelantes. Ainsi passa l'automne, puis l'hiver, et cette jeune fille jetait le trouble dans bien des esprits. Tout l'hiver, le professeur de maths, un quadragénaire marié, éprouva les plus grandes difficultés à se concentrer, les équations algébriques les plus simples lui posèrent tout à coup problème, on eût dit que la présence de cette jeune fille, sa jupe courte et sa chute de reins abolissaient tous les axiomes. À l'automne, on l'avait élue Miss Keflavík, puis elle était arrivée troisième pour le titre de Miss Islande.

Ari se rappelle encore la surprise, voire la consternation qu'il avait ressentie en apprenant qu'elle n'avait pas été décrétée reine de beauté de l'Islande pour être ensuite envoyée dans le vaste monde afin de mettre les axiomes mathématiques en péril et les sciences en ébullition, de repousser les limites des langues humaines — Ari et moi avons maintes fois tenté de composer des poèmes en son honneur, mais le résultat n'a jamais été bien probant. Il contemple son profil, elle sourit, les dents blanches et droites, elle rit doucement et dit, ce doit être la quatrième fois, mon chéri. Mais sans doute, pense Ari, en regardant par la vitre la lande basse et plate de Miðnesheiði, cette terre aride et brune qui défile sous la pluie, sans doute le jury de la compétition s'est-il refusé à croire que la beauté puisse venir de Keflavík, l'endroit le plus noir de l'Islande : dans le cas contraire, il aurait fallu réévaluer l'ensemble du pays.

Il la regarde à nouveau, ne peut s'en empêcher, d'ailleurs, nous ne devrions jamais nous interdire de contempler ce qui est tout simplement beau, la vie est trop brève et trop incertaine pour baisser les yeux. Elle parle comme seuls les gens heureux savent le faire. Est-ce le bonheur qui entretient ainsi sa beauté, son charme, est-ce lui qui retarde les ravages du temps ?

Ils approchent d'un rond-point, l'une des quatre routes

permet d'accéder à la lande et de rejoindre Sandgerði, Ari prend alors une décision aussi subite qu'irréfléchie, cela ne vous gênerait pas, demande-t-il, de prolonger un peu cette balade ? J'aimerais voir Sandgerði. Elle hoche la tête, lui décoche un sourire dans le rétroviseur, manifestement surprise, enfin, qui donc irait se fendre d'un détour afin de voir Sandgerði, qui plus est en décembre, et par une après-midi ruisselante de pluie qui tombe tout en tristesse et s'abat comme un jugement inflexible sur la lande de Miðnesheiði qui étend sa platitude et sa désolation, cette étendue de terre créée en dernier par Dieu, à la toute dernière heure alors qu'il avait épuisé toutes ses idées, une terre née d'un manque d'inspiration et de lassitude. Voilà pourquoi il ne pose jamais son regard en ces lieux, voilà pourquoi nulle part la distance mesurée entre ciel et terre n'est plus importante. Ari lit dans ses pensées, elle doit imaginer qu'il vient de là-bas, c'est la seule explication envisageable dans son esprit, il le comprend à la petite ride entre ses yeux, qui se font inquisiteurs une fraction de seconde, connaîtrait-elle cet homme qui a son âge et vient de Sandgerði, puis elle tourne, s'engage sur la lande et s'enfonce dans sa lassitude divine, apparemment, elle ne se souvient pas de lui. Bien sûr que non, Ari et moi nous résumions à de simples anoraks, nous étions invisibles aux yeux de celle qui portait des jupes et mettait en péril l'ensemble des théorèmes mathématiques. Elle dit, mon chéri.

Ai-je vraiment envie de revoir cet endroit, pense-t-il, surpris par sa propre décision, ou est-ce pour retarder le moment où je me retrouverai seul dans ma chambre d'hôtel à appeler papa, à ouvrir la chemise qui contient toutes ces lettres, ces photos, ces coupures de presse, il sait qu'il le fera, et qu'il relira la lettre d'Elín ; ai-je simplement envie de rester dans cet entre-deux, cette hésitation, de retarder le moment où je devrai affronter mes démons, affronter la vie, affronter ce qui a déraillé ? Oh, mon Dieu, est-ce pour cette raison que je me plonge ainsi dans la vie et l'œuvre de Jóhann Sigurjónsson ; non pour réaliser un rêve de jeunesse, mais plutôt pour éviter de devoir l'affronter ? Me confronter à ce rêve qui fendait la nuit de ses ailes immaculées. « Ont-ils trouvé ce que tu dissimules à tout le monde et, en premier lieu, à toi-même — ont-ils découvert tes multiples trahisons ? »

Il regarde la lande aux couleurs sans relief, triste à cette idée, choqué d'imaginer que son livre consacré à la vie de Jóhann, ce livre presque achevé qui l'a consolé dans sa détresse et lui a procuré une joie profonde car il était convaincu qu'enfin, il pouvait consacrer chacune des cellules de son corps, chacune des gouttes du sang qui coulait dans ses veines à accomplir ce qui lui tenait à cœur, et voilà maintenant que tout à coup, peut-être à cause du message de Þóra, à cause d'Ásmundur, de cette lande âpre et impitoyable, de cette pluie entêtée, il lui semble évident que son livre consacré à la vie du poète n'a rien à voir avec son rêve de jeunesse, mais qu'il n'est peut-être au contraire qu'une tentative de fuite supplémentaire, une autre trahison de la promesse qu'il s'était faite sur le flanc de la montagne dans la province des Dalir au moment où, dans le soir brunissant, les perdrix des neiges avaient fendu le soir de leur vol blanc, épargnées par les balles, indemnes, fendant la nuit de leur vol et de leur vie. Assis à l'arrière du taxi qui s'enfonce dans la lande de Miðnesheiði et roule vers Sandgerði, vers le passé, il réfléchit et se demande, comment et pourquoi ai-je donc vécu ? Qu'est-il advenu de la passion ? Il se dit, Ásmundur avait raison, peut-être ne serait-ce pas raisonnable de nous revoir et de nous retrouver face à ceux que nous étions il y a trente ans. Il jette un œil dans le rétroviseur pour regarder à nouveau les yeux de la conductrice, il voudrait regarder en direction du bonheur, vers cette chose qui conduit les gens de presque cinquante ans à dire et à répéter plusieurs fois, mon chéri, mais elle se concentre sur sa conduite, sur sa conversation téléphonique ponctuée par ces mon chéri tandis qu'Ari remarque la carte accrochée au rétroviseur, elle tourne doucement et affiche sur une face un message de Dieu, déclarant qu'il t'aime tout autant aujourd'hui qu'il t'aimait hier, affirmation très osée, pense Ari, la carte tourne et l'autre face dévoile une publicité pour l'agence immobilière de la péninsule de Suðurnes, comme si le lien entre les deux était évident, Dieu et l'agence immobilière étant les deux versants d'une seule et même chose, « L'agence de Suðurnes trouvera la maison de vos rêves ! »

Ils traversent la lande et arrivent à Sandgerði. Ari lui demande de faire une halte devant l'œuvre d'art exposée en haut de la ville, ou plutôt du petit port de pêche, ville est un mot trop grand pour s'appliquer à Sandgerði. Puis il se retrouve sous la pluie.

C'est la fin de l'après-midi. Il regarde les maisons et la mer dont il mesure l'immensité tandis que la pluie le cingle. Il ne pense à rien, ferme les yeux, écoute le bruit des gouttes qui s'abattent sur son front — on dirait que le ciel vient frapper à sa porte. Du reste, les souvenirs s'agitent en son for intérieur, ils s'éveillent et s'assemblent avec une telle intensité, une telle violence, qu'il est pris de vertige, pris de nausée, et doit s'agripper à l'œuvre d'art, le front plaqué à l'acier froid. Puis l'étourdissement passe. Il respire calmement, se sent mieux, sa pensée s'éclaircit, il a simplement froid. Temps de chien. Décembre et pourtant il pleut, la température est de sept degrés au-dessus de zéro, où est donc la neige qui éclaire la nuit polaire, où est le froid glacial qui nous rapporte les étoiles depuis le fond de l'Univers ?

Il remonte dans ce taxi où l'attendent ses souvenirs qui, étalés sur la banquette arrière, lui laissent à peine la place pour s'asseoir. Il regarde le compteur et se dit, faudra-t-il que je paie pour les transporter eux aussi, puis déclare à voix basse, voilà, il n'y a plus qu'à retourner à Keflavík, et cette femme hoche la tête, cette femme que nous aurions dû envoyer parcourir le monde afin d'amener les sciences à remettre en question toutes les équations algébriques. Elle fait demi-tour en douceur, puis se remet en route, en douceur, comme si elle tenait à l'épargner et qu'elle transportait une cargaison fragile, elle allume le lecteur de disque laser, lui demande, ça ne vous gêne pas, mais non, ça ne le dérange pas ; aussitôt, il reconnaît les notes brumeuses, rêveuses et très légèrement sombres du groupe irlandais Clannad, encore un colis arrivé du passé. Ils rebroussent chemin, traversent la lande dans l'autre sens, Ari regarde cette désolation, cette lande de basse altitude qui était jadis notre quotidien et que nous avons traversée pour la première fois en voiture, Ari et moi, en janvier 1980 dans une Trabant si poussive, propriété des pêcheries Drangey, qu'elle peinait à avancer dès que le vent soufflait un peu trop fort, d'ailleurs on n'avait pas tardé à l'échanger pour un van Toyota à neuf places au début de la saison de pêche, dès qu'on avait engagé un plus grand nombre d'employés et que ces derniers ne pouvaient plus s'entasser dans la Trabant. Six jours par semaine, dès l'aube, nous parcourions la route entre Keflavík et Sandgerði, rentrions chez nous le midi, puis à nouveau le soir, et retournions bien souvent travailler après le dîner.

Ari se redresse sur la banquette et tente de repérer l'endroit où se trouvaient les séchoirs en plein air des pêcheries Drangey, ces portiques, ces hauts tréteaux qu'au fil de l'hiver nous chargions peu à peu de têtes de morue et de poisson. On s'arrangeait généralement pour dispenser le vieux Kristján de cette besogne, le froid qui régnait là-haut était trop intense pour le vieil homme, et les rares fois où il nous accompagnait, uniquement par temps calme, il ne faisait que nous compliquer la tâche, se démenait tant pour vider les bacs de poisson ou de têtes de morue accrochées à leurs ficelles, tirait si brutalement sur elles qu'il emmêlait le tout et qu'ensuite il nous fallait un temps infini pour les démêler. Le matin, nous enfilions les têtes, si tôt que le ciel semblait encore tapissé de givre après la nuit. Nous étions encore engourdis et courbatus après avoir vidé et étêté l'arrivage de la veille au soir, le chariot élévateur au diesel allait et venait sans relâche jusqu'à la pause-café de neuf heures trente, puis nous procédions aux nettoyages, rassemblions les têtes en tas, descendions les bacs de morue salée pour la débiter dans l'air froid du hangar, tellement saturé de gaz d'échappement dont la suie retombait comme de noirs desseins sur le poisson qui trônait au sommet des tas. Après avoir enfilé les têtes, entre six et huit par ficelle en fonction de leur taille, passant l'aiguille dans l'ouïe et la ressortant au niveau de l'œil, nous allions nous occuper du lieu noir qui nous attendait parfois et qui, si on en avait pêché une grande quantité, formait un monceau à côté des bennes, comme si tous les jurons du diable avaient été rassemblés là. Nous retirions les nageoires de chaque prise que nous attachions ensuite deux par deux, bâillant, jurant, racontant des blagues salaces, l'un de nous se fendait d'une histoire, un autre fumait en silence, Kristján marmonnait quelques vers d'Einar Ben, espérant qu'ils l'aideraient à suivre la cadence et le protégeraient des assauts du temps. Ensuite, nous montions vers les séchoirs en traversant la lande, cette terre qui fait honte à Dieu, mais possède malgré tout ses beautés secrètes qu'elle ne dévoile qu'à peu de gens et nous cachait d'ailleurs soigneusement alors que nous étions juchés sur la plate-forme du camion, recroquevillés derrière la cabine de conduite, cherchant à nous abriter du vent que la vitesse du véhicule rendait encore plus piquant. Penché sur le volant, Máni chiquait son tabac tandis que nous quittions le village sous la pluie, la neige, le vent, le blizzard, le soleil jaune ou le noroît limpide, sous le ciel lointain et tapissé de givre, les uns comme les autres vêtus de nos combinaisons fabriquées par 66° Nord, nos combinaisons orange, le seul coloris disponible, une seule couleur, une seule coupe, le monde était peut-être alors un peu moins complexe, mais pas le cœur, le cœur n'est jamais monochrome et sa coupe jamais simple. Le tissu épais se raidissait instantanément sous l'effet du froid glacial, on eût dit qu'il nous en voulait, et nous vidions les bacs aussi vite que possible, accrochions plusieurs ficelles aux portiques en prenant garde à ne pas les surcharger, deux d'entre nous vidaient les bacs en maudissant les nœuds, ces satanées ficelles qui s'emmêlaient tellement qu'on se demandait si le diable en personne ne nous avait pas poursuivis jusque sur la lande pour nous y torturer, Máni klaxonnait quand il trouvait que nous étions trop lents et ceux qui se tenaient sur la plate-forme du camion et accrochaient les prises aux poutres se levaient, orange, dans le vent, maudissant le froid, les têtes des morues, le lieu noir, le temps qui passait si lentement qu'il semblait nous avoir oubliés, abandonnés à notre travail de Sisyphe, à ces enchevêtrements de ficelles, ce vent piquant et ce froid glacial qui fendait le ciel en deux. Sur le chemin du retour, nous installions deux bacs à l'extrémité de la plate-forme pour nous y asseoir, et délicieusement à l'abri du vent nous nous reposions, somnolions et plaisantions, impatients de voir arriver le samedi soir, de pouvoir dormir tout notre soûl le dimanche, de traverser cette même lande en Saab décapotable tout en écoutant de la musique à fond, Dire Straits, Deep Purple, Led Zeppelin, Pink Floyd. Assis dans ces bacs, nous balancions les restes de poisson qui étaient tombés à l'arrière de la plate-forme, et tout à coup les goélands avaient surgi, blancs comme des anges, voraces comme de petits diables, ils avaient surgi si soudainement qu'on eût dit que le ciel les avait fabriqués en toute hâte ou expulsés de son gosier afin que ces viscères ne soient pas perdus en cet âpre pays. Sur cette lande désolée qui nous réservait ses plus radieuses journées, ces jours d'été où, sous le ciel moelleux, la mousse odorait, les insectes bourdonnaient, les pommes de terre poussaient dans les jardins tout en longueur tandis que les camarines noircissaient, que le chevalier gambette entonnait ses notes stridentes dans l'air azuré et que nous récupérions le poisson sur les séchoirs, ces portiques que nous réparions en chantant, combien il était doux alors d'exister, puis nous jurions comme des charretiers quand les avions de chasse de l'armée américaine décollaient en rugissant à quelques kilomètres et se frayaient un chemin vers les profondeurs du ciel.

Mais le temps efface tout, les séchoirs en plein air ont depuis longtemps disparu, Ari et moi ainsi que Máni et quelques autres les avons démontés à la fin des années quatre-vingt, à l'époque où on construisait l'aéroport Leifur Eiríksson, ce bâtiment sublime, ce terminal ultramoderne, la fierté de notre nation. Les séchoirs se trouvaient alors pour ainsi dire sur la voie publique, on les apercevait depuis la route qu'empruntaient les touristes. Ari et moi étions revenus travailler à la pêcherie pour un moment, nous étant accordé une pause à l'université, lui afin de gagner l'argent nécessaire à la publication de son premier recueil à compte d'auteur et moi simplement afin de le suivre, incertain du cours qu'allait prendre ma vie et ne sachant vraiment pas où j'allais. Retournés à Drangey au salage et au séchage du poisson, nous avons dû inopinément démonter ces portiques en plein hiver parce que les services de la présidence avaient prié Máni, avec insistance, de les démanteler pour les installer plus haut sur la lande, loin de la route, prétextant qu'ils constituaient une forme de pollution visuelle et ajoutant qu'il était souhaitable que ce soit fait si possible dès hier, le président et l'Islande tout entière attendaient la visite d'hôtes de marque et il ne fallait surtout pas que la première image qu'ils auraient du pays soient de vieux séchoirs en bois croulant sous le poisson, telle une verrue aux yeux des étrangers. Vous n'avez qu'à leur demander de regarder ailleurs, avait rétorqué Máni avant de raccrocher sans toutefois s'éloigner du téléphone. Il avait ôté son dentier du bas, saupoudré sa gencive de tabac, puis remis son râtelier : ainsi, l'attente serait moins longue ; une demi-heure plus tard, le ministère des Affaires maritimes l'avait appelé. Máni avait décroché, écouté sans rien dire, sans rien répondre, puis raccroché, et un quart d'heure après nous avions quitté la pêcherie, lui et Bjöggi, le fils du capitaine, étaient montés dans la cabine du camion tandis qu'Ari, moi-même et Þorlákur grelottions sur la plate-forme, offerts au vent du nord qui balayait la lande de ses couteaux et faisait de la vie un enfer.

Il nous avait fallu trois jours. Plus la moitié d'une nuit ; nous avions retiré les dernières poutres quelques heures seulement avant qu'arrivent à l'aéroport ces hôtes de marque et leurs yeux si fragiles, nous avions travaillé sans relâche le dernier jour, depuis huit heures trente du matin jusqu'à quatre heures la nuit suivante. Les phares du camion faisaient office d'éclairage, nous avions dû casser les congères accumulées au pied des poutres, tellement fatigués que nous étions parfois sur le point de nous battre. C'était Þorlákur qui pestait le plus, proférant les paroles les plus violentes ; d'un caractère ombrageux, ce dernier était originaire de la province des Strandir, comme la plupart de ceux qu'employait Máni, et on eût dit qu'il ne vivait que par les imprécations, les emportements et les insultes, lesquels s'exprimaient régulièrement dans les bagarres du week-end, dans les bals des villages de la péninsule de Suðurnes. Dès le lundi, il attendait de pied ferme le samedi suivant, le visage parfois couvert de bleus et d'égratignures, les poings éraflés, noir de colère quand il n'avait pas eu le dessus, ce qui était rarement le cas : aussi fort que rapide, il n'hésitait pas à se déchaîner contre ses adversaires. Trente-sept victoires, trois défaites. Enfin bref, nous avons mis trois jours et la moitié d'une nuit pour démonter ces portiques qui avaient vu des centaines de tonnes de poisson, et tout ça par la faute de putains d'étrangers qui n'ont sans doute jamais pissé dans la mer, ah ça non, ces séchoirs leur égratignent les yeux, dans ce cas ils n'ont qu'à rien regarder du tout, ils ne comprennent pas qui sont les Islandais parce que ces portiques sont la base de l'économie du pays et qu'ils ont nourri tous ces sales gens qui veulent péter plus haut qu'ils ont le cul à Reykjavík, avec leurs prouts sublimes, leur merde élégante, leurs chattes parfumées à la rose, putain, je vais foutre une de ces raclées à un gars de Reykjavík samedi prochain, avait vociféré Þorlákur la dernière nuit alors que nous ne sentions même plus nos doigts transis sous nos gants de travail, et je vais m'arranger pour que ça tombe sur un intello de la fac avec des diplômes à la place de la bite, je le taillerai en pièces et ensuite je baiserai sa copine à couilles rabattues, elle aimera tellement ça qu'elle ne voudra plus le voir, quel ramassis de connards que ces gens-là !

Þorlákur, marmonne Ari à l'arrière du taxi, comment diable ai-je donc pu l'oublier ?

Ils approchent de Keflavík, longent le nouveau cimetière situé à l'écart de la ville, perdu dans les touffes d'herbe, en terrain découvert et si étrangement éloigné des habitations, comme si les gens d'ici faisaient de leur mieux pour oublier la mort. Les croix sont déjà éclairées pour Noël, des lumières qui luisent, faiblardes, sous la pluie, tels de vagues messages venus de l'au-delà. L'usine assez récente de Helguvík, fierté de Sigurjón, le maire, surplombe le cimetière, surplombe les défunts, et non loin de là, à quelques centaines de mètres, se trouve le centre de recyclage du Suðurnes, sans doute installé à cet endroit pour souligner que l'homme est éternel et qu'après la mort il connaîtra une seconde vie.

Le taxi dépasse les premières habitations de Keflavík, une longue enfilade d'étroites maisons jumelées, pour la plupart mal entretenues, peinture délavée, ciment couvert de moisissure, rideaux sales et froissés, ces maisons ressemblent à des vieillards épuisés, en route vers le cimetière et leur propre enterrement. La voiture s'engage sur la rue

Vesturgata. Clannad chante. Elle tourne sur Hafnargata. La peur envahit Ari. Il est terrifié face à toutes ces choses qu'il a oubliées, enfouies, pourquoi vivre si on oublie presque tout, les êtres comme les événements ; ne faut-il pas y voir le signe que l'existence humaine est semblable à ces biens de consommation jetables ? Et comme pour bien enfoncer le clou et lui confirmer combien il est affreux d'oublier, Þorlákur lui apparaît dans toute sa prestance derrière la vitrine de l'agence immobilière de Suðurnes, aisément reconnaissable même s'il a changé, en dépit des marques que lui ont apposé les années, en dépit de ses kilos en trop, il se tient campé là, les jambes écartées, le sourire aux lèvres, et relève le menton, les poings brandis, dans la posture du combattant. Les lettres en arc de cercle qui le surplombent sur la photo — MEILLEUR VENDEUR DE L'ANNÉE — forment comme une auréole au-dessus de sa tête tandis que sous ses pieds on lit, en caractères tout aussi gros — ÞORLÁKUR SE BAT POUR VOUS !

Ari détourne les yeux.
Ses souvenirs guetteraient-ils son retour, postés à l'affût ?
Le destin, Þóra et même Ásmundur se sont-ils arrangés pour qu'il ne puisse plus se dérober et se voie contraint de se rappeler ?
Se rappeler que la vie aurait dû être ce vol blanc, immaculé, qui fend les ténèbres ?
La voiture rampe le long de la rue Hafnargata qu'elle gravit avec lenteur, ne pouvant aller plus vite, un énorme camion blanc à plate-forme traîne devant eux. Ah, voici le Nouveau Cinéma, le Nýja Bíó, celui où nous avons vu *Rencontres du troisième type*, *Mad Max* et les quelques pornos danois programmés l'hiver devant une salle comble

tous les troisièmes jeudis du mois, la pellicule tremblotait sur le vieux projecteur et bien souvent l'image devenait floue, tout aussi vacillante que le projectionniste, plus âgé encore que l'appareil, et qui sous les sifflets et les cris des plus jeunes s'efforçait à tâtons de régler la lentille afin de nous offrir une vision plus nette des gros plans sur les actes sexuels. Légèrement plus haut sur la rue se trouvait l'épicerie du coin où nous achetions des friandises avant d'aller voir le film, les prix y étant bien plus raisonnables qu'au stand à confiseries du cinéma, mais elle a désormais disparu, remplacée par un bar. Le nom de l'établissement n'est guère lisible sur le néon dont la lumière tremblote, comme si une force invisible la retenait, elle finit par se libérer de ses entraves et le nom illumine la nuit hivernale, un nom qui frappe Ari comme une batte de base-ball ou un piquet de clôture. Il pense, par le diable, il pense, non, ce n'est pas possible, et entend dans le lointain la voix de la conductrice qui a peut-être vu à quel endroit il porte son regard ou remarqué sa réaction, elle lui dit comme pour s'excuser, eh oui, c'est un drôle de nom pour un bar, mais l'épouse de Biggi, le propriétaire, est décédée quelques mois avant l'ouverture. L'établissement aurait dû s'appeler le Bar des Sports, le Sportbar ou quelque chose comme ça, or Biggi a changé d'avis et voulu lui donner le prénom de sa femme, mais c'était impossible, voyez-vous, elle s'appelait Sólveig, drôle de nom pour un bistrot, n'est-ce pas, en outre, la mère de Sólveig l'a supplié de renoncer à cette idée, elle ne pouvait imaginer qu'un bar de la rue Hafnargata affiche le nom de sa fille aux quatre vents, surtout quand on pense aux beuveries qui ont lieu ici, alors il a trouvé ça, l'année et le mois de leur premier baiser, c'est plutôt romantique, vous ne trouvez pas ? Enfin, nous voilà arrivés à l'hôtel de l'aéroport, ajoute-t-elle en se tournant pour regarder Ari, immobile sous le poids des souvenirs — à deux cents mètres, l'enseigne du bar clignote, et le nom qui vacille en cette fin d'après-midi tout en pénombre projette une année disparue dans le monde présent :

JANVIER 1976

Keflavík
— 1976 —

Keflavík : *prière sublime ou lumineuse étreinte ?*

Ari déménage à Keflavík en pleine nuit. Il a douze ans et il fait si sombre sur le boulevard de Reykjanes que le faisceau des phares peine à trouver son chemin à travers les ténèbres — c'est janvier. Le mois le plus long de l'année, deux fois plus long que les onze autres réunis, avec son obscurité plus dense et ses nuits plus profondes. Il leur faut plus d'une heure pour parcourir la route entre Reykjavík et Keflavík, entre l'immeuble du quartier de Safamýri et le petit pavillon de la bourgade, cet immeuble où Ari a grandi et dont il a franchi le seuil âgé d'une semaine, un soir de Noël, dans les bras de celle qui a disparu, disparu bien qu'étant le ciel par-dessus sa tête, bien qu'étant cette force qui orchestrait la course des planètes et convoquait l'été, allait chercher des pains roulés et briochés à la cannelle à la boulangerie et savait faire de grosses bulles avec les chewing-gums. « Le seul ciel qui au lieu de trahir / s'est borné à mourir. »

Il leur faut tout juste un peu plus d'une heure pour se détacher de l'appartement qu'elle avait acheté avec le père d'Ari, Jakob, qui, assis sur le siège du conducteur, les deux mains sur le volant, semble redouter que les ténèbres se précipitent sur lui pour le dévorer. Les livres et les disques de cette femme, sa poésie et sa musique classique ont été longtemps stockés à la cave, un peu comme si les objets qui lui appartenaient risquaient de gêner Jakob dans sa nouvelle vie avec la belle-mère d'Ari. Mais aujourd'hui, la cave est vide, Ari y est allé hier et tout avait disparu, ses livres et ses disques, mais également le congélateur, les pneus et les outils, on ne voyait plus que le ciment brut des murs gris, et une ampoule nue qui se balançait au plafond, comme après une exécution.

La voiture, une Moskvitch de fabrication soviétique, bringuebale en direction de Keflavík, et les ténèbres de janvier sont si pesantes qu'elle roule à peine à plus de quarante kilomètres à l'heure, le père d'Ari et sa belle-mère ne disent pas un mot de tout le trajet et se bornent à fixer les phares droit devant eux. La vie, lit-on quelque part, est un faisceau de lumière qui traverse brièvement les ténèbres et s'évanouit l'instant d'après. C'est pourtant agréable de se fondre à l'obscurité de la banquette arrière, de s'unir au ronronnement du moteur et au bruit des pneus, on a le sentiment d'être invisible, l'impression que personne ne nous atteint, j'espère, pense Ari, que jamais ce voyage n'aura de fin. Mais le temps n'a cure des rêves de l'être humain, il attaque tout et finit par changer toute vie en mort. L'obscurité elle-même ne saurait sauver Ari et exaucer son vœu en ce moment. Certes, la voiture roule lentement, mais elle avance quand même, elle approche de sa destination et il entend son père pousser un léger soupir, sans doute de soulagement, quand ils atteignent les lumières du village de Njarðvík. Sa belle-mère garde le silence, elle ne dit jamais rien, mais les muscles de son corps svelte et robuste doivent tout de même se détendre. Ils traversent Njarðvík, puis entrent dans Keflavík, descendent Hafnargata que l'armée américaine a goudronnée il y a des années, transformant cette voie qu'on surnommait alors la rue aux mille et une flaques, ponctuée d'ornières et de désagréments, en un présent bien lisse. Ils dépassent l'usine de congélation de Skúli Million, qui sera un jour réduite en cendres, de même que toutes les dettes de ses propriétaires, et sur les ruines de laquelle on bâtira l'hôtel de l'aéroport. Celui-là même qu'Ari — devenu adulte, à peine rentré de Copenhague — a choisi pour séjourner.

———

Il descend du taxi, la conductrice attrape ses deux valises dans le coffre, son corps a conservé ses lignes ensorcelantes et il constate qu'elles ont encore le pouvoir de menacer les équations algébriques, de mettre les sciences en émoi. Elle referme le coffre et avec un sourire sibyllin, est-il timide, délibérément énigmatique ou simplement taquin : Je me souviens de toi — tu es le poète !

———

Ils s'installent dans un petit pavillon avec trois chambres. Une pour les parents, une pour Ari, la troisième est destinée à un enfant qui n'a jamais vu le jour et s'est transformé au fil des ans en symbole de ce qui ne fut pas, un mausolée où repose le souvenir du bonheur. Ils quittent la capitale pour emménager à Keflavík, au bout du monde, à cet endroit qui n'existe pas, parce que la famille de la belle-mère d'Ari, ses parents, ses frères et ses trois sœurs vivent ici depuis quelques années, mais aussi parce que cette belle-mère souhaite trouver un travail. Elle ne supporte plus l'immeuble de Safamýri, les emplois instables qu'elle occupe, et ne supporte plus de devoir contempler les livres et les disques de la mère d'Ari chaque fois qu'elle descend à la cave pour y chercher quelque chose dans le congélateur, ne supporte plus de boire son café en écoutant les autres mères de famille blablater et siroter le leur, à attendre quelque chose qui n'arrive jamais. Ses mains commencent à s'engourdir à force d'inactivité, celui qui ne travaille pas végète et finit par mourir, dit-elle souvent. Voilà pourquoi ils sont partis à Keflavík. Ils ont vidé l'appartement et la cave, Ari a demandé où étaient les livres et les disques de sa mère, mais on ne lui a pas répondu.

Son père ne s'est pas opposé au déménagement, il se fiche de l'endroit où il vit, en outre deux de ses sœurs résident également à Keflavík, Elín, qui a épousé un capitaine courageux et prospère, et Ólöf, loin d'être aussi bien mariée — son époux travaille à la base, pour les Amerloques. Tous deux jouent un rôle de premier plan au sein de l'Église évangélique qui voit en Jésus-Christ la réponse à tous les maux et, depuis des années, ils se dressent comme un rempart contre les préjugés dont la congrégation et ses membres font les frais. Ólöf est rédactrice en chef du bulletin des adventistes, publié quatre fois par an, c'est un indéfectible soldat du Seigneur depuis quinze ans, indéfectible, sauf les quatre ou cinq fois où elle s'est écartée du droit chemin, succombant aux sirènes de Satan. Cela débute toujours de la même manière : le Malin la cerne de ténèbres, convoque dans son esprit de douloureux souvenirs, lui fait perdre le sommeil, et à la fin elle ne trouve plus ni soutien ni consolation dans la prière. Prisonnière de la nuit et de souvenirs pénibles. Elle parvient toutefois à masquer sa détresse à ses proches et à ses frères et sœurs de la congrégation, parvient à la dissimuler un certain temps, puis un jour, elle sort faire un tour histoire de prendre l'air et de se fouetter le sang, et la voilà tout à coup devant le Ríkið, le magasin de monopole étatique des alcools. Bientôt, elle se retrouve inopinément à l'intérieur et demande quelque chose, elle sait d'ailleurs à peine quoi — et c'est de manière tout aussi inattendue qu'une fois rentrée chez elle elle vide le contenu du sac, vin blanc, vodka, aquavit. Elle avale la première gorgée et, Dieu du Ciel, que c'est bon, comme cela rend la vie plus douce, comme cela vous apaise. Elle va dans le salon, ferme les rideaux, s'installe dans le fauteuil le plus confortable, met de la musique, de la country américaine, Dolly Parton, John Denver, Patsy Cline, un verre et une bouteille devant elle, puis allume une cigarette, elle qui ne fume jamais et n'avait même pas conscience d'avoir acheté ce paquet, mais puisqu'il est là, autant en profiter, alors l'existence redevient belle, les ténèbres se dissipent, les souvenirs cessent d'être douloureux et l'alcool susurre au creux de ses veines comme une consolation.

L'alcool : Tu vois, je ne te déçois jamais. Je t'attends toujours, patient, sans me mettre en colère, même si tu me rejettes et médis sur mon compte pendant bien longtemps. Je t'attends patiemment et t'accueille chaleureusement quand tu me reviens. Quand tu as épuisé tous les recours, c'est moi qui viens te consoler, c'est moi qui t'aide à oublier, moi qui rétablis l'ordre du monde et t'amène à voir la vie sous le bon éclairage. Quel besoin as-tu du monde puisque je t'accompagne ?

Ólöf est la première à venir occuper la chambre libre dans le petit pavillon, et ce dès leur deuxième jour ici. Ils n'ont pas encore eu le temps de s'installer convenablement et de trouver l'emplacement adéquat pour chaque objet, chaque meuble. Mais elle a besoin d'un havre où se remettre, elle a bu des jours durant, et après avoir expédié ses enfants chez sa sœur Elín, elle a fermé sa maison à clef et tiré tous les rideaux. Un peu plus tard, Ágúst, son mari, est rentré du travail, mais il avait oublié ses clefs. Il a frappé à la porte et à la fenêtre en demandant, d'abord tout bas, puis en criant, ouvre-moi, mon amour, je t'attends ici, dehors, je t'attends ici avec le Seigneur, laisse-moi entrer. Mon amour, je ne partirai pas, je t'attends ici avec le Seigneur, laisse-nous revenir dans ta vie et ensemble nous extirperons de ton âme l'esprit malin qui l'habite. Et nous trancherons la langue fourchue et empoisonnée qui frétille au fond de sa gueule !

Ólöf ne lui a rien répondu. Elle est brièvement apparue à la fenêtre en le saluant joyeusement tandis qu'il frappait ses pieds sur le sol pour se protéger du froid, laisse-moi extirper Satan de ton corps ! a hurlé Ágúst en l'apercevant, n'écoute pas sa langue fourchue, mets-toi à genoux, fais comme moi et, regarde, s'est-il écrié, à genoux dans le froid glacial sur le trottoir devant la maison, les cuisses enfoncées dans la neige, puis il a déclamé des prières, sa voix forte et inspirée résonnait comme des cloches sonnant à toute volée, comme les trompettes célestes, les visages des voisins sont apparus aux fenêtres, certains affichaient un sourire amusé parce que peu d'événements se produisent à Keflavík où il n'y a que le travail, le poisson, l'Amerloque et le vent, or ce n'est pas un mal d'avoir un peu de distraction, de regarder cet idiot d'adventiste qui beugle, agenouillé au pied de sa maison tandis que sa bonne femme est ronde comme une barrique à l'intérieur, en fin de compte ils ne sont pas si saints que ça ! Puis la neige s'est abattue avec force sur Ágúst, comme si le ciel voulait lui imposer silence.

L'alcool : Ne te laisse pas abuser, tout ce qu'il veut, c'est nous séparer, et ça te rendra à nouveau malheureuse. Il ne te comprend pas, tu vivras à nouveau dans l'angoisse, à nouveau, tu te rappelleras toutes ces choses qui te torturent et t'assaillent. Tu as rudement bien fait d'aller à la fenêtre, allez, retourne lui adresser un petit bonjour, agite joyeusement la main, comme ça, il pensera que tout va très bien et nous laissera tranquilles.

Ólöf a passé une semaine dans la chambre libre en attendant de se remettre, de faire son deuil de l'alcool, de reprendre ses esprits et de rassembler son courage pour regarder à nouveau le monde en face.

Je suis heureuse que vous ayez déménagé à Keflavík, déclare Elín, l'autre sœur, la maman d'Ásmundur à la belle-mère d'Ari, bien longtemps avant que la mort ne s'installe au volant d'une Mercedes noire à Berlin, si loin d'ici. Elín est l'épouse d'Eiríkur, ce capitaine imposant et robuste. Oddur se réjouissait grandement d'avoir un gendre de cette trempe alors qu'il agissait parfois comme si Ágúst n'existait pas ou qu'il se résumait à un simple malentendu. Il affirmait qu'Ágúst rendait sa fille malheureuse et dépressive, quelle femme ne le serait-elle pas avec un mari qui travaille pour les Amerloques, un mollasson qui passe son temps à invoquer Dieu à tout bout de champ ? Oddur séjournait de temps à autre chez Elín et Eiríkur au cours des dernières années de sa vie, et un jour il avait convaincu Eiríkur d'emmener l'homme de Dieu en mer comme simple matelot, la mer et un travail honnête lui montreraient sans doute ce qu'était la vraie vie en l'arrachant à la mollesse un peu trop confortable de la base. Eiríkur n'y croyait qu'à moitié, mais avait cédé, jamais on ne résistait bien longtemps au vieil homme. Et Ágúst n'avait manifesté aucune opposition, soucieux de plaire à la famille d'Elín et souffrant d'un manque de reconnaissance de la part du clan. En outre, il avait passé son enfance à Keflavík et toujours rêvé d'être marin, rêvé de ces prouesses accomplies en mer, mais il avait trouvé cet emploi chez les Américains alors qu'il était encore jeune et il eût été stupide de refuser un travail stable et agréable dans lequel on est assuré d'être payé en fin de mois, le jour dit et jusqu'à la moindre couronne, ce qui était loin d'être le cas quand on travaillait pour le compte des pêcheries, lesquelles faisaient régulièrement face à des problèmes qui retardaient le versement des salaires, parfois de plusieurs semaines. Or qu'est-ce qu'un homme qui ne perçoit pas sa paie — une personne en difficulté. Et c'est également un foyer en difficulté. Un individu privé de sa liberté, qui ploie sous le joug de ceux qui possèdent l'argent.

Eiríkur fit monter Ágúst à son bord par une journée sombre de février, la mer était agitée et lourde, pendant bien longtemps Ágúst consacra toute son énergie à vomir. Peu de choses sont pires que le mal de mer, lequel vaut mille fois la mort ; celui qui souffre de ce mal accueillerait la camarde à bras ouverts et verrait en elle un ami venu l'apaiser. Assis ou plus exactement avachi dans la cabine, Ágúst se moquait entièrement du monde, il se fichait de salir ses vêtements, lui qui était si soigneux, se fichait de baver, de gémir en présence d'autrui, tout ce qui lui importait était d'arriver assez vite aux toilettes. Le long cortège de ses souffrances ne l'empêcha toutefois de voir à quel point l'équipage était égaré, à quel point ces hommes vivaient loin de Dieu, et il lui semblait presque que le Seigneur avait oublié ce bateau qui voguait depuis des années en l'absence de Sa bénédiction. Peu à peu, entre les vomissements et la douleur, s'ancra la profonde conviction que ce mal de mer n'était autre qu'une ruse du Malin, conçue autant pour l'humilier que pour le détourner du droit chemin. Il se dit, je suis un soldat de Dieu et je ne faillirai pas ! Puis il se ressaisit. Le bateau était désormais arrivé en haute mer, les vagues s'élevaient telles de sombres montagnes, l'embarcation tanguait et gitait, Ágúst titubait, les jambes aussi molles que de la mie de pain trempée dans un bol d'eau, le roulis le balançait çà et là, et parfois il atterrissait allongé aux pieds du capitaine comme une serpillière, roulant sur les viscères de poisson, vomissant, laminé, mais à chaque fois qu'il se relevait, c'était pour louer le Seigneur et Ses étincelantes armées, clamant que Jésus-Christ était la réponse à toute chose et décrivant à l'équipage la route bénie et ointe qui menait vers le ciel. Eiríkur ignorait son beau-frère à qui il opposait un mépris résolu, supposant que les vomissements auraient raison de sa logorrhée, mais alors qu'ils naviguaient toujours plus loin vers la haute mer, il avait compris contre sa propre volonté les raisons qui avaient poussé sa sœur Ólöf à épouser cet homme trop poli, dégoulinant de bons sentiments et beaucoup trop élégant, qui travaillait pour les Amerloques depuis son adolescence. Eiríkur connaissait le mal de mer, il avait vu les marins les plus robustes s'effondrer, presque morts, vomissant et sanglotant, réduits à néant. Or il assistait à la lutte que livrait Ágúst, il voyait qu'il ne se laissait pas terrasser, il découvrait à sa grande surprise que cet homme était armé d'une volonté de fer.

Les marins s'amusaient de la présence à bord de celui qu'ils surnommaient le saint, et qui semblait connaître intimement à la fois le Père et le Fils. On eût dit que ces derniers prenaient leur café tous les matins chez lui et qu'ainsi il était constamment au fait des dernières nouvelles de l'éternité et de la clarté céleste. Voilà qui rompait un peu la routine. C'était assez drôle de le voir retenir ses vomissements afin d'achever ses phrases et de parier sur ce qui aurait le dessus : la Parole divine ou le dégueulis. Cette sortie en mer traînait en longueur, le bateau avançait lentement sur la houle. En revanche, la pêche fut miraculeuse dès qu'ils arrivèrent sur le banc. Le prêchi-prêcha commençait à fatiguer tout le monde car Ágúst continuait, il était partout, à peine tournait-on le dos qu'on le retrouvait derrière soi avec ses discours, débitant les dernières nouvelles du Seigneur et des flammes de l'enfer, lesquelles attendaient manifestement tous ceux qui refusaient, comme s'ils n'avaient rien d'autre à faire, de penser au Seigneur, à Jésus et au diable tandis qu'ils remontaient cette pêche miraculeuse, on pense à ces gens-là le soir de Noël ou quand quelqu'un passe l'arme à gauche, à part ça, on a mieux à faire et ce n'est pas le moment de réfléchir à ces trucs lointains et fumeux, cernés par des tonnes de poisson, arrête donc un peu, lui lança l'un des gars. Que j'arrête, répondit-il, oui, le Malin voudrait bien que j'arrête, il me promet monts et merveilles pour que je plie, ne serait-ce qu'un instant, allons, repose-toi, dit-il, tu le mérites bien, il m'offre une sucrerie, puis une deuxième, une troisième, me rendant peu à peu incapable d'affronter les jours en l'absence de friandises, et là il gagne. Vous me demandez d'arrêter, mais vous ne connaissez rien de ses ruses, vous ne savez pas à quel point il excelle dans l'art du déguisement.

Tout cela devenait franchement fatigant. Les membres d'équipage balancèrent deux gros lieus noirs dans sa direction, mais ça ne servit à rien. Sur le chemin du retour, tous étaient à bout de patience, certains durent se réfréner pour ne pas le plonger tête la première dans les entrailles de poisson qui jonchaient le pont ou le balancer par-dessus bord afin de le faire taire d'une manière ou d'une autre. L'un d'eux avait toutefois entendu la voix du Seigneur à travers les paroles d'Águst, le plus jeune de tous, à peine âgé de dix-huit ans, innocent et délicat, son père était un rustaud alcoolique, sa petite amie le trompait et l'humiliait. Au début, il ricanait autant que ses camarades aux paroles d'Águst, mais peu à peu, une chose s'était produite en lui, une sensation d'abord vague et hésitante l'avait envahi, et bientôt, les veines emplies de lumière, le cœur débordant de chants, il s'était accroché aux saintes paroles comme un homme tombé dans une mer déchaînée agrippe la bouée de sauvetage qu'on lui tend. Le gamin avait promis d'assister au prochain service en ajoutant qu'il avait hâte. À l'approche de Keflavík, la mer se calma. Águst put rejoindre la cabine de pilotage où il retrouva Eiríkur qui, les jambes écartées, à la barre, contemplait la côte. La scène était si belle ; certes, le ciel presque noir menaçait, mais les lumières de la petite ville qui les avait vus naître tous les deux se rapprochaient comme une radieuse étreinte, et le cœur d'Águst débordait de joie. Il regarda Eiríkur en se disant qu'il appréciait cet homme dur et imposant qui avait si bien réussi en dépit de ses origines modestes et d'une enfance pauvre dont il s'était sorti grâce à son courage, son travail acharné et sa rudesse. Eiríkur, vois-tu, nous sommes comme deux frères, déclara-t-il d'une voix tremblante d'émotion, d'amour de la vie et de ce village qui venait à leur rencontre comme de lumineuses retrouvailles. Oui, nous sommes là tous les deux, comme deux frères, et Keflavík nous tend les bras comme une prière sublime.

Eiríkur baissa les yeux sur le pont où l'un des matelots avançait d'un pas résolu vers tribord pour balancer la Bible du bateau à la mer. Puis il contempla Keflavík sans un mot, Águst l'imita, également silencieux, les deux beaux-frères se tenaient là, côte à côte, les jambes écartées, l'instant était beau. Eiríkur déclara ensuite, avec une grande lenteur, comme s'il tenait à ce qu'aucune de ses paroles n'échappe à Águst : Je n'ai jamais compris ce qu'Ólöf a bien pu te trouver et je n'ai, pour être honnête, jamais eu une très haute opinion de toi. Non, je ne t'ai jamais apprécié. Mais je dois t'avouer que je comprends mieux ma sœur. Je viens de découvrir que toi aussi, tu as ta force et ta rudesse bien à toi, et cela, personne ne te l'enlèvera. C'est à toi. Voilà pourquoi tu mérites le respect. Cela dit, il faut que tu saches que je ne t'apprécie pas plus qu'avant. Tu nous as accompagnés pour cette sortie en mer et jamais je n'ai ressenti autant d'agacement au sein de l'équipage — d'autant plus qu'on m'a dit que tu étais parvenu à embrouiller l'esprit de ce pauvre Óli qui raconte maintenant qu'il assistera désormais aux réunions de votre drôle de paroisse. Tu devrais avoir honte de semer ainsi le trouble dans l'esprit d'un gamin désarmé, c'est un manque de respect impardonnable, et sache, Águst, que si tu n'étais pas marié à ma sœur, je n'hésiterais pas une seconde à te balancer par-dessus bord.

Le bateau approchait de Keflavík. Keflavík, cette lumineuse étreinte au creux de la nuit.

Elle est une corde qui vibre, tendue entre le Seigneur et les hommes ; on boit du café en abondance et Jóhannes Nordal, le directeur de la banque centrale, passe à la télévision

Les familles de la belle-mère et de Jakob viennent prendre le café en soirée dès que la plupart des objets ont trouvé leur place, il n'a pas fallu bien longtemps, la belle-mère est efficace et ne s'est accordé aucun répit tant qu'elle n'avait pas achevé sa tâche. Ólöf continue d'occuper la chambre libre. Quand les invités arrivent, elle est assise sur le canapé, l'air absent, encore épuisée par la boisson, deux des trois sœurs de la belle-mère viennent s'installer à ses côtés, elles sentent le poisson, toutes travaillent à l'usine de congélation Haförn où la belle-mère d'Ari commencera juste après le week-end, c'est vendredi soir. Leur père est un petit homme râblé à la peau tellement tannée qu'il fait penser à une motte de tourbe, debout à la fenêtre en compagnie d'Eiríkur et d'Águst, épuisé par le manque de sommeil. Eiríkur et la motte de tourbe s'entendent bien, plongés dans le silence, tandis qu'Águst, les mains dans le dos, le cœur affolé comme celui d'un oiseau blessé, tord ses doigts et s'efforce de trouver un sujet de conversation, regardant sa femme Ólöf par intermittence, tellement terrifié à l'idée de la perdre définitivement, de la voir sombrer tout entière dans l'enfer de l'alcool, terrifié à l'idée qu'elle ne soit pas assez forte pour lutter, cette femme pourtant énergique qu'il aime si ardemment depuis qu'il l'a vue pour la première fois descendre la rue Tjarnargata alors qu'elle avait dix-huit ans, vêtue de sa combinaison de l'usine de poisson, cette femme courageuse et rudement douée, mais également si sensible, si fragile, et qui cache au fond d'elle tant de blessures à vif. Debout face à ces deux taciturnes qui semblent si forts, plongés dans le silence, Ágúst doit tordre ses mains de toute son âme pour ne pas perdre son sang-froid ou risquer de fondre en larmes, ce qui ferait de lui une lavette aux yeux des autres. Il ne peut s'imaginer vivre sans elle. La vie sans elle n'est pas la vie. Il ne connaît rien de plus beau que ces moments où elle regarde dans le vague, l'air absent, ou encore ceux où elle monte à la congrégation des pentecôtistes pour parler de Dieu et de la lumière de Jésus-Christ ; elle s'exprime alors si bien et d'une manière si convaincante qu'elle ressemble à une corde qui vibre, tendue entre Dieu et les hommes. Il n'est pas surprenant que Satan soit constamment à l'affût et qu'infatigable il lui tende ses pièges. Ágúst se tord les mains, il faut que je dise quelque chose, pense-t-il, il faut que j'engage la conversation, sinon, je vais m'effondrer. Il regarde les deux hommes, ouvre la bouche et déclare, alors, les gars, voilà une nouvelle année qui commence et les perspectives ne sont pas bien bonnes, oh que non, le marché du travail est rudement inquiétant. Des licenciements risquent d'avoir lieu dans le bâtiment, les usines de poisson fonctionnent au minimum de leur capacité, c'est vrai, la saison n'a pas encore réellement débuté, mais c'est surtout que les chalutiers emmènent leur pêche directement à l'étranger, et ça ne risque pas de créer des emplois ici. Hein, les gars, qu'en pensez-vous ? Quant à Jóhannes Nordal, le directeur de la banque centrale, il vient de parler à la télévision, je l'ai entendu parler pendant que me préparais pour venir vous retrouver ici, non qu'on doive s'apprêter spécialement pour retrouver quelqu'un puisqu'on devrait toujours aller à la rencontre de son prochain tel que Dieu nous a créés, n'est-ce pas, les gars, ajoute-t-il, en se maudissant de recourir à tout bout de champ à cette formule stupide pour apostropher ces hommes à qui elle ne s'applique pas. Du reste, Eiríkur ne répond rien, il se tait sous sa casquette tandis que le vieux plonge tranquillement sa main dans sa poche et que, les yeux rivés sur Ágúst, il sort sa corne à tabac usée, s'emplit les deux narines, l'œil droit parfaitement immobile, glacial. Et que dites-vous de ça, poursuit Ágúst, Jóhannes a déclaré à la télé que l'état de notre économie nationale est tel qu'il est non seulement exclu d'augmenter les salaires, mais qu'en outre ce serait affreusement irresponsable de le faire, il dit qu'on ne dispose pas de la marge de manœuvre nécessaire et qu'il faut plus que jamais se serrer les coudes si on veut encaisser les coups et s'en sortir. D'après lui, nous devrions réfléchir en tant que nation, et pas en tant qu'individus. Certes, la formule est joliment tournée et atteste une maturité indéniable, il est intelligent. Mais voyez-vous, les gars, le brave homme a soigneusement omis de préciser que lui et les autres directeurs de banque ont bénéficié il y a deux mois d'une augmentation équivalente à la moitié du salaire d'un ouvrier dans l'industrie, or ces beaux messieurs n'étaient déjà pas à plaindre avant ça — hein, qu'en dites-vous, les gars ?! Et nous avons droit à la même rengaine dans le *Morgunblaðið*, la voix du Parti de l'indépendance et par conséquent du capital, qui claironne que les ouvriers doivent être raisonnables, que ce serait dangereusement irresponsable et même impardonnable de la part des travailleurs que d'exiger des augmentations de salaire en ce moment, on n'aurait alors plus aucun contrôle sur l'inflation, ce monstre terrifiant qu'ils utilisent pour faire taire la populace. Alors, qu'en dites-vous, les gars ?

Par le diable, il a une fois de plus répété ce mot.

J'oublie à chaque fois que tu n'es pas conservateur, répond Eiríkur, sont-ils au courant qu'ils emploient un communiste, là-haut à la base ?

Je travaille pour les Amerloques parce qu'ils m'offrent un emploi sûr, mais aussi afin d'échapper à l'emprise que les conservateurs exercent dès qu'on franchit la clôture du camp militaire. Cela dit, la qualité de vie serait nettement moindre ici en l'absence des Américains, affirmer le contraire serait un mensonge et une falsification parce que ce sont eux qui ont assuré notre subsistance et nous ont sauvé la peau à chaque fois que nous avons franchi certaines limites, ce que nous faisons régulièrement — qui donc nous viendra en aide si l'armée américaine quitte les lieux ?

Eiríkur : Tu es un drôle de communiste. Je ne comprendrai jamais comment tu supportes de travailler là-haut.

Ágúst : Je ne suis pas communiste. Je suis humain, voilà tout. Mais dites-moi, les gars, vous trouvez peut-être que nous devrions courber l'échine face au capital ? Sommes-nous censés porter tous les fardeaux sans broncher tandis que ces gars-là rentrent chez eux, les poches bien pleines ?

Eiríkur : Pour l'instant, je vais simplement me servir une part de ce magnifique pain-surprise. Tant que j'aurai mon bateau et mon poisson, je m'en tirerai. Et je peine à imaginer que ces grands messieurs puissent me priver des deux !

Ágúst : Ils sont beaucoup plus forts que nous le croyons.

C'est la crise, observe alors le père de la belle-mère, d'une voix rauque et cassante, comme sortie de son ventre plutôt que de sa bouche. Il regarde par la fenêtre, il neige, voilà, il a dit ce qu'il avait à dire.

Peu de mots sont échangés dans le salon, la neige et la nuit noire semblent insuffler leur mutisme à ces deux familles qui boivent une grande quantité de café, ce breuvage qui depuis des siècles nous aide à supporter le silence et cette terre où vivent si peu de gens. Mais au bout d'un moment, par sa douceur et sa gentillesse, Elín parvient à s'arranger pour que la maman des trois sœurs et de la belle-mère, cette femme aussi petite que son époux, très maigre, pas plus épaisse qu'un tiret, à peine plus large qu'une colonne vertébrale, se mette à évoquer la province des Strandir, leur région d'origine, dans le nord-ouest de l'Islande. Elle parle de ce fjord lointain, tapi derrière d'innombrables montagnes et tout autant de landes, alors les trois sœurs reviennent à la vie. Ce qui me manque le plus, dit l'une d'elles sur le canapé, c'est d'avoir de la bonne viande de phoque car rien n'est meilleur qu'une bouchée de jeune phoque bien tendre, et l'autre rit, d'un rire sonore et subit, un peu comme si elle crachait des cailloux — dont les éclats montent jusqu'à la chambre d'Ari qui, assis sur le sol, adossé au radiateur, regarde l'étagère et sa collection de livres, principalement constituée d'albums de Tarzan et d'Enid Blyton, timide face à ses cousins qui se sont installés sur le lit et sur les deux chaises, ces cousins qu'il connaît à peine. Ce sont ces livres qu'il a en premier sortis des cartons, l'univers qu'ils dépeignent est pour lui un havre et une source de joie depuis des années, mais en ce moment précis, parmi ses cousins, il se sent gêné à l'idée qu'ils puissent leur sembler enfantins et la tristesse l'envahit, comme s'il perdait un ami cher, comme si la lumière du monde s'éteignait. Il est adossé au radiateur, dehors il neige. Il suppose qu'il prendra une raclée dès son premier jour à l'école, dès lundi. Et bien évidemment, cela l'angoisse, mais la violence fait partie de ces choses qui passent, l'humiliation est bien pire, il craint par exemple que les autres ne lui baissent son pantalon, puis son slip, craint qu'on ne se moque de lui en disant qu'il a un petit zizi, qu'on n'urine sur lui et qu'en prime on ne le dispute parce qu'il sentira mauvais à son retour à la maison. Ari préférerait qu'ils sortent tous de sa chambre, qu'ils le laissent seul avec ses livres afin qu'il puisse disparaître dans l'un d'eux et ne jamais revenir. Il ne dit rien. C'est bon de se taire, on est en sécurité, plongé dans le silence. Il s'efforce toutefois de leur répondre par quelques monosyllabes afin de masquer le bégaiement dont il s'était presque débarrassé à Reykjavík, mais qui est revenu et s'est infiltré sur la banquette arrière de la Moskvitch alors qu'ils arrivaient ici, à Keflavík. Il choisit ses termes avec précaution, s'exprime lentement, à la manière d'un sage, et cherche les mots les plus simples et innocents, mais le bégaiement est traître et se manifeste sans prévenir. Ses cousins le regardent, curieux, ils observent la lutte qu'il livre afin d'articuler des mots tout à fait banals, il rougit, se déteste, sent la chaleur qui lui monte au visage, la sueur qui perle dans son dos et se demande, comment vais-je donc faire lundi, à l'école ? Adossé au radiateur tiède, il ne lui tarde pas de vivre.

Une longue soirée.

Il semble que jamais elle ne va passer, comme si la nuit l'avait prise en otage, mais en fin de compte, elle passe. Les invités se préparent à partir, les adultes sont quelque peu remontés après avoir avalé tout ce café, Ólöf restera encore un peu, ne se sentant pas la force de rentrer immédiatement chez elle et d'affronter le quotidien, Ágúst rejoint sa voiture avec ses filles, il baisse la tête, balaie machinalement, mécaniquement, la neige accumulée sur le toit du véhicule et les vitres, ses mains nues tremblent quand il essaie d'ouvrir la portière ; elles tremblent si fort que le trousseau lui échappe. Il s'accroupit pour le ramasser, mais en dépit de ses efforts ne parvient pas à enfoncer la clef dans la serrure et se demande pourquoi il a fermé cette voiture, il baisse les yeux sur ses mains qui tremblent constamment, comme si elles ne lui appartenaient plus. Ágúst renonce, pose son avant-bras sur le toit de la voiture américaine, plaque son front à la vitre de la portière et reste ainsi, immobile. Papa, déclare la plus jeune de ses filles qui, apeurée, se met également à trembler, il gèle, le frimas de janvier s'est posé sur le monde. Un instant, mes petites, répond-il d'une voix étranglée, on dirait que j'ai bu un peu trop de café. La neige se remet à tomber en douceur, de gros flocons arrivent en virevoltant de la nuit, on dirait que le ciel rêve, et bientôt les bras d'Ágúst sont entièrement blancs, il ressemble à un ange abandonné par Dieu, ou simplement oublié ici-bas, sur terre, à l'endroit le plus noir, et la benjamine s'est mise à sangloter, tout doucement. Ne pleure pas, Rúna, murmure sa grande sœur, ce n'est pas le lieu pour ça, puis elle fond elle-même en larmes, et à ce moment-là Eiríkur sort de la maison, il s'avance à grands pas sans même avoir enfilé un anorak, il n'a sur le dos que sa veste pour affronter tout le froid du monde. Il tapote l'aînée sur les épaules, caresse d'un revers de main la joue de la plus jeune qui se dit, c'est incroyable à quel point sa main est grande et chaude. Quand le navire est pris dans la tempête, déclare Eiríkur, sans regarder aucun d'eux, comme s'il apostrophait l'averse de neige, il faut se serrer les coudes. Mais tout ça est bien pire que le mal de mer, objecte Ágúst d'une voix presque inaudible. Il faut juste que tu lui laisses le temps, mon petit, répond Eiríkur, il faut que tu laisses du temps à toute chose, et le capitaine donne à Ágúst quelques petites tapes dans le dos, ces dernières ne sont peut-être pas amicales, mais il les lui donne quand même et sa main lui murmure, allons,

allons. Il attrape la clef, la glisse dans la serrure, ouvre la portière, démarre le moteur, retient la porte pour Ágúst et lui dit, je crois quand même que tu ferais mieux de te trouver un vrai travail. Puis il les regarde partir, debout au milieu de la rue, Ágúst le voit dans son rétroviseur, il le voit comme une force que le vent ne saurait emporter, une force qui reste là et résiste même quand le monde s'effondre.

Dans la maison, Ásmundur, le fils aîné d'Elín et d'Eiríkur, Ásmundur lui-même, âgé de quatorze ans et grand pour son âge, a entraîné Ari à l'écart pour lui dire : Tiens-toi prêt ici, devant la maison, à huit heures demain matin. Habille-toi chaudement, il fera froid, et surtout, ne dis rien à personne.

Dire quoi, raconter quoi ?

Que je viendrai demain, et que je t'emmènerai avec moi.

Et qu'allons-nous faire ? Pourquoi devons-nous partir si tôt ?

Il vaut mieux que tu ne le saches pas, répond Ásmundur, une main posée sur l'épaule d'Ari en le regardant droit dans les yeux. C'est alors qu'Ari aperçoit pour la première fois au fond de son iris ces rayons verts, si lointains qu'ils en sont presque invisibles, comme s'ils étaient plongés en hibernation jusqu'au moment où ils se réveillent et se mettent à luire, ayant trouvé une raison de rendre son regard aussi fascinant qu'irrésistible. Ari ferait n'importe quoi pour le satisfaire. Je serai prêt, dit-il en se redressant, comme si on allait lui décerner une récompense, je serai prêt, et ces mots sortent de sa bouche sans la moindre trace de bégaiement. Ásmundur esquisse un sourire, tapote l'épaule d'Ari, lequel est partagé entre impatience et angoisse. L'impatience de marcher aux côtés d'Ásmundur et l'angoisse à l'idée qu'il ne lui faudra peut-être pas attendre lundi et son premier jour d'école pour être confronté à la violence, mais que ses souffrances débuteront dès demain matin. Puis vient la nuit. Avec sa besace emplie de ténèbres de janvier et d'étoiles qui scintillent comme autant de souvenirs lointains du ciel, elle vient avec les rêves qu'elle distribue en toute justice et en toute injustice. Vient la nuit de janvier, si lourde et si profonde que celui qui s'éveille en son sein et jette un regard au-dehors est persuadé que plus jamais le soleil ne poindra dans cet univers de ténèbres et d'étoiles.

Que faire d'un couteau bien tranchant à Keflavík — le navire des Amerloques, et ensuite...

Il ne faut pas se faire attendre.

Dès huit heures moins dix, Ari et moi sommes au rendez-vous devant le pavillon, et quelques instants plus tard, Ásmundur apparaît. Il arrive à pied dans le virage et avance comme si le monde lui appartenait, comme si toute chose était façonnée à son image ; son visage, sa démarche et certains de ses traits de caractère font irrésistiblement penser à Þórður, son oncle maternel, en compagnie duquel c'est également un honneur de pouvoir marcher. Le matin est sombre, sauf quand une trouée apparaît dans les nuages occultant la lune presque pleine qui se met alors à éclairer la neige, les maisons endormies, la mer et son empire noirâtre que nous apercevons par intermittence entre les bâtiments. Notre cousin habite ici, commente Ásmundur alors que nous dépassons une petite maison en bois à un étage. C'est un gars bien, ajoute-t-il, il a été bassiste et connaît les gars du groupe Hljómar, évidemment, vous avez déjà entendu parler de Hljómar, de Rúnni Júll et de Gunni Þórðar, interroge-t-il d'une voix qui nous enjoint fortement d'acquiescer sans délai tandis que nous nous hâtons de consigner dans notre mémoire ces noms qui sont ceux des plus précieux enfants de Keflavík. Ce cousin, précise Ásmundur, travaille à la base, comme Ágúst ; d'accord, ce n'est pas vraiment un boulot, mon père dit toujours que bosser là-bas transforme les hommes les plus costauds en lavettes au bout de quelques années et que d'ailleurs l'Amerloque suce la moelle des gens de la péninsule de Suðurnes, mais bon, le cousin est un brave gars, un type vraiment au poil, allez, cachez-moi ça dans vos vêtements, déclare-t-il alors que nous approchons du cinéma Félagsbíó, une des deux salles que compte Keflavík et qui ressemble à un modèle réduit du Háskólabíó de Reykjavík à l'intérieur. Il nous tend à chacun un couteau, attention, ils sont sacrément tranchants, précise-t-il en balançant sa tête en arrière dès que sa mèche de cheveux retombe sur ses yeux, il nous est tellement supérieur que nous peinons à croire qu'il daigne nous adresser la parole. Malgré tout, nous ne sommes pas très rassurés dans cette obscurité matinale, cette nuit qui se mue par intermittence en clair de lune, lequel accentue les ombres et fait planer dans l'air comme une vague menace. Ari me regarde, tiens, dis-je, quels beaux couteaux, mais au fait, c'est pour quoi faire, je veux dire, on va où ? Ásmundur nous dépasse d'une tête, il ne répond pas à ma question et continue d'avancer, nous le suivons angoissés, et bientôt il s'arrête à l'angle d'une rue, agite la main comme s'il s'apprêtait à faire une déclaration ou voulait nous offrir le monde sur un plateau, rue Hafnargata, déclare-t-il, accompagné par le bruit de la mer. Rue Hafnargata, répétons-nous comme l'écho. Le cinéma Nýja Bíó, annonce-t-il en agitant à nouveau la main alors que nous avançons sur Hafnargata, ici, on peut voir des films pornos danois tous les troisièmes jeudis du mois, je n'ai pas encore réussi à y entrer en douce, mais il paraît que ces films sont géniaux. Un de mes copains a réussi à se faufiler dans la salle en septembre et ces films-là montrent tout, je veux dire, *vraiment tout*, d'ailleurs son érection a duré jusqu'à Noël.

Nous avançons dans la nuit, avec le ressac à notre gauche, la lune qui apparaît par intermittence transforme le paysage, nous avons dans nos poches des couteaux bien tranchants et sommes à un jet de pierre d'un film érotique danois, nous marchons là avec Ásmundur, on dirait que le réel lui appartient et qu'Ari est presque heureux d'avoir déménagé ici, à l'arrière du monde, par-delà les champs de lave et les terres désolées. Nous nous redressons. Et méditons sur ce mot — érection. C'est la première fois que nous l'entendons, mais nous pressentons son importance et supposons qu'il faut absolument en avoir, ou en sentir, enfin, quel que soit ce qu'implique le mot. C'est en tout cas important de comprendre ce qu'il signifie, et manifestement, nous devrons faire un tour à la bibliothèque après le week-end, si possible dès lundi, pour chercher le terme afin de trouver un moyen d'acquérir ou de nous procurer cette fameuse érection, peu importe comment elle fonctionne. Mais ce n'est pas le moment de penser aux mots et à leur fonctionnement, Ásmundur vient de s'arrêter, il se retourne, voilà, nous allons savoir, le moment est venu pour lui de nous faire part de la raison pour laquelle nous marchons dans ce matin froid et sombre, traversé de rayons de lune vacillants. Nous sommes devant la poste de Keflavík, le cœur battant, notre main droite est impatience, la gauche angoisse — que faire d'un couteau bien tranchant à Keflavík ?

Hier en fin d'après-midi, juste avant le soir, le navire des Américains est arrivé au port. Il s'est amarré à la longue jetée, chargé de produits destinés à l'armée, et sa taille imposante a transformé les barques et les bateaux qui constituent la flotte de Keflavík en banal quotidien dénué de tout relief. Ásmundur nous emmène jusqu'à un endroit où, sans être vus, nous pourrons observer le port, le cœur de la ville, empli de bateaux de pêche dont presque aucun n'est sorti en mer, la saison n'ayant pas encore débuté, sans être vus, nous pourrons observer le navire des Américains, certes, ce bateau est islandais, mais on le surnomme ainsi quand il navigue pour le compte de l'armée. Ásmundur nous montre ses proportions gigantesques, ses cales débordantes de produits destinés aux soldats et à tous ceux qui vivent là-haut sur la lande, ce qui fait presque six mille personnes dont mille enfants et adolescents, c'est qu'il faut un navire d'une sacrée taille pour approvisionner tous les gens enfermés sur cette terre tellement pelée et désolée qu'on se demande s'ils n'y purgent pas une peine — pour information, le périmètre est cerné par une haute clôture couronnée d'une triple rangée de fils barbelés tressés dans l'acier, l'ennui et l'absence d'événements. Regardez, dit Ásmundur, en nous montrant ce qui importe, la raison de notre présence sur les lieux, ce matin-là, avec ces couteaux tranchants dans nos poches. Il nous montre les camions alignés par dizaines sur la jetée, la file descend jusqu'au flanc du navire et remonte le port sur toute la longueur, dans l'attente qu'on décharge les cales. Les camions tournent au ralenti, leur fumée envahit l'air, le vent la disperse et les gaz d'échappement nous frappent les narines, debout, abrités par la colline. Certains chauffeurs attendent au volant, d'autres forment de petits groupes et s'abritent, piétinant dans le froid, attendant qu'on décharge. Ásmundur regarde l'heure sur la montre qu'il a reçue pour sa confirmation, il le fait d'un revers de main, il porte le temps comme un ornement à son poignet. Ils commenceront d'ici un quart d'heure, annonce-t-il, allons retrouver les autres.

Rappelez-vous tout comme nous : c'était en ces années où Keflavík ne comptait pas seulement trois points cardinaux, le vent, la mer et l'éternité, mais plutôt quatre : le vent, la mer, l'éternité — et l'armée américaine. Ces troupes qui sont stationnées chez nous depuis vingt-cinq ans, si on ne compte pas les années de guerre, car après le second conflit mondial il y a un blanc de cinq années, entre 1946 et 1951, une époque où il n'y avait en Islande aucune présence militaire, aucune armée sur les pâturages de Njarðvík, aucune croissance, aucun canon sous la pluie, aucun avion militaire survolant les maisons, d'ailleurs, à cette époque-là, tout a régressé. Mais depuis vingt-cinq ans, ces six ou sept mille Américains ont bien besoin de nourriture, ils ont grand besoin de friandises, de chaussettes, de bonnets, de jouets, de magazines, de journaux, ils ont besoin de tous ces produits importés de chez eux, cette terre d'abondance, afin de survivre ici, de supporter leur séjour au bout du monde pour en revenir à peu près sains d'esprit, après avoir été enfermés sur cette lande désolée où l'ennui est le pire des ennemis, voilà pourquoi les grands navires des Américains accostent régulièrement sur la longue jetée du port de Keflavík, et ce depuis des années. Pendant longtemps, leur arrivée constituait un événement pour les gens d'ici, on aurait pu croire qu'un vaisseau spatial avait accosté, chargé de denrées rapportées d'une lointaine Voie lactée.

Pendant les années soixante et soixante-dix, des adolescents s'attroupaient sur la jetée, les poches pleines d'argent qu'ils avaient gagné en travaillant dans le poisson, et achetaient de la musique à l'équipage, aussi bien des 33 que des 45 tours, des disques qu'on ne trouvait nulle part en Islande, pas même à Reykjavík, à moins d'attendre un an, ce qui représente la moitié d'une vie quand on est adolescent, quand l'existence bouillonne, quand on n'est qu'une comète en regard du temps. Ces navires étaient alors attendus avec impatience, ils traversaient l'océan et nous rapportaient ces choses qui nous rendaient plus riches, quant aux marins qui achetaient ces disques en Amérique pour les revendre aux adolescents sur la jetée de Keflavík, ils agissaient à leur insu en éclaireurs, en messagers de temps nouveaux.

Mais cette époque est révolue, les navires des Amerloques ne sont plus ces astronefs arrivés de la lointaine planète Musique, ils ne traversent plus les océans afin de transformer le quotidien des jeunes de Keflavík, désormais on trouve les albums les plus récents chez le disquaire Hljómalind, à l'angle des rues Tjarnargata et Hafnargata, le patron était le chanteur du groupe Hljómar, précise Ásmundur, tandis que nous quittons le port pour rejoindre une bande d'adolescents, ils doivent être une petite vingtaine, bien qu'il soit difficile de les compter dans la pénombre ; en tout cas, ils semblent très fébriles, l'angoisse sans doute — et le nœud qui tenaille l'estomac d'Ari tout autant que le mien se resserre d'un cran. En approchant, nous découvrons une personne plaquée à terre, ça rigole, deux ou trois poussent des cris, des hurlements brutaux qui font de ce matin un lieu infect, font de Keflavík un lieu délétère et transforment le monde en un cloaque puant. Et ce n'est manifestement pas un garçon qui est allongé sur l'asphalte, le corps sous le pied d'un adolescent aussi grand que fort, non, c'est une fille, ce ne peut qu'être une fille car une voix hurle, vas-y, GÓ, arrache-lui son pantalon, aussitôt relayée par une autre, ouais, putain, mec, comme ça on verra sa chatte !

Il est manifeste que certaines idées s'ancrent plus aisément que d'autres dans l'esprit des mâles. Une petite vingtaine de garçons forment un cercle autour de l'adolescent dont le pied maintient au sol le corps de la jeune fille qui se débat, ils frappent leurs chaussures sur le goudron et entonnent d'une voix déterminée, aussi caverneuse qu'ils le peuvent : la chatte — la chatte — la chatte ! Leurs cris sont si forts et rythmés que le toit de l'enfer doit trembler. Ari et moi faisons partie du cercle le plus éloigné, nous écoutons ces martèlements, ces incantations qui s'élèvent et s'affaissent, ne voyons plus ni la fille, ni ce GÓ et sommes au bord des larmes, désespérés d'avoir accepté d'accompagner Ásmundur, désespérés de n'être pas restés au chaud dans nos lits avec un album de *Tarzan*, avec Tarzan lui-même qui balaierait ces gringalets d'un revers de main avant de balancer ce GÓ comme un paquet de linge sale, sauvant ainsi la jeune fille. Nous mourons d'envie de décamper, de disparaître, mais n'osons pas, nous ne pouvons pas, quelque chose nous retient prisonniers, notre désir de secourir cette gamine, enfin, espérons-le, même si nous ne bougeons pas le petit doigt, espérons que ce n'est pas la curiosité de voir ce qui arrivera qui nous retient ici, espérons que ce n'est pas la fascination exercée par ce chœur et ces martèlements, la fascination exercée par la cruauté, espérons que non, mais l'être humain est un animal dont il faut se méfier et l'Histoire renferme un trop grand nombre d'événements où des gens respectables ont, de leur plein gré, pris part à l'horreur en s'attaquant à des innocents, des événements où le sourire de l'homme n'exprime que la jouissance que lui procure sa propre sauvagerie. Nous hébergeons tous des démons, la chaleur de notre sang masque notre sadisme, et seule la beauté a le pouvoir de sauver le monde.

Ásmundur regarde sa montre, il marmonne quelques mots qu'il s'adresse à lui-même, puis se fraie un chemin à travers l'attroupement, d'un pas déterminé, impatient. Les autres s'écartent, reculent, ouvrant une brèche jusqu'à celui que tous appellent GÓ et celle qui gît à terre sous son pied imposant ; elle s'est tue, certes, elle n'a pas renoncé à la lutte, mais a compris qu'elle affrontait une puissance titanesque. Tout à l'heure, elle hurlait, je vais tous vous tuer, bande de salauds, je vais vous zigouiller, mais depuis, elle s'est tue et maintenant, elle repose sur l'asphalte, entièrement immobile. Je vais tous vous tuer, ce qui impliquait sans doute l'ensemble du groupe, presque vingt garçons, un vrai carnage, voilà le genre de menace qu'on ne saurait prendre au sérieux tant elle est ridicule, d'ailleurs ils ont ri de la voir comme ça, si frêle et si fragile sous la jambe de GÓ aussi grosse qu'un pilier, GÓ, cette puissance mondiale qui baisse les yeux sur elle tandis que le groupe martèle le sol de ses pieds en répétant inlassablement ce mot, en l'encourageant à lui arracher ses vêtements afin de voir le fruit défendu qui envahit déjà les pensées de certains et leurs rêves, ce fruit qui les rend fous, GÓ baisse les yeux sur cette jeune fille entièrement immobile qui le fixe et le défie du regard sans l'ombre d'une hésitation. Mais Ásmundur consulte sa montre et rompt cet instant hypnotique, le rythme entêtant vacille, les cris et les martèlements se disloquent, s'éparpillent et s'isolent, puis brusquement, le groupe n'est plus un groupe, comme si chacun entendait tout à coup le son de sa propre voix et perdait toute son assurance, succombant peut-être à la honte : cesser d'appartenir à un groupe est source de souffrance. Teintée d'agacement, la voix d'Ásmundur déchire l'air : Arrêtez vos conneries, le premier camion démarre dans cinq minutes ! GÓ le toise, tranquille, puis retire son pied d'un air détaché, la jeune fille se relève d'un bond. Assez petite, les cheveux bruns et courts, ses yeux noirs en amande sont comme un cri. Allez, on se sépare, annonce GÓ avant de balancer un crachat.

GÓ. Guðmundur Óskarson. Quinze ans, le chef, le meneur, le gardien de but le plus prometteur de l'équipe de Keflavík, deux fois gardien remplaçant en première division. Il a déjà eu une copine, a déjà fumé, s'est déjà soûlé, on dirait que tout est en son pouvoir, il s'est souvent introduit dans la salle pendant les projections des pornos danois, personne n'est entré aussi souvent que lui en douce dans la base, il connaît de nombreux militaires par leur nom, sait parler l'américain, a joué au basket là-haut : ceux qui l'approchent deviennent instantanément plus beaux, plus forts, meilleurs. GÓ — c'est lui qui s'est trouvé ce nom, en anglais : call me GO. GO. Ça veut dire, on y va. Ça veut dire en route — c'est une exhortation.

GÓ regarde la fille, il plonge dans ses yeux affolés, au plus profond du cri, il ricane, ouvre la bouche et s'apprête à dire quelque chose, mais Ásmundur lui coupe l'herbe sous le pied en annonçant, presque froidement, je la prends dans mon équipe, offrant ainsi à la gamine son aile protectrice. GÓ hausse les épaules, GÓ crache par terre, GÓ désigne quelques garçons qui vont le suivre et répond, parfait, puis il se met en route, se retourne et prévient, si je la retrouve dans mes pattes, je lui arrache son putain de pantalon.

(Parenthèse)

Nul ne saurait dire quels événements valent d'être racontés, lesquels surgissent, rayonnants ou sombres, intenses ou discrets, des méandres du temps. Leur importance est toujours relative, et fluctue constamment.

Ari et moi écrivons peut-être la première page de notre vie ici, à l'angle de Hafnargata et de Vatnsnesvegur, aux premières heures de ce samedi matin, mais ces instants vécus dans les ténèbres matinales sont encore bien vivants dans l'esprit de celui qui, debout à la fenêtre de sa chambre à l'hôtel de l'aéroport, contemple ce même croisement. Une de ses valises est ouverte sur le lit, il a sorti les photos de ses trois enfants pour les installer sur le bureau. La chemise jaune qui contient les lettres, les poèmes et quelques photos est ouverte sur le minibar. Il se tient à la fenêtre, presque quarante ans plus tard, observe ce croisement où nous nous rassemblons, lui, moi, Ásmundur, la fille et quelques garçons. Le front plaqué à la vitre, il se rappelle que la neige s'est vite mise à tomber. Les troupes américaines ont depuis longtemps quitté la lande, les gens de Keflavík ont perdu leur quota, ils ne sont plus pêcheurs, le port est aussi désert qu'une parenthèse vide et Ásmundur vient de lui enfoncer son index dans l'anus.

Celui qui entrevoit l'avenir et rapporte ce qu'il en a vu est invariablement tenu pour fou.

... *le chambard commence*

La neige s'abat sur ce samedi matin, les flocons se posent sur notre effervescence, ce bouillonnement qui nous chatouille, cette insupportable tension. Ari et moi avalons notre salive et humectons nos lèvres, accroupis derrière un muret en ciment à l'angle de la rue ou presque, et nous prêtons l'oreille dans l'attente du premier camion qui quittera le port et remontera la rue Vatnsnesvegur, essoufflé par l'effort, avec sa boîte de vitesses qui craque abondamment et sa plate-forme croulant sous les denrées destinées à ceux qui ne vivent qu'à quelques kilomètres de nous, dans la désolation de la lande, six mille Américains cernés par une haute clôture surmontée d'une triple rangée de barbelés, une triple rangée d'ennui, à quelques kilomètres de nous et pourtant si loin, si infiniment loin. Nous ne distinguons rien d'autre que tension et concentration sur le visage d'Ásmundur et de la fille, prénommée Sigga. Sigga, ainsi s'est-elle brièvement présentée à nous trois quand nous sommes allés nous accroupir derrière le mur d'un jardin pelé, orné d'un petit sapin brûlé par l'air salin et si abondamment emberlificoté dans les guirlandes de Noël qu'il semble être l'image même du désespoir. Sigga, annonce-t-elle, Ari et moi marmonnons nos prénoms tandis qu'Ásmundur se contente de hocher la tête, comme pour confirmer que ça ne le dérange pas qu'elle s'appelle Sigga. De l'autre côté de la rue, trois garçons s'abritent derrière une Chevrolet brune et trois autres occupent le jardin voisin, ceux-là constituent la bande d'Ásmundur, la majeure partie du groupe suit GÓ qui a posté tout le monde le long de la rue tandis que lui-même a opté pour une position légèrement en surplomb du croisement de

Hafnargata et Faxagata, choisissant l'endroit où les camions commencent généralement à prendre de la vitesse et où les chauffeurs s'estiment tirés d'affaire, l'emplacement le plus difficile pour sauter sur les véhicules, autrement plus difficile que celui que nous occupons, et où les camions doivent tellement ralentir en prenant le virage qu'ils doivent presque s'arrêter. Mais GÓ aime les défis, il attend que le véhicule franchisse le croisement, qu'il reprenne de la vitesse, que le chauffeur passe en seconde et c'est alors qu'il prend son élan et saute sur la plate-forme en un bond magnifique, comme lui seul sait le faire, il plane majestueusement, tel un grand félin, tout en douceur, en puissance et en rapidité, GÓ qui n'a jamais manqué aucun camion, n'a jamais raté aucun bond, nulle part, ni ici, ni entre les poteaux du stade de foot, il arrête toutes les balles, c'est à croire que rien ne lui échappe, qu'il est capable d'attraper tout ce qu'il veut dans cette vie, même s'il n'a pas réussi à échapper au malheur qui s'abattra sur lui bien des années plus tard.

Le premier véhicule s'engage dans la rue Vatnsnesvegur, la boîte de vitesses craque, le moteur suffoque dans le silence et la quiétude apportés par la neige, puis il récupère et se remet à traîner son fardeau, Sigga jure à mi-voix pour se détendre, elle en connaît manifestement un rayon en termes de jurons, et enfin Ásmundur nous explique à moi et Ari en quoi consistera notre tâche. Dès qu'il nous donnera le signal, car il convient toujours de respecter les règles et de faire preuve de discipline, nous monterons sur la plate-forme du camion, c'est assez dangereux, précise-t-il à voix basse, sans chichis, surtout quand la rue est glissante comme en ce moment, il y en a déjà qui se sont fait mal. Et certains chauffeurs nous détestent, ils essaient de nous éjecter en zigzaguant et en conduisant par à-coups, ils sortent leur tête par la vitre de leur portière et hurlent des menaces, rien de bien grave, mais il y en a certains qui pilent sans crier gare pour descendre du camion et là, je peux vous dire que vous avez plutôt intérêt à courir comme si vous aviez le directeur de l'école à vos trousses parce qu'on passe un sale quart d'heure si ce genre de type nous attrape. Le plus important est de bien s'agripper aux abattants de la plate-forme ou à une planche s'il n'y a pas d'abattants — Ari et moi n'osons pas lui demander ce qu'est un abattant, nous n'y connaissons rien en camions, voilà encore un mot que nous devrons chercher dans le dictionnaire —, sinon le moindre mouvement un peu brusque du camion risque de vous faire lâcher prise, et quand on voit comment ça glisse, vous pouvez être sûrs que vous atterrirez droit sous les roues qui vous écraseront, et vous ne serez plus qu'un amas de chair à pâté, on a déjà vu ça, y en a même qui sont morts. Ce n'est donc pas un jeu d'enfant. Mais ne vous inquiétez pas, pensez à une seule chose, monter sur la plate-forme, bien vous y accrocher, vous caler, et là, le moment sera venu de sortir votre couteau, surtout pas avant, ça ne vous servirait à rien d'être perchés là-haut si le couteau vous a échappé en montant. Sortez-le, éventrez un carton d'un bon coup de lame et attrapez tout ce que vous pouvez. Vous n'aurez pas le temps de choisir le carton ni de changer d'avis et d'en ouvrir un autre, vous viderez celui que vous avez éventré, même s'il ne contient que des couches-culottes, ça ne change rien, de toute façon, on arrive à revendre tout ce qui vient des Amerloques. Quatre autres gars courront derrière le camion et ramasseront le butin, OK ?

Nous hochons la tête avec un sourire et répondons, OK, alors que tout ça est très loin d'être OK, nom de Dieu, c'est tout sauf OK. Pourtant, nous hochons la tête, mais voici le premier camion du matin, avec son capot bleu et bombé, tous phares éteints comme s'il voulait passer inaperçu, il pousse un soupir dans le virage, nous prenons le suivant, murmure Ásmundur, celui-là est pour GÓ.

La neige s'est arrêtée de tomber, dès que le bruit du moteur s'éloigne, nous jetons un œil par-dessus le muret et apercevons quelques ombres, certaines semblent jaillies du sol, d'autres surgissent de sous les voitures immobiles, ces quelques garçons se transforment en silhouettes dans la clarté hésitante, cette pénombre, le camion atteint le croisement de Faxabraut et de Hafnargata, il a ralenti à nouveau, le chauffeur remarque bien trop tard ces ombres qu'il n'aperçoit qu'au moment où elles sont toutes proches, nous l'entendons accélérer, il fait rugir le moteur, cette bête gigantesque qui pousse un cri de terreur, et les ombres sont montées à l'assaut de la plate-forme. L'instant d'après, des tas d'objets pleuvent, certains sont attrapés au vol et d'autres tombent sur la rue où on les récupère, bientôt ce sera notre tour, prévient Ásmundur, qui sort son couteau pour vérifier le tranchant.

Ari et moi sautons sur le quatrième camion après en avoir suivi un autre en courant pour ramasser ce qu'Ásmundur et un autre gars ont sorti des cartons, cela nous a permis de voir comment s'y prendre et notre angoisse s'est légèrement dissipée même si nous continuons de redouter la réaction du conducteur, même si nous redoutons de connaître le même sort qu'Ásmundur qui s'est fait sermonner par le chauffeur ; ce dernier a ralenti, est presque sorti de la cabine en criant, pas vraiment en colère, mais plutôt triste, comme s'il avait subi une attaque personnelle et qu'il en était malheureux : Et dire que vous n'avez même pas honte, mes petits gars, vous me condamnez à l'humiliation, vous n'avez donc aucune fierté, vous ne savez pas ce que les Amerloques disent de nous, ils nous traitent de sauvages, d'eskimos, de parasites, pensez-vous que ça me fasse plaisir de monter à la base avec ces cartons éventrés et de voir ces gens-là secouer la tête de consternation, c'est tout simplement humiliant, dire que vous n'avez pas plus de fierté que ça, qu'est-ce donc qu'être islandais ? avait-il hurlé pour conclure, ou disons plutôt qu'il avait semblé nous apostropher, comme si nous avions la réponse. Nous trouvions qu'il n'avait pas besoin de s'énerver comme ça, et apparemment il a fini par se ranger à notre opinion : il s'est tu et a repris sa place au volant. Mais il est ressorti presque aussitôt de la cabine en toisant Ásmundur qui se démenait comme un diable pour vider les cartons à deux mètres de lui, dis donc, mon garçon, tu ne serais pas le fils d'Elin de Norðfjörður, le petit fils de Margrét, je reconnais ton air de famille, tu ressembles à s'y tromper à Þórður, tu ne comprends donc pas que tu fais honte aux tiens — quand je pense que la police ferme les yeux ! Puis il s'est tu, a repris le volant, appuyé sur le champignon, ce sale bonhomme m'a complètement déconcentré, a pesté Ásmundur en descendant pour nous rejoindre, vous prenez le suivant, nous a-t-il ordonné à moi et Ari, avant d'imposer le silence à Sigga d'un revers de main quand, en proie à une colère aussi subite qu'une bourrasque, elle lui a demandé, et moi alors, je fais quoi ?!

Nous avons de la chance. Le chauffeur de notre camion prend son virage si lentement pour s'engager sur Hafnargata qu'on dirait qu'il transporte une cargaison extrêmement fragile, nous courons, les jambes ramollies par la tension et l'angoisse, mais tout va mieux dès que nous approchons, le sang se met à battre dans nos veines, nous agrippons ces planches de bois qui doivent porter le nom d'abattants et nous voilà montés sur la plate-forme où nous nous apprêtons à sortir nos couteaux. Tout à coup, Ari croise le regard du chauffeur dans le rétroviseur latéral, sa main hésite au fond de sa poche, il se raidit et une gêne l'envahit, mais l'homme se contente de sourire, à moins que ce ne soit un rictus narquois, il se met une cigarette à la bouche, l'allume, abaisse sa vitre, pose son coude sur la portière et remonte tranquillement la rue comme s'il ne nous voyait pas éventrer les cartons, y plonger nos mains avides, tâter leur contenu qui crisse sous les doigts et dont nous sortons un exemplaire, c'est un sachet de M&M's, ces merveilles qu'on ne trouve qu'à l'étranger ou au magasin détaxé de l'aéroport, nom de Dieu, nous suffoquons d'exaltation, éventrons encore un peu plus largement l'emballage et balançons les paquets à la pelle aux garçons qui les attrapent en hurlant, et là Sigga bondit sur la plate-forme, elle qui devait se contenter de courir derrière le camion, pas question que je passe à côté de ce truc-là, dit-elle en éventrant un gros carton, rapide comme l'éclair, avant de balancer les sachets qui crissent sous ses doigts dans la rue.

Puis tout est fini.

Après environ dix camions.

Il est presque dix heures, le jour se lève sur Keflavík. La clarté hésitante, fragile, semble s'excuser de sa présence dans l'empire de la nuit. La ville s'éveille peu à peu, la patrouille de police met un coup d'arrêt à nos assauts. Certains chauffeurs nous ont insultés en essayant de nous éjecter, hurlant que nous devrions avoir honte, l'un d'eux s'est même arrêté au milieu de Hafnargata, il est descendu et a tenté d'attraper Sigga qui ramassait le butin sur la rue, mais elle lui a échappé en quelques bonds, gloussant d'un jardin à l'autre, vive et agile ; quand l'homme a renoncé pour retourner s'asseoir à son volant, essoufflé et furieux, jurant tout ce qu'il savait, pas moins de six garçons étaient juchés sur la plate-forme où ils avaient éventré d'innombrables cartons dont le contenu gisait à même la rue, comme après une explosion, boîtes de conserve, pâtés et pâtes à tartiner, gâteaux secs, poulets congelés, nounours en guimauve. Le chauffeur, un petit homme râblé, est remonté dans son camion sans dire un mot aux six gamins, il s'est péniblement hissé dans la cabine, s'est remis en route pour gravir Hafnargata et rejoindre la base en suivant ses collègues et leurs chargements éventrés, les véhicules ont doucement gravi la côte, franchi le portail de Grensáshlið, gardé par un flic islandais et un membre de la police militaire américaine, les deux hommes ont observé les camions qui passaient devant eux comme de grands animaux blessés, le militaire était posté devant la guérite, le visage dur, les jambes écartées, tandis que le flic islandais fumait tranquillement, l'air indéchiffrable, l'épaule appuyée au montant de la porte.

Nous emportons le butin, tellement abondant que certains doivent faire deux voyages, et le déposons dans l'arrière-cour du siège local du Parti de l'indépendance, à quelques rues de Hafnargata, suffisamment à l'écart, d'autant plus à l'abri que cette cour est fermée ; c'est là que GÓ procède au partage.

Bien des années plus tard, Sigga raconterait tout cela dans sa chronique intitulée *Qui possède l'Islande ?* à l'époque où elle était rédactrice en chef de *Víkurfréttir*, les Nouvelles de la Baie, l'hebdomadaire distribué dans tous les foyers de la péninsule de Suðurnes, et donc chaque lettre est lue avec application. Dans cette chronique qui lui a coûté son poste, puisqu'elle a été licenciée le lendemain de la parution du troisième et dernier volet, quelques mois avant la crise et l'effondrement de l'économie islandaise, elle expliquait entre autres choses à quel point les Islandais avaient considérablement profité de la présence militaire, aussi bien de manière directe qu'indirecte, et détaillait tous les moyens imaginables qu'ils avaient employés. Le dernier volet s'achevait sur l'habitude qu'avaient les adolescents de piller les camions chargés de denrées apportées par les navires des Amerloques, parfois en bondissant sur la plate-forme pendant qu'on les pesait, mais également en se postant à l'affût, comme nous l'avons vécu, le long de la rue Hafnargata. Souvent, écrirait-elle plus tard, « nous mettions le butin à l'abri dans l'arrière-cour de la section locale du Parti de l'indépendance où nous le partagions — fort peu fraternellement. Évidemment, nous n'en avions alors pas conscience, mais le moins qu'on puisse dire est qu'il était hautement symbolique d'avoir choisi ce lieu précis, l'arrière-cour du parti politique qui a, plus que tout autre, aussi bien publiquement qu'en catimini et malheureusement sans s'embarrasser des principes d'équité et d'honnêteté, distribué à ses sympathisants les richesses du pays depuis que nous sommes indépendants du Danemark ».

Mais ces considérations audacieuses sont bien loin des pensées de Sigga en ce samedi matin. Nous avons tout récupéré, tout réparti entre nous, chacun récupère sa part de ce partage « fort peu fraternel », certains sont plus égaux que d'autres et c'est le cas de GÓ, lui et sa clique ramassent ce qui se revend le plus facilement. Vous vous rappelez, déclare un gars, la voix teintée de nostalgie grivoise, le jour où nous sommes tombés sur ces magazines pornos ? Oui, soupire un autre, seize numéros de *Hustler*, putain, mec !

Puis chacun rentre chez soi.

Avec son butin. Son trésor.

Certains le font en secret et cachent le tout dans leur chambre ou bien à l'abri dans le garage, d'autres n'ont pas besoin de dissimuler quoi que ce soit et font plaisir à leur famille en lui rapportant des produits américains rares, du jambon pour les tartines, des conserves, des biscuits. Ari et moi avons récupéré un sachet de M&M's, quelques paquets de gâteaux secs et un autre de céréales sucrées pour le petit déjeuner. Des choses qu'on ne trouve nulle part en Islande, pas même à Reykjavík ; en ce samedi matin, nous avons l'impression de revenir d'un voyage à l'étranger. C'est donc ça, la vie à Keflavík, déclare Ari alors que nous rentrons chez nous, même s'il a toujours peiné à appliquer cette vaste et épineuse locution, *chez nous*, au petit pavillon que sa famille habite ; nous dépassons le parc municipal où les arbres livrent leur valeureuse bataille contre le vent et l'air salin, ces arbres qui grandissent si lentement qu'un sapin de trente ans monte à peine plus haut que l'épaule d'un gamin de douze. Oui, dis-je, c'est exactement ça, la vie à Keflavík.

Norðfjörður
— JADIS —

Le monde vient d'être composé
— c'est un poème âgé d'une heure

Tout cela ne serait pas arrivé en l'absence de mon frère Tryggvi, déclare Margrét, quelques semaines après ce moment où, debout sur le rivage, elle a accueilli le chant d'amour d'Oddur, ses deux poings fermés. Elle est avec lui dans la cabane où il entrepose son matériel de pêche, ils sont allongés nus sur les lignes et regardent le plafond en fumant. Margrét a senti le frottement de ces lignes contre ses reins quand il était en elle, on eût dit qu'il voulait ainsi la pénétrer de son existence tout entière, faire entrer sous sa peau le sel des cordages, l'odeur de poisson qu'ils dégagent, ses gestes et la dureté du travail en mer, cette liberté qu'il ressent quand il quitte la terre avec son équipage et que l'océan se fond avec l'horizon, oui, tout cela était inscrit au creux de ces lignes et vers la fin, alors qu'il allait exploser en un délice sans retenue qui déformait les traits de son visage devenu transparent au point qu'elle pouvait presque voir sous sa peau, il s'était cabré si violemment qu'on eût dit qu'il voulait que ces lignes entrent dans le dos de Margrét afin qu'avec la mer et la liberté, elle ne forme plus qu'une seule et même chose. Elle et lui sont encore essoufflés et ruisselants de sueur, il attrape un morceau de toile marine qu'il étend sur eux comme sur un tas de morue séchée, puis ils fument tous les deux et elle déclare cette chose-là à propos de Tryggvi, elle lui dit que sans lui, ils ne seraient pas ici, que sans lui, elle serait sans doute encore au Canada. Oddur fume, il sent les battements de son cœur ralentir, le monde se remet en place après s'être disloqué, il reprend sa forme initiale, chaque chose revient là où elle doit être. Oui, convient-il, Tryggvi, c'est bien possible, c'est sans doute vrai, mais il lit trop, c'est évident. Elle rit tout bas, qu'est-ce qui te fait dire ça ? Et il lit surtout des poèmes, ça le déconcentre, ça ne m'étonnerait pas que ce soit pour cette raison qu'il aborde parfois trop ouvertement des sujets qu'on ne devrait pas évoquer en public, les sentiments et toutes ces choses qui ne regardent personne, j'en connais à qui ce genre de discours déplaît franchement. Elle rit à nouveau, tu es, dit-elle, tu es, mais elle n'arrive pas à en dire plus puisque Oddur ferme sa bouche d'un baiser, c'est si bon de sentir le goût de ses lèvres, la chaleur qu'il dégage, à laquelle s'ajoute maintenant l'odeur du tabac, tout cela est si bon qu'elle ne peut s'empêcher de le mordre.

S'il n'y avait pas Tryggvi, tout cela n'arriverait pas, ils ne seraient pas allongés sous cette toile marine comme un tas de morue séchée, et plus tard, beaucoup plus tard, quand il sera trop tard pour changer quoi que ce soit, pour rebrousser chemin, pour couper court à la déception et à la mort, il lui arrivera de le penser, d'ailleurs elle l'a sans doute écrit à son frère au moins deux fois : d'une certaine manière, c'est toi qui as tout provoqué. Si tu n'avais pas été là, s'il n'y avait pas eu tes lettres, ce que tu m'écrivais, et plus encore peut-être, ce que tu passais sous silence, car les choses qu'on tait entrent toujours plus facilement dans nos cœurs et il faut plus d'efforts pour les en extirper alors qu'il est plus facile de protester et de s'élever contre des choses dites ou écrites afin de leur imposer le silence. Nous pouvons faire taire les mots, mais pas nos doutes. Dans toutes ces lettres que tu m'as envoyées au-delà de la mer, Oddur était tel un doute, une présomption inscrite entre les lignes, j'y lisais toutes ses qualités, et son immensité, tu m'as rendue folle de lui ! Sans tes lettres, je me serais évidemment installée au Canada, ce pays nettement plus clément que notre île étrange, et je ne serais jamais rentrée. De jeunes hommes me faisaient la cour, tu le savais, certains m'avaient promis le bonheur, l'un d'eux m'avait promis de me décrocher à la fois la lune et le soleil, et aussi les étoiles et la félicité si je consentais à l'épouser. Tout cela n'est pas rien ! Un garçon magnifique, la mâchoire puissante, ça, je m'en souviens. Il a fini par se lancer dans la politique et par devenir député, ou peut-être préfet, j'ai oublié. En tout cas, il a fait une belle carrière. Rien que ça. Ceux qui promettent de si grandes choses, y compris le ciel, sont nécessairement soit politiciens soit poètes. Les derniers parce qu'ils croient sincèrement que les mots ont le pouvoir de changer le monde, les premiers parce qu'ils savent d'instinct que ces mêmes mots leur apporteront pouvoir et renommée. Ils ne sont pas aussi naïfs de nature que les poètes et ne croient pas réellement qu'ils puissent conquérir le ciel, le plus important pour eux est d'utiliser ces mots afin d'obtenir ce qu'ils convoitent. Je me demande parfois, serais-je heureuse dans sa grande demeure, il doit avoir une maison immense. Se sent-on plus heureux dans une belle villa, le bonheur a-t-il plus de chance d'y éclore que dans un logis étroit ? Aïe, je ne sais pas, nul ne saurait le dire. Mais qu'il n'y ait entre nous aucun malentendu, mon bien cher frère, je ne regrette pas la vie qui a été mienne, certes, je regrette la douleur, comme tout le monde, mais j'ai eu mes heures rayonnantes, elles sont les compagnes de mes vieux jours. Évidemment, quand j'y regarde de près et quand je réfléchis, je me dis qu'en fin de compte, tu as bien fait de glisser Oddur dans tes missives, d'inscrire ton cher Oddur entre les lignes, afin de me pousser à rentrer au pays.

Mais à quel endroit d'un récit faut-il marquer une pause, combien d'histoires devons-nous raconter, et qu'adviendront les vies que nous laisserons de côté, que nous abandonnerons au silence, les condamnerions-nous à une manière de mort ? Jamais nous ne pouvons tout dire, le monde ne dispose pas de la patience nécessaire, en tout cas, bien peu des choses qui sont ici contées, qui ont été dites et le seront, vie et mort, douleurs et sourires, ne seraient advenues en l'absence de Tryggvi, sans lui, nous reposerions tout au fond du silence, nous ne serions que silence, nous serions un néant qui n'est pas même une mort, ce qui n'advient jamais ne devient jamais rien, et ce rien ne saurait pas même périr. Voilà que le temps avance d'un pas, un petit pas, nous sommes en novembre, un an plus tard, et Þórður est né. Le premier enfant. Appelé à devenir beau comme un poème, robuste comme un sauvage, c'est la nuit, il est environ une heure du matin, la tempête qui dure depuis quatre jours vient de retomber, le blizzard a hurlé dans les montagnes, hurlé à travers le rideau de neige lourde et compacte qu'il a taillé en pièces et jeté aux quatre vents, il était impossible de mettre le nez dehors, sauf pour se perdre, se retrouver enterré sous la neige et devenir le jouet de ces bourrasques qui beuglaient au-dessus des maisons, déchirant la surface des flots comme si quelque puissance, Dieu ou allez savoir quoi, voulait accomplir de noirs desseins, ce qui est évidemment absurde, il n'y avait là rien de bizarre, aucune volonté derrière tout cela, mais rien d'autre qu'une malencontreuse et puissante dépression autour de l'Islande. Les gens sont restés reclus chez eux, c'est ainsi quand le temps se déchaîne, la vie nous est précieuse, la nôtre n'est peut-être ni bien vaste ni bien passionnante, mais elle est tout ce que nous avons. Certes, quelques paysans et garçons de ferme ont dû ramper jusqu'aux bergeries pour nourrir leurs moutons, c'est vrai, ils ont dû ramper afin de n'être pas emportés par le vent au risque de disparaître ou de se perdre — pour n'être retrouvés qu'après la fin de la tempête, morts, sous un tapis de neige —, ils ont rampé et titubé, se fiant à leur force, à leur résistance, à la chance, à la bienveillance du Seigneur qui, espéraient-ils, se trouvait quelque part, bien loin au-dessus de cette tourmente. Mais peut-être Dieu n'apercevait-il plus la terre, occultée par les flocons et les bourrasques aveuglantes, démentes, car un garçon de ferme s'est écarté du chemin, un jeune homme de vingt ans s'est égaré et a perdu la vie, le vent l'a pris, et la neige aussi, mais il n'est pas dans cette histoire, nous n'avons pas de place pour lui. Désormais, nous le confions au silence. Et à la neige. Le vent retombe vers une heure du matin, Oddur et Tryggvi se réveillent tous les deux, chacun dans sa maison, parce que le vacarme a cessé, ils sortent, doivent chacun s'extirper de l'épais manteau blanc pour arriver à la surface qu'ils atteignent en même temps, ils s'aperçoivent mutuellement, ils sont deux masses informes et les maisons du village semblent toutes à demi voire complètement enfoncées sous la neige. Les déchaînements ont cessé, le vent qui hurlait, ce géant transparent et fou, puissance invisible et démentielle, a soudainement disparu, c'est étrange, et il laisse le monde assommé. L'air est immobile, on voit les étoiles. Et la pleine lune ! Voilà donc la lune qui, cachée derrière cette tempête, derrière tous ces flocons, loin au-dessus des nuages, bien à l'abri dans la voûte céleste, attendait patiemment qu'arrive son heure et verse maintenant sa clarté sur le pays muet. Les montagnes couvertes de neige, enveloppées dans sa lumière blanche et presque mortuaire, sont à la fois menace silencieuse et beauté sereine. Les deux amis se tiennent côte à côte, ils ne se sont pas même salués, se contentant de marcher l'un vers l'autre en hochant la tête. Des milliers d'étoiles scintillent dans le ciel d'encre, la clarté blanche de la lune luit sur la neige lourde qu'elle transforme en coffre au trésor, la mer est noire et l'absence de vent ne fait que souligner la quiétude après la tempête — il n'y a pas de place ici pour les mots, inutiles et maladroits, ces derniers seraient superflus. Ils se tiennent là, Oddur et Tryggvi. Un long moment. À regarder et à s'emplir de ce qu'ils voient. Jusqu'à ce que Tryggvi ouvre la bouche et dise tout bas, précautionneusement, comme face à un objet fragile : Dieu compose de sublimes poèmes. Il semble s'apprêter à ajouter quelque chose, cela lui ressemblerait bien, le désir de mettre le monde en mots est en lui comme un murmure lancinant, mais rien ne lui vient. Le monde vient d'être composé, le poème est âgé d'une heure, il convient maintenant de se taire et de le déchiffrer, de le lire. Alors il ferme la bouche.

Dieu compose de sublimes poèmes.

Il n'a pas tout à fait tort, pense Oddur, qui jamais n'ou-

blia cet instant, ce moment où il s'est extirpé de la neige, entrant dans l'air immobile, les étoiles, le clair de lune, après une interminable tempête et un long enfermement, la quiétude l'a pénétré, jusqu'au cœur, elle s'y est lovée, et ensuite est entrée la phrase de Tryggvi — est-ce peut-être à cause d'elle qu'Oddur se rappelle cet instant, toujours, à tout jamais, qu'il le garde en mémoire comme une consolation, la preuve que le monde peut être beau, aurions-nous à ce point, malgré tout, si douloureusement besoin des mots ?
Le silence, ajoute Tryggvi au bout d'un moment. Oui, répond Oddur.
Tryggvi : Quel silence.
Oddur : Oui, oui.
Tryggvi : J'ai l'impression d'entendre l'éternité.
Oddur : D'entendre quoi ?
Tryggvi : L'éternité — concentre-toi, retiens ton souffle et ferme les yeux, écoute, tu vois, comme ça, et là, l'éternité viendra à toi comme un immémorial réconfort.
Ne va donc pas tout gâcher, déclare Oddur en balayant du regard les alentours.
Mais je l'entends, et je voudrais que tu l'entendes aussi, un homme vivant ne saurait passer à côté d'une heure aussi magique. L'éternité est comme un gigantesque orgue silencieux dans une église.
Tu ne devrais pas lire autant de poèmes, on se demande parfois si quelqu'un ne t'a pas chié dans le cerveau.
Tu n'entends pas toute la profondeur de ce silence, et...
Si, si, mais...
... si tu prêtes un peu plus l'oreille...
... certes, mais il est bien plus profond chez Grettir et Helena, déclare Oddur en désignant d'un coup de tête la maison du vieux couple, ou plutôt son emplacement habi-

tuel, un peu plus loin et plus haut dans le village, parce qu'il n'y a plus là-bas aucune maison, mais une gigantesque congère, une quantité phénoménale de neige. Par le diable, s'exclame Tryggvi.

Puis ils vont chercher des pelles.

Il leur faut une demi-heure pour atteindre la maison alors que ça ne leur prendrait que cinq minutes en temps normal, quand le monde est supportable, mais la neige est par endroits très profonde et l'air s'est subitement refroidi, la température avoisine les moins six, moins sept, peut-être moins huit degrés, la neige a durci en surface, c'est une gangue épaisse de trois centimètres qui cède à chaque pas, rendant leur progression plus difficile encore, c'est comme ça quand on marche en enfer, marmonne Tryggvi alors qu'ils approchent de la maison, si ce n'est qu'il n'y a évidemment plus aucune maison, mais seulement de la neige, un déchaînement blanc qui s'est tu, qui s'est apaisé pour devenir quiétude, accueille le clair de lune et embellit le monde. Ils regardent alentour, scrutent le flanc de la montagne, la Nípa qui s'élève, si vertigineuse à cet endroit, en route vers le ciel et les étoiles, et prennent pour repère un gros rocher saillant, comme un front obstiné dans la paroi. Puis ils creusent.

Ils ne tardent pas à atteindre le toit, leurs pelles butent et frappent, manifestant leur présence, ohé, nous sommes ici, nous venons vous chercher, ne vous inquiétez pas, et ils se dirigent vers la porte en creusant un tunnel. Tryggvi parle sans arrêt pendant qu'ils œuvrent, ce qui est parfois fatigant, mais Oddur connaît son ami et ne lui en tient pas rigueur. Tous les hommes ou presque possèdent leurs travers, celui-ci est avare, celui-là boit trop, le troisième est insupportable de vanité, ce qui est un péché mortel, l'un pense constamment au sexe, tel autre peine à maîtriser ses humeurs, et Tryggvi parle trop, c'est là son principal défaut. Mais il faut bien s'en accommoder, il faut le supporter, ce que fait Oddur, car Tryggvi est par ailleurs tellement pétri de qualités qu'il ne voudrait surtout pas le perdre, optimiste et fervent défenseur de l'égalité, il ne tolère pas l'injustice, en authentique socialiste, peu de gens sont aussi courageux que lui, il ne rechigne jamais à la tâche, habile et endurant, c'est tout bonnement un plaisir de travailler en sa compagnie, les choses avancent sans heurts, sans hésitation, il est donc naturel de supporter le terrible défaut qui afflige ses organes phonatoires. La langue islandaise, avait un jour déclaré Tryggvi, alors qu'excédé Oddur n'avait pu s'empêcher de lui reprocher sa logorrhée, chacun ayant droit à son silence, la langue islandaise, avait donc commencé Tryggvi, compte un peu plus de sept cent mille mots, Oddur lui avait coupé l'herbe sous le pied en lui disant : et alors, qui a dit que tu devais tous les utiliser aujourd'hui ? Malgré ça, Oddur avait été forcé d'avouer, non pas aux yeux de Tryggvi, ni même à ceux de Margrét, le frère et la sœur étant si proches que quand il parle à la seconde il a parfois l'impression de s'adresser également au premier et inversement ; en résumé, il avait bien été forcé de reconnaître en son for intérieur que Tryggvi tenait parfois des propos fort intéressants, qu'il disait des choses qui vous surprennent et vous étonnent, vous amènent à voir autrement le monde qui vous entoure, comme cette phrase qu'il vient de prononcer sur Dieu et ses poèmes sublimes. Tout l'art pour supporter sa logorrhée consiste à l'envisager comme un murmure permanent, un bruit de fond, car on ne se laisse pas perturber par le bruit du moteur du bateau, le bourdonnement des mouches, les hululements du vent ; mais les voici arrivés à la porte qui s'ouvre et dévoile le vieux Grettir et la vieille Helena, Tryggvi se tait pour l'instant, alors pensons à autre chose.

Le couple se tient à la porte, vous êtes véritablement la lumière et la fierté de l'humanité, déclare Helena en leur déposant à chacun un baiser sur le front, comme pour les bénir. C'est pénible d'être si profondément enfoncé sous la neige sans pouvoir aller nulle part, la maison s'est changée en cercueil, scellé par un affreux couvercle de silence. Le couple rejoint l'extérieur sans avoir besoin d'aucune aide, nous sommes peut-être vieux et plus bons à grand-chose, dit-elle, mais nos jambes obéissent encore à peu près. Ils sortent pour emplir leurs poumons d'air frais et de clair de lune, pour s'assurer que le monde est encore à sa place et qu'il n'a pas été emporté par le vent. Tous quatre regardent le fjord plongé dans une étrange quiétude, il devrait pourtant conserver quelques traces de cette tempête et expirer bruyamment, peut-être est-ce le clair de lune qui l'a ainsi apaisé, ainsi assoupi, le clair de lune qui luit à sa surface, le transforme en un chant, un hymne qui s'élève et monte vers les cieux. En pareil instant, on ne peut que maudire cette fichue vieillesse qui nous empêche de sortir en mer, ce ne serait pas rien que de voguer sur les flots sous une lune aussi grandiose. Grettir étreint Helena qui sourit, presque entièrement édentée, il plonge sa main sous son vêtement et sort une flasque, buvez, mes petits, buvons un coup, et que les esprits tutélaires vous bénissent pour vous être souvenus de vieillards comme nous dans ce grand silence. Ils boivent une gorgée, tous les quatre, c'est incroyable à quel point quelques gouttes d'alcool peuvent vous faire du bien, surtout quand elles sont inattendues et qu'à peine éveillé vous êtes plus sensible et réceptif à toute chose.

Allez, sortons en mer, déclare Oddur, oui, allons voguer au clair de lune, acquiesce Tryggvi. Allons naviguer sur les flots, et sous cette lune immobile, reprend Oddur. Le vieux couple l'entend prononcer ces mots alors que les deux jeunes hommes s'éloignent déjà, marchant d'un pas décidé dans la neige épaisse, pressés de prendre la mer, si possible avant que quiconque ne s'éveille, ce qui n'est pas pour tout de suite, il est à peine deux heures du matin, mais on ne saurait contempler toute cette beauté sans aller naviguer, ce serait appeler sur soi le malheur. Ils se retournent deux fois, les saluent en agitant la main, braves garçons, dit Helena en serrant son époux contre sa poitrine, deux vieux corps, deux vieilles vies qui s'étreignent. Te souviens-tu, demande Grettir, de l'époque où nous étions si jeunes ? Oh oui, bien cher, je m'en souviens ! Et nous voici maintenant si vieux, à quel moment est-ce arrivé, on dirait parfois que le temps surprend les gens dans leur sommeil, quand avons-nous cessé d'être jeunes ? Eh bien, moi, je te trouve toujours aussi gamin, lance-t-elle en riant tandis qu'ils accompagnent du regard les deux amis, c'est elle qui les voit le plus longtemps, elle a de meilleurs yeux.

    Je voudrais devenir comme eux, dit Tryggvi la seconde fois qu'ils se retournent pour les saluer. Le couple est encore là, elle est plus grande que son mari, joliment laide avec son visage bouffi aux traits grossiers, ses bras épais, ses yeux bleus qui scintillent. Il est nettement plus maigrichon, jamais il n'a été bien robuste, et les années l'ont émacié, si elles continuent ainsi, il finira par ressembler au tranchant d'une hache ou d'une pelle.

    Tu as envie de devenir vieux, voûté et tellement faible que tu serais incapable de sortir tout seul de cette couche de neige ?

Non, je voudrais être vieux comme ça, sous cette lune et ces étoiles, continuer de chérir ma femme si ardemment que je ne pourrais m'empêcher de la serrer dans mes bras chaque jour, et que je ne désirerais rien d'autre que de vivre mille ans de plus avec elle, afin d'aimer encore ses yeux et ses lèvres, oui, je voudrais être comme ça, vieux et heureux sous le clair de lune.

Un jour, annonce Oddur, je finirai par te débiter en morceaux pour appâter les lignes. Oui, et je ne serai pas étonné, répond Tryggvi. Puis ils prennent la mer, ou peut-être faut-il dire qu'ils entrent dans le clair de lune : il existe tant de mondes que nous ne saurions les compter, et aucun d'entre eux n'est plus réel que les autres.

Que le bonheur vous accompagne : où il sera question des nombreuses facettes de la vie

Le temps ignore égards et respect, il fait un pas et vous voilà vieux, cela vaut pour l'herbe comme pour les montagnes. Un pas et les voici morts tous les deux, Grettir et Helena, leurs vies n'occuperont plus d'espace au sein de ces pages, d'où vient donc la justice, et pourquoi est-elle si rare en ce monde ? Tous deux sont partis au début de l'été, en juin, « cette époque où les tombes sont faciles à creuser », à une semaine d'écart, le mari en premier, beaucoup plus mal en point que sa femme, qui ne souffrait d'aucune infirmité, elle a enterré son époux, son ami de cœur depuis soixante ans, dignement, puis elle est rentrée chez elle, a nettoyé toute la maison, briquant soigneusement chaque objet, le prenant dans sa main, le faisant tourner entre ses doigts ou dans sa paume en fonction de sa taille, un peu comme afin de se remémorer l'ensemble de leur histoire, l'existence qui les enveloppait, prenant son temps, s'autorisant même parfois à s'asseoir pour verser quelques larmes, même si, dans son esprit, cela revenait à capituler. Le grand nettoyage dura trois jours, jamais la maison n'avait été si propre, puis elle s'était lavée, très lentement, si lentement qu'on eût dit qu'elle cherchait également à retracer l'histoire de son corps, et là aussi elle a pleuré, j'ai la larme de plus en plus facile en vieillissant, avait-elle pensé avant de s'essuyer le visage et de se moucher. Pour finir, elle avait écrit une courte lettre à chacun de ses deux enfants, l'un vit au Canada, l'autre est à Reykjavík. La première comptait une dizaine de lignes et la seconde une douzaine, truffées de fautes d'orthographe et tout en pattes de mouche, des lettres difformes, honteuses, d'ailleurs Grettir s'était depuis toujours chargé de la correspondance, « mais il est mort et ne saurait par conséquent vous écrire. J'ai tout nettoyé avec soin, tout briqué, je me suis lavée et maintenant, tout est propre, maintenant, je peux aller le retrouver. Ce sera mon plus long voyage, il me suffira pourtant de m'allonger, de fermer les yeux et d'attendre. Qu'il a été bon d'exister. Je vous embrasse. Que le bonheur vous accompagne comme il nous a accompagnés. »

Un pas, et les voilà tous deux disparus, enfoncés sous une couche de neige si profonde que les deux frères jurés que sont Oddur et Tryggvi ne sauraient les en extirper même s'ils creusaient toute leur vie, armés des pelles les plus solides. Rien ne s'est jamais produit dans leur existence qui puisse être considéré comme remarquable, ils travaillaient le poisson et élevaient des moutons, connaissaient les noms des montagnes alentour et de quelques ruisseaux, savaient en regardant le vol des oiseaux s'il fallait s'attendre à voir le temps fraîchir, à part ça il n'y avait pas grand-chose à dire, ils étaient de ceux qu'on oublie aisément, pourtant, ils ont accompli une prouesse dont rêvent bien des gens, être heureux à leur manière pendant plus de soixante ans, à quoi se mesure la grandeur de l'homme ? Mais bon, deux pas, et voilà qu'Oddur et Margrét sont parents pour la deuxième fois.

C'est lui qui a construit leur maison, à bonne hauteur sur la pente, mais pas trop haut non plus, juste assez pour voir l'ensemble du fjord jusqu'au golfe, ouvert sur la mer elle-même, et en évitant soigneusement la zone où s'abattent les avalanches et leur mort blanche. Elle l'a aidé à bâtir ce logis quand les enfants lui laissaient un peu de répit, Hulda, la plus petite, souffrait de colite, et Þórður, son frère aîné, était très remuant et faisait toutes sortes de bêtises, il fallait le surveiller de près, le monde regorge de dangers pour les innocents curieux et entreprenants, mais elle était peinée de voir Oddur construire leur maison sans rien faire pour l'aider, ses bras la démangeaient littéralement, voilà pourquoi il lui arrivait bien souvent de monter pour empoigner un outil, essuyant des reproches pour son manque de tendresse à l'égard de ses enfants et pour sa froideur, les femmes se transforment en cibles dès qu'elles tentent de sortir du domaine restreint qu'on leur attribue. Mais attendez un peu, voici que le temps avance encore d'un pas, incapable de tenir en place, de préserver notre bonheur et notre jeunesse, la maison est achevée, ils ont emménagé et leur troisième enfant est né. C'est une fille baptisée Ólöf, plus tard elle vivra à Keflavík et sera confrontée aux ténèbres bien qu'étant parfois telle une corde vibrante, tendue entre le Seigneur et les hommes. Dès que vous avez un enfant, votre existence se divise en deux, cela se produit comme ça, il y a un avant et un après, vous devez dire adieu à votre ancienne vie et votre amour s'égaille, il essaime et ne se concentre plus uniquement, avec toute son imprévisible puissance, sur un être unique. Le monde change et acquiert un nouveau visage, certains le supportent, d'autres moins et d'autres encore pas du tout, mais pendant longtemps, Margrét et Oddur ne remarquent rien, tellement occupés par leur progéniture si jeune encore et si dépendante, ce sont ces années où le monde rétrécit considérablement tout en se développant à l'infini. L'existence tourne autour des enfants. Les grands événements historiques ne sont ni la construction des pyramides, ni les victoires de Napoléon, ni l'expansion de l'Empire britannique, mais le premier mot prononcé, la première tentative pour se mettre debout, peut-être n'y a-t-il rien de plus sublime que de voir une vie grandir et s'épanouir. Þórður sera pour Oddur un compagnon ; nous sortirons en mer ensemble, dit-il en arpentant la maison avec lui, imitant le mouvement des vagues avec ses bras pour l'habituer à la houle. Et il y a aussi sa fille aînée, Hulda, et Ólöf. Oddur n'hésiterait pas à plonger dans la mer pour elles s'il le fallait, ce sont ses deux princesses, il fait souvent le cheval en les prenant sur son dos et les emmène jusqu'à Reykjavík ou même à l'étranger où on trouve des robes qui feraient un tabac dans les fjords de l'Est et leurs montagnes. À son retour, Oddur rapporte un joli bulot à Þórður. Celui qui porte un coquillage à son oreille entend le bruit de la mer, il entend sa respiration et perçoit sa pensée. Certes, Oddur ne lui parle ni du souffle ni des pensées de l'océan, cela, Þórður l'entendra plus tard de la bouche de Tryggvi, c'est que le neveu et son oncle sont très proches, Oddur tend simplement le bulot à son fils et lui dit, écoute, le gamin de six ans le porte à son oreille. Tu entends la mer ? demande son père. Oui ! Dans ce cas, tu es un vrai marin, tranche Oddur, et Margrét se détourne pour cacher le sourire qui lui monte aux lèvres en voyant la fierté qui éclate sur le visage de son fils. À ses filles, il a rapporté de jolies coquilles qu'on peut transformer en toutes sortes de choses, et qui sont autant de paumes ouvertes.

Paumes ouvertes, victoires napoléoniennes, première tentative pour se mettre debout — pour des raisons imprécises, Margrét ressent avec le temps une vague tristesse s'installer dans son quotidien. Pourtant elle ne manque de rien, les petits sont en bonne santé, Oddur est courageux, le foyer prospère, elle travaille parfois le poisson quand elle peut s'absenter de la maison, ce qui lui permet de rencontrer des gens, pourquoi, dans ce cas, a-t-elle l'impression de n'être pas entièrement satisfaite de sa vie ; quel genre de mère ressentirait de la tristesse, entourée de ses enfants en parfaite santé ? Il me tarde tant de vivre, avait-elle dit à Oddur d'une voix basse mais dénuée de toute timidité après leur nuit sur son bateau, le *Sleipnir*, ce jour où le monde s'était mis en beauté et paré de ses plus beaux atours parce que tous deux étaient si vibrants de vie. Sept années ont passé, elle continue d'aimer Oddur, mais le quotidien est ainsi fait qu'il faut parfois se remémorer les détails qui comptent afin de ne pas les perdre de vue ; c'est peut-être pour cette raison qu'elle s'arrange de temps à autre pour descendre jusqu'à la jetée quand elle voit le *Sleipnir* regagner la terre, elle observe Oddur, entouré d'autres pêcheurs, et là elle voit sa beauté, sa force et sa superbe assurance, cette puissance

inébranlable qui apporte le réconfort face à l'éphémère et aux aléas de la vie.
« Que le bonheur vous accompagne comme il nous a accompagnés. »

Est-il possible que le bonheur ne soit qu'une question de chance, qu'il soit le premier prix d'une loterie, à moins qu'au contraire il ne vienne uniquement à ceux qui ont œuvré à le conquérir par leur courage et leur vision de la vie ? La vie, confie Margrét à son journal intime, n'est qu'une bête dénuée de raison si le bonheur est le fruit de la chance. Elle écrit régulièrement dans ce journal pendant les premières années de son mariage, elle commence toujours par décrire le temps qu'il fait, non parce qu'il est plus simple de débuter par ce qui crève les yeux, mais parce que le climat façonne depuis plus de mille ans la vie en Islande, parce que c'est lui qui décide si Oddur rentrera à la maison ou non. Après les considérations météorologiques vient l'évocation de la journée de la veille, ces détails qui sont les piliers de la voûte céleste : « Þórður a inventé une histoire où il est question d'une montagne qui rêve de devenir la mer, il m'a demandé de l'écrire... Hulda a passé la journée à poser des questions, pourquoi Dieu est invisible, il habite pourtant chez le pasteur, non ? Pourquoi tu as ça sur ta poitrine alors que papa est plat, a-t-elle demandé en me tapotant les seins... Pourquoi faut-il que tu essuies les fesses de grand-père, il n'a jamais appris à le faire ? »

Grand-père n'a-t-il jamais appris à s'essuyer les fesses ; la petite parle de Jón, le père d'Oddur. Ils le prennent chez eux alors que Hulda est âgée de trois ans, le temps ne lui a témoigné aucun égard, sa santé s'est dégradée très tôt, il a été victime d'une attaque cérébrale, le sang a déversé les ténèbres dans son cerveau, endommageant de nombreuses zones. Pour ainsi dire grabataire, il n'est plus que l'ombre de celui qu'il était. Il repose comme un déchet dans la chambre attenante au vestibule et pousse parfois des heures durant un long cri monocorde, d'ennui ou de douleur, un cri qui s'infiltre à travers les cloisons et met à rude épreuve les nerfs de Margrét. Ólöf est née à l'époque où il est arrivé, et pour Margrét certains jours sont des blocs de pierre qu'elle peine à soulever. L'hiver est toujours le plus dur, entre février et avril, parce qu'à ce moment-là, comme la majorité des hommes du Norðfjörður, Oddur va pêcher jusque dans le Hornafjörður, elle reste alors de longues semaines, seule avec les enfants et le vieux Jón. Et alors, les femmes portent leurs familles à bout de bras depuis des siècles, pourquoi n'en serait-elle pas capable ? Ce sont malgré tout des semaines pénibles. Des mois. Il y a des nuits où elle ne parvient pas à trouver le sommeil tant elle est fatiguée, elle entend la montagne qui gronde quand les avalanches s'abattent sur ses flancs, jamais certaine qu'elles ne tomberont pas à côté, qu'elles ne dévaleront pas les pentes pour se précipiter dans la maison. Elle reste allongée sans dormir et entend les gémissements de Jón. Elle lui fait la lecture quand elle trouve le temps et quand il est conscient, quand il est du côté de la vie et non plongé dans la torpeur, enfoncé dans la douleur, l'humiliation et l'oubli. Elle lui lit des contes populaires, des livres qui constituent le patrimoine culturel du pays, Jón Trausti, la Saga de Grettir et il écoute, les yeux démesurément grands par rapport à son visage émacié, ses yeux immenses et sombres, comme si la nuit s'y était installée, une nuit sans espoir et dénuée d'étoiles. Il arrive qu'il essaie de la gifler, de la frapper quand elle le lave ou le fait manger, il arrive aussi qu'il la traite de tous les noms, mais elle esquive aussi lestement ses insultes que ses mains tremblantes. Une nuit, alors qu'elle vient d'endormir et de donner sa dernière tétée à la petite Ólöf, alors âgée d'un an, qu'elle a toujours au sein n'osant pas la sevrer, voilà qu'elle entend d'étranges gémissements dans la chambre attenante au vestibule, elle pousse la porte et découvre le vieil homme recroquevillé, sanglotant comme un désespéré parce qu'il n'arrive pas à mourir, il a passé la nuit entière à tenter de s'étrangler, ordonnant à ses mains de s'en prendre à sa gorge et de serrer jusqu'à ce qu'il rende son dernier soupir, n'ayez crainte, leur a-t-il dit comme s'il s'adressait à des êtres de chair et de sang, vous mourrez sans doute peu de temps après, et vous reposerez en paix tout comme moi.

Mais la vie a tant et tant de facettes que jamais nous ne saurions les dénombrer, ni même les comprendre. Viennent des jours, parfois plusieurs à la suite, où Jón est à nouveau lui-même, il est reconnaissant qu'ils l'aient accueilli sous leur toit, dit de Margrét qu'elle est sa lumière et rit, tout heureux, quand les enfants jouent dans la pièce qu'il occupe. Son préféré, c'est Þórður, ils sont très proches et le petit joue bien souvent en silence dans la chambre de son grand-père avec les personnages de contes de fées que Tryggvi lui a sculptés dans le bois, c'est ainsi que naissent les douces heures, les rayons de lumière qui fendent les ténèbres, alors ils se rapprochent, le vieil homme enraciné dans le dix-neuvième siècle et l'enfant dans le vingtième. Les jours rallongent, le printemps approche, le soleil monte toujours plus haut dans le ciel, il est l'œil de Dieu qui répand sur nous la lumière de vie et chasse la nuit de l'hiver. C'est alors que l'existence dévoile une nouvelle facette, il se produit un événement dont le sens nous échappe. Avril, la lumière augmente l'espace du monde et Margrét somnole en donnant le sein à Ólöf quand un cri déchire tout à coup le silence qui vole en éclats, un cri d'angoisse, de panique. Elle réagit instinctivement, installe Ólöf en biais au centre du lit, la cale entre deux oreillers, tout cela en un seul mouvement, puis se précipite dans la chambre attenante au vestibule en prenant à peine le temps de couvrir sa poitrine lourde de lait. Le vieux Jón est parvenu Dieu sait comment à s'asseoir dans son lit et à attraper Þórður dans ses bras, désirant ce contact, désirant étreindre cet enfant si précieux et sa jeunesse, à mille lieues de la mort, il a pris le petit dans ses bras pour le cajoler, puis cet événement s'est produit, cet événement dont le sens nous échappe, il l'a serré plus fort et refusé de le lâcher quand ce dernier a voulu retourner jouer. Il ne l'a pas lâché, peut-être était-ce un oubli de sa part, ou peut-être n'a-t-il pas entrevu que le moment était venu de laisser Þórður repartir, à moins qu'il n'ait refusé de libérer l'enfant pour ne pas se retrouver seul avec sa vieillesse, cette humiliation permanente et le poids écrasant des années. Þórður a d'abord tenté de se libérer en douceur, c'est qu'il faut toujours être doux avec grand-père, il est tellement sensible, tellement fragile, comme un objet délicat susceptible de se briser n'importe quand, Þórður a donc d'abord agi avec douceur, mais les mains décharnées du vieil homme se sont refermées sur lui et l'ont serré plus fort, avec une puissance surprenante. En voyant les phalanges et les os affleurer sous la peau tendue le petit a pris peur, et quand son grand-père l'a serré plus fort encore il est tout bonnement devenu fou de terreur : il se débat, donne des coups de pied et de poing dans le vide au moment où Margrét entre dans la chambre. Les grands yeux sombres de Jón regardent dans le vide comme s'il était absent, comme s'il s'efforçait de se rappeler pour quelle raison il serre ainsi cet enfant, de se souvenir qui est ce petit garçon qui se débat dans ses bras et surtout pour quelle raison, sa bouche édentée, ouverte, béante sur son visage, est une caverne emplie de nuit. Maman ! s'écrie Þórður, la voix brisée en la voyant, maman ! supplie-t-il en tendant les bras vers Margrét qui doit se retenir pour garder son sang-froid et ne pas gifler le vieil homme. Chut, chut, dit-elle d'une voix qui se veut rassurante, surprise par la force des bras de Jón quand elle essaie de lui arracher son fils. Jón refuse d'obéir à l'ordre qu'elle vient de lui intimer, il demeure impassible, il n'est plus que ces grands yeux sombres, cette bouche béante, ouverte sur les ténèbres et cette pestilence. Et elle peine tellement à arracher l'enfant aux bras du vieillard que, perdant patience, envahie par la peur et le désespoir, elle libère Þórður en le tirant de toutes ses forces avant de se précipiter avec lui hors de la chambre.

Tu ne dois pas avoir peur de grand-père, déclare-t-elle, assise à la table de la cuisine en le cajolant. Elle caresse ses cheveux blonds, essaie de le calmer, ton grand-père souffre de... de vieillesse... Ce n'est pas mon grand-père, rétorque Þórður, ses mots sonnent étrangement dur et clair à travers les sanglots, c'est un monstre qui veut m'emporter. Je ne retournerai plus jamais là-bas.

Hélas, l'enfant tient parole, causant à Jón une immense tristesse. Ce dernier semble toutefois ne conserver aucun souvenir de l'événement, il oublie presque tout, mais les jours suivants, il appelle souvent Þórður en lui demandant s'il ne veut pas venir jouer, c'est tellement agréable quand il est là, mais Þórður ne vient pas, Margrét invente toutes sortes d'excuses et de prétextes afin d'épargner le vieil homme. Vais-je donc être éternellement seul, interroge Jón après avoir une fois de plus appelé en vain son petit-fils, puis il se met à pleurer, à pleurer comme le font les vieux, d'une manière qui fend le cœur, ils pleurent parce que la vie s'en va, parce que la lumière décline, pleurent leurs amis défunts, leurs forces et leur santé qui s'épuisent, ils pleurent parce qu'il ne leur reste rien que des souvenirs et des larmes, des larmes plus qu'il n'en faut, des larmes à profusion, comme si elles avaient le pouvoir d'arranger quoi que ce soit, de ramener les années englouties, des larmes à profusion que seule la mort pourra sécher.

Et c'est ce qu'elle fait.

À peine une semaine plus tard, Jón pousse un cri et sort de son silence, un cri de joie ou de terreur, puis il appelle Margrét qui soupire, occupée à faire la lessive, elle s'essuie les mains dans son tablier, va le voir dans sa chambre et il rend son dernier souffle dès qu'elle a franchi la porte. On dirait qu'il l'a attendue, qu'il a tenu la mort à distance malgré son épuisement, car il est si terrible de mourir solitaire ; au moment où elle entre, il expire et s'enfonce dans les ténèbres. Les yeux baissés sur le mourant, les mains fripées par la lessive et posées sur sa taille, enceinte de sept mois, elle est tellement éreintée qu'elle n'éprouve aucune tristesse. Elle est simplement soulagée. Adossée à la porte, elle le voit rendre l'âme, puis disparaître dans cette dimension incompréhensible qui nous attend tous autant que nous sommes et ne peut s'empêcher de penser, enfin, ce ne sera pas un mal. Désormais, je pourrai venir dans cette chambre pour me reposer.

Ces années ne sont-elles pas les plus pénibles ?

Trois enfants en bas âge, un vieillard grabataire et ronchon sous son toit, et Oddur qui s'absente pendant de longues semaines au plus noir de l'hiver pour aller pêcher là-bas, au sud, dans le Hornafjörður. Février passe, mars et une bonne partie d'avril. Et le quatrième enfant vient au monde. Plus d'un mois avant le terme. Certains sont si pressés, c'est l'urgence, allons, allons, faites place, la vie n'attend pas. La dépouille de Jón repose toujours dans la chambre, l'enterrement aura lieu d'ici un ou deux jours, tout dépend du moment où Oddur rentrera, on attend son retour, il était en haute mer quand son père a poussé ce cri de joie, ce cri de terreur, il voguait loin sur les flots d'où il rapportait poisson et liberté. Un jour ou deux. Naturellement, il est fort gênant de mourir quand le sol est encore durci par le gel intense, quand la neige est aussi épaisse, c'est un travail éreintant de creuser une tombe pour préparer dans la nuit de la terre l'ultime demeure du défunt. Et voilà maintenant que Margrét perd les eaux sans du tout s'y attendre, elle lessive le plancher, agenouillée sur le sol, prépare des gâteaux pour le verre de l'amitié après l'enterrement, reprise les vêtements des enfants afin qu'ils ne lui fassent pas honte. Elle perd les eaux. Hulda est à la maison quand cela se produit, elle court aussi vite que le lui permettent ses jambes de cinq ans et va chercher de l'aide, vite, vite, la vie n'attend pas. Les voisines accourent avant même qu'arrive le médecin, ces femmes savent comment agir avec la vie comme avec la mort, le médecin n'a plus rien à faire, elles ont tout préparé et Margrét donne naissance à un petit garçon qui vient au monde sans bruit, serein et tranquille, ce sera un enfant calme, pense Margrét, ruisselante de sueur, épuisée, mais heureuse, les trois autres ont tout de suite crié et pleuré, comme si la vie était une souffrance, mais ce petit sera discret, peut-être un peu philosophe, toujours perdu dans ses pensées, voilà pourquoi il n'a pas le temps de crier, elle décide de l'appeler Jón. On lui met le nourrisson dans les bras, ou plutôt on le dépose sur sa poitrine, il y passe un moment, si tranquille, si beau, les traits de son visage sont d'une finesse exquise, bien trop purs pour cette vie, il s'est développé convenablement dans le ventre de sa mère avant d'y mourir, jamais ces yeux bleus ne verront le monde, jamais cette petite bouche ne dira maman — est-il mort parce qu'elle s'est réjouie du décès du vieux Jón, est-ce le prix à payer, est-ce là son châtiment ?

Keflavík
— AUJOURD'HUI —

*Que savons-nous en réalité du monde
— quelques chansons de variété et de vérité*

Soir de décembre sur Keflavík.

J'ai déposé mon sac chez un oncle d'Ari qui occupe une petite maison en bois à un étage dans le quartier le plus ancien de la ville, seul avec ses deux chats. Il a essayé d'adopter un hamster, que les félins se sont empressés de dévorer, s'est trouvé un perroquet jovial, dont les chats ont eu raison en le faisant mourir de frayeur. Évidemment, ils ne supportaient pas son chant, m'a expliqué l'oncle alors que je déposais mon sac sur la petite table de la chambre que j'occuperai tandis qu'il caressait d'un air absent la cage de l'oiseau qu'il n'a pas eu le cœur de jeter, les chats se tenaient dans l'embrasure, le regard jaune et fixe, sans doute furieux de constater qu'il serait plus complexe de se débarrasser de moi que du rongeur ou du malheureux volatile. Ils sont de bonne compagnie, m'a dit l'oncle afin d'excuser la cruauté qui habitait leurs yeux jaunes. Il avait rempli son frigo de toutes sortes de produits frais, acheté quatre packs de bière, je devais faire comme chez moi et me servir comme bon me semblait, m'a-t-il dit, puis nous avons pris le café au salon, accompagné d'un gâteau marbré acheté à la boulangerie, il m'a demandé des nouvelles d'Ari et de Þóra, je n'ai jamais compris pourquoi ils ont divorcé, a-t-il observé en soupirant. Son salon est confortable, une antique et imposante comtoise trône dans un coin. On n'en trouve plus beaucoup des comme ça, des grosses et vieilles horloges, c'est bien dommage ; son tic-tac apaisant me donnait l'impression que plus jamais je n'aurais besoin de me presser. La quiétude du lieu est encore renforcée par les deux lourdes bibliothèques qui débordent de traités de généalogie ou d'histoire et il convient d'avancer précautionneusement dans le salon si on ne veut pas se cogner la tête : dix-huit maquettes d'avions suspendues à des fils métalliques planent à environ un mètre soixante-quinze au-dessus du plancher, bien plus haut que la tête de cet oncle, emplissant l'espace de leur vol silencieux — des avions de combat de l'armée américaine depuis ses débuts jusqu'à nos jours. Je suis parvenu à éluder les questions de l'oncle sur la vie d'Ari, d'ailleurs, que pourrais-je répondre, que pourrais-je lui expliquer ? Pour changer de conversation, je l'ai interrogé sur ces maquettes et il s'est enflammé. Il a oublié tout le reste, laissant son café refroidir dans sa tasse décorée de roses tandis qu'il dissertait avec passion, et même affection, sur les prouesses accomplies par chacun de ces avions, les guerres qu'ils avaient livrées et dans lesquelles ils avaient brillé. C'est ainsi qu'il s'est exprimé, ils avaient brillé, étaient devenus autant de noms, autant de légendes dans les rangs de l'armée et de ceux qui avaient découvert leur beauté à travers la passion du modélisme. Puis je me suis rendu compte que dehors le soir commençait à tomber, il se posait doucement sur cette bourgade étrange, tapie à l'arrière du monde, loin de tout ce que nous connaissons, bien que l'aéroport international s'étende sur la lande de basse altitude à l'orée de la ville où il étouffe les anciennes pâtures sous son tarmac et son asphalte. Le soir était tombé, peignant les vitres en noir du bout de son pinceau, allumant les grands réverbères si peu espacés les uns des autres qu'ils semblent s'employer de toutes leurs forces à dissiper les ténèbres tant ils les redoutent. J'ai pris congé de l'oncle, je l'ai abandonné dans son petit salon, son café froid au fond de la tasse, le temps suspendu à l'horloge, et dix-huit avions de chasse et bombardiers qui planaient en silence au-dessus de sa tête.

Je traverse son jardin, le chemin le plus court pour rejoindre la rue Hafnargata, je tourne à gauche et me dirige vers l'hôtel. Les lumières électriques blafardes me surplombent, scintillantes, en cette sombre soirée de décembre. Les ampoules sont si puissantes qu'on peine à imaginer que la nuit trouve sa place à Keflavík, si ce n'est au fond de quelque arrière-cour et dans l'esprit de chats qui occupent une vieille maison en bois. Mais alors que j'atteins le cinéma Nýja Bíó, l'air s'assombrit subitement, le vent forcit et une averse de grêle s'abat. Remontant Hafnargata au pas de course, je dépasse le bar baptisé Janvier 1976 et parcours les trois cents mètres qui me séparent de l'hôtel de l'aéroport. Les quatre drapeaux hissés devant l'établissement, l'islandais, le norvégien, l'américain et celui de l'Union européenne, claquent au vent en une tentative désespérée pour fuir les lieux, les grêlons pleuvent comme un châtiment envoyé par les cieux, de petits poings fermés qui nous fouettent, moi et les quelques voitures garées sur le parking. C'est en courant à perdre haleine que je franchis les derniers mètres.

L'hôtel est désert, l'averse touche à sa fin quand je pousse la porte. Un silence profond m'accueille, la faim me tenaille, je n'ai rien mangé — si ce n'est une part de gâteau marbré chez l'oncle — depuis le moment où j'ai avalé ce fameux hamburger du quota sur le port tandis que les goélands planaient, désemparés, dans l'air crasseux. L'air est rarement limpide à Keflavík, sauf quand le vent est entièrement absent, chose exceptionnelle, lorsque tout n'est que silence au petit matin comme si la mort planait sur les lieux, en dehors de ces rares moments, le vent parvient toujours à trouver quelque chose avec quoi brouiller l'air et réduire l'horizon, terre desséchée, poussière, embruns, déceptions ou chômage. Le claquement des drapeaux a beau résonner distinctement dans le hall, le silence est si profond que j'entends le léger tic-tac des huit horloges à l'arrière du comptoir en arc de cercle, elles égrainent les secondes qui s'écoulent à Tokyo, à Sydney, à New York, à Londres, au Caire, à Moscou, à Singapour et à Keflavík. Chacune affiche son heure pour tous ceux qui viennent ici, comme afin de leur rappeler qu'à chaque seconde, des événements adviennent dans le monde indépendamment de leur propre existence, afin de nous signifier notre peu d'influence, de souligner combien le sillon que marque chacun de nos pas est peu profond.

Mon cœur bat plus vite qu'à son habitude, je ne suis pas vraiment serein, le silence qui règne ici et le tic-tac de ces pendules me troublent, c'est parfois pénible quand le temps nous rappelle à son existence, pénible de l'écouter égrainer les secondes au-dessus de nos têtes, on a presque l'impression d'entendre la mort approcher depuis le lointain. Sans doute devons-nous éviter de trop penser au temps, cela perturbe trop de choses et alourdit notre pas en nous rappelant que la vie passe plus vite que nous ne le saisissons, que parfois, elle ne dure guère plus que l'espace d'un instant. Vous êtes jeune, puis un jour, vous voilà différent : Il y a à peine trente-trois ans, je me trouvais sans doute à cet endroit précis avec Ari, mais je me tenais alors devant la chambre froide de l'usine de Skúli Million et je venais de fermer la grosse porte derrière Ásmundur et sa copine Gunnhildur, Ari et moi faisions le guet, droits comme des piquets, tels deux hérauts gardiens de la vie et du désir charnel.

Trente-trois ans.

J'ouvre grand mes narines, cherchant à discerner dans l'air l'odeur du poisson, de la pêcherie, du temps jadis, de ce bâtiment réduit en cendres il y a trente ans, quelques semaines après l'entrée en vigueur du système des quotas, privant définitivement Keflavík de la presque totalité de son poisson ; réduit en cendres, tout comme les dettes de ses propriétaires et les emplois des gens d'ici. Durant des décennies, ce bâtiment en bois habillé de tôle ondulée avait été une des pêcheries les plus importantes de Keflavík. J'ouvre grand mes narines, cherchant à retrouver l'odeur d'un hiver où Ari et moi nous sommes quelque peu endurcis sous l'effet du froid, du labeur, des jurons des hommes et des langues médisantes des femmes. Et mon trouble est d'autant plus palpable que l'oncle m'a appris que la directrice de l'hôtel n'est nulle autre que Sigríður Egilsdóttir, notre vieille amie à Ari et moi, Sigga que nous avons rencontrée pour la première fois un matin de janvier 1976 alors qu'elle gisait dans la rue, coincée sous le pied de GÓ, Sigga que nous n'avons pas revue depuis la fin des années quatre-vingt du siècle dernier, quand nous sommes revenus travailler quelques semaines aux pêcheries Drangey pour démonter les portiques qui avaient servi si longtemps à sécher le poisson afin de gagner l'argent nécessaire à l'impression d'un recueil de poèmes. Nous ne l'avons pas revue depuis vingt-cinq ans, ce qui ne nous a pas empêchés de lire avec admiration les articles enflammés et parfois irrévérencieux qu'elle publiait dans l'hebdomadaire *Víkurfréttir*, les Nouvelles de la Baie, lesquels ont atteint leur point culminant dans sa chronique *Qui possède l'Islande ?* Cette tribune lui a coûté son poste de rédactrice en chef, et depuis, ni Ari ni moi n'avons entendu prononcer son nom. Elle a donc atterri ici comme directrice d'un hôtel quatre étoiles, cette chatte errante, qui aurait pu le prévoir et à quoi ressemble-t-elle aujourd'hui ; est-elle aussi famélique, aussi vibrante d'énergie, d'anxiété, et de ce mystère que ni Ari ni moi n'avons jamais percé ?

Celui qui plonge dans les souvenirs et s'abîme dans une époque révolue oublie aisément son environnement — je ne suis plus seul ici. Percevant une présence, je lève les yeux de mes souvenirs et croise le regard d'un employé debout derrière le comptoir de la réception, il est peut-être là depuis un certain temps, silencieux et gigantesque, il doit mesurer presque deux mètres et ses épaules sont phénoménales, comme s'il avait été conçu pour soulever de lourdes charges, des sacs de ciment, nos déceptions, tous le poids de ce monde. Son visage carré et impassible devient presque menaçant quand je lui demande, simplement pour faire la conversation, impressionné par ce titan au regard fixe qui se retrouve subitement face à moi : où avez-vous donc caché Sigga, je veux dire Sigríður, votre directrice — je suis un vieil ami !

L'homme pose ses battoirs sur le plateau du comptoir comme afin de me rappeler sa force, elle n'est pas là, répond-il d'une voix aussi puissante et basse que le moteur diesel d'une énorme jeep. Puis il m'indique la salle de restaurant où Ari m'attend, attablé près de la baie vitrée qui donne sur Hafnargata où, un livre devant lui, il lit quelques lignes avant de lever les yeux pour regarder par la vitre, comme afin de comparer le texte au monde extérieur.

Il est plongé dans *La Divine Comédie* de Dante, trois livres qui décrivent le périple de leur auteur à travers l'enfer, le purgatoire et le paradis. Ari en est au milieu de la partie consacrée à l'enfer, on peut difficilement atteindre de tels sommets en littérature, dis-je en m'installant à sa table. J'avale deux bonnes gorgées de la bière qu'il m'a déjà commandée, une Kaldi brune, c'est bon de la sentir tapisser l'estomac en attendant qu'elle diffuse une légère ivresse — la vie n'est pas si terrible, dis-je. C'est vrai, acquiesce Ari en refermant son livre, refermant Dante, refermant l'enfer et la poésie qui semble parfois n'avoir aucune limite et poursuit constamment sa route, plus loin, plus profond, plus haut, en quête de cet inconnu pour lequel nous vibrons.

Le restaurant est presque désert, il n'y a que quatre clients et nous deux. Un couple d'Américains âgés d'une cinquantaine d'années, l'un comme l'autre bien en chair, et deux hommes sans âge, ils sont norvégiens, précise Ari, tous deux semblent fatigués, comme si la vie les ennuyait, comme s'ils étaient las d'être norvégiens, de posséder cette fantastique richesse pétrolière, d'être citoyens du seul pays au monde qui ne soit pas endetté, fatigués de tout ce confort, de cette abondance, de cette sécurité.

Ari : Ils sont invités par Sigurjón. Le maire organise une grande fête pour célébrer d'ici quelques jours ses soixante ans — ce sont de vieux copains qu'il a connus quand il étudiait les sciences politiques et le marketing à l'université dans le Tennessee.

Les Norvégiens, dis-je ; voilà des gens intéressants. On a l'impression que dans leur immense majorité ils sont prudents, croyants, honnêtes et en pleine santé, d'ailleurs, ils passent leur temps juchés sur des skis, et pour couronner le tout ils décernent le Nobel de la paix — comme s'ils hébergeaient chez eux la notion de paix elle-même. Et malgré tout ça, le plus célèbre artiste norvégien de tous les temps est un peintre à moitié fou qui a fait des tableaux inoubliables, hallucinés de ténèbres, de malaise, de tension érotique, oui, des tableaux qui suintent de tous ces trucs qu'en général tu n'attribuerais jamais aux Norvégiens.

Ari : J'ai pris le taxi depuis l'aéroport en me fendant d'un petit détour ; comme un imbécile, j'ai prié mon chauffeur de passer par Sandgerði, l'excursion était instructive. Tu ne devineras jamais qui m'a conduit, même en y passant toute la nuit ! J'ai remarqué ce drapeau en arrivant ici et je lui ai demandé si les Norvégiens venaient jusqu'à Keflavík pour dépenser leur richesse. Et là, elle a commencé à m'expliquer, ah oui, au fait, c'est une femme qui conduisait le taxi, elle a mentionné un blog dont tout le monde parle ici, certains se félicitent de son existence et d'autres voudraient bien voir fermer le site. La dernière entrée de ce blog évoque justement ces hôtes norvégiens et il fallait absolument que je lise ça, m'a-t-elle dit. Ce que j'ai fait dès que je me suis retrouvé dans ma chambre. Le site affirme que ces deux hommes ne sont pas uniquement venus ici pour fêter l'anniversaire de leur vieux copain de fac, mais également, et avant toute chose, en tant qu'employés d'une entreprise américaine que Sigurjón brûle de voir s'installer à Keflavík. Si je ne m'abuse, ce seraient des hybrides à la fois spécialistes en marketing et créateurs de concepts. Concepteurs et spécialistes en marketing, dis-je, est-ce une combinaison de nature divine ou diabolique ? Je suppose qu'ils n'auraient pas de mal à trouver leur place dans l'enfer de Dante, ironise Ari avec un sourire et, alors qu'il tapote le livre du plat de la main, je reconnais l'ouvrage. C'est l'antique traduction danoise que Tryggvi, le grand-oncle maternel d'Ari, a achetée à un vendeur ambulant il y a presque cent ans, ce livre a été lu par Tryggvi lui-même, puis par Þórður, l'oncle paternel d'Ari et ses marges regorgent d'annotations écrites de la main de ces deux hommes, réflexions sur le texte, considérations sur l'existence : certaines d'entre elles touchent Ari aussi profondément que l'œuvre elle-même, ce poème datant de sept cents ans. Je m'apprête à lui faire remarquer qu'il lit cette vieille traduction danoise plutôt que celles publiées récemment, qui sont bien plus proches de nous, de notre époque et de notre mode de pensée. Parce que la plupart des traductions semblent toujours vieillir plus vite que les textes originaux, c'est là un des mystères de la littérature, qu'importent la qualité et l'importance des traductions, elles semblent toujours porter de leur époque une empreinte plus profonde que les œuvres originales. Je n'ai toutefois pas le loisir de lui demander de m'exposer les motifs de son choix car le serveur vient à notre table et nous apporte le menu ; à mon grand étonnement, c'est l'homme qui m'a indiqué la salle du restaurant tout à l'heure, celui qui, le regard sévère, a posé ses mains gigantesques sur le comptoir de la réception quand j'ai demandé à voir Sigga, comme afin de me rappeler sa force, de me menacer, ou simplement de me faire taire. Mais le voilà radicalement transformé, il sourit, avenant, et sa voix profonde est devenue agréable. Il sourit et passe rapidement la carte en revue avec nous : sa politesse toute professionnelle ne parvient toutefois pas à masquer la puissance que dégage son physique. Pourquoi n'est-il pas loin d'ici, occupé à sauver le monde avec ses bras imposants et ses épaules de titan, dis-je à voix basse dès qu'il est parti avec notre commande : des rougets grillés accompagnés d'artichauts en entrée et de l'agneau en plat principal, « agneau des montagnes du Nord de l'Islande, là où les sommets respirent le ciel », comme l'affirme le menu.

Ari : Apparemment, tu as regardé trop de films hollywoodiens où le héros sauve le monde avec son courage et ses muscles. Le temps où primait la force physique est depuis belle lurette révolu. Ruses et manigances ont plus de portée qu'un javelot. En tout cas, laisse-moi te dire que Sigurjón n'a pas épargné ses efforts pour faire venir cette entreprise américaine, voilà qui arrangerait bien les affaires de Keflavík. Mais le sujet est sensible et les choses tardent à se conclure car cette entreprise spécialisée dans l'élimination des déchets de l'industrie américaine voudrait acheter le centre de retraitement de Helguvík pour y développer son activité. Ce serait un business du tonnerre pour Keflavík, et ça règlerait les problèmes du jour au lendemain. Et ne serait-ce pas magnifique : pendant cinquante ans, nous avons profité des Américains grâce à la présence de leur armée, et maintenant, nous continuerons à nous enrichir en éliminant leurs déchets ?

Je trouve tout ça un peu tiré par les cheveux, dis-je en secouant la tête, les gens ne se battent tout de même pas pour retraiter les déchets et encore moins quand ces derniers viennent de l'étranger ! D'ailleurs, quelle raison une entreprise américaine aurait-elle d'employer des Norvégiens pour ce genre de mission ?

Ari : Enfin, c'est évident : parce que tout le monde leur fait confiance. Ils sont, tu viens de le dire toi-même, tellement prudents et consciencieux. Ils décernent le Nobel de la paix, c'est la nation la plus riche du monde, et malgré ça ils sont discrets, on les entend à peine. Aucune chance que les gens les associent à des activités polluantes. Et justement, tu n'as pas tort quand tu dis que tout ça semble un peu tiré par les cheveux ! Dans toutes les sociétés, ce sont les intérêts financiers qui priment, voilà pourquoi les évidences les plus simples nous semblent relever de pures affabulations, quand elles ne nous apparaissent pas simplement comme puériles. Notre mode de vie détruit la planète, c'est une évidence qui nous crève les yeux chaque jour, et pourtant nous ne faisons pas grand-chose pour que ça change, comme si on se fichait éperdument des générations futures. Nous n'agissons que peu, sans doute parce que nous sommes trop heureux : les gens qui ne manquent de rien n'ont aucune raison de partir en guerre pour changer le monde. Ceux qui s'emploient à diriger nos existences le savent très bien, tous ces invisibles, ces patrons de grandes entreprises, de chaînes de supermarchés, quels qu'ils soient. Leur objectif est simplement de faire perdurer cette situation. Ou bien, si tu préfères, d'entretenir le principe d'absurdité.

Eh oui, le principe d'absurdité, répète Ari. Puis, comme si cela relevait de la même absurdité, il me livre le récit de ses retrouvailles avec Ásmundur, la scène de l'index enfoncé dans l'anus à la recherche des trahisons, et je suis bien incapable de dire ce qui me semble le plus incroyable, est-ce la description d'Ásmundur en douanier quinquagénaire et bedonnant, le fait qu'il n'est plus ni grand, ni fort, ni svelte, ni magnifique et fascinant, tout au contraire, ou est-ce de savoir qu'Ari a dû se déshabiller entièrement, se pencher sur un pupitre afin que son cousin, Ásmundur en personne, puisse enfoncer son index dans son anus ? Mais la seule chose que je puisse lui répondre, et sans grande conviction, comme si l'absurdité du monde m'avait entièrement désarmé, est la suivante : je croyais qu'on s'y prenait autrement pour fouiller les gens. Et Ari me sourit, il affiche cette expression que je connais si bien depuis si longtemps, ce visage indéchiffrable qui semble dire, que savons-nous vraiment du monde ?

Et en effet, que savons-nous ?

Une compensation vient toutefois rétablir une forme d'équilibre, le repas est succulent et le vin argentin recommandé par le serveur l'accompagne parfaitement, nous ne tarissons pas d'éloges quand le titan vient nous demander si nous sommes satisfaits, il sourit, heureux comme un grand enfant. Nous n'avons d'ailleurs aucune raison d'être avares de compliments, Ari et moi sommes simplement ébahis par la qualité de la carte et la présence d'un cuisinier et d'un restaurant aussi excellents dans cette ville, à cet endroit le plus noir du pays que personne n'aurait jamais l'idée d'associer à l'art culinaire, cette région où les Islandais ont le plus longtemps et le plus douloureusement souffert de la faim depuis l'époque de la colonisation. Ce restaurant est si bon qu'on ne peut que s'étonner de ne pas y croiser plus d'âmes errantes perdues dans la vie, en quête de réponses et d'éléments stables sur lesquels prendre appui. Il n'y a qu'Ari et moi, ce couple d'Américains qui en est au dessert et se donne mutuellement la becquée, le mari porte un bermuda, les varices de ses mollets serpentent à leur surface comme des ruisseaux qui menacent de déborder, et ces deux Norvégiens si émaciés et voûtés qu'ils ressemblent à des couperets ; ailleurs, on écrirait des dithyrambes sur cet établissement, ailleurs, les clients seraient forcés de réserver longtemps à l'avance. Mais personne ne s'attend évidemment à la présence d'un restaurant gastronomique à Keflavík et les gens du cru n'y viennent visiblement pas, préférant probablement une des innombrables baraques à hamburgers ou à hot dogs que compte la ville. Quant au cuisinier de l'hôtel, il ne saurait soutenir la comparaison avec Jonni le Tonnerre-Burger en termes de popularité.

Ayant terminé la bouteille de vin, nous commandons un whisky, le meilleur, afin de rester dans le registre de l'excellence. Maintenant, le soir repose sur la ville comme un couvercle, les ténèbres ont ralenti le rythme des habitants, en tout cas les voitures qui remontent ou descendent la rue roulent encore plus lentement que tout à l'heure, elles avancent précautionneusement, comme s'il y avait dans l'atmosphère quelque chose de fragile : le soir, la lumière des lampadaires, la vie. Nous regardons par la baie vitrée les maisons situées en diagonale de l'hôtel. Je dis, Glóðin se trouvait à cet endroit. Ari acquiesce, oui, c'était là.

Glóðin, autrement dit La Braise, a longtemps été l'unique restaurant de la péninsule de Suðurnes, toujours bondé et très renommé suite à la parution d'un article dans un journal de Reykjavík, le *Morgunblaðið*, le *Dagblaðið*, ou peut-être le *Helgarpósturinn* ; le détail qui avait le plus intéressé le journaliste était la grande photo dédicacée de quatre astronautes américains, accrochée au mur derrière une des tables. Ces hommes étaient venus en Islande au début des années 80 pour s'entraîner en vue d'un voyage lunaire qui n'a jamais eu lieu. Avec Ari, nous les avons aperçus deux fois alors que nous étions en route vers le travail et la pêcherie Drangey, ils semblaient déambuler comme des âmes en peine sur la lande de Miðnesheiði, comme s'ils recherchaient sans grande conviction un objet extrêmement précieux, un trésor qui manquait au monde. Le séjour sur cette lande désolée était censé préparer les astronautes au paysage lunaire et au sentiment douloureux que l'être humain ne manque pas d'éprouver quand il est sur la Lune, seul dans le silence absolu de l'Univers, et qu'il regarde la Terre, notre planète bleue, tandis qu'une solitude lancinante s'infiltre à travers sa combinaison parfaitement étanche.

Pour une raison ou une autre, ces hommes préféraient fréquenter Glóðin plutôt que le Club des officiers de la base, où la cuisine était pourtant meilleure et la carte des alcools nettement plus variée. À Glóðin, on avait le choix entre le poulet-frites, l'agneau aux pommes de terre caramélisées, l'aiglefin pané accompagné d'oignons et de frites ; et trois sortes de vin rouge de piètre qualité. Évidemment, il n'y avait pas de bière, il faudrait encore attendre quelques années pour qu'elle soit enfin autorisée en Islande, mais la vodka ne manquait pas, et chaque soir, ces astronautes réglaient leur compte à une ou deux bouteilles. D'ailleurs, ils semblaient plutôt ivres sur la photo qui est restée accrochée des années sur le mur derrière leur table, un poster dont le format devait être de soixante-dix centimètres sur quatre-vingts. Les gens de Keflavík convoitaient l'emplacement en question, ils voulaient occuper les mêmes sièges que les célèbres astronautes, ces hommes qui étaient allés plus près du ciel que nous ne pouvions en rêver. Héros du cosmos et amis des étoiles. Ils avaient l'air jovial sur le cliché, ils riaient, et deux d'entre eux semblaient crier quelque chose à l'intention du photographe au moment où ce dernier avait appuyé sur le déclencheur. Oui, l'air très jovial, et l'un d'eux avait griffonné en bas de la photo :

« *Glódin is great, simply fabulous —
it should be on the moon!*
Glodin est génial, simplement fabuleux,
il faudrait qu'il y en ait un sur la Lune !* »

Le couple d'Américains s'est levé, tous deux chancellent sous l'effet de l'alcool ou de leur embonpoint, la femme glousse comme une gamine et le mari pose son avant-bras grassouillet sur l'épaule du serveur, comme afin de se soulager un instant de son poids, de s'accorder quelques vacances loin de lui-même, ou de mesurer la charge que ces épaules de titan sont capables de supporter, de voir si elles pourraient endosser le poids du monde, puis il déclare d'une voix assez forte pour que nous l'entendions qu'il connaît bien cette ville, il a autrefois servi comme militaire à la base, sur cette putain de lande oubliée par Dieu et sans doute aussi par le diable, ajoute-t-il avant de se taire un instant, comme pour digérer ses propres paroles, puis il reprend, l'avant-bras toujours posé sur l'épaule du serveur, nom de Dieu, c'était pendant les années soixante-dix : *I was fucking MP, man*, eh ouais, j'étais dans la police militaire, mon vieux, s'écrie-t-il tout à coup, entre 75 et 78, *fucking hell* ! Ari et moi échangeons un regard, ce samedi matin de janvier nous revient simultanément en mémoire, était-ce cet homme qui montait la garde au portail de Grensáshlið, l'air sévère, alors que les camions entraient dans la base comme un troupeau de grands animaux blessés ? *Very interesting*, répond le serveur, *very interesting indeed*, alors qu'il fixe l'Américain comme s'il cherchait le soldat jeune et svelte qui se cache quelque part dans ce corps gigantesque.

Ari : Le temps nous conduit sur d'étranges chemins — la plupart inattendus.

Et le soir s'épaissit un peu plus encore de ténèbres.

Les Norvégiens ont rejoint leurs chambres, l'un d'eux avec un attaché-case qu'il tenait fermement comme si l'avenir du monde reposait entre ses mains. Ceux qui dirigent le monde ne se pavanent plus sous les acclamations, ils fuient la une des journaux, mais guettent en coulisse, nous ne savons presque rien d'eux, ils s'évaporent, se transforment en ombres fuyantes dès que nous essayons de les atteindre, de les saisir.

Le serveur débarrasse la table des Norvégiens. Tout en puissance, il est incapable de dissimuler la force qui l'habite, Ari l'observe, le regard perdu dans le lointain, ses yeux sont empreints d'une trop grande tristesse, ils n'étaient pas ainsi autrefois. Certes, on décelait au fond d'eux une certaine mélancolie, quelques regrets, mais aussi de la joie, ces yeux pouvaient tout à coup se transformer en deux chiots rieurs. Et ces deux chiots me manquent.

L'un des Norvégiens réapparaît et échange quelques mots avec le serveur qui hoche la tête et s'éclipse en cuisine, le Norvégien reste les bras ballants au centre de la salle, voûté et émacié, il porte les marques de la solitude et ressemble désagréablement à un couperet — il me rappelle subitement tout ce qui nous effraie. Quelques instants plus tard, le serveur rapporte une bouteille de Laphroaig, un whisky écossais fortement tourbé, et la tend au Norvégien qui le remercie. Je le regarde quitter le restaurant et m'apprête à évoquer cette histoire de peur et de couperet à mon compagnon de table, mais ce dernier s'est à nouveau plongé dans *La Divine Comédie* dont il marmonne dans son coin quelques lignes en danois, ces dernières l'aideront-elles à mieux saisir le monde ? Puis il referme le livre et déclare, comme s'il réagissait à une chose que je venais de dire : En

effet, la cupidité est sans doute le pire défaut, elle est un trou noir pour l'être humain.
 Est-ce ta définition du libéralisme ? dis-je en vidant mon whisky. Serais-tu toujours aussi virulent dans ce domaine ?
 Je pensais simplement à la dernière entrée publiée sur ce blog, je l'ai lue sur mon téléphone en t'attendant, l'auteur y décrit la cupidité comme un trou noir pour l'être humain. Il ajoute que celui qui veut diriger le monde doit avant tout parvenir à nous convaincre que nous avons besoin de toujours plus. Nous convaincre que nous méritons d'avoir plus aujourd'hui qu'hier. La recette du pouvoir consiste à nous rendre insatiables. À nous transformer en drogués.
 Et le monde ne sera plus que ténèbres, c'est ça ?
 En tout cas, elles progresseront à chaque nouvelle victoire du matérialisme, conclut Ari qui, l'air brusquement jovial, observe par la vitre le ballet des voitures de tourisme et des jeeps qui vont et viennent inlassablement sur Hafnargata, décrivant leur éternel tour de ville. Un gigantesque camion blanc à plate-forme presque aussi imposant que les semi-remorques de l'époque où nous travaillions ici, chez Skúli Million, passe devant l'hôtel, aussi lent qu'un escargot, le chauffeur a ouvert sa vitre, passé son bras nu à l'extérieur et mis la musique si fort que nous l'entendons distinctement, nous reconnaissons tout de suite la chanson — ce morceau doux-amer interprété par le groupe Brimkló et intitulé « Jamais je ne t'oublierai », extrait de l'album à succès *Chansons de variété et de vérité*, sorti en 1979. La voix veloutée de Björgvin Halldórsson emplit entièrement la cabine du camion, se déverse dans la rue, s'infiltre à travers la vitre de l'hôtel et jusqu'à nos tympans : « Veux-tu me tenir la main / où que j'aille. »
 De la pop insouciante.

La mélodie s'abat sur nos têtes comme une époque révolue, nous traverse comme une flèche dont la pointe se divise en regrets et poison, nostalgie et reproches. Encore un colis venu du passé, on dirait que quelqu'un a envoyé sur la rue ce camion et cette musique pour nous déconcentrer et nous faire taire, que ce quelqu'un a mis en route le flot des souvenirs dans l'espoir que ces derniers nous fassent oublier le présent, oublier le trou noir pour l'homme, oublier nos erreurs et nos errements, oublier et cesser de distiller le doute, imposer le silence aux questions insistantes : « Veux-tu me tenir la main / où que j'aille / car jamais je ne t'oublierai. »

Norðfjörður
— JADIS —

Envoie-moi sur la Lune !
Mais d'abord, problème de mathématiques :
Une femme se transforme en momie vivante
dans les fjords de l'Est

Adossée à sa maison, Margrét scrute la mer et les couleurs des montagnes. Deux années ont passé depuis le décès du vieil homme et la naissance de l'enfant mort-né. Ses deux filles sont à l'intérieur, elles jouent par terre avec leurs coquillages, leurs osselets, leurs poupées et parlent constamment, c'est si bon de les entendre discuter, la journée est calme, si calme que Þórður a pu accompagner son père en mer, ils sont descendus tous deux au bateau avec Tryggvi, tu devras par moments te mettre à la barre du *Sleipnir*, a prévenu Tryggvi à la table de la cuisine avant leur départ, vois-tu, dès que ton père commence à boire du café, il n'a plus rien d'autre en tête, et là ce sera à toi de manœuvrer le bateau !

Margrét sort régulièrement pour observer le ciel et s'assurer qu'aucun changement ne s'annonce, certes, elle ne distingue aucun signe qui aille dans ce sens, mais le mois d'octobre touche à sa fin et il ne faut pas longtemps pour qu'une journée tranquille et apaisée se change en déchaînements. Elle n'est pas rassurée de savoir Þórður en mer, il n'a que neuf ans et l'océan est immense. Il était tellement impatient de partir qu'il a tout juste pris le temps de lui dire au revoir, elle a dû le retenir pour pouvoir l'embrasser sur les joues, les couvrir d'une foule de baisers, *maman*, s'est-il agacé tout en essayant de s'arracher à son étreinte, les yeux rivés sur son père et son oncle, Oddur et Tryggvi, qui l'attendaient, solidement campés sur leurs jambes, tels deux modèles indépassables de ce qu'il voulait devenir. Et comme une idiote, elle l'avait retenu trop longtemps, elle le savait, elle le sentait, mais elle avait tellement l'impression de le perdre. La sensation que ces deux hommes lui prenaient son fils, si fragile, si rêveur, voilà pourquoi elle l'avait aussi longtemps serré dans ses bras.

Deux années se sont écoulées depuis que le petit garçon au visage limpide a été confié à la terre qu'il n'a jamais connue, jamais foulée, cette terre dont jamais il n'a senti le parfum, qui peut être si douce et moelleuse en été, si dure et cruelle en hiver, il y est descendu en même temps que son grand-père, l'un avait trop vécu et l'autre pas du tout.
Oddur est rentré quelques heures après la naissance afin de pouvoir assister à l'inhumation de son père, il a également dû enterrer ce fils qui jamais n'a su ce que signifie exister. Margrét était alitée, incapable de se lever, de s'alimenter, de parler, de penser, de pleurer, uniquement capable de haïr le monde, et là Oddur est arrivé, il ne lui a sans doute pas dit grand-chose, il ne connaît que peu de mots, mais il a prononcé ceux qui apaisent et rassurent :

nous affronterons cette épreuve ensemble. Puis il l'a serrée dans ses bras. Peut-être est-ce la plus belle chose qu'il ait jamais dite, jamais faite, car il lui a ainsi permis de pleurer.

Quand elle retourne à l'intérieur après s'être attardée un long moment dehors où le ciel paisible est parvenu à la rasséréner partiellement, les petites se sont tues et assises côte à côte. Elles sont allées chercher le bulot de Þórður contre lequel elles plaquent leur oreille, l'air concentré. Margrét sourit, s'avance à pas de loup afin de ne pas les déranger, tu entends la mer, demande Ólöf, la plus jeune, et sa sœur Hulda lui répond que non. Moi non plus, reprend Ólöf, manifestement si déçue que Margrét jette un regard dans sa direction. Il n'y a sans doute que les garçons qui peuvent y entendre le bruit des vagues, c'est pour ça que papa a donné ce bulot à Þórður et pas à nous.

Ólöf : Papa est tout le temps en mer.
Hulda : C'est vrai.
Ólöf : Et bientôt, Þórður fera comme lui.
Hulda : Oui, bientôt, mais il faut encore qu'il grandisse.
Ólöf : Et nous alors ? On ira aussi ?
Hulda : Non.
Ólöf : Même quand nous serons très grandes ?
Hulda : Tu es idiote ? Enfin, nous sommes des filles !
Ólöf : Ce n'est pas juste. Moi, je veux y aller !

Nous sommes des filles, répète Hulda, sur le ton qu'emploierait un adulte avant d'ajouter, quand tu seras grande, tu épouseras un homme, et il s'occupera de toi.

Mais je veux m'occuper de moi toute seule.
Je sais. Moi aussi.
Et je veux aussi un bulot où on entend le bruit des vagues.
Tu n'auras que des coquillages, répond Hulda, plus du

tout adulte, et Ólöf se met à pleurer, dit en sanglotant, je veux que papa m'apporte un bulot, je veux avoir un papa comme celui de Þórður.

Hulda : Mais vous avez le même, c'est notre papa à tous les trois.

Non ! hurle Ólöf qui se lève d'un bond et attrape le bulot avant de se précipiter hors de la maison.

Margrét sait qu'elle devrait courir derrière elle pour la consoler, l'apaiser, panser cette blessure qui, de manière si soudaine et inattendue, s'est ouverte en Ólöf, cette petite fille tout en innocence, mais elle en est incapable et reste immobile, impuissante dans la cuisine, comme si on l'avait assommée.

Et le temps suit son cours incessant. Nous vieillissons, peu à peu la vie s'éloigne, nous la perdons et tout passe. La vie est une occasion unique, une seule chance nous est offerte d'être heureux, comment la mettre à profit ?

Les moments de bonheur.

Elle note quelque part dans son journal intime : Je devrais m'employer à mieux en profiter, à les goûter plus longuement, afin qu'ils puissent me nourrir quand je suis lasse, ainsi, je me plaindrais moins de mon sort.

Les moments de bonheur.

Un jour, Margrét aide Þórður à faire ses devoirs, composition d'islandais : Une chaude journée d'été dans le Norðfjörður. Traduisez en danois : Il était une vieille femme qui avait une seule fille. Problème de mathématiques : si 4,5 m coûtent 9 couronnes et 30 aurar, combien coûtent 7,5 m ?

Þórður est bon élève. Assidu, il désire tout apprendre et comprendre du monde, pose à son père mille et une questions sur la pêche, traduit les titres des journaux en danois, il est toujours le premier de sa classe, et chaque matin, pendant deux ans, il compose une strophe rimée décrivant ce que sera la journée qui commence, puis le soir il rédige une autre strophe décrivant ce qu'a été cette journée, une fois achevée. Margrét est tellement fière de lui qu'elle doit s'imposer une discipline de fer afin de ne pas trop le laisser paraître. Et elle doit s'imposer semblable discipline pour que la fatigue ou la lassitude, ces ténèbres qui l'habitent et refusent de se dissiper, ne viennent pas durablement altérer son comportement et défigurer son caractère. Défigurer les moments de bonheur — elle met au monde un autre enfant de sexe masculin, Gunnar Tryggvi, un joli petit garçon aux yeux clairs, ma bénédiction, chantonne-t-elle parfois : ma bénédiction, mon oiseau de bonheur / blottissons-nous l'un contre l'autre. Mais que dire en cette période difficile ? Le ciel est lourd, les perspectives de la société inquiétantes, les travailleurs luttent âprement contre la toute-puissance des intérêts de quelques-uns, elle accompagne Oddur à une réunion politique où tout le monde acclame chaleureusement ce capitaine, propriétaire d'un bateau de pêche, mais ne peut le suivre aussi souvent qu'elle le voudrait, aucune femme digne de ce nom n'abandonne ses enfants pour rejoindre la lutte ouvrière, puis le petit Gunnar devient ronchon, il se réveille plusieurs fois par nuit, et Ólöf tombe malade, elle reste longtemps alitée avec une forte fièvre, passe ses nuits à pleurer tandis que Margrét veille. Veille sur Ólöf. Sur Gunnar. Veille sur eux et avec eux, de semaine en semaine. Comme on le fait toujours, on veille sur ses enfants, on les protège, telle est notre raison de vivre, le motif pour lequel nous sommes là.

L'univers extérieur s'éloigne, de même que la vie du village, les luttes livrées par les gens d'ici, et le foyer referme ses murs sur elle, comme si elle n'avait plus le droit de participer à la vie. Mais qu'y a-t-il de plus précieux que les enfants, ne sont-ils pas notre raison d'être, la beauté elle-même, la source de toute chose ?

Il faut toutefois pour combattre l'extrême fatigue bien plus que de belles paroles telles « raison de vivre » et « amour » — parfois, les mots les plus beaux ne sont d'aucun secours —, et cette lassitude extrême se pose doucement sur elle comme un tissu léger qui bientôt la recouvre entièrement, se resserre, s'épaissit et la transforme lentement mais sûrement en une momie vivante.

Une momie vivante, écrit-elle, je devrais aller raconter ça aux journaux ! Même ceux de Reykjavík publieraient l'information : « Une momie vivante dans le Norðfjörður ! » On m'exposerait peut-être dans les grands musées étrangers, voila qui me permettrait enfin de voir le monde. Ah, si seulement quelqu'un pouvait m'envoyer sur la Lune, là-bas, au moins, je pourrais dormir en paix. Que ne donnerais-je pas en échange !

Envoie-moi sur la Lune : viennent des semaines en longs cortèges, des mois parfois, sans que la fatigue lui accorde le moindre répit ; elle la recouvre tout entière, l'enferme, la momifie, Margrét rêve qu'on l'envoie sur la Lune pour qu'elle puisse y dormir, se reposer de tout, cette lassitude se change en grains de sable qui lui envahissent les veines, et les jours tendent ses nerfs entre eux pour en faire des cordes tremblantes sur lesquelles les heures interprètent en pizzicato la même rengaine monotone qui parle de fatigue, d'insomnie et de torpeur. Celui qui ne trouve ni sommeil ni repos est incapable de faire quoi que ce soit, la fatigue brouille l'ensemble de l'existence, elle transforme le moindre événement quotidien en colis expédié depuis l'enfer.

(Brève parenthèse — concernant la grand-mère maternelle que j'ai en commun avec Ari, belle comme la lune, sa chevelure était une aurore flamboyante, et ses seins, deux mollets de chevreuil)

Notre grand-père a été marin et plus tard il est devenu peintre en bâtiment, d'abord à Reykjavík, puis à Stavanger, en Norvège, Ari a écrit un livre à son sujet. C'était un homme courageux et terre-à-terre que la beauté avait un jour transformé en poète. Alors qu'il était parti pêcher le hareng dans l'est du pays où il s'était absenté pendant sept longues semaines, il avait écrit une lettre à sa femme, tenaillé par le désir de rentrer chez lui pour les retrouver, elle et leurs filles. Leur image lui apparaissait chaque fois qu'il fermait les yeux, elles lui souriaient dans ses rêves, il les entendait rire et revoyait l'appartement qu'ils louaient en sous-sol. Sa chevelure, une aurore flamboyante. Il lui avait écrit cette longue lettre, loin en haute mer, par gros temps, les vagues étaient si hautes qu'il avait dû se caler afin de pouvoir coucher sur le papier ces lignes emplies de paroles brûlantes, il avait même composé un poème qui parlait de ses cheveux (cette aurore flamboyante), ses seins, son sourire, ses oreilles, le premier et le dernier poème qu'il avait écrit et écrirait de sa vie entière, laquelle dura soixante-sept ans. Il avait posté l'enveloppe en posant pied à terre, fier, mais quelque peu gêné en pensant à ce poème. Il ne savait rien, n'avait rien soupçonné ni rien compris.

Il ne savait pas que cette femme aussi belle que la lune, aussi mystérieuse que la nuit du mois d'août, n'avait supporté ni le poids des responsabilités ni la fatigue éreintante, il ne savait pas que les deux conjugués avaient fini par engendrer ce démon qui venait l'assaillir dans son sommeil, l'accueillait à son réveil, elle avait ployé, puis s'était effondrée et enfuie par cet escalier menant au sous-sol de la maison du quartier de Vesturbær à Reykjavík, elle avait fui sa petite fille de trois mois qui pleurait et hurlait dans son berceau, fui sa fille aînée, la mère d'Ari alors âgée de dix-huit mois, qui toussait et se mouchait sans relâche, refusait de s'alimenter, avait arraché la cuiller des mains de sa mère en trépignant, toutes trois hurlaient et pleuraient, la plus petite à cause de la fatigue et du mal de ventre, la plus grande parce qu'elle était souffrante et que la réaction de sa mère l'avait effrayée, quant à la grand-mère que j'ai en commun avec Ari, elle s'était mise à hurler parce que cette chose qui aurait dû être la plus belle du monde, le but de la vie elle-même, la source de la beauté et de l'innocence avait transformé son existence en véritable enfer. La vie n'avait rien à voir avec tout ça, ces difficultés financières, cette constante fatigue, ce manque de sommeil et son mari en haute mer qui ne comprenait rien, ne remarquait rien, c'en était fini de l'aventure. Elle avait hurlé de terreur, confrontée aux visions démoniaques qui l'envahissaient, à ces voix diaboliques qui lui commandaient de s'en prendre aux enfants, de les frapper jusqu'à ce qu'ils se taisent, elle avait hurlé face à cette vie qui ressemblait à une couronne d'épines — elle avait hurlé, puis s'était enfuie, avait gravi les marches pour rejoindre la rue, rejoindre la liberté que procure l'alcool, la liberté du vaincu. D'où jamais elle n'était revenue. La lettre de grand-père était arrivée le lendemain. À ce moment-là, on l'avait prévenu par téléphone et il était bien vite rentré à Reykjavík. La première chose qu'il avait vue en poussant la porte de l'appartement était cette missive encore cachetée contenant ce poème imbécile — et que jamais sa femme n'avait lu.

Septembre ou avril ? Qu'importe,
ce qui compte est d'avancer sur le verglas
sans faire tomber un petit garçon
qui gazouille comme un oiseau des marais

Jamais il ne viendrait à l'idée de Margrét de fuir ses enfants, son foyer, ses responsabilités, cette lassitude, d'ailleurs où pourrait-elle aller, le village de Nesþorp n'a rien à voir avec les rues de Reykjavík, les maisons innombrables, les lieux de distraction et les bars qui les bordent. Nesþorp se résume à quelques rues, quelques maisons en bois, quelques cabanes de pêcheurs, au poisson, à la mer, à la montagne qui le surplombe, aussi abrupte que la vie, on ne saurait s'y cacher nulle part ni se couler dans une autre existence pour y disparaître.

Gunnar a bon caractère, il dort bien les premiers mois, puis devient ronchon et bientôt se réveille en larmes au milieu de la nuit, cinq, six, sept fois de suite, pleurant comme si la vie était une douleur, comme s'il voulait retourner là d'où il venait et qu'il suppliait sa mère de l'aider à retrouver le chemin. Les mois passent avec lenteur comme autant d'animaux blessés, comme des vers de terre en bouillie et une partie du cerveau dépérit, se change en une toundra sur laquelle résonnent sans fin les sanglots du gamin tels des croassements d'oiseaux, longtemps après qu'il s'est calmé et endormi. Oddur passe les mois les plus difficiles dans la chambre attenante au vestibule quand il n'est pas dans le Hornafjörður, en pleine saison de pêche ; il ne saurait manœuvrer son bateau s'il ne dort pas assez, il est responsable des hommes qui l'accompagnent, responsable de leur sécurité et de leur prospérité, il veut que la pêche soit bonne, il a des devoirs envers les familles de ces hommes, envers le village car le poisson est tout pour nous, il est notre début et notre fin, notre alpha et notre oméga, sans la pêche, la jeune économie de la nation islandaise depuis peu autonome court à sa perte, et là nous pourrons oublier l'idée d'obtenir l'entière indépendance du Danemark. Oddur doit être à la hauteur, alors elle se lève bien vite dès que Gunnar s'éveille, elle essaie de le calmer afin que les pleurs ne trouvent pas leur chemin jusqu'au sommeil d'Oddur pour le perturber.

Gunnar atteint l'âge de cinq, six, sept, puis de huit mois, chacun de ces mois compte quatre semaines, chaque semaine compte sept jours et chaque jour vingt-quatre heures, ce qui est extrêmement long, mais c'est une route sur laquelle il faut avancer, un chemin qui semble s'étirer à l'infini. Le pire, ce sont les instants où, tranquille et heureux, le petit dernier gazouille comme un oiseau des marais, il n'est alors que beauté, il est un jardin d'Éden en modèle réduit, à ces moments-là, Margrét ne supporte rien, sa tête craque et menace de se scinder en deux. Viennent les jours, qui passent, et elle doit se faire violence pour ne pas hurler, pour ne rien détruire, Oddur la touche et elle se détourne, se raidit, se ferme, mais lui cède tout de même, une fois, deux, puis trois au fil de ces mois, il tourne autour d'elle comme une mouche insistante, encore un assaut et voici qu'elle s'ouvre, qu'elle lui ouvre son corps simplement pour avoir la paix et pour se débarrasser de lui. Elle reste immobile pendant l'acte, les cuisses ouvertes, elle fixe le plafond et ses lattes de bois, lutte contre le sommeil qui l'assaille. Enfin, comment pourrait-elle dormir alors qu'il repose sur elle de tout son poids, il soupire dans son oreille, il lui dit quelque chose, mais elle ne parvient pas à saisir les mots, si Oddur se noyait en mer, pense-t-elle, je pourrais peut-être dormir un peu plus. L'idée est si plaisante qu'elle en oublie son époux qui doit répéter afin qu'elle l'entende. Hein, renvoie-t-elle mollement, tu ne veux pas te laver, répète-t-il pour la troisième ou quatrième fois, surpris, déçu peut-être, comme s'il percevait un vague malaise, et là, elle se rend compte qu'il s'est retiré et n'est plus allongé sur elle, il repose à côté, elle a toujours les cuisses ouvertes et sa robe remontée sur les hanches. Elle met sa main entre ses jambes et sent la semence qui colle à ses doigts.

Et Gunnar pleure. Il pleure encore et encore, se réveille encore et encore, inconsolable, il pleure, pourquoi faut-il qu'il pleure autant que ça, et combien de sanglots le crâne d'un être humain peut-il supporter ?

Puis un jour, la solution lui saute aux yeux !

Après avoir longuement crié, le petit finit par se taire et s'endormir, mais les pleurs continuent tout de même de résonner dans la tête de sa mère qui doit se pencher sur le berceau pour vérifier qu'il dort, paisible et silencieux — c'est alors que la solution lui saute aux yeux ! Une de ses filles lui dit quelque chose, elle la repousse d'un revers de main vigoureux afin de la protéger, sachant qu'elle n'est plus maîtresse de ses actes, qu'elle est sur le point d'exploser, son crâne est incapable d'en supporter plus, ses veines gonflent, ses yeux semblent vouloir sortir de leur orbite. Or la solution coule de source, elle est tellement évidente que Margrét est ahurie de ne l'avoir pas entrevue plus tôt. Elle se penche sans la moindre hésitation sur le berceau, prend Gunnar dans ses bras, réfléchit tout de même un instant, hésitant à emporter la poupée de chiffon que Tryggvi a offerte à son neveu, puis décide de la laisser là et sort de la maison à petits pas car dehors il y a du verglas, elle s'en rend très vite compte, à sa légère surprise, elle a oublié la saison, oublié jusqu'à l'existence même des saisons, fouille sa mémoire tandis qu'elle descend doucement, précautionneusement, afin de ne pas faire tomber l'enfant, sommes-nous en septembre ou bien en avril, elle ne s'en souvient pas, elle renonce à chercher, d'ailleurs qu'importe, ce qui compte est de ne pas glisser sur ce verglas. Elle a tellement hâte de pouvoir dormir. Gunnar ne pleure plus, au fond de lui il sait sans doute ce qui l'attend et ne peut que s'en réjouir, tout comme sa mère. Elle atteint le rivage sans trébucher et découvre qu'elle a oublié de mettre ses chaussures, elle est pieds nus, et en réalité elle a également oublié d'enfiler un manteau, enfin franchement, que vont dire les gens, mais tout cela n'est pas bien grave car le froid ne l'atteint pas. C'est sans doute avril, oui, sans doute, il lui semble vaguement se souvenir qu'Oddur est parti pêcher dans le Hornafjörður, oui, avril, et l'été approche, c'est une bonne chose, pense-t-elle, les yeux baissés sur Gunnar qui la regarde également, mais le regard qu'ils échangent est vide, d'ailleurs, elle ne ressent rien, on a dû trancher les liens qui les unissaient, oui, il y a quelqu'un qui veille à toute chose. Oh, combien ce repos promet d'être doux, l'enfant sera bercé par la vague qui apaisera ses pleurs et elle dormira dans son lit. Elle sourit, incapable de s'en empêcher, et à ce moment-là une main lui tapote le coude, le gauche, et lui dit : maman. Étant seule ici, le mot ne saurait s'adresser à personne d'autre, elle tourne la tête et découvre Þórður, âgé de neuf ans, qui lui oppose un regard étrange et n'est en outre pas assez couvert, enfin, mon petit, que te prend-il de sortir comme ça par le froid qu'il fait, dit-elle, trop épuisée pour le réprimander vraiment, puis elle lui demande, il y a quelque chose qui ne va pas, car son fils continue de la fixer bizarrement, qui sait, peut-être est-il malade ? Maman, rentrons à la maison, répond-il, et les brumes peu à peu se dissipent, le bon sens et la conscience se manifestent et reprennent le dessus. Elle baisse les yeux sur Gunnar, constate que les vagues viennent lécher les pans de sa chemise de nuit et ses pieds. Ces dernières montent jusqu'au bas de ses cuisses, et tout à coup, elle perçoit le froid glacial et se met à pleurer. En silence.

Elle se laisse faire par Þórður qui lui prend la main pour la ramener à la maison et la mettre au lit. Elle remarque à peine qu'il attrape ses pieds transis et les plaque contre son ventre, son petit ventre d'enfant, puis s'étonne de constater qu'il supporte aussi bien le froid, s'apprête à faire une remarque, peut-être à demander où est Gunnar, mais c'est alors qu'une chose grandiose entre dans la maison et se penche sur elle, cette chose immense et douce, c'est le sommeil. Elle s'endort, je suis en train de m'endormir, pense-t-elle, heureuse, sombrant rapidement et descendant si loin dans les profondeurs qu'elle n'est pas certaine de pouvoir revenir.

La nuit est la nuit,
et tu dois voir le monde comme je le vois,
comme je veux qu'il soit

Chaque être humain éprouve sans doute le besoin de s'offrir de temps à autre un écart de conduite, de rompre avec la routine du quotidien, le besoin d'agir en irresponsable, d'être libéré de tout, l'insouciance a le pouvoir d'adoucir la fatigue et de rectifier les multiples dérives de champ magnétique qui sont l'apanage de la vie : Celui qui ne s'autorise jamais le moindre écart perd peu à peu le contact avec sa voix intime.

Oddur et Tryggvi quittent le rivage à bord du petit bateau à moteur que Tryggvi a acheté et avec lequel il pêche tout près de la côte dès qu'il a le temps, afin d'augmenter un peu ses revenus. Ils n'ont pas besoin d'aller bien loin, mais ça fait du bien de perdre de vue le village, ces maisons alignées le long de la rive, comme de grands oiseaux marins cloués au sol.

Et ça fait du bien de boire.

Tout devient plus simple pendant un moment, on entend le son de sa voix intime, on se sent plus léger. Oddur regarde le rivage qui n'est plus qu'une ligne extrêmement sombre, c'est novembre, il est environ minuit, l'air est presque immobile, aucune étoile et aucun clair de lune ne viennent soulever l'épais voile de nuit posé sur la terre. Il regarde cette terre, changée en ténèbres, devenue ténèbres, et dit, nous avons été jeunes et maintenant nous sommes devenus autre chose. Tu sais qu'il y a un peu plus d'un mois, Margrét a déambulé pieds nus en chemise de nuit avec Gunnar dans les bras, elle est descendue jusqu'à la mer en marchant dans la neige et le verglas, puis est entrée dans l'eau jusqu'aux cuisses.

Tryggvi : Je sais.

Oddur : Que signifient de telles âneries ? Il faisait si froid que le petit aurait pu attraper la mort, et elle aussi d'ailleurs. Quand je lui ai demandé de me dire pourquoi elle avait fait ça, elle m'a répondu qu'elle était affreusement fatiguée et qu'elle avait eu besoin de prendre un peu l'air ! Ce genre d'explication n'a ni queue ni tête. Qui n'a jamais été fatigué ?

Tryggvi : Tu...

Oddur : Tu sais que les gens jasent à son sujet.

Tryggvi : Les gens passent leur temps à jaser.

Oddur : Nom de Dieu, tu vois parfaitement où je veux en venir.

Tryggvi : Tu devrais la serrer plus souvent dans tes bras, elle est comme notre mère, elle est... spéciale. Je crois qu'elle a simplement besoin de plus de choses que nous dans la vie et ça la rend, enfin, je ne sais pas, disons —... plus fragile. En outre, ce qui est arrivé au petit Jón l'a profondément marquée, ce choc l'a sans doute affectée bien plus encore que nous ne l'imaginons, oui, tu devrais la serrer plus souvent dans tes bras.

Comme si je n'avais pas essayé de le faire, répond Oddur, le regard perdu dans l'obscurité, parfois, il est plus simple de fixer le vide, de fixer un endroit où il n'y a rien à voir.

Ils se taisent et boivent, boivent en abondance, les yeux perdus dans la nuit. Enfin, je ne suis pas certain, déclare Tryggvi au bout d'un moment. Non, répond Oddur, moi aussi, tout ça m'échappe.

Tryggvi : Je ne suis pas certain qu'on tente vraiment de comprendre les autres — faisons-nous réellement tous les efforts nécessaires ? N'essayons-nous pas, au contraire, constamment, notre vie tout entière, d'amener les gens à envisager le monde de la manière dont nous l'envisageons ? N'est-ce pas là un de nos plus grands maux ?

Oddur : Ça, je l'ignore. Tout ce que je sais, c'est qu'il n'est pas normal qu'une mère de famille sorte de chez elle en petite tenue avec son nourrisson dans les bras quand il gèle à pierre fendre, et que pour couronner le tout elle entre dans la mer presque jusqu'à la taille. Ce genre de comportement est incompréhensible. D'ailleurs, je ne suis pas sûr qu'on *doive* chercher à le comprendre. En revanche, ce dont je suis certain, c'est qu'en ce moment, nous sommes ivres tous les deux, ce qui devrait immanquablement déclencher quelque chose, nous devrions nous réjouir et chanter, nous chamailler un peu, conter des histoires, penser aux jolies filles et échanger des plaisanteries grivoises, voilà qui nous décrasserait un peu l'esprit.

Tryggvi : Normal, qu'est-ce qui est normal, peux-tu répondre à cette question ? Tu adoreras un seul Dieu, commande la Bible. En d'autres termes, il t'est interdit d'envisager le monde autrement qu'à travers moi. Tu dois voir le monde comme je le vois, comme je veux qu'il soit.

Oddur : Tu lis trop, et ce qui coule de source devient compliqué dans ton esprit. Il n'y a pas besoin d'expliquer ce qui est normal. On le sait d'instinct, on l'apprend depuis sa plus tendre enfance, enfin, comment dire, on sait ce qui est normal parce qu'on le voit au fur et à mesure qu'on grandit et qu'on vieillit. Et on y croit vraiment. C'est comme un rempart qui maintient les choses en place et garantit que le monde n'aille pas à vau-l'eau. Évidemment, tu peux bien me raconter tout ce que tu veux, tu peux tergiverser et essayer de m'embrouiller les idées, mais ça ne changera rien parce que de toute façon, je sais faire la différence entre ce qui est normal et ce qui ne l'est pas.

Tryggvi : Normal, c'est exactement ce que j'essaie de t'expliquer : cela revient à dire, tu dois voir le monde comme je veux qu'il soit. N'avons-nous pas tous repris plus ou moins à notre compte cette, comment dire... cette violence, cette étroitesse d'esprit ? Voulons-nous vraiment comprendre autrui ? Tentons-nous ou plutôt avons-nous réellement envie de comprendre ceux qui sont différents, ceux qui se détachent de la masse quelle que soit la manière, sans doute que non, car il est tellement plus facile de juger que d'essayer de comprendre. Nous nous simplifions l'existence en déclarant, cette façon de faire ou de penser n'est pas normale, et je la condamne ! Comme si le fait de condamner les autres nous rendait réellement la vie plus facile — tu n'as jamais remarqué ça ? Qui n'aurait pas envie d'une vie plus confortable ? Mais voilà, qu'est-ce qui est normal, qui a le droit d'en juger, le mot ne recèle-t-il pas une incroyable violence — *normal* ? N'est-ce pas simplement une cage d'acier qui nous enferme tous ? Qui enferme notre vie ? Une cage d'où jamais on ne peut s'échapper ? Sauf en buvant, conclut-il.

Avant d'avaler une autre gorgée du bidon.

Oddur : Tu es sûr de boire la même chose que moi ?

Peut-être ne boit-on jamais la même chose que quelqu'un d'autre, répond Tryggvi en rallumant le moteur pour s'enfoncer un peu plus loin dans la nuit, un peu plus loin vers la haute mer.

Tryggvi navigue, il navigue longuement, marmonne, ce sont des vers de poésie pesants, et il boit.

Où allons-nous comme ça ? interroge Oddur après un long moment. Tryggvi lève le bras droit, pointe son index devant lui, l'incline légèrement en direction de la lune qui apparaît peu à peu, déchirant les nuages, là-bas, répond-il, nous voguons vers l'astre de la nuit. Oddur laisse échapper un juron. Il connaît cette facette chez son ami, cette facette empreinte de gravité, ce côté dramatique ; d'ici peu, il déclamera des poèmes dégoulinants de sentiments et de chagrins d'amour. On dirait parfois qu'il ne supporte pas l'alcool.

Oddur regarde vers la terre dont on distingue vaguement les contours sous le clair de lune vacillant, il sursaute en constatant qu'ils se sont énormément éloignés du rivage, tend son bras vers le moteur pour l'éteindre et dit, nous n'aurons pas assez de fioul, puis le silence approche, venu de la haute mer, il s'est lancé à leur recherche et les trouve, rendant cette nuit plus profonde encore. Tu as raison, convient Tryggvi, il nous faudrait bien plus de fioul que ça pour aller jusqu'à la lune. Tu es un homme raisonnable. Et c'est une bonne chose de voguer en compagnie d'un homme de raison. Ce que je voulais dire, corrige Oddur, c'est que si nous voulons avoir assez de carburant pour rentrer chez nous, il faut s'arrêter là.

Tryggvi : Chez nous ? Mon domicile à moi se trouve là-bas.

Dit-il, l'index pointé vers l'astre.

Oddur : Enfin ! Il n'y a pas âme qui vive sur cette fichue planète !

Tryggvi : J'ai depuis si longtemps l'impression de n'avoir pas de chez-moi. Je n'ai jamais compris pourquoi. Ma mère disait la même chose, même si elle ne nous en parlait pas, elle réservait ces pensées à son journal intime.

Oddur : Ah bon ? Elle habitait aussi sur la lune ?

Tryggvi : Elle tenait un journal intime où elle écrivait, parfois après une banale description de la météo du jour ou après avoir mentionné la visite d'un tel ou d'une telle pour prendre un café : J'ai parfois l'impression de n'avoir pas de chez-moi. Ou encore : Pourquoi ai-je le sentiment de n'avoir nulle part ma place ? Ça me peine beaucoup de lire ces lignes sous sa plume et de découvrir que, peut-être, elle n'était pas heureuse. Puis voilà qu'on se réveille un beau jour à trente ans et qu'on éprouve exactement le même sentiment.

Le bon côté des choses, c'est qu'aujourd'hui, j'en connais la raison : mon chez-moi, c'est la lune. Que fais-je ici, si mon vrai domicile est là-haut, pourquoi le Seigneur ne me donne-t-il pas d'ailes pour que je puisse m'envoler loin d'ici, pourquoi ne me transforme-t-il pas en ange, ce mariage sublime d'oiseau et d'être humain ? Je voudrais me libérer des entraves de la vie. J'aimerais tant avoir des ailes. Si tu n'étais pas avec moi, je voguerais jusqu'à la lune pour n'en jamais revenir.

Oddur : Tu n'aurais pas assez de fioul.

Tryggvi : Quand le fioul fera défaut, la poésie prendra le relais.

Et il saute par-dessus bord.

Keflavík
— 1980 —

Le cœur de Tito est-il en train de lâcher ?

Février et le cœur de Tito, le président yougoslave, menace de lâcher, Ari lit l'information à la une du *Morgunblaðið*, le gros titre est ce cœur fragile. La Yougoslavie, ce grand pays des Balkans, compte des dizaines de millions d'habitants dont le destin est suspendu aux battements d'un seul et unique cœur, le monde serait-il en fin de compte empli de tendresse, la vie serait-elle finalement importante ? Ari mange sa bouillie de flocons d'avoine. Ce soir, la télévision diffusera une émission présentée par Bogi Ágústsson qui évoquera le cœur de Tito et le devenir de la Yougoslavie s'il cesse de battre. La capitale de ce pays s'appelle Belgrade.

C'est le matin. Le froid glacial et la nuit recouvrent Keflavík et le petit pavillon, le ciel est parsemé d'étoiles, on dirait une symphonie, il ressemble à la beauté que nous convoitons, mais il fait trop froid pour qu'on lève les yeux, ce frimas nous écrase. Ari lit l'article sur le cœur de Tito, feuillette le journal, parcourt quelques lignes ici et là, puis cherche les pages sportives et les bandes dessinées, c'est ainsi qu'il parcourt ce journal six jours sur sept — il ne paraît pas le lundi — tout au long de l'année, environ trois cents fois par an, chaque matin, il le balaie rapidement, encore à moitié endormi, les yeux pleins de sommeil, il avale sa bouillie, tourne les pages à toute vitesse, et même s'il ne lit que rarement avec grande attention, à l'exception de la rubrique des sports et des bandes dessinées, la culture et la conception du monde exposées à travers ces pages s'infiltrent dans son crâne. Il en prend subitement conscience, comme s'il s'éveillait après un long sommeil, assis à la table de la cuisine, tandis que sa bouillie refroidit, Jakob, son père, termine son assiette, avale un café, allume sa pipe, croise les jambes, appuie ses coudes sur le bord de la table, rassasié après ce porridge, ce bon café, cette pipe, sa journée de maçon l'attend, la belle-mère est déjà partie au travail où elle doit pointer à sept heures, elle est partie en les laissant avec la bouillie et le silence qui règne entre eux, et Ari comprend brusquement quelque chose, comme si quelqu'un avait tout à coup levé le voile d'illusions qui couvre le monde — lequel lui apparaît maintenant tel qu'il est en réalité. Dans toute sa nudité, sans fioritures. Il comprend que la conception qu'il a du réel se trouve là sous ses yeux, imprimée dans les mots et les images de ce quotidien qu'il a survolé tous les matins pendant des années, ingurgitant à son insu la vision développée dans ces pages. Une conception du monde qui est un assemblage d'opinions rances, d'idées croupies, de toutes ces choses qui ont pris le dessus et que nous baptisons pensée dominante, ce que nous nommons réalités tangibles. C'est ainsi que le monde doit être, ainsi qu'il est ; telle est la lecture que nous en livrons.

Il feuillette à rebours et constate que la vérité est de genre masculin. Certes, on trouve en page 13 la photo d'une femme, une grand-mère âgée de soixante-dix ans domiciliée à Hvammstangi, cette dernière a tricoté une paire de chaussettes en laine islandaise qu'elle compte expédier en Yougoslavie, pour Tito, comme si les chaussettes en laine d'Islande avaient le pouvoir de soigner l'insuffisance cardiaque et de sauver la Yougoslavie des incertitudes. Certes, l'idée est assez jolie et plutôt mignonne, mais elle est avant tout puérile. Et c'est ainsi qu'est présentée la logique de cette femme, puérile. En revanche, Brejnev, le dirigeant de l'Union soviétique, s'apprête à rencontrer Jimmy Carter, le président des États-Unis, le programme des discussions est déjà arrêté : armes nucléaires, missiles, guerre froide, divisions de chars d'assaut, répartition des zones d'influence en Asie. Bienveillance et gentillesse ne sont pas à l'ordre du jour, pas plus que les chaussettes en laine islandaise. Ari continue de feuilleter et s'arrête sur les bandes dessinées, l'une d'elles met en scène deux femmes, la première est une mère de famille râleuse et Tarzan vole au secours de la seconde, totalement vulnérable, la gentillesse est toujours vulnérable. Plus loin dans le journal, on peut lire l'interview de trois jeunes chanteuses, chantant toutes l'amour. L'amour qui n'est pas non plus au programme des discussions entre Brejnev et Carter, les deux hommes les plus puissants de la planète, ce qui est évidemment illogique, il doit y avoir erreur, car peu de choses nous intéressent autant que l'amour et le bonheur. Pourquoi le bonheur ne s'affiche-t-il pas en première page du *Morgunblaðið*, pourquoi ne peut-on pas y publier une petite annonce où on demanderait la félicité et notre petite dose d'amour, de préférence avant le week-end : Je désire le bonheur, quelqu'un peut-il m'aider, mon Dieu, comme je souhaiterais qu'on m'aime !

Jakob se racle la gorge, Ari lève les yeux, son père est

impatient qu'il lui laisse le journal, tous deux ont fini leur bouillie. Il n'y a plus entre eux que le silence ainsi que ce journal écrit et publié par des hommes, même si ces derniers ont ménagé une place à la gent féminine à la page 13, à la page 35, un peu d'espace pour les travaux d'aiguille et l'amour. Ari repousse le journal, notre version du réel, vers son père. Il y a quatre ans qu'ils ont emménagé ici, à l'extrême sud-ouest du pays. Quittant leur appartement de Safamýri, ils sont venus à bord de leur Moskvitch pour s'installer à l'arrière du monde, à l'endroit le plus noir. Depuis, jamais sa mère n'a été évoquée dans les conversations, Ari n'a pas prononcé son nom à voix haute depuis des années, comme si ce prénom était lui aussi défunt, et il n'a jamais demandé ce qu'étaient devenus ses livres et ses disques autrefois stockés dans la cave de Safamýri, sur l'étagère surplombant le congélateur, il se rappelle encore quatre titres : *Vite, vite, disait l'oiseau*, *Une bûche sur le feu*, *L'adieu aux armes*, *Le Don paisible*. Ces titres se sont ancrés dans sa mémoire avant que la cave ne soit vidée en vue du déménagement. Au fil du temps, ils sont devenus autant de messages importants venus du passé, des messages dont le contenu ne se dévoile que lorsqu'il lit ces œuvres ; quand il est prêt pour le faire, ayant acquis la maturité nécessaire. Il a tenté de se plonger dans *Vite, vite, disait l'oiseau* peu après que nous avons sauté sur les camions en janvier 1976, mais n'a rien compris, il avait l'impression qu'il n'y avait aucune histoire, aucun héros visible, aucun message de sa mère, et s'était dit, je le lirai quand je serai plus mûr : Il faut que je grandisse et que j'en lise beaucoup d'autres avant celui-là.

Il n'a pas posé de questions sur les livres et les disques de sa mère, c'est inutile et il n'ose pas le faire, redoutant qu'ils n'aient été jetés. Il regarde son père, absorbé par sa lecture, le visage fermé et dur, il l'observe et comprend que jamais il ne lui pardonnera s'il s'est débarrassé de ce qui appartenait à sa mère, et même si ce *jamais* doit durer très longtemps. Il regarde son père à travers le mur de silence qui les sépare, brusquement envahi par le désir irrépressible de dire tout haut le prénom de cette femme, celle qui, âgée d'à peine trente ans, a laissé derrière elle un enfant, un monde, un univers de possibles, des livres non lus, des chansons qu'elle n'a pas chantées, des villes qu'elle n'a pas vues. Ce prénom repose sur le bout de sa langue, à la fois léger comme une plume et d'une lourdeur de plomb, il voudrait tant le cracher à la figure de son père comme un châtiment, une exhortation, un pont, une larme, un poing, un désespoir.

Jakob lit l'article sur le cœur de Tito qui s'affiche en première page, le cœur du pouvoir, le cœur du mâle que nous admirons tant, le cœur de la femme tricote des chaussettes, le cœur de la femme a une jolie voix, il chante des chansons de variété et de vérité. Ari observe son père qui lit le journal. Et si tout cela était subitement inversé, si ces pages étaient écrites et publiées par des femmes, nous faudrait-il attendre la page treize avant d'y trouver la première photo d'homme, quel serait alors notre mode de pensée, peut-être serions-nous radicalement différents ? Du reste, quelle est notre nature profonde, quel est le point de vue adéquat, cette nature profonde est-elle une illusion, peut-être ne sommes-nous rien de plus qu'un récipient rempli à ras bord de pensées dominantes, de points de vue consensuels, peut-être n'entrevoyons-nous presque jamais ce qu'est une pensée libre au fil de notre vie, sauf à travers quelques fulgurances bien vite étouffées, aussitôt éteintes par les idées croupies et rances que distillent les informations, la publicité, les films, les chansons à succès ; chansons de variété et de vérité ?

C'est un matin de février, une pensée déplaisante, une impression persistante envahit Ari ; il a le sentiment de percevoir la vie et le monde à travers le prisme d'autrui, la sensation que sa vision du réel n'a pour ainsi dire rien de personnel. On dirait qu'il a été programmé ; mais si tel est le cas, par qui ?

Il tente de m'expliquer tout ça alors que nous marchons dans le froid de cette matinée hivernale, ses bras font de grands gestes, mais il ne parvient pas à mettre le doigt sur ce sentiment, sur ce soupçon, et frappe ses pieds de désespoir sur le sol gelé, il dit qu'il faudrait inventer une langue nouvelle. Et les étoiles scintillent dans le ciel noir de nuit, comme autant de lumières qui brillent bien loin, si loin de nous, tel l'écho d'une vie que nous ne vivrons pas.

Comme toujours, je me suis arrêté chez lui en allant au travail, je l'ai attendu devant le garage et il est sorti. Son père venait de verser un pichet d'eau chaude sur la serrure de sa Lada pour la dégeler et s'était déjà installé au volant, se disant peut-être au moment où le moteur a enfin démarré, à la troisième tentative, si seulement on pouvait mettre le bonheur en route de la même façon.

Nous avons commencé à marcher vers chez Skúli Million en faisant un détour, nous passons toujours par le vieux quartier, ce qui nous permet de disparaître du monde pendant quelques instants ; nous empruntons le chemin que nous a montré Ásmundur notre premier matin à Keflavík. Les bras d'Ari ont beau s'agiter, ils ne l'aident aucunement à trouver les mots adéquats pour cerner cette grande illusion.

L'idée que très peu de nos pensées sont libres — que notre crâne abrite trop peu de perdrix qui fendent de leurs ailes blanches les ténèbres de ce leurre immense.

Je regardais papa, déclare-t-il — non, évidemment, il ne dit pas « Je regardais papa », car s'il y a deux mots qu'il ne saurait prononcer à voix haute, c'est justement papa et le prénom de sa mère. Il dit : J'ai regardé le vieux en me demandant, qui est-il vraiment ? Comment se fait-il que je ne le connaisse pas, pourquoi n'ai-je aucune idée de ce qui lui traverse l'esprit le matin, quand nous sommes assis tous deux dans la cuisine devant notre porridge et qu'il n'y a rien d'autre entre nous que le silence ? Et je me suis demandé, est-ce la vie dont il rêvait quand il était enfant à Norðfjörður ?

Nous traversons le vieux quartier à pied. Le break Lada du père d'Ari nous frôle, aussi rouge qu'un cœur qui saigne, mais comme si nous étions inconnus, Jakob dépasse lentement l'église sur le parvis de laquelle le pasteur se démène pour ouvrir la porte. Il peine, le gel a collé les battants et lui refuse l'accès, comme si Dieu lui-même l'avait renié. Il tente de la forcer d'un coup de pied. La violence est depuis toujours intimement liée à l'histoire de l'Église, cruauté, abus de toutes sortes, soif de pouvoir, intransigeance, et pourtant, l'Église devrait être une prière que nous adressons à Dieu, la consolation de l'Homme, son désir de voir l'harmonie régner sur terre : Nous avons échoué lamentablement.

Et le pasteur donne un deuxième coup de pied dans la porte.

Il est difficile d'être un homme quand toute chose se dérobe, quand une consolation devient violence, qu'une porte refuse de s'ouvrir, que votre femme cesse de vous aimer, quand elle prépare votre café comme tous les matins puis déclare, comme ça, tout à coup, qu'elle a très probablement cessé de vous aimer. C'est ainsi qu'elle s'exprime, très probablement cessé. Elle lui a dit ça juste après avoir versé le café dans son bol. Puis l'a accusé d'avoir complètement perdu la flamme et l'étincelle de sa jeunesse. Autrefois, a-t-elle reproché, tu avais l'impression que tout était possible. C'est ce que tu affirmais, tout était possible, et tu l'exprimais avec une telle passion, une telle conviction que je ne pouvais qu'être séduite, que je ne pouvais m'empêcher de t'aimer. Tu disais que les mêmes perspectives s'offraient à tout le monde, tu voulais rapprocher la terre et la vie humaine du royaume des cieux, je rêvais d'un emploi qui m'enrichirait, je rêvais d'apprendre le piano, le français et maintenant, j'élève mes enfants, je prépare ton café, je ne travaille pas depuis dix ans, mon baccalauréat n'est qu'un malentendu venu du passé et j'ai l'impression de n'être plus plongée dans la vie, l'impression qu'on m'a mise sur la touche. Quant à toi, tu te soucies bien plus de ta carrière au sein de l'Église et de fréquenter les clubs qu'il faut, ici à Keflavík, que de rapprocher cet endroit du royaume des cieux. Tu portais en toi une étincelle, c'est pour cette raison que je t'aimais. Ce feu s'est éteint depuis si longtemps, comment pourrais-je continuer à te chérir ? Comment puis-je continuer à vivre avec toi ?

Il donne un coup de pied dans la porte qui refuse de s'ouvrir, tout comme le bonheur, il se retourne, regarde la mer et ne se rappelle plus à quand remonte la dernière fois qu'il a pensé à la joie, il a eu trop à faire et voilà qu'il comprend tout à coup, maintenant qu'il est sans doute trop tard, que l'être humain se condamne à perdre ce qu'il néglige, ce qu'il ne cultive pas. Debout au sommet des marches de l'église, il m'aperçoit avec Ari et se dit, ils sont jeunes, je devrais aller les voir pour les exhorter à ne pas perdre ce que, moi, j'ai perdu.

Mais il ne va nulle part, il s'assoit sur le parvis, allume une cigarette, se dit qu'il aimerait se soûler, et le cœur de Tito donne des signes de faiblesse en première page, nous traversons le vieux quartier, longeons la maison de l'oncle, cette petite maison en bois qui m'accueillera d'ici des années, il a démarré sa voiture, la roue de secours est à sa place dans le coffre, mais sans la chambre à air dont l'absence lui permet de glisser une petite vingtaine de Budweiser dans le pneu. Il nous salue joyeusement, semble toujours heureux et nous lui renvoyons son bonjour, puis remontons la rue Hafnargata, le cinéma Nýja bíó passe un porno danois jeudi soir, deux femmes aux seins nus sont à l'affiche, elles rient, leurs tétons sont durs, nous mourons d'envie de nous arrêter devant ces poitrines pour les regarder, les observer sous tous les angles, nous avons une érection malgré le froid glacial, le membre érigé pointe vers le haut, vers le Ciel, comme pour témoigner son respect à Dieu, l'assurer de sa gratitude, et sa forme est celle d'un sceptre.

L'usine de poisson de Skúli Million, Júlli l'Espagnol et celle dont nous avons trahi la confiance

Skúli Million emploie une cinquantaine de personnes, hommes et femmes confondus, âgés de seize à soixante-dix ans, c'est une entreprise importante à Keflavík, cinquante personnes, et aucune n'a jamais dormi dans une chambre d'hôtel, aucune n'est jamais allée manger dans un restaurant chic, on ne fait ce genre de chose qu'à l'étranger, dans les films, les romans d'amour ou à Reykjavík, mais pas dans la vraie vie qui se résume au poisson et à ses entrailles, à la pêche et aux cris qu'on entend sur le port.

J'entre avec Ari chez Skúli Million. Nous commettons tout de même une légère erreur en affirmant qu'aucun des cinquante employés n'a jamais passé la nuit dans une chambre d'hôtel ni ne s'est offert de restaurant, nous exagérons un peu, car Júlli qui est aux commandes du chariot élévateur s'est rendu en Espagne l'été dernier avec sa petite amie, c'était un voyage mémorable, même s'il n'en garde évidemment que peu de souvenirs. Il y est allé à l'été 1979, or la bière ne serait autorisée en Islande que dix ans plus tard, la seule qu'on puisse trouver était celle de contrebande venue de la base américaine ou des cargos, on pouvait également en acheter à l'aéroport quand on allait à l'étranger. Il était d'ailleurs notoire que tout homme du commun en partance ne pouvait embarquer avant d'avoir ingurgité au minimum trois ou quatre canettes et de continuer à en boire tout le temps qu'il passait dans les airs ; celui qui est capable de descendre la passerelle sans tituber quand l'avion s'est posé en Espagne n'est pas un homme digne de ce nom. Et Júlli n'a rien d'une lavette, sinon, il ne conduirait pas le chariot élévateur, il a descendu la passerelle à quatre pattes en gloussant bêtement et ne s'est pratiquement pas relevé au cours des trois semaines qu'il a passées sous un soleil de plomb, il n'a presque pas dessoûlé, pas même lorsqu'il rêvait, il ne se rappelait pas grand-chose, avait gravement disjoncté, s'était couvert de dettes et sa petite amie était partie, ou plutôt non, elle n'était allée nulle part, il l'avait trouvée au lit avec une saloperie d'Anglais, elle qui n'est pas capable d'aligner deux mots dans cette langue et a tenté de lui faire croire, arguant de cette ignorance, que tout cela n'était qu'un malentendu. Mais Júlli n'est pas crétin à ce point, d'ailleurs, l'expression sur le visage de sa copine n'avait laissé planer aucun malentendu quand il était entré dans leur chambre d'hôtel et qu'il avait vu cet Anglais la prendre en levrette comme un chien à la langue pendante. Il n'avait rien dit, s'était contenté de les regarder, et avait vu, comme hypnotisé, les seins de sa copine ballotter, les hanches de cet Anglais claquer contre ses fesses ; cet Anglais qui n'avait vu aucune raison de ralentir la cadence ou d'arrêter malgré sa présence et son regard fixe. Tout à coup, Júlli s'était réveillé, il avait attrapé à la hâte une chemise, un pantalon, une liasse de devises étrangères et s'était précipité hors de la vie de cette jeune femme qui criait son prénom, suppliant et hurlant, clamant qu'il s'agissait d'un malentendu, drôle de malentendu en effet, s'était-il dit, il était sorti de sa vie et avait dormi à la belle étoile les deux dernières nuits, c'est à ce moment-là qu'il avait gravement disjoncté, il avait perdu le reste de son argent dans un bordel, et durant tout l'hiver personne ne l'avait jamais appelé autrement que Júlli l'Espagnol.

Skúli Million est dirigé par trois frères, fils d'un certain Skúli, lequel a fondé l'usine il y a un quart de siècle, il a été le premier habitant de Keflavík à posséder un million, ce qui explique son sobriquet. Il est décédé à la fin des années soixante-dix, âgé de plus de quatre-vingts ans, assis devant son échiquier, jouant les noirs. Il s'apprêtait à mettre son adversaire mat en deux coups après avoir mené le jeu en véritable stratège, la partie en question est d'ailleurs toujours affichée sur un mur dans le bureau de l'usine avec le détail précis de chacun des mouvements et il suffit de lire ce document pour constater à quel point c'était un joueur aussi inventif que passionné, il lui restait donc deux coups avant de mettre son adversaire mat, mais finalement, c'était la mort qui l'avait mis en échec. Ce grand joueur, membre fondateur du Club de Keflavík, s'était vu décerner un certain nombre de récompenses au fil du temps et il était indéniable qu'il avait connu une fin aussi belle qu'honorable. Ses fils avaient fait peindre son cercueil de manière à ce qu'il ressemble à un échiquier replié, transformant leur père en joueur d'échecs pour l'éternité, cavalier ou tour. C'était un événement mémorable. Mais la réalité n'est pas toujours aussi belle que les histoires que nous contons, elle manque parfois d'éclat ; une autre version, fort tenace, affirme que Skúli Million ne serait pas mort devant son échiquier, mais dans les bras d'une femme, une femme qui n'était hélas pas la sienne, et plus précisément, non pas au creux de ses bras, mais entre ses cuisses, et à un million de volts, affirme cette anecdote que peu de gens osent raconter à voix haute, et encore moins écrire — nous risquons d'avoir quelques ennuis en la déballant ainsi sur la place publique. Les gens du cru nous réserveront sans doute un accueil plutôt froid la prochaine fois que nous irons à Keflavík.

La dame, nettement plus jeune que lui, avait à peine plus de vingt ans, Skúli était à un million de volts et venait de s'écrier, par le diable en personne, je crois bien que je vais jouir, quand une drôle d'expression lui était montée au visage, il s'était arrêté net de la besogner et s'était affaissé sur elle comme un sac à patates. Elle lui avait tapoté le dos en lui disant, Skúli, allons, arrête, enfin, que t'arrive-t-il, Skúli, je t'en prie, arrête, tu me fais peur. Il n'avait pas répondu, bien incapable d'articuler le moindre mot puisqu'il était déjà hors jeu, mis échec et mat par la mort. Elle avait alors poussé de hauts cris, on entendait ses hurlements à l'extérieur, deux mères de famille avaient accouru, mais elles étaient arrivées trop tard car Skúli Million reposait, foudroyé, sur le corps de la jeune fille, l'avant-bras droit coincé sous son omoplate qu'il avait agrippée au moment où il s'était écrié, par le diable en personne, je crois bien que je vais jouir, et où il avait redoublé d'ardeur comme s'il craignait d'arriver en retard à un rendez-vous capital, il avait agrippé son omoplate, afin de bien empoigner sa partenaire et c'est ainsi qu'il était mort. Incapable de se libérer, plaquée au lit par la camarde en personne, la gamine avait hurlé à tue-tête, c'est que ce n'est pas drôle pour une jeune fille en fleur de porter le poids d'un vieillard défunt. Pas drôle d'être coincée comme ça sous la mort.

Nul ne semble savoir avec certitude laquelle des deux versions est la bonne, mort devant l'échiquier ou bien en plein coït, le point d'orgue adéquat ou la fin dérisoire ; quant à cette jeune fille censée avoir accompagné ses derniers moments, elle a vite déménagé à Akureyri où elle a trouvé un bon travail et n'est jamais revenue. Il est donc trop tard pour l'interroger sur l'instant ultime de Skúli Million — mais nous avons le droit de préférer croire à cette histoire d'échecs.

Ari et moi avons face à nous le résumé de cette mémorable partie tous les vendredis, chaque fois que nous allons chercher notre enveloppe, remise en main propre par Ásrún, l'épouse du plus jeune des trois frères. Ce dernier gère la comptabilité et les affaires financières de la pêcherie, tout le monde ici l'appelle la Couronne, et bien peu de gens l'apprécient. Sa femme est parfois surnommée le Billet de mille — en raison de sa beauté et de sa gentillesse. Ayant atteint la quarantaine, elle est évidemment vieille à nos yeux, d'un âge canonique, elle est sur la pente descendante et déjà grand-mère. Malgré tout, cette femme est sans doute ce que nous avons vu jusque-là de plus beau au monde. Belle comme les adjectifs les plus sublimes, douce comme la nuit de l'été, et bienveillante, elle apprécie de discuter avec les employés, y compris avec Ari et moi, deux banals anoraks, immatures, maladroits et souvent réprimandés, mais elle nous interroge avec curiosité sur nos projets d'avenir, nous dit que nous devrions poursuivre nos études et elle insiste, regrettant que tous ses enfants aient arrêté les leurs à la fin de la scolarité obligatoire. Elle nous parle comme si nous étions appelés à jouer un rôle important dans cette vie, comme si avions beaucoup de choses à offrir et non comme si nous n'étions que deux ratés sans intérêt qu'il vaut mieux confier au plus vite à l'oubli.

La Couronne et le Billet de mille — un abîme les sépare aux yeux des employés. Le frère cadet est en revanche apprécié de tous, un peu bouboule, c'est un bon nounours qui a le titre de contremaître, mais préfère aller et venir parmi les femmes, faire le clown, raconter des plaisanteries grivoises, discuter et affûter les couteaux, c'est un affûteur hors pair, un vrai spécialiste en la matière. Cela dit, il s'arrange pour disparaître dès qu'il faut prendre une décision ; il va faire un tour à l'épicerie du coin pour y acheter des gaufrettes au chocolat Prins Póló, ou se cache dans le bureau d'Ásrún. C'est d'ailleurs le frère aîné qui prend toutes les décisions et dirige l'entreprise, sauf pour le volet financier dont il ne s'occupe presque pas. Constamment sur le pied de guerre, il est le premier arrivé et le dernier parti, svelte, droit comme un piquet, sans jamais hausser la voix, il parvient toujours à se faire entendre malgré le brouhaha et le bruit des machines. Surnommé la Tringle quand il n'est pas là pour l'entendre, le visage long, les traits durcis par la concentration, il semble n'avoir jamais besoin de repos, ne s'accorde jamais aucune pause, ne s'assoit jamais, n'est jamais malade, ne prend jamais de vacances, à part les trois semaines qu'il s'offre en Espagne avec sa famille, un voyage organisé par sa femme, et là, il passe ses journées allongé sur une chaise longue au bord de la piscine de l'hôtel, complètement soûl dans la chaleur brûlante, et bouge à peine le petit doigt tandis que son épouse lit des romans d'amour, part en excursion ou va faire du shopping avec d'autres Islandais.

La Couronne met allègrement à profit l'absence de son frère : il confie à certains employés de l'usine quelques menus travaux d'entretien à son domicile, leur demande de jouer au foot avec ses enfants ou de laver les voitures de la famille. Ari et moi-même sommes envoyés peindre une petite maison qu'il a fait acheter à l'entreprise pour sa maîtresse, acquisition qu'il s'efforce de cacher à sa femme grâce à un tour de passe-passe comptable. La maîtresse, de trois ou quatre ans notre aînée, une jeune femme magnifique, pleine d'assurance avec ses longs cheveux bruns et ses yeux marron en amande, ne nous adresse la parole ni à l'un ni à l'autre au cours des deux semaines où nous travaillons chez elle ; à ses yeux, nous n'existons pas, nous ne commençons notre journée qu'à onze heures du matin afin qu'elle puisse faire la grasse matinée, mais peignons ensuite comme des forcenés, ne descendant à l'usine que le vendredi afin d'y chercher nos enveloppes. Mais il est très gênant de les recevoir de la main d'Ásrún et de répondre à ses gentilles questions alors que nous venons de peindre la façade sud de la maison avec en bruit de fond les halètements de son mari et de sa jeune maîtresse à l'intérieur. Vous n'êtes pas très bavards aujourd'hui, observe-t-elle, le sourire aux lèvres. Avec sa queue-de-cheval, elle ressemble presque à une petite fille, nous osons à peine la regarder, nous ne comprenons pas comment il est possible de trahir une femme pareille en allant voir ailleurs, nous n'imaginons pas ce que le monde pourrait offrir de mieux à un homme, ses joues se creusent de fossettes quand elle sourit et trois petites rides naissent autour de ses yeux, le temps est doux et ensoleillé, elle porte une jupe et un polo, certes, elle a quarante ans, elle est déjà grand-mère, mais elle est tellement belle. Vous avez fait de la peinture, dit-elle, voilà qui change un peu du poisson, et qu'avez-vous peint, mes petits ? demande-t-elle en nous regardant avec ce sourire lumineux, ces fossettes, et toute la gentillesse de son visage hâlé. Or, que saurions-nous lui répondre, allons-nous lui dire, eh bien, voyez-vous, nous avons peint la maison que votre mari a achetée pour sa maîtresse, une jeune fille de dix-neuf ans, ils ont baisé sur le canapé du salon pendant qu'on peignait la façade sud et nous avons trouvé ça très laid de la part de votre homme parce que vous êtes si gentille et si belle, même si vous avez quarante ans et que vous êtes grand-mère. Hélas, voyez-vous, nous avons eu une érection en les entendant et nous mourions d'envie de les épier par la fenêtre du salon, en fait, nous n'avons jamais connu aucune fille, en réalité, nous ne savons pas trop comment on s'y prend, enfin, vous voyez, on est morts de trouille à l'idée d'avoir honte le jour où se présentera enfin l'occasion, le jour où une fille nous regardera, ce qui ne se produira sans doute jamais, en tout cas, pas dans cette vie, pas sur cette planète, ni dans ce système solaire ni dans cette galaxie, parce que enfin, regardez-nous donc : Nous ne sommes que de pitoyables anoraks sans aucune personnalité !

Et elle nous regarde, avance sa jambe droite, le fait avec élégance et charme, on dirait une biche, un animal majestueux et fier, et elle continue de nous sourire, jouant du bout de son index avec une de ses mèches brunes, qu'avez-vous peint ; étant trop innocents ou trop idiots pour lui mentir, nous ne répondons rien, pas un mot, absolument rien et nous restons là, muets comme deux carpes, comme deux cabillauds imbéciles qui la regardent, l'air désemparé. L'expression de nos visages résume sans doute tout ce que nous venons de taire plus haut parce que le sourire posé sur le sien y meurt peu à peu, et avec lui la lumière, la bienveillance et cet air de petite fille, elle vieillit à toute vitesse sous nos yeux, ses épaules s'affaissent comme celles de tous ceux que le monde trahit. Le vendredi suivant, le cadet nous apporte notre enveloppe en nous toisant bizarrement. Il nous la tend sans un mot, Ari et moi échangeons un regard et comprenons que parfois, les fautes des coupables retombent sur les innocents.

Je ne me rappelle pas avoir vu quiconque rougir aussi joliment, mais pourquoi est-il si compliqué de réparer une vie ?

Mais soyons clairs : nous sommes encore en février et le jour d'été où nous avons trahi sans être coupables est bien loin, nous avons trahi cette femme magnifique, vu sa vie se désagréger sous nos yeux, le soleil se briser et le monde se changer en ténèbres que nous nommerons trahison. Février, elle ignore l'existence de cette maîtresse de vingt ans sa cadette et de cette maison, certes elle nourrit de vagues soupçons quand elle découvre cette irrégularité dans la comptabilité, face au regard fuyant de son mari, à cette odeur inconnue qu'il porte sur lui, son intuition lui souffle qu'il y a un problème, mais elle ne l'écoute pas, elle balaie ses doutes, aussi instinctivement que celui qui tombe à la mer se met à nager, aussi machinalement que celui qui est confronté aux ténèbres allume la lumière, elle fait taire ses soupçons afin que le monde ne s'effondre pas. La vie est injuste, voilà pourquoi l'espace entre la lâcheté et le souci de se préserver est souvent bien mince. En ce matin de février, le cœur de Tito est en danger, il bat faiblement à la une du *Morgunblaðið*, et quelque part à Keflavík, Jakob prépare du ciment, il asperge de chaux éteinte le contenu de la bétonnière afin que le mélange soit homogène et plastique, qu'il ne coule pas lorsqu'il enduira les murs ou le déposera sur sa taloche, qu'il forme cette unité qui est sa raison d'être. Il suffit d'ajouter quelques gouttes de ce liant, à peine plus d'un bouchon à cette bétonnière qui contient un certain nombre de pelletées de sable, de ciment et un peu d'eau, pourtant un seul bouchon de ce liquide suffit à assurer la solidité du mélange afin qu'il ne coule ni ne s'effrite. Jakob hésite après avoir aspergé ces quelques gouttes, il les regarde se mêler au reste dans la bétonnière et sent qu'il fait corps avec ce mélange au point d'y disparaître. Pourquoi est-il si aisé d'allier sable, eau et ciment, si facile d'en faire une unité, une entité, un sens, dire qu'il suffit d'un bouchon de liant, quelle injustice, il semble parfois tellement difficile d'empêcher la vie de partir en morceaux et de s'effriter, cette vie qu'on doit porter sur nos épaules où qu'on aille,

où qu'on soit. Le bidon de chaux éteinte à la main, Jakob aurait bien envie d'en avaler une gorgée, peut-être pense-t-il à son fils, à l'expression qu'il a vue sur le visage d'Ari qui lisait le journal en mangeant son porridge tandis que son père fumait sa pipe, feignant de regarder ailleurs. Mon fils, ma chair et mon sang, mon fils. Jamais il n'oubliera la joie qu'il a ressentie la première fois qu'il l'a tenu dans ses bras, qu'il a plongé dans ses yeux bleus et limpides en se disant, c'est donc là ma raison de vivre, il m'a fallu attendre ce moment pour comprendre ce qu'est la vie. Et ce n'est que maintenant que je vois que les choses devaient advenir telles qu'elles sont advenues. Il se rappelle s'être dit, me voici là, et je tiens le sens de la vie entre mes bras. Il avait également pensé, il est donc délicieux d'exister ! Mais depuis, de nombreuses années ont passé.
Environ trois mille.

Il fumait en faisant semblant de regarder ailleurs, alors qu'il scrutait avec application le visage son fils, je ne sais rien des pensées qui l'agitent, je n'ai pas la moindre idée de la manière dont il me faut interpréter son expression, je suis incapable de dire s'il va bien, et j'ignore tout de sa conception du monde. Il a tapoté sa pipe, subitement envahi par l'envie de pleurer, ce qui eût été à coup sûr déplacé, honteux et affreusement embarrassant pour eux deux, il s'est donc dépêché de bourrer à nouveau sa pipe, feignant d'attendre avec impatience de pouvoir lire le journal, comme s'il avait quelque chose à faire de ce qu'il contient, évidemment, c'est ridicule d'être abonné à cette fichue feuille de chou conservatrice, heureusement que ses parents sont morts, ça leur évite de voir ça, cela dit, aucun quotidien ne possède une rubrique sportive aussi complète et détaillée, et ça fait du bien, c'est libérateur de lire les pages sportives, de se plonger dans les chiffres, les résultats, les comptes-rendus des matchs. Il n'y a dans les sports nulle place pour le doute, ils ne posent pas la question du bonheur ou du malheur, mais uniquement celle de la victoire ou de la défaite. Ari a poussé le journal vers lui sur la table de la cuisine, sur cet Atlantique, ce système solaire qui les sépare. Quelques minutes plus tard, ils étaient tous deux à l'extérieur et Jakob a dépassé son fils en voiture au niveau de l'église de Keflavík, une épaisse couche de neige tapissait le trottoir, voilà pourquoi nous marchions sur la rue, Ari et moi. Jakob conduisait très lentement, il a dû ralentir sur le verglas pour nous éviter, cinquante centimètres à peine nous séparaient, mais il ne nous a pas salués, il n'a pas abaissé sa vitre et passé sa tête à l'extérieur pour dire à son fils, allez, bon courage pour ta journée, ou quelque chose comme ça, des paroles empreintes d'optimisme ou de tendresse, car les mots permettent si souvent de rendre la vie et le monde meilleurs. Il les a dépassés sans un mot. Et ce n'était peut-être pas plus mal qu'il ne descende pas sa vitre pour lui dire, allez, bon courage pour ta journée, ou une chose dans ce style, cela n'aurait fait que renforcer leur timidité l'un face à l'autre tout en engendrant chez chacun l'angoisse des retrouvailles dans la soirée. Il était en outre occupé à régler son autoradio sur Kaninn, sur l'Amerloque, cette station émise depuis la base militaire qui est une bénédiction pour les gens de Keflavík parce que nous avons parfois tellement besoin d'une bonne chanson de pop, ou en tout cas, il nous faut autre chose que la maudite gravité, cette satanée lourdeur qui caractérise Ríkisútvarpið, la radio nationale : le présentateur qui parle de la neige sur le mont Esja, délivre le bulletin météo, évoque le cours de la couronne islandaise et l'inflation galopante, comme si tout cela vous aidait à vivre au petit matin, dans le froid, ce petit matin de pénombre, alors que vous dépassez votre fils au volant de votre voiture, que vous le frôlez, mais que ni lui ni vous ne consentez à dire un mot, que ni lui ni vous ne détournez les yeux. En de pareils moments, on n'a aucune envie d'entendre parler d'inflation, de neige sur le mont Esja ou d'arrêt de la pêche du capelan. Dieu bénisse la radio de l'Amerloque, a pensé Jakob quand il a enfin trouvé la station et que, depuis la lande de Miðnesheiði, ce royaume des vents et de la grisaille, le présentateur américain a laissé éclater sa joie dans le micro, comme s'il avait été spécialement recruté en tant que joyeux drille, en tant que boute-en-train, de préférence survolté, animé d'une joie éternelle et vibrante afin de contrebalancer la mélancolie, l'insupportable ennui que cette lande soufflait sur les militaires été comme hiver, printemps et automne, le vent piquant, les tempêtes, la pluie qui semble arriver de tous les côtés en même temps, ou encore le blizzard qui vous cloue de froid comme un outrage entre les immeubles.

Quelle différence y a-t-il entre la lande de Miðnesheiði et l'enfer, telle est l'énigme ou plutôt la devinette que les Américains soumettent aux nouvelles recrues de la base, question à laquelle ils répondent ensuite eux-mêmes avec un rire sarcastique : Ceux qui sont en enfer ont au moins la chance d'être morts !

Dieu bénisse la radio de l'Amerloque et sa bonne humeur, a pensé Jakob quand le présentateur a ri dans le micro en disant que ce serait le moment idéal pour danser dans les bras d'une jolie fille, quel moment ne serait pas idéal, s'est demandé Jakob, le sourire aux lèvres, tout en fredonnant la chanson diffusée sur les ondes, *Knock on Wood* d'Ami Stewart, débordante de joie :

The way you love me is frightening
You better knock, knock on wood, baby.

Knock on wood, baby, baby, voilà qui est nettement mieux que l'inflation, la neige sur le mont Esja, la colère des marins face à l'arrêt programmé de la pêche au capelan, la tristesse de dépasser son fils comme on dépasse un inconnu. Allez viens, musique pop, au secours, Top 50, viens là, baby, baby, et apaise la douleur au fond de mon cœur !

Jakob a dépassé l'église et aperçu le pasteur qui donnait des coups de pied dans la porte comme si elle lui avait fait du mal, de quoi se plaint-il donc, lui qui croit en Dieu sans aucune réserve, croit au sens de la vie, à une vie meilleure après la mort, à l'amour, quel luxe, quelle chance, et sans parler du fait qu'il travaille au chaud, à l'intérieur, et qu'il lui suffit de dire à haute voix quelques lignes de la Bible puisque tout a déjà été mis en mots pour lui, il n'est jamais sale, n'a jamais besoin de travailler dans le froid, le vent qui transperce, la pluie battante, toujours bien au chaud dans un bâtiment, et pourtant, il donne des coups de pied dans la porte, que diable faut-il donc pour qu'un être humain soit reconnaissant ?

Jakob trempe le bout de sa langue dans la chaux éteinte. Il ne commet jamais aucune erreur dans son travail, c'est un maçon recherché et compétent, dans ce domaine, tout est parfaitement d'aplomb et forme une unité qui ne se désagrège pas, il n'y a que dans sa vie que tout vacille. Il trempe le bout de sa langue dans le liquide, si seulement il suffisait d'en avaler une gorgée par jour pour que tout s'arrange, que la joie s'élève, triomphante, hors de l'abîme et qu'il ressente un soulagement en constatant qu'il est vivant. Pourquoi, se demande-t-il alors qu'il vide la bétonnière dans la brouette, est-il si compliqué de réparer une vie ? Quand une voiture tombe en panne, on ouvre le capot pour vérifier le moteur. Mais que faut-il ouvrir quand c'est la vie d'un homme qui est en panne ?

Si la vie tombe en panne, si le cœur de Tito lâche ? Ari et moi avons enfilé nos combinaisons et la journée de travail bat son plein, le bruit dans la salle de préparation est assourdissant et on parvient à peine à parler tous les deux, pas un mot du cœur de Tito et encore moins de la déplaisante découverte d'Ari ce matin devant son bol de bouillie, plongé dans son silence et dans celui de son père ; cette idée que nous ne serions tous que des récipients remplis à ras bord d'idées rances et croupies.

Au moment où nous prenons la pause-café de neuf heures trente, Júlli l'Espagnol et Elli, surnommé Elli Kung-Fu, aux commandes du chariot élévateur, ont déjà par trois fois failli écraser Ari qui, les yeux baissés sur le sol, s'efforçait de poser des mots sur le soupçon qui l'envahit, le démange de l'intérieur et refuse de le laisser en paix, il avait oublié où il était, n'avait rien remarqué, avait oublié Júlli et Elli qui vont et viennent aussi vite qu'ils le peuvent et de préférence plus vite encore, la fourche du chariot élévateur chargée d'un bac rempli de sébaste atlantique, ils entrent et sortent par la grande porte, laquelle est ouverte presque toute la matinée, laissant passer sans ménagement le vent du nord, vont chercher des bacs de sébaste atlantique sur les camions et reviennent à toute vitesse, couchés sur le klaxon, les autres n'ont qu'à s'écarter, ils ont l'absolue priorité, cela ne fait aucun doute, et la force d'inertie le prouve, combinaison du poids et de la vitesse du chariot, alliés à la charge du bac de sébaste. Trois fois, ils ont évité Ari de très peu, risqué de le renverser, je lui ai sauvé la mise à la toute dernière seconde. Júlli lui a crié quelques invectives parmi lesquelles nous avons cru discerner pisseux, crétin et petite bite de communiste, Elli n'a rien dit et s'est borné à écraser le klaxon. Précisons qu'Elli Kung-Fu, réputé à Keflavík pour avoir pratiqué des années durant les arts martiaux, manie la fourche du chariot comme s'il se battait contre un adversaire invisible.

Trois fois, Ari a échappé de peu à ses assauts. En Islande, on considère bien souvent ceux qui pensent et tentent d'aller au fond des choses comme des gêneurs, nous les réprimandons, et les soucis prioritaires les plaquent au sol ; trois fois il a presque été renversé, et la troisième vertement disputé par le frère aîné, par la Tringle, qui arpente l'usine avec cette expression dure sur son visage tout en longueur, sa concentration glaçante, décharné, le dos raide, ses yeux sombres qui scintillent et nous rappellent ceux des Indiens qui peuplaient les livres d'enfants d'Ari et les miens, Pied Léger, Aigle Assis, Corneille Furtive, lesquels pouvaient se déplacer partout en silence, le regard perçant, d'ailleurs rien n'échappe à la Tringle, ceux qui lambinent, ceux qui manquent d'application, ceux qui restent trop longtemps en pause, il voit tout sauf les négligences de son frère et les largesses qu'il s'accorde à la comptabilité, ou plutôt, il l'a vu bien trop tard, les dettes étaient devenues abyssales quand il a compris. Fort heureusement, la situation a été sauvée in extremis ; Skúli Million a brûlé parce que en Islande les dettes ont toujours été un combustible de premier choix, il suffit qu'elles soient assez colossales : tout a flambé, le matériel, le mobilier, les deux chariots élévateurs, la partie d'échecs encadrée dans le bureau, les bottes en caoutchouc des employés, la cafetière et les gâteaux secs dans les placards. Mais n'allons pas si vite, car tout cela n'adviendra que dans un avenir fort lointain, nous sommes en février 1980 et à la pause-café de neuf heures trente, Ari et moi essayons toujours de nous faire une place à côté du radiateur afin que nos corps transis accumulent un peu de chaleur, nous sommes discrets, mais nous regardons, nous écoutons. Difficile de dire lequel des deux sexes est le plus grivois, mais il y a comme des vibrations dans l'air, une énergie agite l'épaisse fumée de tabac à laquelle se mêle l'odeur de la marée. Les techniciens, ces sept ou huit jeunes hommes d'une vingtaine d'années qui apportent le poisson aux femmes, viennent ensuite le reprendre dans la salle de préparation, rangent les blocs dans le grand congélateur, les sortent et les entassent dans des caisses dès que tout est prêt à être envoyé à l'exportation, ces techniciens prennent toutes leurs aises pendant les pauses, assis à la grande table, gonflés d'assurance et de désir sexuel, ils sont la noblesse de cette entreprise. Júlli l'Espagnol et Elli Kung-Fu sont peut-être les as de la salle des arrivages, mais ils deviennent de simples écuyers en présence des techniciens au verbe haut qui balancent leurs questions à la volée, alors, Gunni, t'as bien pris ton pied avec ta bonne femme hier soir ? Elli, tu fais du kung-fu quand tu sautes Gréta ? Allez, Elli, fais-nous une petite démonstration d'arts martiaux. Toujours disposé à leur en offrir une, Elli se met debout, lève sa jambe droite comme si elle ne lui appartenait pas et n'était maintenue à son corps par aucun tendon, il balance quelques coups de pied dans le vide, fait tournoyer sa jambe comme une matraque, par le diable, mon vieux, rigolent les techniciens, t'es aussi adroit que ça avec ta bite ? Les femmes, dont la plus jeune a dix-sept ans, rient avec eux, elles gloussent en secouant la tête ou leur disent, ah, la ferme, mais les gars renchérissent aussitôt, eh bien, Gunnhildur, tu es en forme aujourd'hui ? Que dirais-tu de faire un petit tour sur mes genoux ? Âgée d'une trentaine d'années, les cheveux roux, Gunnhildur allume une autre cigarette, rejette la fumée et répond, merci bien, mon petit, mon cher Siddi a pris son pied avec moi hier soir, j'ai ma dose pour deux jours, reviens plutôt me voir jeudi.

Adossés au radiateur, endurcis par le froid et la crudité des propos, Ari et moi somnolons et écoutons par intermittence, ne redoutant plus d'être pris pour cibles par les autres comme à l'époque où nous avons débuté ici : il faudrait que l'une d'entre vous, avait lancé un technicien aux femmes, se charge de faire l'éducation de ces deux blancs-becs, il sort encore du lait quand on leur presse le nez et ils n'ont jamais baisé, jamais fumé, jamais rien assommé, en bref, ils n'ont jamais rien fait — l'une d'entre vous devrait se dévouer, leur faire franchir la grande porte pendant la pause et leur montrer quelques petites choses, voilà une bonne action qui vous assurerait une place de choix au paradis. Nous étions blottis contre le radiateur et la cafétéria tout entière nous regardait, les techniciens et les filles avec des ricanements, les femmes se contentaient de sourire, Júlli gloussait, Elli hennissait. En tout cas, ils savent rougir, a finalement déclaré une voix éraillée par la Camel, avant d'ajouter en allumant une autre cigarette, ils sont même experts. C'est vrai, a confirmé une de ses copines, je ne me rappelle pas avoir vu quiconque rougir aussi joliment.

Assis comme deux condamnés, nous avions l'impression que nos têtes étaient incandescentes. Nos cerveaux étaient entrés en ébullition et nos artères commençaient à se désagréger sous l'effet de la chaleur. La sueur coulait le long des dos, sous les aisselles, sur le visage et entre les orteils. Nous avons tendu le bras vers la thermos de café afin de masquer notre malaise en remplissant nos tasses, mais nos mains tremblaient si fort que nous les avons immédiatement ramenées à nous, puis elles se sont réfugiées sous la table, comme des animaux apeurés. Tous les yeux étaient rivés sur nous. Nous voulions quitter les lieux, voulions que le sol s'ouvre sous nos pieds pour nous engloutir, voulions nous lever, nous précipiter dehors pour nous rafraîchir la tête avant qu'elle ne chauffe encore plus, avant que le cerveau ne se consume entièrement et avec lui l'ensemble de notre pensée, de notre mémoire, toutes les chansons de Pink Floyd, sortir d'ici pour sauver ces souvenirs, pour nous préserver de la honte et nous épargner l'humiliation — mais parfois, la fuite ne vous sauve pas la mise, bien au contraire, elle n'est qu'une humiliation supplémentaire et nous ne pouvions rien faire d'autre que rester assis contre ce radiateur, la tête chauffée à blanc, le regard flou, des bourdonnements dans les oreilles. L'espace d'un instant, nous avions presque l'impression que notre esprit avait quitté nos corps et qu'il planait en surplomb, nous voyions nos visages rouge feu, nos têtes incandescentes, la sueur qui ruisselait sur nos fronts. Nous nous disions que ces instants finiraient par passer ; d'ici peu, il y aurait bien quelqu'un pour s'intéresser à autre chose, et si ce n'était pas le cas, cette pause prendrait fin d'une manière ou d'une autre. Notre unique consolation, notre seule lueur d'espoir était que la situation ne pouvait empirer. Mais tout à coup, Júlli l'Espagnol s'est levé de sa chaise, content de lui, tout excité, comme s'il se rappelait subitement un détail croustillant, et l'index pointé en direction d'Ari s'est écrié : En plus, celui-là bégaie !

Soit ! Nous nous étions trompés : la situation pouvait dégénérer.
Ce qui n'aurait pas dû nous surprendre.
Parce que tout peut s'envenimer dès lors que l'être humain est en présence d'un de ses congénères.

Un silence a suivi cette révélation, cette information, tous les regards se sont concentrés sur Ari comme dans l'attente qu'il prononce quelques mots et fournisse un exemple phonétique qui viendrait confirmer les dires de Júlli, nous percevions toute l'impatience qui régnait dans la salle, les visages semblaient demander, allez, vas-y, dis quelque chose, fais-nous un peu entendre ton bégaiement, dépêche, mon vieux, la pause-café n'est pas éternelle, allons, vas-y, bégaie un peu, donne-nous un petit exemple, ça nous changera de la routine, un brin de nouveauté nous fera le plus grand bien parce que chaque jour, notre vie s'enlise un peu plus dans la monotonie et la répétition, Dieu sait jusqu'où ça ira, allez, ouvre un peu ton museau et bégaie. D'ailleurs, qui sait ? Si tu es assez doué, on te fera peut-être bégayer à chaque pause à partir de maintenant, tu auras ton heure de gloire tous les matins, tu pourras t'épanouir comme un acteur sur scène.

Si seulement quelqu'un pouvait le faire bai..., a commencé un des techniciens, mais à cet instant même, trois événements se sont produits simultanément. Un de ses copains, lui aussi technicien, s'est levé et une femme, sans doute Gunnhildur — nous ne la voyions ni ne l'entendions clairement —, lui a cloué le bec sans ménagement, plaidant manifestement notre cause, parce que Júlli s'est rassis, la mine dépitée, puis le technicien qui venait de se lever s'est approché de nous et s'est installé à notre table en disant à Ari, alors cousin, il paraît que tu passes tout ton temps à lire, au fait, les gars, vous n'auriez pas un peu de café, ma tasse est vide ! Muets de surprise, tellement reconnaissants que nous en aurions pleuré, Ari s'est joint à moi et nous avons fait glisser la thermos sur la table vers Ásmundur, parce que naturellement, c'était lui qui s'était levé pour nous porter secours, Ásmundur, le chef de bande des techniciens, le meneur, et il venait de dire, alors cousin, en parlant assez fort pour que tout le monde entende dans la cafétéria, pour que tout le monde comprenne bien que si quelqu'un caressait désormais le projet de nous enquiquiner, il faudrait d'abord qu'il passe sur le corps d'Ásmundur. Alors cousin, puis il a ajouté ces mots à propos de la lecture, il paraît que tu passes tout ton temps à lire, nous conférant ainsi à Ari comme à moi le statut spécifique du lecteur, de celui qui passe sa vie plongé dans les livres, le statut du prodige, conduisant ainsi tous les autres à considérer notre maladresse et nos deux mains gauches d'un œil un peu plus clément : Voyez-vous, ils n'y peuvent rien, ils passent tout leur temps à lire.

Norðfjörður

— JADIS —

Si Dieu est femme,
le diable est sans doute homme

Il est au moins deux heures du matin, si ce n'est trois, et la nuit est profonde, aussi abyssale qu'une nuit peut l'être. Novembre, on dirait que le ciel s'est ouvert pour nous baigner d'étoiles et de clair de lune. Deux heures du matin, peut-être trois. Oddur chancelle en quittant le petit bateau à moteur, entièrement nu, les bras chargés de Tryggvi tout habillé, il remonte la jetée à grand-peine.

Tryggvi a sauté par-dessus bord, puis s'est mis à nager vigoureusement, en route vers la lune. Oddur s'est d'abord contenté d'observer son ami qui s'éloignait, regardant les vagues de la haute mer le soulever tel un cadeau que l'océan offrait au ciel. Il s'est contenté d'observer, désormais incapable d'établir une frontière entre la normalité et ce qui en est résolument exclu, comme si Tryggvi avait remis en cause tous les principes en se jetant à l'eau et qu'il n'y avait rien de plus naturel que de nager dans la mer glaciale de novembre, en route vers la lune. Oddur l'a regardé quelques instants et n'a réagi qu'au moment où il a cru discerner un changement, tout à coup Tryggvi semblait à bout de force, l'eau glaciale avait commencé à refroidir son sang qu'elle menaçait de figer dans la mort. C'est alors seulement qu'Oddur a réagi, il a démarré le moteur pour le rejoindre, parvenant à grand peine à hisser son ami presque inconscient à bord, puis il a découpé ses vêtements trempés comme on le fait quand on vide le poisson, lui a frictionné le corps avec ardeur, fait avaler quelques gouttes de cognac, et s'est entièrement déshabillé ; pour une raison imprécise, il lui a semblé important de retirer ses vêtements jusqu'au dernier. Ensuite, il s'en est servi pour rhabiller Tryggvi et a fait route vers la rive aussi vite que le moteur le lui permettait car il s'agissait là d'une course contre la mort, laquelle ne plie jamais, ignore ce que signifie renoncer, elle est infatigable, ne presse jamais le pas, mais rattrape toujours les coureurs les plus rapides et les plus endurants.

Oddur est transi de froid alors qu'il remonte de la jetée en portant Tryggvi dans ses bras, il se dirige vers chez lui, vers chez Margrét, mais aperçoit une lueur qui luit faiblement au coin de son œil, il change de direction sans même réfléchir ; c'est ainsi, nous devons toujours marcher vers la lumière. Pourtant, il a beau marcher vite, la lueur ne se rapproche pas. Quand je pense à tout ce que nous avons vécu ensemble, dit-il, tremblant sous le poids de Tryggvi, tellement fatigué qu'il parle constamment sans même s'en rendre compte, te souviens-tu quand nous étions gamins et que tu voulais qu'on se tienne par la main, je t'ai répondu, tu es fou, il n'en est pas question, mais je veux que tu saches que parfois, j'en ai eu envie, que j'aurais bien aimé le faire, mais que je n'ai jamais osé, pardonne-moi mon manque de courage, ma lâcheté, peu de choses sont aussi méprisables que la lâcheté, est-ce pour cette raison que maintenant tu vas mourir ? demande Oddur parce qu'il est épuisé, parce qu'il n'en peut plus. Le champion en personne, le colosse infatigable ploie au moment crucial, il plie sous le fardeau, et assis sur la terre glaciale avec son ami dans les bras il parle sans relâche et dit toutes sortes de bêtises tandis que les étoiles scintillent au firmament. Elles sont belles et pourtant rien ne les lie entre elles en dehors du froid, de la mort, de la nuit. Et la plus brillante descend vers la terre pour les y chercher. Ainsi, ils mourront tous les deux cette nuit, ce qui est sans doute une bonne chose. C'est une étoile sublime, on dirait que quelqu'un la tient au creux de sa paume, qui donc a ce pouvoir en dehors de Dieu, qui d'autre est assez puissant pour parcourir le monde avec une étoile en guise de lanterne ? Seigneur, dit Oddur, mon ami s'est jeté dans la mer, là-bas, au large, il voulait rejoindre la lune, il pense que c'est là-bas qu'il a sa place, certes, c'est une sottise, la lune est inhabitée, mais il lit trop de poésie, c'est son principal défaut, cela l'embrouille, mais s'il Te plaît, ne l'emmène pas tout de suite, je ne voudrais vraiment pas le perdre.

Celui qui lit tellement de poésie qu'il en vient à imaginer qu'il peut nager jusqu'à la lune doit pouvoir vivre plus longtemps, le monde ne saurait se passer de ce genre de personnes.

Répond Dieu à Oddur. Et c'est une voix de femme !

Et là, c'en est fini de lui, si Dieu est femme, qui donc va nous défendre et nous protéger ?

Je ne savais pas que Dieu était une fille, déclare-t-il, incapable de s'en empêcher. Il ne voulait pas dire ça et se rend compte que par ses mots, il vient de renier Dieu lui-même, c'est indubitable, et pour couronner le tout, il l'a fait sous Ses yeux et à Ses oreilles. Ses oreilles à Elle. Et voilà, sa langue va se changer en bloc de pierre noire et il prendra le premier navire pour l'enfer. Et si Dieu est femme, il y a fort à parier que le diable est homme, il faut bien qu'existe une forme de justice.

En effet, le diable est sans doute homme, et il est aussi ivre que vous l'êtes tous les deux, fait remarquer la femme à la lanterne, laquelle n'a rien à voir avec Dieu, mais avec cette jeune fille de vingt ans, prénommée Áslaug, originaire de Vatnsleysuströnd dans la province de Reykjanes, à l'autre extrémité du pays. Elle est arrivée cet été, en quête d'aventure, mais également pour fuir l'insistance du jeune homme de la ferme voisine, un certain Gvendur, ils ont fait l'amour deux fois ensemble, se sont trouvé un endroit à l'écart, une cuvette tapissée d'herbe tout à l'avant du Stapi, cet énorme rocher qui avance dans la mer. Elle était surtout poussée par la curiosité alliée à ce désir qui explose parfois, et qu'on peine tant à réfréner. Prends bien garde à te retirer à temps, lui avait-elle murmuré d'une voix légèrement tremblante la première fois, alors qu'ils étaient allongés, qu'elle avait relevé sa robe en vitesse, en proie au désir et à la peur, la bruyère lui grattait et lui piquait les fesses, et il lui avait répondu oui, un oui tout aussi chevrotant, oui, il avait fait attention, mais il avait été méchant avec elle la seconde fois, quelques semaines plus tard. Tu dois m'épouser, avait-il décrété, allongé sur elle, allongé en elle, le visage hâve, exsangue, le regard étrangement perçant.

Subitement, il s'était mis à ressembler désagréablement à sa mère qui veille sur cette campagne, armée de sa foi ardente et de sa rigidité, lui qui a toujours été l'exact opposé de cette femme, alors qu'elle n'était que dureté inflexible, son fils n'était que douceur, mais voilà que tout à coup, il se transformait, allongé sur Áslaug, à moins que l'homme qu'il était vraiment ne se soit brusquement manifesté, il s'était si violemment et profondément enfoncé en elle que ça n'avait pas du tout été bon et qu'il lui avait fait mal, comme si son membre était une barre à mine, puis il lui avait dit avec la même expression déplaisante qu'avait sa mère, tu dois m'épouser, sinon nous brûlerons en enfer ! Arrête, avait-elle rétorqué, je te demande d'arrêter, avait-elle prié en commençant à se débattre pour tenter de lui échapper, apeurée, mais ses protestations n'avaient fait que redoubler son ardeur, épouse-moi, si tu ne veux pas, c'est que tu as le diable au corps, avait-il haleté d'une voix de fausset en la pénétrant plus profond encore. Elle avait hurlé et l'avait violemment repoussé, l'avait fait sortir d'elle au tout dernier instant car il avait soupiré ou plutôt crié quand sa semence s'était répandue sur la bruyère entre les jambes de la jeune fille qui l'avait regardée couler sur les myrtilles et les camarines noires comme un crachat. Ma mère a raison, tu as le diable au corps, s'était-il écrié d'un ton brutal en remontant son pantalon, voilà pourquoi tu m'as séduit ! Non, c'est toi qui as le diable au corps, regarde, avait-elle rétorqué en lui montrant sa semence sur la bruyère : il a pondu ces œufs.

Puis elle avait fui dans les fjords de l'Est, forcée de changer d'horizon pour échapper aux rumeurs que la mère et son fils colportaient sur son compte, elle avait fui vers l'est du pays pour travailler dans le poisson et loué une chambre dans la maison qu'occupaient autrefois Grettir et Helena, ce vieux couple. Elle a été réveillée au milieu de la nuit par un rêve étrange qu'elle a oublié en ouvrant les yeux, mais n'est pas parvenue à se rendormir, s'est longuement tournée dans son lit avant de sortir affronter le froid pour uriner. Accroupie, elle observait le liquide fumant qui coulait en rigoles sur la terre quand elle a vu une forme blanche s'avancer vers elle, une forme blanche et très imposante, voilà peut-être la mort qui vient me chercher, a-t-elle pensé, frissonnant brusquement de peur, saisie par l'envie de se réfugier à l'intérieur, dans sa chambre, dans son lit et de se cacher sous sa couette, mais elle a décidé de marcher à sa rencontre, sachant que personne ne saurait fuir la mort quand elle s'est mise en tête de nous attraper, mieux vaut alors prendre les devants en comptant sur sa chance, sa force, la bienveillance du destin. Où les gens comme elle puisent-ils donc leur courage ?

Or, en fin de compte, ce n'était pas la mort, mais deux pêcheurs, le premier, nu comme un ver, était aussi ivre que l'autre qui était habillé et avait voulu nager jusqu'à la lune parce qu'ayant abusé de poésie, il avait perdu de vue la réalité et la normalité. L'homme nu, elle vient de reconnaître Oddur, est célèbre dans ce village, qu'il soit nu ou habillé, et il déblatère sur Dieu et sur le diable, elle ne l'écoute que d'une oreille, il empeste le cognac à plein nez et tient des propos incohérents engendrés par l'alcool, elle lui répond vaguement et s'agenouille auprès de son compagnon, auprès de l'homme aux poèmes dont elle caresse machinalement le visage aux traits fins, détendus par la boisson, elle caresse la commissure fragile de ses lèvres, sa bouche qu'on aurait envie d'embrasser, puis lève les yeux vers Oddur et lui dit, rentrez donc chez vous, allez retrouver votre femme, c'est à elle qu'appartient votre nudité, elle le dit d'un ton si résolu et clair qu'Oddur semble tout à coup revenir à lui, il se remet debout, chancelant, et porte sa main à ses bourses, comme pour s'assurer qu'elles sont bien à leur place car il ne les sent plus, mais sa main retrouve ses organes sexuels à son indicible soulagement, quelle vie pitoyable serait la nôtre en leur absence ! Tryggvi, dit-il, Tryggvi, commence-t-il, mais la jeune fille lui coupe la parole, Tryggvi, il s'appelle donc Tryggvi, dit-elle comme en elle-même, puis éclairant un peu mieux son visage à l'aide de la lanterne, elle ajoute : Merci d'avoir traversé la nuit pour l'amener jusqu'à moi.

Keflavík
— 1980 —

« *Chaude et douce ce matin — pour toi* »

    Celui qui habite Keflavík ne vit pas vraiment en Islande, ni tout à fait sur terre, il est ailleurs, à l'arrière de toute chose, perdu quelque part au sein de ces trois points cardinaux. Si ce n'est que ces derniers étaient au nombre de quatre ces années-là parce que les avions de chasse de l'Amerloque volaient au-dessus de nos têtes et de nos toits, étouffant la voix des professeurs qui devaient s'interrompre pour nous parler des degrés de comparaison de l'adjectif, nous présenter les récits de Snorri Sturluson ou nous communiquer les résultats des équations en attendant que ces avions soient passés, tels des hurlements dans le ciel azuré. Tout doit faire silence quand l'armée américaine, ce quatrième point cardinal, se lance à la recherche des ennemis qui justifient son existence et son pouvoir, lui conférant le statut de puissance mondiale ; celui qui pilote un avion de chasse doit avoir des ennemis, c'est là sa boussole, c'est là son mantra. Les supersoniques hurlent au-dessus des toits de Keflavík, l'endroit le plus noir du pays, déclarait le président islandais en 1944, ces quelques mots étaient le cadeau que nous offrait la république lorsque son plus haut dignitaire est venu ici pour la première et dernière fois, prononçant ces paroles qui se sont abattues comme d'épaisses dalles de pierre sous lesquelles nous reposons encore alors que nous écoutons les hurlements dans le ciel. Personne ne vient ici à moins d'avoir une excellente raison, s'enrichir sur le dos de l'armée américaine, travailler dans le poisson, accoster au port, participer à un match de basket ou se bagarrer dans les bals. Évidemment, plus tard, les troupes sont parties, emportant avec elles le quatrième point cardinal et n'en laissant que trois ; pour couronner le tout, on nous a interdit de pêcher dans la mer, ce qui s'explique difficilement par la raison, disons simplement que tout cela est motivé par les intérêts de certains, lesquels priment souvent sur la logique, la justice et la bienveillance, vous n'avez qu'à demander à Jonni le Tonnerre-Burger, cet homme dans la camionnette du même nom stationnée sur le port. En tout cas, depuis lors, plus personne ne vient ici, absolument personne, on pourrait presque croire que nous n'existons pas. Mais peut-être le maire Sigurjón a-t-il dans sa manche un atout providentiel qui expliquerait la présence des Norvégiens à l'hôtel, ces deux couperets, peut-être ne sont-ils pas seulement venus fêter ses soixante ans ou faciliter la conclusion d'un accord avec une entreprise américaine, mais afin d'attirer une foule de gens, d'emplir cette bourgade de touristes joyeux et pleins aux as. Nous voyons ça d'ici, nous pourrions installer un grand panneau à l'orée de la ville : Bienvenue à l'endroit le plus noir du pays ! Sans doute faudrait-il dessiner un smiley sur l'autre face afin que la phrase ne prête pas à confusion, certains risqueraient de rebrousser chemin, et en premier lieu les bons pères et bonnes mères de famille. Ces touristes pourraient boire une bière ou un café dans l'établissement baptisé Janvier 1976, Ari et moi leur montrerions l'endroit où nous avons sauté sur les camions des Amerloques, on pourrait même envisager des animations et pourquoi pas un son et lumière ; ils visiteraient les lieux où Rúnni Júll et Gunni Þórðar ont passé leur enfance — le second a quitté Hólmavík pour venir à Keflavík, à l'âge de huit ans — et prendraient des photos du port désert. Ils pourraient avaler une Arnaque du quota chez Jonni et contempler les deux immeubles, ces points d'exclamation en surplomb du port, cette remise à marins interdits de pêche, ce serait une bonne idée de signer avec un de ces gars un contrat stipulant qu'il devrait paraître à la vitre de son salon à chaque arrivage de touristes, Jonni lui enverrait un signal, par exemple un texto, et le marin se mettrait à sa fenêtre, une tasse de café à la main, en regardant le port d'un air mélancolique, le visage buriné, voilà qui constituerait un sujet photographique de premier choix : *Le loup de mer victime d'intérêts partisans*.

Mais n'allons pas si vite, ralentissons un peu la cadence, nous sommes loin d'en être là, pour l'instant, Jonni est encore capitaine sur le *Drangey*, Ari et moi sommes si jeunes qu'on aurait presque envie de lever les bras au ciel en nous voyant, nous avons seize, dix-sept ans et l'armée n'est pas encore partie, loin de là, elle répand la richesse autour d'elle et c'est encore l'hiver, février de l'année 1980, le cœur de Tito parcourt le monde en titubant comme un vieil élan, les Soviétiques ont envahi l'Afghanistan, ce pays lointain et montagneux dont presque tous ignoraient jusqu'à l'existence, le pouvoir écrasant de l'Armée rouge contre des rebelles à cheval, quelle injustice ! Mais la justice n'a jamais été le propre de l'homme, la volonté de puissance, celle de mettre autrui à sa botte et de s'enrichir à millions est trop profondément ancrée en lui, et c'est un serpent mortel tapi dans une caverne à la racine du cœur. Alors que faire, devons-nous pour autant renoncer à l'espoir d'un monde meilleur ?

Et les jours passent, pour la plupart semblables, Ari et son père avalent chaque matin cette bouillie de flocons d'avoine constituée de silence, que la belle-mère leur a préparée. Ari attrape le journal dès que son père va aux toilettes, il cherche en vitesse la page 42 pour examiner d'un peu plus près la publicité qu'il a aperçue tout à l'heure, la photo de cette toute jeune femme à l'attitude aguicheuse, la bouche entrouverte, les lèvres humides, le regard ensorceleur : « Chaude et moelleuse ce matin — pour toi. » C'est la publicité d'une boulangerie de Reykjavík, la jeune femme tient à la main un pain du matin même. Ari scrute le cliché. Chaude et moelleuse, la bouche entrouverte — pour toi. Son décolleté laisse clairement apparaître le sillon entre ses seins et elle porte un pantalon noir ajusté, le membre d'Ari entre en érection : ce sceptre immémorial se dresse et pointe vers le ciel pour rendre grâce au Seigneur. Voici donc le rôle des femmes dans le monde, sont-elles présentes sur terre afin que ce sceptre, symbole de victoire et d'alliance entre Dieu et l'homme, pont entre le ciel et la terre, puisse se dresser ? Femme, montre-nous ton décolleté et tes jambes en portant des jupes courtes afin que nos sexes durcissent et que nous puissions ainsi nous rapprocher des Cieux, afin que nous dressions ce sceptre vers le ciel et à la gloire de Dieu. Six jours sur sept, Ari et moi quittons le petit pavillon de la rue Vitateigur pour remonter Hafnargata et aller travailler chez Skúli Million en empruntant le même chemin, désemparés, n'ayant aucune idée de ce que nous allons devenir, de la direction que nous voudrions imprimer à notre vie, avant tout étonnés de n'être plus enfants, de n'être plus de simples garçons qui vont à la campagne en été et s'allongent parmi les mottes d'herbe ou s'endorment dans une grange pleine à ras bord de foin odorant. Désemparés et tristes d'avoir perdu le contact avec Tarzan, Enid Blyton et Tom Swift, mais également angoissés à l'idée de devoir prendre une décision quant à notre avenir. Désemparés et angoissés face à l'existence. Déjà plus enfants. Et pas encore adultes. Perdus entre deux mondes, nous ne sommes nulle part à notre place. Désemparés. Oh oui. Angoissés. Oh que oui. Et tristes, même si nous pensons à la fille de la publicité pour cette boulangerie, à celle qui est aussi brûlante qu'attirante, et à son décolleté. Sans doute plus âgée que nous, elle a au moins dix-neuf ans, vingt peut-être, belle, sûre d'elle, jamais elle ne poserait ses yeux sur nous, *jamais*, nous ne sommes que des gamins, des anoraks insignifiants, elle ne gâcherait ni ses mots ni ses regards pour nous, et malgré ça, elle est si chaude et séduisante : « pour toi ».

Nous pourrions être ce toi.

Tout le monde pourrait l'être. La publicité ne précisait pas l'identité de ce « toi » qui n'était placé ni entre guillemets ni entre parenthèses, ce qui aurait indiqué qu'il ne nous incluait pas, nous qui ne sommes presque rien, elle semblait en revanche réellement brûlante, belle, sûre d'elle et offerte à tous, à nous aussi, chose tout à fait incroyable, inconcevable, de toute évidence absurde, parce que nous ne sommes rien et qu'elle est si nettement plus que nous. Je ne comprends pas, déclare Ari, je ne comprends pas le monde, tout ça est absurde, le monde n'a aucun sens, et il n'y a pas moyen d'y comprendre quoi que ce soit. Non, dis-je, tu as sans doute raison. Et nous remontons Hafnargata, les voitures nous dépassent en rampant comme de grosses bêtes pataudes, le vent transperce les vêtements, soulève la poussière, le sable, les embruns qui volent en tourbillons et j'entre avec Ari chez Skúli Million, nous sommes l'un et l'autre tels deux notes incertaines, dissonantes, nous enfilons nos combinaisons raidies sous l'effet du froid intense et entrons dans la salle de préparation. Júlli l'Espagnol bâille en fumant, assis sur son chariot élévateur auquel il a solidement arrimé un gros radiocassette, la seule chose qu'il ait achetée et surtout rapportée de son voyage en Espagne. En nous voyant arriver, il gueule si fort que toute la salle entend, y compris les filles auxquelles nous n'osons pas adresser la parole et qui nous rendent muets de timidité dès qu'elles nous disent le moindre mot, il gueule, alors les gars, vous avez eu le temps de vous branler ce matin, au fait, c'est vrai qu'elle est tellement petite que vous le faites à la pince à épiler ? Puis il éclate de rire, allume le moteur, pousse le son du radiocassette et voici la journée de travail qui commence, la fumée du diesel emplit l'air, nous saisissons quelques bribes de Captain and Tennille à travers les rugissements du moteur et les accélérations du conducteur. Júlli beugle à tue-tête cette chanson que nous connaissons tous et que certains reprennent avec lui bien qu'on entende à peine la musique, je n'ai jamais assez de toi :

> *Do that to me one more time*
> *Once is never enough with a man like you.*
> *Do that to me one more time*
> *I can never get enough of a man like you.*

Tu n'entrerais même pas au Top 100 du pôle nord

Un monde sans musique est comme un soleil sans rayons, un rire sans joie, un poisson sans eau, un oiseau sans ailes. Cela revient à être condamné à un séjour sur la face cachée de la lune, avec vue sur les ténèbres et la solitude — voilà pourquoi Ari s'est offert une chaîne hi-fi au cours du mois de février, au moment où le cœur de Tito donnait tant et tant de signes de faiblesse. Il a économisé une partie de ses salaires depuis que nous avons travaillé à l'automne dernier aux abattoirs de Búðardalur, ce village situé dans l'ouest de l'Islande, et qui a la forme de l'oubli. Même s'il ne lui restait plus grand-chose en poche après cet emploi saisonnier : c'est qu'il n'est pas facile quand on est ivre de jeunesse et projeté à toute vitesse dans le temps, de faire preuve de raison et de retenue s'agissant de l'argent ; raison et retenue vont sans doute à l'encontre des principes mêmes de la vie dans ce domaine. Ari est tombé amoureux d'une fille là-bas, elle a des taches de rousseur et ses yeux ressemblent à deux chansons dont l'une serait composée par Lennon et l'autre par McCartney, nous la croisions au minimum deux fois par jour. Nous étions en début de chaîne de travail, à l'extrémité de la plate-forme où défilaient les crochets auxquels étaient suspendues les carcasses, mais avions passé les premiers jours en bas dans l'enclos, à côté de l'homme chargé de tuer les bêtes, et vers qui nous poussions agneaux, brebis, moutons et béliers. Nous posions très souvent une main sur le dos d'un agneau pour le calmer et percevions ses tremblements au creux de notre paume. Nous plongions nos yeux dans les siens, parfois il fallait attendre, ce qui permettait à l'animal terrorisé de survivre quelques instants de plus, de prolonger son existence avant de disparaître vers cette dimension qui échappe à notre entendement. Nous le regardions dans les yeux en essayant de le rassurer, de lui faire comprendre que nous n'étions pas indifférents, évidemment nous prenions garde à ce que personne ne le remarque, nous lui caressions la tête en douce pendant le bref sursis dont il bénéficiait, parce que l'homme chargé de l'abattre s'offrait une prise de tabac ou peinait à tuer un vieux bélier, le poinçon de son arme refusant de traverser l'os frontal de l'animal, il avait dû aller chercher son pistolet afin de l'achever à l'aide d'une vraie balle qu'il avait pris tout son temps pour placer dans le chargeur, le bélier poussait des gémissements désespérés, le front lacéré, et nous faisions de notre mieux pour offrir à l'agneau affolé un peu de compagnie et de chaleur pendant ses derniers instants. Les yeux d'un agneau sont une des plus belles choses qui soient, leur pureté rappelle les matins bleus du commencement du monde, puis nous avons vu le poinçon s'enfoncer dans l'os entre ses deux yeux, et il n'y avait plus aucune beauté. Mais l'espace entre les extrêmes est bien souvent restreint, il y a peu de distance entre les ténèbres et la lumière en ce monde, car quelques minutes après ça nous vivions nos plus beaux instants en passant devant cette fille dont Ari était amoureux, alors que nous allions prendre le repas, le café ou à la fin de la journée de travail. Nous remontions toute la chaîne, témoins de la manière dont ces agneaux, ces moutons et ces quelques béliers s'éloignaient de la vie, on les dépeçait, on les vidait, on leur tranchait la tête, nous avions sous les yeux la laideur du monde, à moins que l'existence ne soit simplement ainsi, qu'elle ne soit aucunement aussi belle que l'est la musique. Nous longions la chaîne en caressant l'espoir enfantin, disons plutôt puéril, qu'il existait un paradis pour les moutons, un lieu tapissé de prairies verdoyantes et dénué d'abattoirs ; ces agneaux morts se transformaient en carcasses, mais le cœur d'Ari s'affolait quand nous approchions de cette fille chargée de couper les intestins qui pendouillaient hors du ventre, cette fille aux cheveux bouclés avec ses taches de rousseur qui ressemblaient à des baisers et ses yeux dont l'un s'appelait Ici, là-bas et partout, *Here, There and Everywhere*, et l'autre Si je m'éprenais, *If I fell*, et cela suffisait, il n'en fallait pas plus, puisque le monde abritait de tels yeux, il était sauvé.

Quel bonheur, quelle chance inespérée que d'être sur terre au même moment qu'eux, qui plus est au même endroit, ici, dans la province des Dalir que si peu de gens visitent, et à Búðardalur, un village dont même Dieu n'a jamais entendu parler, où il n'y a ni église ni cimetière, le frère[1] et la sœur que sont la mort et l'éternité le contournent, jamais les anges ne le survolent, et pourtant ces yeux y ont brillé au cours de quelques semaines d'automne et on a souvent aperçu ces taches de rousseur en forme de baisers à la Coopérative, quelle autre nouvelle que celle-là mériterait de figurer en une de tous les journaux, quelle autre information que l'existence de cette fille aux yeux incroyables et aux taches de rousseur plus belles que des nuées d'étoiles, et qui constitue tout un univers à elle seule ou, à tout le moins, une Voie lactée. Nous étions consternés face à la bêtise de la presse, il était impensable que les grands jour-

---

1. La mort (dauðinn) est de genre masculin en islandais, ce qui explique qu'elle emprunte les traits d'un homme plusieurs fois dans l'œuvre.

naux de ce monde n'en fassent pas leur chou gras, le *New York Times* aurait pu mettre ces yeux en première page et présenter cette jeune fille au monde entier, ne publier en une que ce regard, ce qui aurait été des plus bénéfiques, aurait consolé bien des gens, l'assassin aurait balancé son revolver au lieu de faire feu, le père aurait cessé de battre son enfant. Il aurait suffi que le lendemain le même journal publie une photo de ses taches de rousseur, de ces baisers adressés au monde, pour que les rampes de lancement des missiles se transforment en serres luxuriantes et les coups du père en douces caresses. Mais cela n'arriva pas et, à vrai dire, personne ne semblait remarquer ses yeux ni ses taches de rousseur à part Ari et moi. Jusqu'à quel point le monde peut-il être stupide ? Les garçons qui travaillaient aux abattoirs, nos collègues, en majorité fils de paysans, n'en avaient que pour les seins et les fesses des autres filles, l'un d'eux avait toutefois prononcé son prénom le soir du bal qui marquait la fin de la campagne d'abattage, le premier jour de l'hiver, on avait tué toutes les bêtes et il y avait un bal, oh que Dieu nous vienne en aide, ça oui, il y avait un bal !

Geirmundur Valtýsson lui-même est aux commandes, aussi énergique qu'un jouet mécanique remonté à bloc, avec les autres gars de l'abattoir, nous avons commandé depuis belle lurette de l'aquavit et de la vodka à Reykjavík, des quantités de bouteilles car par le diable, on va chanter, danser et hurler, nom de Dieu de bon Dieu, on explose sacrément quand on a seulement seize, dix-sept, dix-huit ou dix-neuf ans. Nous nous retrouvons en début de soirée à une bonne dizaine dans la maison que cinq gars louent ensemble le temps de la saison, et là, l'un d'eux mentionne

le prénom de celle dont les yeux ont été composés par Lennon et McCartney, mais sans préciser qu'ils devraient figurer en première page de ce monde afin de le sauver par leur beauté, non, il se contente de prononcer son prénom, Sigrún, et d'ajouter qu'elle a une poitrine drôlement minuscule, qu'on n'a sans doute aucune envie de pétrir ces seins pas plus gros que des crottes d'agneau et que ça ne fait même pas bander de les voir.
Des seins pas plus gros que des crottes d'agneau.
Et qui ne déclenchent aucune érection.

Ari mélange de l'aquavit à cette pisse d'âne pratiquement sans alcool qu'on appelle pilsner, ainsi, on a l'impression de boire une véritable bière, comme à l'étranger, il avale une grande lampée de la mixture et me regarde. Jamais jusque-là il ne s'est intéressé à rien de ce qui se trouve au-dessous de la bouche de Sigrún, de ces lèvres dont la commissure retombe très légèrement, comme empreintes d'une vague tristesse, ou plutôt d'une antique nostalgie suggérant qu'elle conserve quelques souvenirs de l'aube des temps. Nous n'avons jamais pensé à ses formes, ses seins, ses hanches, ses jambes, ses fesses, nous savons simplement que son corps existe, mais que son rôle consiste uniquement à maintenir ces yeux, ces taches de rousseur et ces lèvres à leur place pour leur faire parcourir le monde. Nous ne sommes pourtant ni des anges ni des innocents. Nous avons lu des livres aux titres évocateurs tels *Son corps était un livret d'épargne, Histoires osées* et *Elle n'en avait jamais assez*, et nous avons plus d'une fois volé à la librairie de Keflavík des magazines pornos montrant absolument tout. Nous savons donc un certain nombre de choses, mais Sigrún n'appartient pas à l'univers des revues pornographiques et des histoires osées, elle est, comme l'a écrit

Ari dans une envolée romantique : l'éternel été, un rêve du système solaire, un soupir de Dieu.
Et des seins pas plus gros que des crottes d'agneau.
Puis la salle de bal se déchaîne !
Geirmundur Valtýsson hurle quelques mots à propos de l'ambiance, juché sur la scène, les pieds martèlent le parquet, certains tentent de danser, mais la plupart sont ballotés çà et là sur la piste, ivres d'alcool et de joie. Paysans au teint hâlé, fermières crémeuses, fils et filles, les plus jeunes ont environ seize ans et les plus vieux près de quatre-vingts. Le doyen de l'assemblée, Gaui de Brú, âgé de soixante-dix-neuf ans, proclame depuis des lustres qu'il veut mourir complètement soûl en dansant dans un bal endiablé, plutôt que comme un déchet, une botte de foin moisie ou un veau chiasseux dans une maison de retraite. Il ne quitte pas la piste, ruisselant de sueur sous sa chemise en coton, le visage rayonnant, sa bouche édentée n'est qu'un immense sourire, ses fausses dents l'attendent dans le verre de vodka à moitié plein qu'il a laissé sur sa table, c'est que ce fichu râtelier claque vraiment trop quand je danse, dit-il en le balançant dans son verre avant de rejoindre la piste, et ça fait un bien du tonnerre de le remettre en place, ajoute-t-il, secoué par les quintes de rire, par les quintes de joie, tellement vivant et frétillant que malgré son énergie semblable à celle d'un jouet mécanique remonté à bloc, Geirmundur est un vrai bonnet de nuit, comparé à l'ancêtre. Et Sigrún, sa petite nièce, ce rêve du système solaire, danse souvent avec lui au fil de la nuit, en blue-jean ajusté et débardeur blanc, elle transpire également, il fait si chaud, elle danse tellement, et là, nous remarquons sa poitrine, nous remarquons que ses seins ne sont vraiment pas gros, qu'au contraire, ils sont très petits, nous remarquons aussi ses cuisses et son cul, même si nous

ne pensons pas en ces termes, le mot cul ne nous vient pas à l'esprit, bien loin de là, mais nous constatons qu'il est beau, rebondi et ne demande qu'à être libéré de ce jean qui l'enferme pour s'épanouir, puis elle se transforme sous nos yeux car lorsqu'elle évolue sur la piste, lorsque son corps se courbe pour épouser les notes de musique, leste et tout en douceur, et quand elle tournoie à toute vitesse, elle se change en comète qui fend les ténèbres de l'Univers de sa lueur rougeoyante.

Nous sommes témoins de tout cela, debout sur la plateforme de la salle des fêtes où, adossés à un pilier, nous attendons comme deux âmes en peine qu'Ari ait assez bu pour oser inviter celle qui nous a si souvent souri alors que nous longions la chaîne de travail, qui nous parlé, qui s'est assise deux fois à côté de nous au réfectoire, tout près d'Ari, si près qu'il sentait la chaleur de ses cuisses et suffoquait presque de bonheur. Elle nous a également souri ici, au bal, et elle a même fait un crochet pour venir nous dire quelques mots, mais nous n'avons pas eu le temps de lui répondre car un oncle, un cousin, une tante ou peut-être une cousine est venue nous la ravir pour l'emmener sur la piste où elle s'est immédiatement transformée en comète qui illumine les ténèbres du monde. Ari boit en attendant que lui vienne le courage. Peut-être, disons-nous, ferions-nous mieux d'attendre qu'il soit presque trois heures pour lui proposer la dernière danse juste avant le slow, le Paradis n'est que de la merde comparé à un slow joue contre joue avec elle. Bonne idée, ajoute Ari. Il boit et la regarde, regarde le vieux Gaui de Brú qui commence à tituber de fatigue et d'ivresse. Deux heures du matin, deux heures et demie, trois heures moins le quart, alors, est-ce que vous êtes tous en super forme, gueule Geirmundur sur la scène, certains membres de l'orchestre sont tellement avinés qu'ils ne savent même plus de quel instrument ils jouent, ouiiii, renvoie la piste comme un seul homme, Gaui hurle plus fort que tous les autres, il vient d'avaler un petit remontant et a remis ses dents, sa petite nièce, la comète, cette chère Sigrún, ne hurle aucun ouiiii, elle cesse brusquement de briller, elle s'est subitement ternie, tout à coup, elle n'est plus une comète qui se précipite à travers le monde, elle n'est plus qu'une lune mélancolique. Peut-être, dis-je, est-elle triste à ce point parce que tu ne l'as pas invitée. Nous l'observons, elle se retient à une table, si belle, si pâle, jamais ses taches de rousseur n'ont été aussi visibles, elle est sans doute ce que nous avons vu de plus beau jusque-là et agrippe ses dix-sept ans à une table, pâle comme un suaire, le front parsemé de perles de sueur, les yeux mi-clos, les épaules tombantes, elle ne se sent pas bien, dis-je, non, nous devons agir, répond Ari, je crois qu'elle va vomir, dis-je. Mon Dieu, s'exclame-t-il en répétant sur le ton du désespoir : nous devons agir ! Mais nous ne faisons rien. Nous restons immobiles de peur qu'on ne nous remarque, terrifiés à l'idée qu'elle repousse Ari en feulant, méprisante, fiche-moi la paix, tu t'imagines peut-être que j'ai envie de voir un gamin rouquin et bégayant de ton espèce, ne va pas croire que tu m'intéresses, atterris et sors de tes rêves, allez, du vent et va te pendre, non mais, tu ressembles à une chanson boiteuse, tu n'entrerais même pas au Top 100 du pôle Nord ! Ce qui explique notre hésitation. En revanche, Kári, cet homme originaire d'Akranes, marié à la sœur du fermier chez qui Ari a passé plusieurs étés à la campagne, âgé d'une bonne trentaine d'années et père de trois enfants, est venu ici à Búðardalur pour travailler aux abattoirs pendant la saison, il n'était pas très loin de Sigrún à la chaîne et ses mains agiles et rapides n'hésitent pas. Il vole au secours de la jeune fille, pose un avant-bras sur son épaule, protecteur et rassurant, lui dit quelques mots à l'oreille, sans doute qu'un peu d'air frais lui ferait le plus grand bien, quelques paroles sensées, marquées au sceau de l'expérience et de la responsabilité, car nous le voyons aider Sigrún à rejoindre l'extérieur de la salle des fêtes, il lui fraie un chemin sur la piste de danse frétillante, elle titube, il avance bien droit, jamais elle n'aurait pu traverser cette piste toute seule, elle aurait vomi sur les gens, quelle humiliation ! Kári est un brave homme, le monde serait pire et plus contrariant encore si certains en étaient absents. Il l'aide à traverser la piste de danse, fend la foule mouvante, l'emmène à l'extérieur et nous le suivons, hésitants, je la raccompagnerai à l'intérieur dès qu'elle ira mieux, promet Ari. Nous voici plongés dans l'air frais de la nuit, il gèle, les étoiles scintillent là-haut dans la voûte céleste et nous font entrevoir l'éternité, le chant du monde, elles sont des lumières qui fendent l'obscurité et Sigrún vomit, accoudée à la voiture de Kári. Nous nous faufilons dans la Land Rover bleue du paysan chez lequel Ari a passé tous les étés depuis 1975, nous ne voulons pas être vus, feignons de ne pas être témoins de l'humiliation de Sigrún, nous le faisons pour elle, pour la préserver, si seulement certains étaient aussi respectueux que nous. Installés sur les sièges, à l'avant du véhicule, nous entendons l'écho de la voix de Kári, le tempo martelé à l'intérieur de la salle, le rythme de la joie, de la boisson et de la fête. Nous allumons l'autoradio, allumons la cassette de Brimkló sur laquelle Björgvin Halldórsson, BÓ en personne, chante ses chansons de variété et de vérité. Et voilà, elle a fini de vomir, Dieu tout-puissant, comme elle est pâle, Dieu du Ciel, comme elle est belle, notre cœur vacille, sa forme est semblable à celle d'une larme, Kári attrape quelque chose à l'intérieur de sa voiture, sans doute de l'essuie-tout afin qu'elle puisse s'éponger le visage, sécher cette bouche qui affiche les réminiscences d'une immémoriale tristesse, non, il tient une bouteille à la main, il va lui donner un peu d'eau pour l'aider à se remettre, non, attends un peu, c'est une bouteille de vodka, il la lui tend, elle l'attrape, c'est bizarre qu'elle ait encore envie de boire, notre déception assombrit la nuit, elle boit les yeux mi-clos, avale une grosse gorgée et tousse, expulse la vodka en postillonnant, Kári éclate de rire, quel plaisantin tout de même, il lui caresse les cheveux, lui caresse le visage, caresse ces taches de rousseur qui sont autant de baisers, ces yeux qui devraient figurer à la une du *New York Times* et transformer les assassins en jardiniers, puis voici qu'il l'embrasse, avec fougue, comme si c'était lui et non Ari qui aimait cette fille plus fort qu'il n'avait jamais aimé, elle semble paralysée de bonheur dans les bras de celui qui ouvre maintenant d'une main la porte de sa voiture et les voilà sur la banquette arrière, la porte se referme, et quelques instants plus tard la voiture commence à s'agiter. Le break Lada remue, se dandine et ondule, bientôt une forme blanche apparaît par intermittence juste au-dessus des sièges, ce sont les fesses de Kári qui jettent un œil par-dessus les dossiers, comme si elles tenaient à vérifier, à s'assurer que personne ne les observe, ou comme deux petits enfants qui jouent à cache-cache, elles accélèrent, apparaissent et disparaissent aussi vite que l'éclair, qu'est-ce qu'on s'amuse, qu'est-ce qu'on rigole, c'est donc ce qu'elle voulait, se faire sauter par un vieux bonhomme, heureusement qu'Ari ne l'a pas invitée à danser, elle lui aurait ri au nez, elle l'aurait humilié, lui qui n'est qu'une chanson de variété sans relief, un morceau qui n'entrerait même pas au Top 100 tout au bout du monde.

La cassette de Brimkló défile dans l'autoradio, Björgvin Halldórs chante, la voix douce, moelleuse et belle comme un velours bleu nuit :

Veux-tu me tenir la main
où que j'aille
car jamais je ne t'oublierai.

Norðfjörður
— JADIS —

Les noyés ne sont guère utiles

Il est étrange, pour ne pas dire rudement surprenant, de constater qu'il existe des mâles qui se croient à la hauteur de leur rôle et dignes d'être considérés comme des hommes à part entière alors même qu'ils ne se sont jamais mesurés à la mer. Nous vivons sur une île, certes assez grande, mais sa taille ne change rien au fait que l'océan nous cerne de toutes parts et nous attend, nous appelle. Il faut évidemment que certains restent à terre, c'est tout à fait normal, il faut bien que quelqu'un dirige les commerces, construise les maisons, publie les journaux ou soigne les gens, c'est une évidence, et certains vivent si loin dans les terres, au fond de vallées si profondes, que pour eux, la mer existe à peine, ce qui doit leur causer de terribles souffrances. Mais qu'un homme puisse traverser l'existence sans vouloir affronter l'océan, mesurer sa force à celle de la mer, se rencontrer lui-même face à des vagues noirâtres hautes comme des montagnes, perdu dans les hurlements des tempêtes, quand l'air expulse des rugissements comme s'il portait en son sein la fin du monde ou la fureur divine, et que le bateau, malgré toutes ses tonnes et la puissance de son moteur, n'est qu'une minable planche, que la vie n'est plus rien, eh bien, celui qui n'a pas connu ça ignore qui il est vraiment et jamais il ne sera plus de la moitié d'un homme. Ou comme le dit simplement Tryggvi : Être en mer, c'est être en vie.

Il faut vraiment que le temps se déchaîne pour retenir le *Sleipnir* à terre ; si Oddur ne navigue pas, c'est qu'il est véritablement suicidaire de sortir, du reste ce n'est pas une mince affaire que d'être engagé à son bord, cela revient presque à se voir décerner une médaille pour son courage et ses capacités. Et les membres de son équipage doivent rivaliser d'imagination pour trouver une raison valable s'ils veulent rester chez eux, en réalité il faut qu'ils soient morts, c'est là le seul motif, la seule excuse qui vaille. Est-ce ta femme ou bien toi qui vas mettre l'enfant au monde ? a rétorqué Oddur à l'un de ses marins, le plus jeune, le jour où ce dernier a sollicité l'autorisation de rester à terre pendant la prochaine campagne de pêche, arguant que sa femme était sur le point d'accoucher. Pour sa part, Oddur sort y compris quand une forte fièvre lui donne des visions. Il y a toutefois chez lui une caractéristique surprenante : aucun autre capitaine de toute la région des fjords de l'Est ne se soucie autant des questions de sécurité, comme si cet homme de fer était en fin de compte plus ou moins pleutre et que sa dureté implacable n'était qu'une façade. Ainsi, nul ne saurait être engagé à son bord à moins d'être bon nageur, son bateau est équipé de bouées de sauvetage aussi bien à bâbord qu'à tribord, et la cerise sur le gâteau, le comble du ridicule, c'est qu'on y trouve aussi une petite barque censée remplir la fonction de canot de sauvetage. Quelle idée de gâcher un espace si précieux en l'encombrant d'une barque — ici, autrefois, à l'époque où les hommes étaient vraiment des hommes, tout ce qui leur importait était de rapporter assez de poisson, on n'avait pas le temps de penser à la sécurité, et si quelque chose arrivait, un accident, une déferlante qui submergeait le bateau, on n'avait qu'à se débrouiller pour s'en tirer et montrer de quel bois on était fait, si ça ne suffisait pas, eh bien, c'était comme ça, c'est que votre heure était venue, vous n'aviez qu'à rassembler vos frusques et débarrasser le plancher. C'est manifestement ainsi que les choses régressent, voilà sans doute la différence entre les héros du passé et ceux des temps nouveaux ! Quant à Oddur, il devrait faire venir de Reykjavík un cordage assez long, attacher une extrémité à la poupe du navire, nouer l'autre solidement à la jetée, comme ça, il pourra naviguer sans être mort de trouille !

C'est vrai, c'est assez drôle.

Une trentaine de pêcheurs boivent, debout ou assis. Il fait un temps à ne pas mettre un chien dehors, les bourrasques titanesques et le froid glacial interdisent toute sortie, et à la nouvelle de ce fût de cognac français qu'on a ouvert dans la cabane d'un marin, les pêcheurs ont plu comme une averse de neige, on est tellement serrés là-dedans, lance l'un d'eux, qu'on n'a même pas la place pour péter. La plupart fument, prisent, mâchent du poisson séché et la porte s'ouvre par intermittence sur l'enfer extérieur afin qu'ils n'étouffent pas tout à fait, la fumée se dissipe et l'odeur qui règne à l'intérieur est un peu moins suffocante, un peu moins pesante. Ils chantent et racontent des histoires. Tryggvi excelle plus que quiconque dans ces domaines, avec sa belle voix de baryton et son grand talent de conteur, il est capable d'insuffler vie à n'importe quoi, de créer une atmosphère et de rendre une image si nette des événements que les autres ont l'impression qu'ils se produisent sous leurs yeux. Il raconte les histoires des héros d'autrefois, de l'époque où les hommes étaient vraiment des hommes qui jamais ne ployaient et préféraient briser des cailloux avec leurs dents plutôt que d'afficher ces signes de faiblesse que sont les sentiments, et c'est à la fin d'une de ces anecdotes que Konráð le géant prononce ces paroles à propos d'Oddur et du cordage. Konráð le taureau — un surnom qu'il tient autant de sa force phénoménale que de sa laideur et de ses emportements —, il y a neuf ans, il a voulu rejoindre l'équipage d'Oddur, une place venait de se libérer à bord, un marin était mort, arraché à la vie par la tuberculose et la toux, là-bas, à Reykjavík, mais Oddur a recruté quelqu'un d'autre, un homme deux fois moins fort que Konráð. Tu ne manques pas d'humour, Konni, rétorque Tryggvi, et tu vaux sans doute mieux comme amuseur que comme pêcheur. Oddur ne dit rien, assis sur un tabouret, le regard perdu dans le vague, il semble s'ennuyer, son visage hâlé et buriné demeure impassible. Et tout à coup, le silence s'abat sur l'assemblée, un profond silence envahit la cabane. Les hommes n'en prennent pas immédiatement conscience, il faut à ce silence un certain temps pour s'immiscer à travers l'ivresse, les hurlements du vent et l'épaisse fumée du tabac, mais quand il y parvient, il emplit la totalité de l'espace, devient palpable, envahit les hommes qui se contentent de respirer et n'entendent plus que leur souffle allié à celui des bourrasques qui se déchaînent à l'extérieur, brouillent le ciel jusque bien haut dans les ténèbres avant de se précipiter sur cette cabane. Les hommes observent tour à tour Konráð et les deux amis, Tryggvi et Oddur, quelque chose se prépare, c'est tout à fait clair, un événement va se produire qui vaudra le coup d'être raconté, par le diable, on a bien fait de venir parce que Konráð va se venger d'avoir été écarté par

Oddur il y a neuf ans et la colère qui s'est accumulée en lui depuis lors s'apprête à éclater, il a assez maudit Oddur pour l'avoir refusé à son bord, une fureur de taureau accumulée depuis neuf ans. Ceux qui se tiennent à proximité de Konráð font de leur mieux pour reculer malgré l'étroitesse du lieu, le Taureau s'étire longuement, comme afin de se rappeler et de rappeler aux autres sa taille et sa puissance, puis il comprend peu à peu qu'il en a trop dit, il est allé trop loin et va devoir choisir entre deux options, le repli ou l'attaque. Il se demande vraiment laquelle est la meilleure, et tout à coup, il distingue un changement dans l'expression d'Oddur, ne dirait-on pas que cette saleté affiche un rictus l'espace d'une seconde, d'une fraction de seconde, puis son visage redevient tout à fait impassible, mais Konráð a bien vu ce rictus, ce sourire narquois et provocant qui l'a transpercé comme un couteau — et là, il n'est plus question de repli. Il dit, on comprend facilement pourquoi tu as choisi ce connard de Fúsi à ma place, j'ai toujours cru que c'était parce que tu avais envie de te taper sa femme Rúna, que tu voulais lui tripoter les seins, d'ailleurs, quelle putain de paire de nichons elle a, ça donne envie, et quel homme n'aurait pas envie de se retrouver entre ses cuisses, mais en réalité, si tu ne m'as pas pris à ton bord, c'est parce que tu savais bien que ton caractère froussard et ta lâcheté exploseraient au grand jour si j'étais à tes côtés. Ça ne m'étonne pas que ta femme soit un peu dérangée, tu n'es pas à la hauteur, elle a le feu au cul et ça la rend folle, voilà tout, elle aurait bien besoin d'un homme digne de ce nom. Enfin, ne t'inquiète pas, je passerai chez toi à l'occasion et je lui montrerai ce que c'est que de se faire baiser par un vrai mâle. Tu auras même le droit de regarder pour en prendre de la graine.

Là, il est allé trop loin. Beaucoup trop loin.

Mais n'est-ce pas justement une marque de courage que d'oser franchir les plus extrêmes limites ; il ricane.

Afin d'afficher clairement qu'il se fiche de tout. Il serre les poings comme le ferait un géant, ses poings aussi gros que deux blocs de pierre, et fixe Oddur qu'il dépasse d'une tête, Oddur dont les épaules sont deux fois moins larges que les siennes et manifestement deux fois moins puissantes — est-ce pour cette raison qu'il ne réagit pas ? Rivé sur son tabouret, Oddur demeure parfaitement serein. Il sort son canif, vérifie le tranchant en le passant sur sa joue et entreprend de racler la crasse qu'il a sous les ongles. Avec lenteur et détermination. Il lève les yeux pour observer Konráð, lui perçant le crâne de son regard gris. Sa seule réaction face à l'insulte du géant, face à cette attaque contre sa réputation et aux paroles infamantes prononcées à l'égard de sa femme consiste à se curer les ongles !

Mais lentement.

Avec une lenteur insupportable.

Tous l'observent, plongés dans un silence de mort, ils ne quittent pas des yeux le couteau d'Oddur ni ses mains, ils sont pétrifiés, on dirait qu'ils assistent à une cérémonie. Au bout d'un moment, n'y tenant plus, Konráð s'écrie d'une voix si puissante que n'importe qui paniquerait en entendant un tel hurlement : non mais, qu'est-ce que ça veut dire, tu n'es quand même pas pleutre à ce point, hein ?! Oddur lève les yeux pour le toiser, s'interrompt un instant, lève à nouveau les yeux, puis reprend tranquillement sa tâche, et bientôt Konráð a l'impression que le capitaine ne se contente pas de racler la crasse accumulée sous ses ongles, mais qu'il entaille également à l'aide de ce canif son courage et son équilibre. Évidemment, ce sont des conneries, mais c'est quand même l'impression de Konráð qui a simplement trop bu. Sans doute, d'ailleurs, ce doit être cette goutte, ce tord-boyaux infâme qu'ils ont avalé après avoir fini le cognac français qui l'a poussé à franchir les limites. Il regarde la lame passer et repasser sous les ongles du capitaine ; le bruit résonne dans sa tête à chacun de ses passages, la tempête et ses déchaînements ne sont plus à ses oreilles qu'un lointain étrange. Au cinquième ongle, il a mal au ventre, au sixième, cela empire, au septième, l'air devient irrespirable, il est pris de nausée, au huitième, il doit sortir de cette cabane pour prendre un peu le frais, par le diable en personne, au neuvième, Konráð écarte tous les autres de sa route et se jette sur la porte, il sort dans le blizzard à une telle vitesse que le vent le fauche et le met à genoux, puis il vomit tripes et boyaux tandis qu'à l'intérieur Oddur replie son couteau.

C'est là une histoire que Jakob, le père d'Ari, entend plus d'une fois avec quelques variantes alors qu'il grandit là-bas, dans les fjords de l'Est, on la lui raconte également plus tard, quand il arrive dans le sud-ouest de l'Islande, d'abord à Vatnsleysutränd, au milieu des champs de lave, puis à Reykjavík. Des anecdotes à propos d'Oddur, toutes sortes d'histoires, pas toujours belles, mais dont la plupart le dépeignent sous un jour favorable. Jakob connaît bien Konráð le géant, le taureau, le titan, il a souvent joué avec ses deux fils, mais toujours craint leur père, cet homme manifestement prompt à la violence et qui avait le vin mauvais. Cauchemar du policier du village, il balançait ses adversaires comme des ballots et il ne fallait pas moins de trois à quatre gaillards pour le maîtriser et le plaquer à terre. Et pourtant, Oddur l'avait vaincu en se curant les ongles !

Oddur le vainqueur. Excellent capitaine, pêcheur avisé, respecté des plus jeunes comme des plus vieux, doté d'une force et d'une endurance infaillibles, il traversait sans dommage les pires tempêtes, et plus la mer bouillonnait, plus les vagues noircissaient et grandissaient, plus il semblait heureux et sûr de lui. Or parallèlement — les autres y ont longtemps vu un sacré paradoxe — il a été le pionnier des questions de sécurité sur toute la côte est de l'Islande. Personne ne prenait autant de précautions que lui, qui avait des bouées et un canot de sauvetage à son bord, exigeait de ses marins qu'ils sachent nager, étant pour sa part un nageur d'exception même s'il n'avait appris que tardivement, vers l'âge de trente ans. Il avait même pris l'habitude, y compris en plein hiver, de se déshabiller en haute mer et de faire entièrement nu deux ou trois tours du bateau à la nage alors que l'eau était si froide que le diable en personne n'y aurait pas survécu, les hommes étaient transis sur le pont rien qu'à le regarder faire, tu finiras par te tuer, disaient-ils, mais jamais il n'attrapait ne serait-ce qu'un petit rhume. « J'ai toujours eu le goût du danger », déclara-t-il des années plus tard dans l'une des interviews des « anciens héros des mers » publiée par le journal *Þjóðviljinn*, La Volonté du peuple, à l'occasion de la Journée des marins, il ajouta qu'il préférait par-dessus tout le gros temps, « quand il faut se dépasser et convoquer toutes ses ressources intérieures, c'est simplement ma nature, en revanche, je trouvais que c'était la plus pure bêtise de ne pas nous garantir la plus grande sécurité. J'étais responsable non seulement de mon navire et de mon matériel, mais également des hommes que j'avais à mon bord. Un capitaine qui ne place pas la sécurité de son équipage au-dessus de tout ne doit simplement pas monter

à bord, et les seuls navires dont il puisse prendre les commandes sont ceux qui tiennent dans une baignoire ».
La plus pure bêtise. Pendant longtemps, il avait pourtant été le plus négligent de tous ses collègues quant aux questions de sécurité, mais cela avait peu à peu évolué, on se sent plus responsable quand on a des enfants et que subitement on devient le soleil et la lune, la terre sous les pieds d'un tout petit être pour lequel le monde s'effondre si vous disparaissez. Par conséquent, c'est pur égoïsme — péché mortel et impardonnable — que de ne pas se soucier de la sécurité.
C'est toutefois par Margrét que tout a commencé.

Que se passera-t-il, lui demande-t-elle un beau matin d'hiver tout en quiétude, des années avant que Konráð ne se lève dans cette cabane de pêcheur ; le blizzard a soufflé la veille et presque toute la nuit, recouvrant le village d'une épaisse couche de neige, mais aujourd'hui, tout est calme, ils se réveillent longtemps avant les enfants, elle la première, encore troublée par ce rêve brûlant qu'elle vient de faire et dont elle a un peu honte, mais qu'elle s'efforce de prolonger, allongée sur le dos, elle ne peut s'en empêcher et doit ouvrir la bouche afin de se maîtriser, de se retenir, tandis qu'elle écoute le souffle régulier d'Oddur. Elle respire, mais ne parvient pas, ne peut pas, ne veut pas calmer le tumulte qui agite son sang, se lève en silence pour aller s'assurer que les enfants dorment encore, retourne dans la chambre et réveille son mari du bout des lèvres. Puis ils restent allongés, blottis l'un contre l'autre, tellement imbriqués qu'ils ne font plus qu'un, elle le respire, sent ses bras serrés autour d'elle, et si je n'avais pas ces bras-là pour m'étreindre, pense-t-elle — puis elle aborde un sujet qu'elle a bien souvent évoqué, un sujet qu'Oddur a tout aussi fréquemment éludé. Or elle est fermement résolue à ce moment précis. À ce moment précis, elle le désire si ardemment qu'elle ne peut supporter l'idée de le perdre. Il faut en revanche qu'elle procède avec tact, il convient d'adapter son discours à son destinataire quand la question importe. Que se passera-t-il, demande-t-elle, si un membre d'équipage tombe à la mer par gros temps, si toi, par exemple, tu tombes par-dessus bord ? Ça n'arrivera pas, répond Oddur, ou plutôt il marmonne, et sourit. Tu ne peux pas dire ça, personne ne peut affirmer ce genre de chose, la mer est plus grande et plus forte que toi. Bon, eh bien, si je tombe à la mer, on me remontera à bord.

Margrét : Mais si la houle est très violente et que les vagues t'emportent loin du navire ?

Oddur : Ce serait regrettable.

Margrét : Regrettable, à quel point ?

Oddur : Tu sais aussi bien que moi que c'est ainsi quand on est marin. Les marins se noient, c'est le tribut que nous payons. Il convient de marcher la tête haute.

Margrét : Ce n'est pas très facile pour un noyé de marcher la tête haute.

Oddur : Satanée malchance, tu as raison. Mais la mer est ainsi, elle donne, elle prend et fait de nous des hommes.

Margrét : Cette satanée malchance, comme tu dis, fait que les enfants perdent leur père, perdent celui qui est leur exemple, et que la famille risque d'être séparée. Mais un homme qui sait nager a plus de chances de survivre et plus encore s'il y a des bouées de sauvetage à bord. C'est sans doute plus agréable de revoir ses enfants que de se noyer — et un noyé ne pêche pas grand-chose. À dire vrai, les noyés ne sont guère utiles. Ils ne servent ni n'honorent personne, ne rapportent pas de poisson, n'ont pas d'érection,

ils sont hors jeu, ce qui est déjà assez triste comme ça, mais ça l'est encore plus d'imaginer qu'ils auraient pu avoir la vie sauve s'ils avaient su nager. Enfin, peut-être que faire preuve de prudence en mer et veiller à la sécurité demande un courage qui n'est généralement pas l'apanage des hommes. Oddur s'est assis dans le lit et regarde son épouse, furieux. Il balance un juron.
Puis apprend à nager.

Au début, c'est insupportable. Il a l'air d'un imbécile dans le bassin construit à l'entrée du fjord, à frétiller comme un poisson hors de l'eau, quelle humiliation cuisante. Les gens, surtout des femmes et des enfants, les voyaient lui et Tryggvi — parce que Oddur avait évidemment ordonné à son beau-frère de l'accompagner, ils étaient tellement en colère après les premières séances qu'ils avaient failli se battre. Et par trois fois, Tryggvi a dû dissuader Oddur de sortir du bassin pour aller casser la figure de ce satané moniteur de natation, cet archi-crétin de Björgvin, récepteur des postes au village. Les deux frères jurés sont la cible de toutes sortes de plaisanteries et de quolibets, on les surnomme les poissons jumeaux ou les sirènes, et bien souvent ils trouvent des queues de morue qui sont autant de ricanements matinaux sur le pas de leur porte quand ils franchissent le seuil de leur maison. Mais Oddur est bien résolu à apprendre ; les sobriquets moqueurs et ces queues de poissons ne font que l'encourager. Quant à ce Björgvin, c'est un véritable maître doublé d'un excellent moniteur, tout à fait bon à rien en mer, mais génie dans d'autres domaines, parce que c'est absolument génial, c'est tout bonnement un vrai miracle que de pouvoir flotter à la surface de l'eau, et qui plus est d'être capable de s'y mouvoir. Un an plus tard, tous les marins à bord du *Sleipnir* maîtrisent la natation. C'est le premier bateau des fjords de l'Est dont l'ensemble de l'équipage sache nager, ce qui lui vaut les pires railleries. Ces gars poursuivent la poiscaille à la nage plutôt que de lancer leurs filets. On les surnomme les tritons, les phoques, les hommes des mers et encore, on ne parle pas des bouées de sauvetage qu'ils ont à leur bord, pourquoi diable ne restent-ils pas à terre s'ils redoutent à ce point l'océan ? Pour couronner le tout, il y a ce canot tellement scandaleux qu'on se demande si on doit en rire ou en pleurer. Or pour Oddur, il importe à présent de se distinguer non seulement en tant que pêcheur, mais également dans le domaine de la sécurité en mer qu'il ne se lasse pas de promouvoir. Il participe à l'édition du livret que Björgvin, récepteur des postes et moniteur de natation, publie sur la question et qu'on distribue dans tous les fjords de l'Est. Ce livret a changé beaucoup de choses dans la région, entre autres grâce au récit qu'Oddur y livre de la mort de son arrière-grand-père à proximité de la côte : « Mon arrière-grand-mère, mon grand-père, ses frères et ses sœurs l'ont vu se débattre avant de couler. La mer était d'huile. Ils l'ont regardé, tétanisés et impuissants, frapper désespérément l'eau autour de lui, puis il a coulé. Il a disparu et n'est pas remonté à la surface. Et le plus jeune des enfants, candide, a demandé : Pourquoi papa ne remonte pas ? »

La réponse, explique Oddur, bien que l'article ait sans doute été en grande partie rédigé par Margrét, nettement plus douée que lui pour l'écriture, eût été la suivante : Parce qu'il ne sait pas nager.

« Il est très surprenant, concluait le texte, que seul un petit nombre de pêcheurs se soucient des questions de sécurité. Or, la mer continuera de réclamer un lourd tribut et de nous punir cruellement si nous n'agissons pas. Certes, nul n'a le pouvoir d'arrêter la mort, mais il est inutile de l'aider dans sa tâche. »

Mars — les mains de la mort, blanches comme un clair de lune

Une nuit, la mort sort de la mer et entre dans le village de Nesþorp.

Oddur dort d'un sommeil de plomb à côté de Margrét, il y a cinq enfants dans la maison, cinq univers, un quintuple bonheur, trois filles et deux garçons. Le petit Gunnar et Þórður, qui fêtera bientôt ses douze ans et sort déjà de temps en temps accompagner son père, grand pour son âge et très robuste, véritablement taillé pour la mer. En ce mois de mars, Oddur devrait être en campagne de pêche dans le Hornafjörður, il est rentré chez lui quelques jours, le temps de se remettre d'un accident, il a glissé sur un couteau qui lui a entaillé la cuisse, la plaie s'est infectée mais il se remet rapidement, il va bientôt repartir et reprendre le commandement du navire qu'il a confié à Tryggvi. Il dort profondément. Margrét a été réveillée par le petit Gunnar quand il est monté dans leur lit après avoir fait un cauchemar, l'enfant s'est vite calmé entre son père et sa mère, mais elle peine en revanche à se rendormir, se lève, se rafraîchit le visage, va uriner et met de l'eau à chauffer dans la bouilloire tout en regardant par la fenêtre de la cuisine. Le monde est silencieux, le village, les montagnes, la mer d'huile, lourde d'immobilité et il fait nuit noire, puis quelques maigres rayons de lune s'infiltrent à travers les nuages et elle aperçoit cette chose qui sort de la mer et remonte la rive à côté de la jetée. Les contours de cette masse d'abord floue ne tardent pas à se préciser, dévoilant un être sombre et de haute stature. Margrét est immédiatement persuadée qu'il s'agit de la mort qui sort de la mer et pose pied à terre pour venir chercher un des villageois. Et il faut bien qu'elle soit éveillée pour être témoin de ce spectacle. L'homme avance d'un pas lent et mesuré comme seul peut le faire celui que le temps n'atteint pas. L'air semble se flétrir dans son sillage. Je dois rêver, pense Margrét bien qu'elle sente la peur lui enserrer le corps en voyant cette silhouette qui remonte la côte et se dirige vers sa maison.

Elle tombe nez à nez avec lui dans l'entrée.

Il est très grand, son regard est neutre et froid, ses pupilles si noires que même la nuit semble s'éclaircir autour d'elles, ses mains sont immenses et blanches comme le clair de lune, pourquoi faut-il qu'elles soient ainsi, pense-t-elle, le clair de lune est si beau, pourquoi ne peut-il pas le rester ? Debout dans l'entrée et solidement campée sur ses jambes, Margrét lui barre la route avec sa vie pour unique arme. À l'intérieur, les enfants dorment. De même qu'Oddur. Elle lui dit, je ne vous laisserai prendre personne dans cette maison, ni cette nuit, ni la nuit prochaine, ni pendant bien longtemps.

Je prends ce qui m'appartient et aucun sang vivant ne saurait m'arrêter.

La voix de l'homme est constituée de néant. Dénuée de son, d'inflexions et d'accentuations. Des mots qui sortent du vide et ne portent rien en leur sein si ce n'est une tristesse sans fond, on dirait que tout espoir est défunt, toute herbe flétrie, Margrét voudrait tant se recroqueviller dans un coin et fermer les yeux. Mais elle ne bouge pas, elle regarde la mort en face, plonge profondément ses yeux dans ceux de cet homme et découvre qu'ils sont telles deux tombes, deux tombes qui la regardent fixement. Il lève un bras. Plus tard, elle n'est jamais parvenue à se souvenir s'il a levé le droit ou le gauche, mais ses doigts sont bleutés, sa peau entaillée de cicatrices et vieille, épaissie par la corne, il lève le bras et pose doucement sa main sur son sein gauche, à l'endroit où siège le cœur, ce muscle palpitant et chaud, qui se change instantanément en une pierre couverte de givre.

Puis elle se réveille.

Recroquevillée sur le sol de l'entrée, tremblante de froid au milieu de la nuit, et les rayons de lune qui entrent par les vitres ne sont que mains glaciales.

Mai, le printemps

« Autrefois », affirme le quotidien *Vísir* dont Margrét lit les lignes comme un verdict sans appel en avalant son café, « la banquise était notre ennemi héréditaire, mais depuis des années, cette dernière a été remplacée par la tuberculose. Rien ne peut endiguer cette épidémie, plus mortelle que n'importe quelle banquise. Elle parcourt le pays et sème la mort dans son sillage, laissant autant de plaies ouvertes dans les souvenirs de ceux qui ont perdu des êtres chers. La tuberculose n'épargne personne, ni les enfants innocents, ni les hommes les plus robustes. »

Un verdict sans appel — quelques jours après que Margrét a barré la route à la mort, le médecin lui a diagnostiqué la tuberculose, comme si, du bout de ses doigts glacés, le visiteur nocturne avait installé la maladie dans sa poitrine — toutefois, elle n'en meurt pas. Elle fait partie de ceux qui ont de la chance, c'est la récompense que lui offre la vie pour avoir ainsi défié la mort. Elle se remet avec une rapidité étonnante, cette tuberculose n'entre pas dans les profondeurs de ses poumons, un an plus tard, la voilà tout à fait guérie. En tout cas, en aussi bonne santé que peut l'être une personne qui a plongé son regard dans les yeux de la mort, vu le fond de ces deux tombes et senti son doigt se poser sur sa poitrine. Nulle vie n'est censée supporter pareille caresse ; est-ce pour cette raison que Margrét a parfois le sentiment qu'une chose capitale, le fil qui lui procure son équilibre, s'est rompue, que c'est là le tribut à payer pour avoir bravé la Camarde, l'avoir regardée en face en refusant de baisser les yeux ?

À moins que ce ne soit le prix à payer pour une imagination un peu trop fertile ?

Jamais elle ne mentionne à Oddur cette visite nocturne, qu'elle l'ait reçue en rêve ou parfaitement éveillée, jamais elle ne parle de ces yeux qui rappellent deux tombes, des os de ses mains tissés dans le clair de lune. Oddur n'a jamais supporté ce qui va à l'encontre de la raison, ce qui est en dehors des limites de la logique et qu'on ne peut toucher du doigt pour le façonner à la force de ses mains. Les superstitions, la peur des fantômes et des grandes forces de la nature ainsi que la croyance aux phénomènes surnaturels sont à ses yeux les marques d'une maladie des nerfs engendrée à la fois par une imagination débordante et un défaut de maîtrise de soi. Cette conception est si profondément ancrée en lui, et ce depuis leurs tout premiers moments ensemble, qu'elle s'efforce toujours de faire taire la voix inquiétante de cette imagination, parfois au point de la nier complètement. Puis voilà qu'elle assiste au spectacle de la mort sortant de la mer. Elle lui barre la route, triomphe de la tuberculose et découvre la valeur de la vie, découvre à quel point cette étincelle est précieuse. Or elle se demande également, où sont mes rêves, vers où sont-ils allés, ces rêves de bonheur sans nuage, de rires sans fin, ces rêves de savoir, de sagesse, de poésie et de connaissances ?

Sans doute pense-t-elle trop. Sans doute a-t-elle tendance à retourner les problèmes dans sa tête, à leur accorder trop d'importance, ce qui la rend critique à l'égard de son environnement, trop négative aussi. Et elle oublie que chacun a besoin d'avoir sa place. Par exemple, les hommes boivent plus que les femmes, c'est la manière qu'ils ont trouvée pour s'accommoder de l'existence — ou si on préfère voir les choses sous cet angle, c'est leur défaut. Or chacun a ses failles, c'est la vie, et les autres femmes du village ne s'alarment pas outre mesure de la boisson de leurs maris, boire fait partie de la vie, alors pourquoi se montre-t-elle froide quand Oddur rentre ivre à la maison, pourquoi le repousse-t-elle ainsi ? Est-ce parce qu'elle a l'impression qu'alors il lui échappe, qu'une grande partie de lui ne lui appartient plus ; est-ce parce qu'elle redoute qu'il voie d'autres femmes et que ces dernières le lui prennent, qu'elles s'approprient ce que, malgré tout, Margrét aime encore chez lui ? De vagues rumeurs sur Oddur et d'autres femmes dans l'enclos à poisson lui arrivent aux oreilles, des propos ambigus, des phrases à double sens. Se peut-il qu'il boive parce qu'elle ne lui laisse pas suffisamment d'espace, parce qu'elle se montre trop inflexible ?

L'alcool est un havre où il se repose. Il n'est pas aisé d'être capitaine, de supporter une aussi lourde responsabilité, d'afficher une force inébranlable, de se poser en exemple, de se détacher de la masse des gens, puis de rentrer chez soi et de ne pouvoir s'accorder que peu de repos entre les enfants et l'usure du quotidien ; or, tout le monde a besoin de se détendre. Il rentre à la maison complètement ivre, elle n'a aucune idée de l'endroit où il se trouvait. Elle est coincée au logis avec les enfants, les repas, le ménage, puis voilà qu'il arrive comme une incarnation de la liberté elle-même. Voilà le genre de réflexions qu'elle s'adresse parfois, elle ne peut s'empêcher d'être négative et de se perdre en reproches, elle refuse de lui accorder l'espace, la place dont il a besoin pour se mouvoir, comme s'il n'avait droit à aucun plaisir ; il rentre à la maison complètement ivre, les gestes parfois ralentis par de longues beuveries, mais jamais ne titube, jamais ne bégaie, il se débrouille toujours seul, conserve toujours le contrôle — et parfois, il est même d'humeur joyeuse. Alors, il se chamaille avec les enfants et tout le monde est heureux, toute la famille sauf elle, qui ne peut s'empêcher de se raidir même en déployant tous les efforts nécessaires, elle est le bonnet de nuit, il est l'amuseur. Oddur attrape les petites dans ses bras et les fait monter jusqu'au plafond, il leur met la tête en bas, leur raconte des histoires de marins, de flots déchaînés, de tempêtes, mais leur parle aussi des moments où l'air est immobile, de ces moments où le monde devient plus vaste, ces moments où il grandit, et nous grandissons avec lui, comme dit votre oncle Tryggvi. Quand pourrons-nous venir avec toi en mer ? demandent les filles. Oddur leur répond alors sans même se rendre compte que l'alcool lui donne les ailes de la poésie et sur un ton étonnamment solennel : La mer fait de nous des hommes, mais la terre est le domaine des femmes. Vous la gardez en notre absence. Nous affrontons le danger qui nous façonne et parfois nous détruit, c'est là notre destin, vous vivez en sécurité à terre et veillez sur la vie. Ensuite, nous nous retrouvons sur la rive.

Margrét entend. Elle est dans la cuisine, elle a tenté de lire quelques lignes, mais n'a pas réussi à se concentrer, furieuse contre elle-même, furieuse d'être tellement rigide et ennuyeuse, de ne ressentir que froideur et colère à l'égard d'Oddur, alors qu'en ce moment il se consacre tout entier aux enfants dont elle entend les cris et les éclats de rire. Voilà pourquoi elle décide de se mettre à la cuisine, hélas, elle ne le fait pas pour les réjouir, mais pour se réfugier dans le travail. Elle prépare des gâteaux et entend Oddur prononcer ces paroles sur les hommes et les femmes, la mer et la terre, et quelque chose se brise au fond d'elle-même ; en moins de temps qu'il ne faut pour s'en rendre compte, elle attrape une assiette et la balance sur le mur. De toutes ses forces. Et l'assiette se brise à grand bruit.

Puis c'est le silence.

Quand un objet se brise, nous entendons le fracas et sommes témoins des conséquences, nous constatons que ce qui était entier l'instant d'avant s'est changé en incompréhensible chaos. Rien ne nous effraie plus que le chaos. Cet objet qui avait une fonction précise dont il tirait une certaine beauté est devenu inutile, il n'est plus dès lors qu'un repoussant désordre. Et la puissance à l'origine de ce chaos se manifeste dans ces morceaux tranchants, aux formes irrégulières et menaçantes. Oddur et les enfants accourent et découvrent l'assiette en miettes, ils découvrent Margrét et l'expression indéchiffrable qui lui voile le visage, son regard reflète-t-il la démence ou la terreur ? — Þórður y lit de la peur, Hulda une forme de folie. Oddur, quant à lui, ne voit qu'une assiette brisée sur le sol. Je vais ramasser tout ça, dit-elle en s'efforçant d'adopter un ton posé. Il va falloir que tu apprennes à te maîtriser, observe Oddur. La colère qui explose subitement comme une éruption venue des profondeurs durcit le ton de sa voix. Margrét voit ce qui crève les yeux : ces morceaux sont le signe de son incapacité. Et les incapables ont toujours tort.

Elle s'agenouille, rassemble le chaos à la balayette tandis qu'Oddur s'approche du mur et passe une main sur l'impact que l'assiette a laissé à la surface du lambris. Margrét, dit-il, ton caractère rêveur et ton imagination mettent tes nerfs à rude épreuve, tu te laisses trop atteindre, tu confonds ce qui n'existe pas et ce qui existe, voilà pourquoi tu supportes si peu de choses.

Bref exposé écrit sur les ténèbres et la lumière

C'est une douleur d'être médiocre, et pire encore d'en avoir conscience, de le ressentir au plus profond de soi, ce genre de certitude vous pénètre et menace vos organes, elle s'en prend surtout au cœur et à ses échanges avec le cerveau. Et Margrét peine à supporter bien des choses.

Elle ne supporte pas de barrer la route à la mort, ne supporte pas qu'elle la touche. Certes, elle se remet de la tuberculose, mais pas de cette main posée sur sa poitrine, le froid demeure et se change en ténèbres qui s'élèvent et s'affaissent tour à tour en elle de manière imprévisible, comme animées d'une volonté propre, se manifestant et disparaissant à leur guise, qu'on soit en hiver ou en été, que les oiseaux chantent ou que tombe la neige. Deux ou trois fois par an, ces ténèbres envahissent ses veines si radicalement que tout devient difficile, elle peine terriblement à s'acquitter des tâches domestiques, sauf au prix d'un effort prodigieux, et peine aussi à étendre la morue salée pour la faire sécher. Au pire de la crise, elle se met au lit comme une fainéante, comme une grabataire, incapable de faire quoi que ce soit, parfaitement inutile, on ne perdrait rien à la mettre au rebut, ce serait même œuvrer pour le bien de tous. Les enfants doivent s'occuper de la maison, préparer les repas pour leur père, quel genre de mère, quel genre de femme faut-il être pour négliger ainsi son foyer, quand on pense à tout ce qu'Oddur doit endurer. Ce n'est pas étonnant qu'il lève parfois le coude, s'amuse un peu avec les autres femmes, qui ne le ferait pas à sa place ? Qui ne le ferait pas — elle le sait, elle a conscience de faillir à ses devoirs, mais ces ténèbres l'envahissent, colorent l'ensemble de ses organes, s'immiscent dans chacune de ses pensées et jusque dans ses souvenirs ; tout devient noir. C'est à peine si elle peut se lever, elle passe deux ou trois jours au lit, allongée sur le dos, le regard vide, totalement immobile, comme si elle dormait, comme si elle était morte, elle ne répond presque rien et parfois pas du tout, c'est à peine si les enfants osent l'approcher et Oddur dort dans la chambre attenante au vestibule. Ces périodes s'achèvent bien souvent d'une manière abrupte, si abrupte qu'on pourrait croire qu'on l'a arrachée à l'emprise de la mort pour lui offrir le cadeau de la vie, de la vie magnifique. Ses veines se gorgent brusquement de soleil et de rires, de chants d'oiseaux et d'une joie communicative qui l'empêche de tenir en place, il faut absolument qu'elle bouge, qu'elle célèbre la vie, et qu'elle danse ! Elle se met à la cuisine avec ardeur, danse partout dans la maison et serre dans ses bras ses enfants qui sont à la fois contents, terrifiés et embarrassés. Elle embrasse la vie parce qu'il est si bon de vivre, si agréable, si important d'exister que ce serait trahir tout le monde, trahir l'Univers tout entier et Dieu lui-même que de se retenir. Voilà pourquoi elle court à l'extérieur afin de faire du monde un cri de joie, une farandole, elle sort de la maison et serre dans ses bras un homme qui passe par là, un paysan qui vit loin à l'intérieur de la vallée, elle le connaît de nom, tout au plus, mais ça ne change rien car elle aime tout ce qui vit, veut étreindre toute chose vivante et l'étreint en criant, la vie n'est-elle pas belle, n'est-il pas merveilleux d'exister ? Et le paysan se voit bien forcé de le reconnaître, il vient simplement faire quelques courses au village et le voilà étreint inopinément, par une aussi belle femme, vêtue de sa robe de chambre pour tout vêtement, et sous laquelle il sent ses seins, il la serre un peu plus fort contre lui, c'est que tout est beau dans les bras d'une femme, dit-il en l'embrassant.

Environ une demi-heure plus tard, quand sa joie est moins débordante et plus maîtrisable, elle a préparé un chocolat chaud aux enfants, couvert leurs assiettes de gâteaux qui sentent délicieusement bon et se dit qu'elle devrait avoir un peu honte. Elle n'aurait peut-être pas dû sortir de la maison pour aller serrer cet homme dans ses bras et encore moins le laisser l'embrasser, d'autant qu'elle se souvient maintenant qu'il en a profité pour lui caresser les fesses, pourquoi a-t-il fallu qu'il fasse ça, ne peut-on jamais exprimer sa joie face à un homme sans qu'il en profite ? Elle a un peu honte et ses aînés lui font la tête, surtout Hulda qui devra essuyer les moqueries de ses camarades les jours suivants, et le petit Gunnar est contrarié de n'avoir pu accompagner sa mère pour sautiller avec elle dans la rue, Hulda l'en a empêché ; il s'est débattu en vain dans ses bras en poussant des hurlements. Peut-être que personne ne m'a vue, déclare Margrét pour les rassurer, d'ailleurs, quel mal y a-t-il à se réjouir de temps à autre d'être en vie ?

Quel mal y a-t-il, évidemment aucun, nous devrions tous de temps en temps sortir en courant de chez nous et crier à tue-tête pour glorifier la vie, à moins que l'existence ne coule de source et ne relève à ce point de l'évidence ? Combien de fois sommes-nous sortis pour célébrer la vie, cet animal éreinté, cette fleur battue par les vents, cette note puissante et profonde ? Et en effet, personne ne l'a vue. Sauf naturellement ce paysan qui n'a pas jugé bon de garder le silence. La nouvelle attend Oddur sur la jetée au moment où il rentre à terre, la cale débordante de poisson comme bien souvent, c'est son bateau qui rapporte le plus de prises depuis deux ans. On lui raconte que sa femme s'est précipitée dans la rue pour serrer un inconnu dans ses bras en hurlant comme une hystérique. Je ne hurlais pas, proteste Margrét, ce n'est pas ce que j'ai entendu, tonne Oddur qui vient de rentrer à la maison et fait les cent pas dans la cuisine. Elle est assise à la table, le visage empourpré et si belle après sa journée, libérée de ces pesantes ténèbres, elle a passé des heures à cuisiner et bien que le fumet aiguise la faim de son mari, il n'apaise nullement sa colère, au contraire. Pourquoi a-t-il fallu qu'elle fasse une chose pareille, quitter la maison en courant, en hurlant comme une folle, à peine habillée, et qu'ensuite pour couronner le tout et parfaire la honte, elle aille serrer dans ses bras cette saleté de Sigmundur de Kirkjuból, cet homme parmi tous les autres ! Je ne savais pas que tu le connaissais, dit-elle tout bas, les yeux baissés, comme si elle s'adressait à la table. Que je le connaissais, personne n'a envie de connaître cette langue de vipère, cette saleté, il a eu de la chance d'être rentré chez lui quand je suis descendu à terre, sinon je lui aurais réglé son compte en le transformant en morue salée, par le diable, qu'avais-tu donc en tête ?

Que peut-elle répondre ?

Comment saurait-elle décrire la joie qui s'est déversée sur elle au moment où les ténèbres se sont subitement dissipées, disparaissant en un clin d'œil, ce moment où le désespoir s'est changé en ode à la vie, comment pourrait-elle l'expliquer autrement qu'en évoquant cette nuit où elle a barré la route à la mort, cette nuit qui a déclenché tant de choses néfastes ? Il ne comprendrait jamais ça. Jamais il ne la comprendrait. Elle lève les yeux pour le regarder, il est beau dans la lumière qui entre par la fenêtre, elle distingue encore sur son visage ce qui l'a séduite, ce qui lui a plu et l'a poursuivie jusqu'au Canada alors que tout un océan les séparait, elle le voit clairement et pourtant une distance s'est installée entre eux, une distance que nul ne saurait mesurer ni réduire par les mots, les caresses, les baisers, quelle est donc cette chose qui s'est dressée entre elle et lui, comment la nommer, qui l'a suscitée, pourquoi faut-il que la vie soit tellement difficile, et tellement injuste, pourquoi faut-il qu'elle, Margrét, ait autant de défauts qui font honte à sa famille, pourquoi Oddur ne peut-il faire l'effort de la comprendre, pourquoi ne calme-t-il pas cette colère, pourquoi ne vient-il pas vers elle, traversant la cuisine, enjambant l'océan avec ses bras puissants, son étreinte protectrice, pour lui offrir un havre où se reposer et où dormir afin de chasser toutes ces ténèbres ?

Elle baisse à nouveau les yeux sur la table, ah, elle est donc ainsi, cette table, elle pose ses mains sur le plateau, ses mains jadis blanches et douces sont aujourd'hui crevassées et rougies. Elle ferme les yeux. Et pleure.

Pleurons-nous parce que le langage est imparfait et qu'il échoue à sonder le tréfonds de la vie, qu'il n'entre qu'à mi-chemin dans les failles les plus profondes, les larmes ne viennent-elles que lorsque les mots s'interrompent, sont-elles des messages sortis de l'abîme, de l'abîme insondable et pur ?

Les épaules de Margrét tremblent, elle tente de retenir ses pleurs. Oddur le remarque et sa colère décuple parce qu'un homme en colère veut continuer de l'être, il a besoin de l'exprimer, de la vider, il aurait envie de courir à perdre haleine jusqu'au fond de la vallée, d'empoigner ce satané Sigmundur, cette botte de foin pourrie, cette épidémie, et de le sortir devant sa ferme pour lui flanquer une bonne raclée, éjecter ses dents et son haleine puante de sa bouche en lui assénant une volée de coups de poing, ce sale bonhomme a toujours été imbuvable, quelque chose en lui vous agace, il est un appel au meurtre et il a fallu que ce soit lui que Margrét serre dans ses bras, d'ailleurs il ne s'est pas privé de crier sur tous les toits dans le village, tout fier et avec force précisions, qu'elle était sortie en robe de chambre pour frotter ses seins contre son torse, parce qu'elle avait rudement besoin de mettre dans son lit un homme digne de ce nom. Oddur est tellement furieux de devoir mentionner tout ça qu'il en serre les poings, mais voici que Margrét s'est mise à pleurer, elle ne parvient plus à contenir ses larmes, et la colère d'Oddur retombe instantanément, elle retombe si vite que c'en est presque douloureux. Tout à coup, il est complètement vide et ne sait plus que faire, c'est affreux de bouillonner de fureur et d'énergie, puis de se retrouver tout à coup creux, vacant, comme assommé, les bras ballants. Si seulement il pouvait être en mer, et de préférence en pleine tempête, ses bras auraient de quoi s'occuper. Elle pleure. Si seulement il avait le pouvoir de changer ses bras ballants en rames et de se transformer lui-même en barque.

Margrét, dit-il, la voix si rauque qu'on distingue à peine le prénom qui se désagrège et ressemble à un grommellement.

Il se racle la gorge et fait une autre tentative, ma petite Margrét — puis les années passent.

Keflavík
— 1980 —

L'inertie est la sœur de la mort —
mais Revolver tourne sur la platine
et la pochette du disque repose sous nos yeux

Ari et moi apportons la chaîne hi-fi dans le petit pavillon vers la fin février. Il n'y a personne à la maison, sa belle-mère et son père sont absents, il s'est arrangé pour qu'ils ne soient pas là après les avoir informés, hésitant, qu'il économisait pour acheter une chaîne hi-fi, or l'idée n'a pas remporté leur adhésion, loin de là. Mais tout cela n'a plus aucune importance car bientôt nous pourrons écouter de la musique sur des enceintes dignes de ce nom, enfin nous percevrons toute la profondeur des notes et leur puissance inaltérée. Nous branchons à la hâte l'ampli Kenwood, la platine cassette, la platine disque et les enceintes AR, les doigts tremblants d'excitation, puis nous prenons place dans le canapé convertible qui occupe presque tout l'espace de sa chambre, avec le bureau surmonté d'étagères, une chaise et la chaîne hi-fi. Nous avons mis *Wish You Were Here* sur la platine, suffisamment fort pour que le son parvienne jusqu'au ciel, nous voulons que ceux qui habitent là-haut entendent également, avec une pensée particulière pour celle qui est partie trop tôt, celle que la mort est venue chercher à la fin des années soixante à l'hôpital de Vífilsstaðir, celle qui était si décharnée que la faucheuse a dû la soulever très doucement afin de ne pas s'entailler la peau, soulever tout doucement pour ne pas la briser — nous ignorons tout de l'endroit où la faucheuse l'a emmenée. Chacun meurt solitaire et il est douloureux de savoir qu'aucune présence ne l'accompagnera jusque dans les ténèbres. Nous veillons donc à régler le volume suffisamment fort pour qu'on entende la musique loin dans la nuit, qu'elle monte jusqu'au ciel ou atteigne ce lieu que nous rejoindrons tous à notre heure dernière, cet instant où les arbres cesseront de pousser, les mots d'être entendus, la pluie de tomber, le soleil de briller et où la terre n'aura plus d'odeur. Ce moment où tout prend fin d'une manière qui échappe à notre entendement, et que nous n'osons pas, mais devons sans doute constamment nous efforcer de comprendre, sans relâche ni hésitation, parce que si nous renonçons à l'impossible, si nous renonçons à atteindre ce qui est justement hors d'atteinte de la vie, alors nous trahissons, et cette trahison est si radicale qu'aucune force ni puissance ne saurait l'effacer.

Voilà pourquoi Ari et moi écoutons la musique si fort que le ciel ne peut que l'entendre, nous écoutons Pink Floyd, le groupe qui a voulu changer le monde, assis tous les deux sur le canapé, écoutons cette musique que nous connaissons bien pour l'avoir entendue mille et une fois sur le magnétophone mono qu'Ari s'est offert il y a trois ans avec l'argent qu'il avait gagné en livrant le journal *Morgunblaðið*, et Dieu du Ciel, quelle différence phénoménale entre ce son mono et celui des enceintes AR, la musique acquiert une tout autre dimension, le son gagne en profondeur, nous discernons plus nettement chaque instrument, les voix gagnent en rondeur, nous avons l'impression d'approcher une chose essentielle et de mieux comprendre le sens de la vie. Écouter de la bonne musique revient à marcher vers le bonheur. Nous augmentons encore un peu plus le volume quand David Gilmour chante *How I wish, how I wish you were here*, oh oui, combien nous souhaiterions, combien nous aimerions ; rien ne saurait mesurer l'ampleur de ce désir, les chiffres sont trop limités, stupides et dénués d'imagination, combien nous voudrions que tu sois ici. On ne saurait mesurer la douleur de l'absence, il est d'ailleurs tout aussi impossible de la cerner, de la décrire, de l'expliquer, celui qui l'éprouve a toujours un soupçon d'obscurité au cœur, une corde sensible sur laquelle joue le temps, une corde qu'il caresse et qu'il pince ; Ari et moi percevons toute cette douleur et cette nostalgie dans la chanson-titre de l'album *Wish You Were Here*, que nous écoutons en boucle, encore et encore, inlassablement, tellement hors du monde que nous oublions de surveiller l'heure. Jakob, le père d'Ari, et sa belle-mère sont au travail, mais puisque nous sommes samedi, ils rentreront sans doute assez tôt. Négligeant toute précaution, nous oublions de surveiller l'heure qui avance, quatre, cinq, mais il est évident que celui qui joue de la musique pour le ciel oublie le temps, il est évident qu'il disparaît sans laisser de trace et se fond à la mélodie. Les murs de la chambre vibrent. Toute la maison tremble. *How I wish !* La musique inonde l'Univers, emplit ses moindres recoins et se précipite à la rencontre de la belle-mère qui rentre du travail fatiguée, éreintée, elle s'abat sur cette femme comme un coup de tonnerre au moment où elle ouvre la porte d'entrée, s'abat sur elle comme des nuages d'orage d'où la nostalgie descend en éclairs. La belle-mère se dirige tout droit vers le compteur et coupe le courant.

Le silence nous transperce comme un poinçon entre les deux yeux.

Ari, qui achète un casque de bonne qualité dès qu'il reçoit son prochain salaire, à peine une semaine plus tard. Il a alors essuyé les réprimandes de son père et de sa belle-mère pour avoir dépensé son argent dans ces satanées âneries qui ne servent à rien, une chaîne hi-fi, que ne faut-il pas entendre, ce n'est pas avec ça qu'on aura à bouffer, sans parler du fait qu'il ne l'a même pas installée dans le salon où il pourrait l'écouter de temps en temps, quand il n'y a personne à la maison, à condition qu'il le fasse en homme civilisé et pas comme un fou furieux en faisant hurler cette musique de sauvages que sa belle-mère a dû supporter alors qu'elle rentrait épuisée de sa journée de travail, parce que oui, évidemment, on pouvait convenir qu'il écouterait cette chaîne de temps à autre dans le salon, même s'il aurait mieux valu qu'il garde son argent pour le consacrer à autre chose que de le dépenser en pure perte dans des choses aussi inutiles. Mettre de l'argent de côté afin qu'il puisse un jour quitter le foyer familial et devenir adulte, même s'il y avait bien peu de chances que ça arrive ou qu'il devienne quelqu'un. En tout cas, il n'en prenait pas le chemin. S'il continuait comme ça, ça ne viendrait jamais. C'était tout bonnement impossible.

Le couple était tellement d'accord sur la question que c'en était presque beau.

Mais ainsi va la vie : ce qui a un sens pour l'un n'est que vacarme et gâchis pour d'autres. Il est difficile de trouver un équilibre en ce monde et il semble hélas que nous soyons toujours loin de nous comprendre. Peu importe le nombre de langues que nous apprenons, la discorde, les préjugés et les malentendus semblent ancrés au cœur du langage lui-même, tapis comme autant de mauvaises herbes au creux des mots ; sans doute n'allons-nous vraiment vers l'autre que par la musique. C'est là que demeurent nos rêves, notre désir d'une vie meilleure, d'un monde plus beau, le rêve de pouvoir nous arracher à nos défauts, notre jalousie, notre instabilité et notre vanité.

Peut-être, déclare Ari alors que nous venons d'écouter *Best of Bach*, le premier disque de musique classique qu'il a acheté chez le disquaire Hljómalind, le propriétaire a autrefois été le chanteur de Hljómar, le groupe de Rúnni Júll et de Gunni Þórðar, et il tient la boutique avec une femme qui semble tellement absente qu'on dirait qu'elle vit hors du monde, toujours habillée comme si elle était en route vers un bal des années soixante. Tous les samedis matins, Ari et moi allons faire un tour à Hljómalind avec le salaire que nous avons perçu la veille, nous sommes impatients toute la semaine et le patron ne tarde pas à nous saluer comme de vieilles connaissances, cet homme qui faisait pleurer les filles dans les années soixante, quand il était sur scène, elles lui envoyaient leurs foulards, leurs déclarations d'amour sur papier, leurs numéros de téléphone, leurs soutiens-gorge et même leurs petites culottes, or cet homme nous sert comme si nous étions ses égaux, tellement heureux de voir des jeunes de Keflavík s'intéresser à la musique et pas à celle qui trône au top cinquante, laquelle n'est pour sa majeure partie qu'une soupe insipide et stupide, dit-il alors qu'il nous vend parmi d'autres choses le disque de Fleetwood Mac avec Oscar Peterson, un autre vieil album blues du même groupe datant de l'époque où Peter Green jouait avec eux en faisant pleurer sa guitare, et enfin celui-là, intitulé *Best of Bach*, qu'il est allé pêcher dans une rangée serrée de pochettes blanches, *Best of Bach, Beethoven, Chopin, Grieg, Mozart*, quelques fragments d'éternité enveloppés de blancheur, écoutez celui-là, nous a-t-il dit en nous tendant le disque avec un sourire étrange, comme s'il tenait dans sa main l'aile repliée d'un ange. Nous lui avons également souri, sincèrement, sans pouvoir toutefois faire abstraction des histoires qu'Ásmundur nous avait racontées sur Hljómar et les bals, cette époque où le groupe se produisait sur la péninsule de Suðurnes et où les petites culottes, les numéros de téléphone et les déclarations enflammées pleuvaient sur le chanteur qui, une dizaine d'années plus tard, nous tend l'aile repliée d'un ange et nous semble avoir au moins quarante ans. Il est gros et la graisse se concentre sur ce cou, ces épaules et ces hanches qui tremblotent quand il se déplace, lui donnant un air presque féminin. Où sont donc ces femmes qui lui lançaient leurs culottes, qu'est-il advenu de ces aveux brûlants, de ces numéros de téléphone ; les a-t-il appelées, auraient-elles toujours envie de le voir aujourd'hui ? Le temps transforme tout, il change des paroles ardentes de désir en simple liste pour les courses et les petites culottes en sacs d'aspirateur ; mais Ari et moi accueillons ce *Best of Bach*, nous accueillons cette aile d'ange repliée, rentrons à la maison, mettons le disque sur la platine en toute hâte, avant que son père et sa belle-mère ne rentrent du travail, nous mettons Bach sur la platine, l'aile de l'ange se déplie, s'ouvre au-dessus de nos têtes et nous comprenons pourquoi l'ancien chanteur de Hljómar nous a souri d'un air si étrange. Nous écoutons et entrons dans le bleu du ciel, au plus profond de la couleur, nous entrevoyons une chose qui ne peut être que l'éternité, constatons à quel point elle est belle et comprenons que le monde et l'être humain sont capables d'une beauté et d'une harmonie beaucoup plus parfaites que nous ne l'imaginions. Bach nous donne surtout envie de pleurer.

Peut-être, déclare Ari à la fin du disque dont nous avons écouté certains morceaux deux fois, peut-être qu'aucune réunion du Conseil de sécurité des Nations unies ne devrait débuter tant que l'ensemble des participants n'a pas écouté Bach pendant une demi-heure, parce que si on est capable de malveillance et de malhonnêteté, si on aspire à autre chose qu'à la beauté, l'harmonie et la sincérité après une demi-heure de Bach, eh bien, on est sacrément dérangé. C'est vrai, dis-je, il faut avoir le cerveau complètement grillé.

La musique a le pouvoir de dissiper les ténèbres, de nous arracher à notre tristesse, à nos angoisses, à notre pessimisme et de nous insuffler la joie de vivre, le bonheur d'exister, d'être ici et maintenant ; sans elle, le cœur de l'homme serait une planète sans vie. Et on ne saurait posséder une chaîne hi-fi d'aussi bonne qualité sans écouter *Revolver* des Beatles, sans laisser le disque tourner inlassablement sur la platine, sans scruter la pochette, la photo au verso et les quatre garçons qui ont changé le monde, l'amitié qui les liait, les rendait pour ainsi dire invincibles et décuplait leur énergie créatrice. Regarder et écouter. Face A : *Taxman, Eleanor Rigby, I'm Only Sleeping*. Le quatrième morceau s'intitule *Love You To*, composé par Harrison. Nous ne le sautons jamais, fidèles et résolus que nous sommes, c'est intéressant, disons-nous, très intéressantes, ces influences indiennes, rien à voir avec les trucs qui ont du succès, mais c'est très bien, George, on peut t'appeler George, n'est-ce pas, très bonne chanson, peut-être pas très entraînante, mais tu te cherches, tu es sans doute un peu trop sérieux, mais à part ça, t'es un brave gars, comme dirait Ásmundur.

Love You To s'achève en un tourbillon indianisant. Les gens font beaucoup de yoga en Inde et il y a beaucoup de vaches. Il y a également des tigres fantastiques, et des éléphants, n'oublions pas les éléphants, quel genre d'homme faut-il être pour oublier les éléphants, débitons-nous avec Ari, ou plutôt marmonnons-nous quand *Love You To* se termine dans ces volutes de cithare et que le disque tourne en silence entre deux morceaux. Nous sommes seuls à la maison, c'est le soir, la belle-mère et Jakob sont partis jouer au bridge chez Eiríkur et Elín, les parents d'Ásmundur, le disque tourne en silence, ou disons plutôt avec un grésillement agréable accompagné de très légers craquements, nous retenons notre souffle, ouvrons nos paumes et les refermons pour les changer en poings.

Des poings fermés qui furent autrefois le chant d'amour du grand-père d'Ari.

Sur le rivage, à Neskaupstaður.

Certes, nous n'en avons aucune idée, assis dans cette chambre à l'hiver 1980 tandis que le cœur de Tito parcourt le monde en hoquetant comme un vieil insecte rampant, comme un espoir brisé, nous n'en avons pas la moindre idée, du reste, Oddur et Margrét sont morts tous les deux, c'est effarant de voir à quel point le temps transforme tout. Ari se rappelle sa grand-mère, mais ne garde qu'un souvenir très flou de son grand-père, décédé alors qu'il n'avait que trois ans, un souvenir si flou qu'on dirait qu'Oddur n'a jamais existé. Pourtant, le diplôme d'honneur est accroché sur un mur du salon, comme pour bien rappeler qu'il a réellement vécu et que c'était un homme hors du commun. Hélas, nous cessons de voir ce que nous avons constamment sous les yeux, ce qui reste immobile, ces choses-là finissent par devenir insignifiantes et ce justement parce qu'elles occupent toujours la même place, ne bougent pas, ne changent pas. L'inertie est la sœur de la mort. Il suffit que vous restiez inerte pour que bien des choses dépérissent, y compris l'amour qui est pourtant le principe de toute vie, le cadeau immémorial que Dieu nous a offert, la seule réponse tangible à la mort. Oddur n'est plus, il est parti, il a disparu, et pour Ari et moi il ne reste plus rien de lui dans ce monde que le diplôme d'honneur accroché à un mur, immobile, invisible, sauf quand Jakob, l'esprit embrouillé par l'alcool, ayant perdu son flegme et sa maîtrise de soi, ces boucliers qu'il brandit pour se défendre face à la vie, est allongé par terre dans le salon, se lève pour attraper le cadre et lire le document à Ari.

À l'adresse d'Oddur. La boisson de Jakob. Le silence de la belle-mère.

Mais *Revolver* continue de tourner sur la platine, nous avons la pochette sous les yeux et scrutons si longuement la grande photo que nous avons l'impression d'être parmi ces quatre garçons. Le disque continue de tourner en silence entre deux morceaux. Comme si le saphir était bloqué dans le sillon entre *Love You To* et *Here, There and Everywhere*, comme s'il n'osait pas attaquer la chanson suivante, le disque tourne en silence, tourne d'hésitation, ce qui nous donne le temps de méditer ainsi. Pourtant le prochain morceau devrait commencer sous peu, le monde n'a pas la patience nécessaire pour supporter une aussi longue hésitation. Ari serre les poings. Les poings serrés d'Oddur étaient son chant d'amour. Il serrait ses poings sur la rive il y a cent ans, et quelques heures plus tard Margrét lui a dit, si je suis nue sous ma robe, alors tu sauras que je t'aime. Peut-on recevoir plus belle déclaration, car elle était réellement nue, et celui qui la reçoit n'est-il pas béni des dieux ? Pourtant, la vie ne manquerait pas de sortir ses couteaux, lesquels laisseraient des plaies profondes. Je suis nue sous ma robe, déclarait jadis la grand-mère d'Ari. Elle est morte il y a six ans et a passé les dernières années de sa vie chez Elín et Eiríkur, vieille, les cheveux hirsutes et clairsemés, il fallait qu'on l'aide à ôter sa robe et sans doute n'était-elle jamais nue sous ce vêtement, du reste, personne n'avait envie de la voir nue, loin s'en faut, la nudité des vieux nous effraie, nous tenons à éviter le spectacle des corps flétris et usés, qui nous rappellent désagréablement le travail de sape du temps auquel personne n'échappe, ils nous rappellent que nous vieillissons, que nous déclinons et qu'un jour viendra où plus personne ne voudra nous voir nus, un jour viendra où nous ne pourrons plus dire, si je suis nue sous ma robe, alors tu sauras que je t'aime, parce que cela sonnerait comme une menace ou un sarcasme aux oreilles du monde. De toute façon, Margrét n'avait plus la force d'ôter sa robe sans aide extérieure, elle dormait avec une couche les derniers temps, son dentier reposait dans un verre d'eau sur sa table de nuit, ses jambes gonflées ressemblaient dans l'esprit d'Ari à deux saucisses avariées, il y avait si longtemps qu'elle avait été jeune, séduisante, irrésistiblement nue sous cette robe achetée en Amérique, en cette nuit où les montagnes des fjords de l'Est s'étaient changées en psaumes, si longtemps que pour Ari et moi cela n'existait plus — pour nous, tout cela n'avait jamais existé.

Car il en va ainsi, tous les événements passés, qu'ils soient petits ou grands, laideur ou beauté, les rires et les caresses, tout cela est tôt ou tard mis sur la touche, condamné à l'oubli, condamné à la mort et à l'effacement, uniquement parce que plus personne ne se le rappelle, parce que plus personne n'y pense ou ne l'honore, c'est ainsi que tout ce que nous avons vécu se voit peu à peu réduit à néant, à une chose qui n'est même pas de l'air, et c'est si douloureux, c'est un tel gâchis qu'on en perd de vue le sens de la vie. La vie de l'être humain est au mieux constituée de quelques notes isolées qui ne forment aucune mélodie, des sons engendrés par le hasard, mais pas une musique — est-ce donc la raison pour laquelle nous vous apostrophons en vous racontant l'histoire de ces générations et en balayant cette centaine d'années, telle anecdote, telle planète, telle comète, telle chanson de variété, tout un palmarès musical du bout du monde, est-ce pour cette raison que nous tenons à ce que vous sachiez qu'un jour, Margrét était nue sous sa robe américaine, que ses seins étaient petits, mais fermes, que ses jambes longues, fines et robustes ont ensuite étreint les hanches d'Oddur, afin que vous sachiez et que, de préférence, vous n'oubliiez jamais que tout le monde a un jour été jeune, afin que vous compreniez que tous autant que nous sommes, un jour viendra où nous brûlerons, consumés de passion, de bonheur, de joie, de justice, de désir, parce que c'est ce feu-là qui illumine la nuit, qui maintient à distance les loups de l'oubli, afin que vous n'oubliiez pas qu'il faut vivre et ressentir, que vous ne soyez pas transformés en un cadre sur un mur, un fauteuil dans un salon, un meuble devant une télévision, un objet qui regarde l'écran de l'ordinateur, inerte, afin que vous ne deveniez pas celui qui ne remarque rien ou presque, que nous ne somnoliez pas au point d'être la marionnette du pouvoir ou d'intérêts partisans, que vous ne deveniez pas quantité négligeable, anesthésiée, au mieux une petite goutte d'huile dans un mystérieux rouage. Brûlez, afin que le feu ne faiblisse pas,

ni ne périsse, ne refroidisse, afin que le monde ne devienne pas un lieu froid : la face cachée de la lune.
Si je suis nue sous ma robe, tu sauras que je t'aime.
Ari serre les poings, je dis quelque chose, et enfin l'aiguille du saphir s'arrache au sillon où elle était bloquée et la chanson *Here, There and Everywhere* commence. L'œil droit de Sigrún, laquelle a vomi, accoudée sur le break Lada. Quelques instants plus tard, elle avait retiré son jean ajusté et ouvert ses cuisses sur la banquette arrière de la voiture afin que Kári, ce père de famille âgé de plus de trente ans avec sa barbe noir de jais, puisse la pénétrer de son membre dur comme l'acier. Je suis avec Ari dans sa chambre à Keflavík en plein mois de mars, or en cet instant nous sommes également assis à l'avant de la Land Rover du fermier dans la nuit d'octobre devant la salle des fêtes, nous voyons les fesses blanches de Kári qui montent et descendent à toute vitesse, apparaissant régulièrement comme deux gamins farceurs juste au-dessus du dossier tandis que BÓ chante avec conviction : « Jamais je ne t'oublierai. »

I want you everywhere, je te veux partout, mais plus particulièrement sur la banquette arrière d'une Lada version break.

Certaines musiques sont tels des séquoias
au creux du temps,
des anges de taille démesurée

Il y a des événements qui changent tout. Quelqu'un meurt et vous envisagez sous un autre jour les planètes du système solaire, la manière dont une fleur incline sa corolle sous la bruine, il suffit qu'une personne vous embrasse ou ne vous embrasse pas pour que les mots luisent d'un autre éclat. Le monde est en perpétuel changement, il n'en existe aucune version qui fasse autorité, nous ignorons d'ailleurs comment Dieu lui-même l'envisage, ne saurions dire quelle est, à ses yeux, la forme des montagnes ; sont-elles des plantes violettes ou des roses immémoriales, ses yeux voient sans doute le réel autrement que les nôtres, peut-être que vus du ciel, les séquoias de la côte ouest des États-Unis sont des anges de taille démesurée. Et certains événements changent tout, notre regard, notre vision, nos perceptions — la façon dont nous écoutons : Ari et moi avons besoin d'écouter très souvent *Here, There and Everywhere* au fil de l'hiver afin de pouvoir à nouveau apprécier cette chanson, ces deux minutes et vingt-cinq secondes. Et au bout d'un certain temps, nous pouvons pleinement, entièrement, nous fondre à cette mélodie pour faire corps avec elle et devenir ces cent quarante-cinq secondes, jouir du plaisir immense et du renouveau que procurent ces notes : Il est des musiques qui sont tels des séquoias au creux du temps, des anges de taille démesurée. Nous pouvons apprécier cette chanson sans voir les fesses de Kári apparaître par intermittence au-dessus du dossier des sièges d'un break Lada comme deux crachats expulsés par le diable. *I want you everywhere*, Je te veux partout, chante McCartney, la voix colorée d'une étrange nostalgie ; nous avons revu Sigrún une semaine plus tard à la Coopérative. Juste avant de repartir chez nous, vers le sud-ouest, nous l'avons croisée au rayon des biscuits, un mètre à peine nous séparait, nous entendions sa respiration, elle a regardé ailleurs, mais nous avons vu que la commissure de ses lèvres portait toujours en elle cette nostalgie de l'aube des temps, nous avons vu ses taches de rousseur qui étaient autant de baisers. Elle a détourné les yeux, manifestement désireuse d'ignorer notre existence, nous qui ne sommes guère plus qu'une chanson boiteuse, en 387ᵉ position du palmarès du bout du monde. Nous avons pensé, OK, elle est donc comme ça, elle a uniquement envie de se faire sauter par des vieux sur la banquette arrière après avoir vomi, OK, nous ne manquons pas grand-chose, nous t'oublierons, *bye bye baby, baby blue, it's all over now*, tout est fini, *baby blue*. Puis nous sommes sortis du magasin avec nos paquets de gâteaux secs Frón fourrés à la crème, avons sorti cette fille de notre vie, pris cet autocar de couleur verte trois jours plus tard pour rentrer chez nous, mais il roulait si lentement en gravissant la côte de Brattabrekka que nous avons échoué à oublier ses taches de rousseur, ses lèvres et plus encore ses yeux, composés par Lennon et McCartney, voilà pourquoi tout l'hiver nous ressentons une certaine douleur chaque fois que nous mettons *Revolver* ou *Hard Days Night* sur la platine. *If I fell in love with you*, si je m'éprenais de toi, j'essuierais le vomi qui coule sur tes lèvres, j'enlèverais le jean ajusté que tu portes et je te baiserais comme un fou sur la banquette arrière, nos fesses blanches, ces deux visages d'enfants farceurs seraient les ricanements du démon. Mais nous persistons à écouter ces deux disques, surtout *Revolver*, espérant que la musique finira par effacer le souvenir. Mois de février, puis mars, le cœur de Tito n'est plus qu'un vieux lézard, un espoir brisé, une mauvaise conscience, inlassablement, nous écoutons ces titres en nous demandant si Kári avait mis une capote ou s'il avait dû se retirer à temps, s'il s'était écrié, la voix rauque, putain, je vais jouir, mais nom de Dieu, ce que ça fait du bien de te baiser, en nous demandant si elle avait répondu, oh Kári baby baby, tu peux me prendre quand tu veux, tu es un homme, un vrai, et pas un pauvre freluquet, tu n'es pas en 387ᵉ position du palmarès du pôle Nord, allez, mets-la sur mes seins et asperge-les avec ta semence brûlante, et nous nous demandions si elle avait remonté son chemisier pour dévoiler ses petits seins, ces tétons qui auraient dû reposer comme un léger soupir au creux des paumes d'Ari. Putain, mec, les nichons de Sigrún ne sont pas plus gros que des raisins secs, nous avait dit le fils d'un fermier du coin, et pour la première fois nous avions pensé à la déshabiller, à caresser sa chair, quelques heures durant, nous avions eu envie de poser nos paumes sur ses petits seins sans doute aussi beaux qu'une aurore, une larme ou une étoile filante, puis, un peu plus tard, elle avait relevé son corsage, dénudé sa poitrine et encouragé Kári à l'asperger de semence. Or la semence des vieux comme lui doit être à moitié avariée, elle doit empester le requin faisandé. Assis dans la Land Rover où Bjöggi chantait *Jamais je ne t'oublierai*, nous buvions au goulot. Nous avons éclusé comme des trous, puis sommes retournés dans la salle des fêtes en rasant les murs, le rejet et l'humiliation plantés comme deux poignards dans le dos. Et le monde était laid, il n'était que laideur, laideur, laideur, laideur.

I want you everywhere.

Je te veux partout. Et aussi à Keflavík. Nous te désirons également ici, tu nous manques également quand nous sommes ici.

Nous écoutons inlassablement *Here, There and Everywhere* sur l'album *If I fell* et peu à peu, les choses se tassent, peu à peu, nous parvenons à apprécier les deux chansons, nous voici capables de les chanter, de les fredonner, de les soupirer, de faire corps avec elles jusqu'à y disparaître sans qu'elles nous rappellent son regard fuyant quand nous l'avons croisée au rayon des gâteaux secs. Sans même nous en rendre compte, nous avons pris quatre paquets au lieu d'un seul tant nous tenions à afficher notre indifférence, tant nous voulions lui signifier qu'elle n'avait jamais compté, que jamais, ô grand jamais, elle n'avait été une comète dans notre vie, pas plus qu'elle n'avait figuré en première page du *New York Times*. Nous tenions tant à ce qu'elle comprenne clairement qu'à nos yeux, elle n'avait aucune importance.

Les poissons n'ont pas de pieds et quelqu'un s'avance vers la mer, ce qui n'est pas de bon augure

Les plus vieux écrits de ce monde, ceux qui sont si anciens qu'ils ne sauraient mentir, affirment que le destin habite les aurores et qu'il convient donc de s'armer de précautions au réveil : caresser une chevelure, trouver les mots qu'il faut, prendre le parti de la vie.

Et il est vrai qu'à l'aube, nous ressemblons parfois à une plaie ouverte. Nous sommes fragiles et désarmés et tout tient au premier mot prononcé, au premier soupir, à la manière dont tu me regardes quand tu t'éveilles, dont tu me considères au moment où j'ouvre les yeux pour m'arracher au sommeil, cet univers étrange où nous ne sommes pas toujours nous-mêmes, où nous trahissons ceux que jamais nous ne pourrions imaginer trahir, où nous accomplissons d'héroïques prouesses, cet univers où nous volons, où les défunts revivent et où les vivants périssent. On dirait parfois que nous entrevoyons l'autre versant du monde, qu'il se livre à nous dans une autre version, comme s'il entendait par là nous rappeler que nous ne sommes pas forcément celui ou celle que nous devrions être, que la vie a mille facettes et qu'il n'est — hélas et Dieu merci — jamais trop tard pour s'engager sur une voie nouvelle, un chemin imprévu. Puis nous nous réveillons, si fragiles, désarmés et à fleur de peau que tout est suspendu à nos premiers soupirs. Le jour tout entier, la vie tout entière peut-être. Alors regarde-moi avec délicatesse, dis quelque chose de beau, caresse-moi les cheveux car la vie n'est pas tous les jours juste, elle n'est pas tous les jours facile et nous avons si souvent besoin d'aide, viens et apporte-moi tes mots, tes bras, ta présence, sans toi je suis perdu, sans toi je me brise au creux du temps. Sois auprès de moi à mon réveil.

Il est rare qu'on dise grand-chose le matin dans le petit pavillon.

La belle-mère doit être au travail à sept heures. Elle est déjà partie quand Ari quitte sa chambre pour aller à la cuisine où Jakob est assis seul face à son porridge sur lequel il a saupoudré un peu de sucre, peut-être est-il seul parce que personne ne l'a regardé gentiment ce matin-là ou parce qu'il n'a pas non plus regardé qui que ce soit avec tendresse, il mange machinalement, les yeux perdus dans le lointain, allume la radio à l'arrivée d'Ari parce que le silence qui règne entre eux est parfois dérangeant, parfois pénible. Le présentateur parle du mont Esja, de sa forme et de la lumière qui tombe sur ses pentes comme si ça comptait pour nous, qui sommes ici, à Keflavík, nous pourrions vous décrire la couleur de la mer, la lave anthracite, ce juron éructé par notre pays, et le vent, nous connaissons sans doute pour le qualifier plus de mots que ceux que contient la langue, mais que nous importe de savoir qu'un matin, le mont Esja est violet, qu'il est aussi blanc que l'éternité le lendemain et d'un brun terreux comme un vieux fantôme islandais la journée suivante — ensuite, le présentateur nous met un morceau de jazz ou la *Cent douzième Symphonie* de Beethoven. Puis viennent les informations, Ari et Jakob reçoivent quelques nouvelles du cœur de Tito, ce vieil élan qui parcourt le monde en titubant. Ari et son père ne disent presque rien, ils échangent à peine un bonjour et encore moins un au revoir, se contentent de manger, lisent le journal, notre conception du monde, puis l'un va rejoindre son poisson et l'autre sa maçonnerie. Peut-être Jakob pense-t-il à ses montagnes des fjords de l'Est, peut-être lui manquent-elles, a-t-il la nostalgie de ces matins parfois tellement immobiles qu'on pouvait y entendre l'éternité, pense-t-il à son père, Oddur, honneur et fierté, une des plus hautes montagnes de son existence, la plus imposante peut-être, pense-t-il à Margrét, sa mère, pense-t-il à ses frères Þórður et Gunnar, eux aussi sont un peu comme des montagnes ; ces dernières influent sur le temps qu'il fait et sur la lumière, elles sont autant de points de repère, plus proches du ciel que nous ne le sommes. Il avale son porridge sucré et part au travail où la chaux éteinte solidifie tout ce qu'il fait.

Fort heureusement, les jeudis matins sont souvent plus légers, sans parler des vendredis où il fait simplement bon vivre puisqu'ils sont embellis par l'impatience et la perspective d'une juste récompense, Jakob est alors joyeux, il plaisante, réagit à un article lu dans le journal ou aux résultats des sports et parle comme si rien n'était plus naturel avec Ari qui remue sur sa chaise, tellement pressé de terminer sa bouillie qu'il se brûle la langue. Puis il s'enfuit, se dérobe à la conversation de son père, à sa bonne humeur, il s'enfuit et quitte la maison, ainsi Jakob peut verser une bonne dose de vodka dans sa thermos de café. Il fuit afin que Jakob n'ait pas à prétexter qu'il doit faire un tour à la buanderie, dans le garage, à la cave, quel que soit le lieu où il a caché sa bouteille cette fois-ci. Dieu tout-puissant que la vie est injuste et malfaisante, quelle sale carne que le monde, quelle grisaille si la belle-mère a trouvé la bouteille avant de partir au travail, si elle en a vidé une bonne moitié dans l'évier pour la compléter ensuite avec de l'eau, alors la première gorgée de café que Jakob avalera sur son chantier aura le goût d'une affreuse déception, elle sera aussi fadasse que la vie l'est bien souvent, alors il aura envie de balancer la thermos d'un geste rageur sur le mur. Enfin, si sa femme a trouvé cette bouteille, si elle s'est donné la peine de la chercher. La belle-mère qui traverse avant sept heures du matin et par tous les temps la ville encore à moitié endormie de Keflavík, limpide sous le clair de lune, sombre et lourde de neige, de blizzard, et par un froid parfois si mordant qu'il scie en deux votre pensée et vous force à avancer le dos courbé, comme en prière, comme un pénitent qui implorerait grâce. Elle avance, entêtée, remercie parfois le mauvais temps, le vent et ses cris rauques, les coups de fouet assénés par la grêle, se réjouit même quand les bourrasques sont aussi déchaînées qu'un troupeau de taureaux en furie, surtout quand elle a peiné à se réveiller, quand une vague douleur l'a accueillie à l'aurore.

La belle-mère affronte le vent, Jakob verse quelques gouttes de vodka dans son café, Ari enfile son anorak en pensant aux ailes qu'il avait dans son rêve, deux ailes rouges qui lui permettaient de voler d'un univers à l'autre et grâce auxquelles il était plus facile de rejoindre le monde des défunts que de prendre le bus pour Reykjavík. Il sort dans le vent et ses ailes lui manquent. Il traverse le blizzard comme l'a fait sa belle-mère une demi-heure plus tôt, le dos courbé, elle avançait à grand-peine, fouettée par les bourrasques en se disant peut-être : J'avais rêvé d'une autre vie.

Qu'est devenu le Jakob dont elle s'est éprise à la fin des années soixante, cet homme avenant, plein d'humour, courageux, mais également quelque peu fragile, pourquoi ses qualités ne m'apparaissent-elles que si rarement aujourd'hui, mes yeux me trahiraient-ils ou Jakob a-t-il changé en mal à ce point ? Puis-je pardonner à un homme qui rentre à la maison soûl comme une barrique le jeudi, le vendredi ou le samedi soir, un homme qui hurle en me disant que je suis cinglée et que je vais finir par le tuer avec mon silence — mais quelle raison aurais-je de lui parler sachant qu'il commence à boire dès le jeudi et reste imbibé jusqu'au dimanche, qu'il dépense tant d'argent en alcool alors qu'il vient de me soutenir qu'on n'a pas les moyens d'acheter un nouveau meuble ou de meilleures casseroles. Sachant que ces trois dernières années, il lui est arrivé deux fois de boire en une soirée le salaire d'une semaine entière, de boire comme un trou avec ses camarades de jeu à Glóðin où il a rincé tout le monde en offrant une tournée générale, où il a trinqué avec les astronautes de la photo, les héros des étoiles en gueulant je ne sais quoi sur les vols interstellaires, les montagnes, la virilité, avant de rentrer au petit matin, trop ivre pour marcher droit, pleurant d'une honte alcoolique ou jurant tout ce qu'il sait, la traitant de tous les noms, lui disant qu'elle vaut mille fois moins que la mère d'Ari, cette femme défunte qui se dresse entre elle et ces deux hommes, Ari et Jakob. Comment lutter contre ceux qui sont morts dans leur jeunesse, ceux qui reposent au creux des souvenirs, s'embellissent et se bonifient chaque année tandis que nous, les autres, vieillissons, grossissons, notre poitrine s'affaisse, notre démarche devient plus raide, notre regard perd son éclat, notre pensée sa fulgurance, nous commettons des erreurs, tenons des propos idiots ou maladroits, des mots qui blessent et abîment ; les morts, eux, ne commettent aucun impair, ils ne sont jamais insupportables le matin, ne pètent pas à la table du petit déjeuner, n'oublient jamais leur slip sur le bord de la baignoire, ne sont jamais de mauvaise humeur, jamais injustes, égoïstes, colériques, les morts se contentent de briller, figés dans le souvenir.

Comment puis-je lutter contre elle, pense la belle-mère en fendant les bourrasques et les vagues déchaînées de la haute mer qu'elle doit enjamber toute seule, sachant que personne ne lui lancera aucune bouée de sauvetage, et cette certitude l'endurcit, imprime à sa bouche un air résolu, voire inflexible, mais tout cela, c'est la faute à la vie et non la sienne. Hier, Jakob est rentré tard, comme tous les jeudis, il a passé la soirée au club de bridge de Keflavík, tu devrais plutôt dire le club de beuverie, lui lance-t-elle parfois, elle sait qu'elle ne devrait pas, qu'il n'aime pas entendre ça et qu'elle ne fait qu'envenimer un peu plus les choses, mais elle ne peut s'en empêcher, elle ne se maîtrise pas, comme si une force inconnue la poussait à le blesser par ses moqueries et ses sarcasmes. Et hier soir, Jakob n'a pas eu de chance, il a eu un mauvais jeu tout au long de la soirée, c'en était même anormal, a-t-il dit, l'haleine fortement alcoolisée, le regard en dérive. Tu étais sans doute trop soûl pour faire la différence entre les cœurs et les carreaux, a-t-elle rétorqué, moqueuse, sachant qu'il n'était pas raisonnable de tenir ce genre de propos et encore moins sur ce ton, sachant qu'elle affichait cette expression narquoise et provocante qu'il ne supporte pas et va jusqu'à haïr dans les pires moments. Il s'était comporté avec douceur et tact, et si elle lui avait témoigné un soupçon de tendresse en retour il aurait peut-être posé sa tête sur ses genoux pour y pleurer, peut-être aurait-il dit quelques mots sur sa mère, confié qu'elle lui manquait encore et que c'était terrible de penser qu'elle avait rêvé d'une vie bien meilleure que celle qui avait été sienne, qu'elle avait été malheureuse, qu'on le voyait clairement dans les journaux intimes qu'Elín avait conservés, ces journaux intimes que jusqu'à maintenant Jakob n'a pas voulu, pas osé lire ; et sans doute lui aurait-il également parlé d'Ari en disant qu'il avait l'impression que lui et son fils ne se connaissaient pas, qu'ils étaient des étrangers l'un pour l'autre, qu'ils n'arrivaient pas à communiquer tous les deux, mon fils, aurait-il dit et il aurait prononcé le mot *fils* comme le plus fragile de toute notre langue — elle aurait sans doute dû le dissuader d'aller dans la chambre d'Ari afin qu'il ne le réveille pas avec sa sensiblerie et son haleine alcoolisée.

Si seulement elle avait pu lui répondre avec un peu de douceur.

Si seulement.

Mais elle n'avait pas pu, elle en avait été simplement incapable, trop insatisfaite, furieuse de le voir rentrer ivre à ce point, furieuse que cela arrive si souvent, elle avait donc croisé les bras en lui lançant cette pique sur la couleur des cartes, en lui disant qu'il n'avait sans doute pas vu la différence entre les cœurs et les carreaux, qui plus est avec cet air moqueur. Et cela avait suffi. Elle avait échappé à la sensiblerie et aux larmes d'ivrogne et avait eu droit à la mauvaise foi et aux insultes. Mais elle ne s'était pas privée de lui répondre, de lui rendre la monnaie de sa pièce avec des mots tranchants comme des couteaux, il était si facile de les trouver et de s'en servir pour le meurtrir. Il vaudrait sans doute mieux qu'elle apprenne à se maîtriser, ce serait plus facile si elle se retenait. Il l'avait frappée deux fois, pas très fort, il n'avait pas osé ou peut-être n'était-il pas assez ivre encore, puis il s'était remis à l'insulter, à lui dire qu'elle n'était qu'une femme stérile, une corneille de mauvais augure, la pire chose qui lui soit arrivée dans sa vie, il avait prononcé les mots les plus blessants, des paroles si lourdes qu'il les a sans doute regrettées ce matin s'il ne les a pas oubliées, pense-t-elle en marchant à travers cette tempête qui semble vouloir tout arracher sur son passage, tout emporter, laver le pays des tourments de l'homme, cette tempête qui ne parvient pas à la soulever du sol, lestée qu'elle est par le malheur, deux lourdes pierres au fond des poches. Elle avance, fendant les bourrasques, le temps, la vie, arrive au travail, à l'usine Miðnes, la plus grande de Keflavík, avec son importante chaîne de traitement du poisson, ses nombreux chalutiers en mer, ses quatre-vingts employés à terre, le plus grand congélateur de la péninsule de Suðurnes, en partie loué par l'armée américaine qui y entrepose des denrées alimentaires, dindes, viande de bœuf et pâtés destinés aux troupes — tous les vendredis, peu après midi, un camion descend de la base et vient chercher le ravitaillement pour la semaine. Le gradé habilité à entrer dans le congélateur monte au bureau pour offrir une dinde à ceux qui travaillent ici, une pour chacun des employés, deux pour le directeur ; dans bon nombre de familles de Keflavík, la dinde savoureuse et tendre est au menu du vendredi soir, c'est pour ainsi dire une coutume, quel luxe ! Le gradé est un grand et très bel homme, ce héros de la guerre du Vietnam a manifestement des origines italiennes, les yeux noirs et brillants, les cheveux bruns, le torse puissant, il se déplace comme un fauve. Certaines de celles qui travaillent au filetage s'arrangent pour prendre leur pause-cigarette quand il est dans les parages, qu'il fasse beau ou que le temps soit exécrable, d'ailleurs, quelle raison auraient-elles de s'en priver, pourquoi s'interdire de regarder la beauté ? Il se joint souvent à leur groupe, fume une cigarette en leur compagnie, les taquine gentiment en riant à pleines dents, il est rudement séduisant et apparemment il le sait, mais au diable tout ça, ce serait sans doute bien agréable de le sentir entre ses cuisses une fois ou deux par an, disent-elles en éclatant de rire. La belle-mère n'est jamais avec eux. Vous êtes fous, ou quoi ?! Elle préférerait qu'on lui tire une balle dans la tête plutôt que d'aller minauder devant cet Amerloque, de lui faire de l'œil et de se comporter comme une vache en chaleur. Elle s'accorde pourtant quelques pauses-cigarette comme les autres, mais pas très souvent, seulement les jours où la vie s'engage dans la mauvaise direction, quand l'existence est un cactus, un poing brandi, un sable mouvant, alors ça lui fait du bien de s'offrir une cigarette au pied du bâtiment, à un endroit où elle peut être seule, tranquille, adossée au mur en ciment brut, fumer, regarder la mer et ne penser à rien, ne rien faire d'autre que ça, fumer sans penser à rien tout en regardant l'océan, ce vieil ami un peu gauche, cet ami d'enfance qui était déjà le sien quand elle vivait dans le Nord-Ouest. La mer apaise toutes les souffrances.

Enfin, presque.

Elle inspire la fumée et emplit ses poumons de ce doux poison, pourquoi faut-il qu'une aussi bonne chose que le tabac soit aussi néfaste, aussi sale et qu'elle emplisse les bronches de goudron ?

Adossée au mur en ciment brut, elle ferme les yeux pour

goûter l'instant et écouter le bruit de la mer, l'océan lui parle d'une voix qui est celle du passé, il lui suffit de l'écouter les yeux fermés pour se retrouver dans la province des Strandir où elle s'attarde, où elle disparaît, derrière une multitude de landes et de montagnes que nous ne saurions compter, disparaît vers le nord et vers le passé. Mais quand elle ouvre les yeux pour vérifier l'heure, elle aperçoit une des jeunes filles de l'usine enjamber les rochers glissants de la plage, précautionneusement pour ne pas tomber, prudemment afin de continuer à avancer quelle que soit sa destination car elle n'a devant elle rien d'autre que des pierres glissantes, pour certaines tapissées d'algues, puis il y a la mer, l'océan lui-même. La belle-mère fume sa cigarette, elle a presque fini, il ne lui reste que trois ou quatre bouffées dont elle voudrait bien profiter en paix. Elle maudit cette gamine qui s'échappe du travail pour aller traîner comme ça sur la plage où elle avance en bottes, le corps désarticulé comme un pantin afin de conserver son équilibre. Elle connaît cette gamine de vue, elle aussi, elle vient du Nord-Ouest, elle connaît sa mère et son beau-père. Et merde, marmonne-t-elle, car la gamine ne s'arrête pas, bien qu'elle n'ait face à elle que l'océan et cette baie de l'autre côté de laquelle se trouve Reykjavík, à trente kilomètres de haute mer et, plus loin, la péninsule de Snæfellsnes, à au moins cent kilomètres d'ici, ce cap qu'on aperçoit par temps clair quand les jours sont limpides, quand ils sont joyeux comme des enfants et que le glacier qui se trouve à l'extrémité est une ode au ciel ; fleur et joyau de l'Islande. Mais le glacier est invisible aujourd'hui, on aperçoit tout juste Reykjavík et cette idiote de gamine continue d'avancer, elle entre dans l'eau sans l'ombre d'une hésitation même si personne n'a réussi à marcher sur l'eau depuis que Jésus est grimpé sur un lac il y a deux mille ans, histoire d'impressionner quelques pêcheurs. Cette fille descend du rocher et plonge son pied droit dans la mer, le gauche suit une fraction de seconde plus tard. Le problème est que personne n'est capable de marcher sur la mer, c'est d'ailleurs pourquoi les poissons n'ont pas de pieds.

Non mais, qu'est-ce que ça veut dire, peste la belle-mère sans toutefois rien entreprendre, elle se contente d'observer la scène, ça ne lui ressemble pas, elle qui ne supporte pas l'inaction. Rien ne peut jamais traîner par terre, rester en plan sur une table ou sur le dossier d'une chaise sans qu'elle le ramasse pour le ranger à sa place, et ce qu'elle soit chez elle ou chez d'autres : je prends bien garde à faire le ménage du sol au plafond quand tu me rends visite, dit souvent Elín, sœur de Jakob et mère d'Ásmundur, Elín qui sera, des années plus tard, percutée et projetée à trois mètres par une Mercedes noire dans la capitale allemande, Elín dont la vie s'éteindra quelques instants après, cette vie si bonne, si douce, si belle de sérénité. Ah, si seulement nous étions capables de la décrire assez bien pour que vous la regrettiez vous aussi, alors nous servirions enfin à quelque chose : je prends bien garde à faire le ménage du sol au plafond quand tu me rends visite, dit-elle toujours avec un sourire radieux et sincère à la belle-mère qui lui sourit en retour, Elín étant sans doute la seule personne sur terre à qui elle puisse se fier autant qu'elle a confiance en l'océan.

L'eau arrive maintenant à mi-cuisse de la gamine qui continue d'avancer, assez lentement, certes, mais avec détermination, comme si elle allait à un rendez-vous important avec quelqu'un là-bas, en haute mer, un marin noyé, un triton. Non mais, qu'est-ce que ça veut dire, répète la belle-mère qui continue de ne rien faire et se contente d'observer de loin comme une froussarde, elle regarde sa cigarette qui se consume en pure perte, se dit qu'elle devrait tirer la dernière bouffée afin d'en profiter, l'approche de ses lèvres, et tout à coup elle se réveille, son étrange torpeur se dissipe. Elle comprend que cette idiote de gamine a manifestement l'intention de se noyer, elle a tellement avancé que l'eau lui monte aux fesses, et elle ne s'arrête pas. La belle-mère balance sa cigarette et se met à courir.

Elle qui n'a pas couru depuis plus de vingt ans. Depuis qu'elle était adolescente dans le Nord-Ouest, au point qu'elle a oublié comme on s'y prend, oublié les sensations, oublié ce que cela vous fait au corps, oublié le sang qui se met à battre. Elle quitte l'usine de poisson, court jusqu'à la mer et ces mouvements qu'elle a de longue date oubliés convoquent dans son esprit un cortège de nouveaux souvenirs du Nord, des souvenirs si puissants et si nets qu'il lui semble courir simultanément à deux endroits, à deux époques : ici, à Keflavík dans le vent glacial, et dans la province des Strandir, encore enfant, âgée de douze ans, elle descend à toute vitesse le champ gorgé de soleil, descend à toutes jambes afin d'effrayer les moutons qui ont repéré une ouverture dans la clôture et sont allés dans le champ tapissé d'herbe drue et juteuse. Descend le champ en plein soleil dans l'air immobile, le ciel est une éternité bleue, un sourire azuré, et le sang se met à chanter dans ses veines parce qu'il est si bon d'exister, parce qu'elle déborde d'énergie et qu'il lui tarde tant de vivre. C'est pourtant cet été où bien des choses changent et c'est quelque peu différent de courir maintenant que ses seins commencent à naître et à balloter très légèrement, un peu comme deux greffons à l'avant de son torse, elle ne sait pas du tout s'il faut en être fière ou en avoir honte, mais dans ce souvenir précis, elle n'y pense pas, elle se contente de courir, tout à sa joie de vivre par cette magnifique journée d'été où l'éternité semble descendue sur terre, rayonnante de bonheur et de rayons de soleil. Elle court comme une enfant bientôt adolescente et descend ce champ d'autrefois avec légèreté, joueuse comme une jeune pouliche, simultanément, elle court, âgée de quarante ans à Keflavík, une paire de bottes aux pieds, son tablier blanc lui descend aux genoux, elle s'en débarrasse à toute vitesse, pour ainsi dire machinalement, puis suffoque quand elle entre dans la mer et que le froid glacial de l'Atlantique nord l'arrache brutalement au passé, au souvenir ; elle perçoit le poids de sa poitrine, la raideur de son corps, elle sent qu'elle n'est plus une jeune pouliche, compagne de jeu de l'éternité, tout cela a disparu comme tant d'illusions stupides. La mer la réveille et aiguise son attention, elle s'avance à toute vitesse vers la jeune fille, l'eau devient plus profonde, bientôt elle doit se mettre à nager, en silence, elle ne crie pas ni n'appelle, craignant d'effrayer la gamine comme les moutons de son souvenir, cette dernière risquerait de nager plus loin vers le large plutôt que de traîner comme elle le fait, flottant sur le dos à la surface des vagues en regardant le ciel gris, car celui qui a décidé d'en finir n'a nul besoin de se presser, plus rien ne l'attend si ce n'est la mort. La jeune fille flotte puis se met à couler car elle veut se noyer pour quitter le monde des vivants. Non, souffle la belle-mère, pas si j'en décide autrement, et la gamine pousse un cri au moment où elle la saisit entre ses bras, elle pousse un cri, puis hurle et supplie, hurle et ordonne, lâche-moi, avant d'ajouter, comme afin d'enfoncer le clou, espèce de salope ! Je ne laisse pas les gens se noyer sous mes yeux, répond la belle-mère en faisant de son mieux pour esquiver les coups et les ongles de cette gamine, les coups et les ongles de Sigga, car c'est bien elle, Sigga qu'Ari et moi avons rencontrée pour la première fois un matin de janvier 1976, cette fille que GÓ avait coincée sous son pied, celle qui avait sauté sur la plate-forme du camion, pas question que je passe à côté de ce truc-là, et qui, quatre ans plus tard à peine, décide de passer à côté de la vie tout entière, et elle y serait parvenue si la belle-mère ne s'était pas accordé une pause-cigarette parce qu'elle se sentait mal, parce que la vie était trop difficile, la belle-mère qui déclare, personne ne se noie si j'en décide autrement, elle le dit avec calme, comme si elle discutait dans la rue ou avec le voisin par-dessus la haie du jardin par un beau dimanche, et le ton résolu qu'elle adopte fait penser à ces montagnes qui ne se contournent pas. Sigga cesse de se débattre, cesse de lancer des coups de poing dans sa direction, de la griffer, de la traiter de tous les noms, elle n'a plus aucune force et se laisse ramener à terre, vers les rochers glissants de la rive, vers cette vie qu'elle a voulu fuir.

Norðfjörður
— JADIS —

*La mer fait de nous des hommes —
le jour le plus long de l'humanité*

Souvenez-vous tout comme nous : l'océan est plus vaste que le quotidien.
En mer, l'homme se repose. Cet espace ouvert, cette immensité qui dépasse l'entendement vous calme, vous console, et vous permet d'envisager les problèmes avec la distance nécessaire. Les difficultés qu'on connaît à terre, l'usure, les agacements, les relations, les obligations : il suffit de porter son regard sur les vagues pour que les aspérités de l'existence s'aplanissent. Puis le vent se lève, bientôt les vagues surplombent le bateau, plus haut, toujours plus haut, les creux sont si vertigineux que les membres d'équipage verraient presque le fond de l'océan qui semble s'élever vers la surface comme pour venir les y chercher. L'humidité permanente, le labeur incessant, le travail qui consiste à remonter le poisson et à le vider par tous les temps, soleil et chaleur, neige et froid glacial. Être marin, c'est être libre. Mais cette liberté-là vous interdit de vous reposer sur qui-

conque, vous ne pouvez vous en remettre à personne, et surtout pas à vos propres prières, car la douceur du monde est demeurée à terre. Vous ne pouvez avoir confiance qu'en vous-même.

Voilà pourquoi la mer fait de nous des hommes.

Cette phrase s'ancre comme un encouragement, une exhortation dans l'esprit de Þórður et Gunnar, les fils d'Oddur, et plus tard, dans celui de Jakob. Un encouragement, une balise, le onzième commandement.

D'ailleurs, Þórður est déjà marin à part entière avant même d'avoir atteint l'âge de treize ans.

Il sort en mer sur le *Sleipnir* depuis qu'il a sept ans et rame avec son oncle Tryggvi sur sa petite barque, jamais bien loin de la rive, certes, et ce genre de chose ne fait pas de vous un vrai navigateur. Il n'est encore qu'un gamin qui s'amuse à courir entre les maisons du village, dans la montagne, sur la plage, mais aura bientôt treize ans, l'âge où les choses sérieuses commencent, c'est ainsi qu'il en a été pour Oddur, ainsi qu'il en sera pour Þórður, qui n'est certes pas Oddur, pas tout à fait, et même loin de là, car il a hérité du caractère rêveur de sa mère, il aime les livres et a même composé quelques poèmes, en secret et sans jamais les montrer à personne. Mais, né dans le Norðfjörður, il a passé son enfance dans un village où la vie humaine se mesure tout entière à l'aune de l'océan, et cette phrase d'Oddur, ce onzième commandement, la mer fait de nous des hommes, coule telle une symphonie dans ses veines. Il s'embarque pour sa première campagne de pêche en tant que marin à part entière au printemps et peine à trouver le sommeil tant il est impatient.

Mais il doit d'abord travailler pour d'autres que son père. C'est préférable, déclare Oddur, il s'endurcira plus vite, deviendra plus indépendant et plus fort entouré d'étrangers. Le plus important est d'apprendre quand on est encore jeune et malléable qu'en fin de compte on est toujours seul et qu'on ne peut se fier qu'à soi-même.

Margrét voit autre chose qu'Oddur quand elle regarde la mer en pensant à Þórður, elle n'y distingue ni bénédiction ni liberté, mais au contraire une multitude de dangers, une humidité omniprésente, un univers tout en grisaille, empli de jurons et d'imprécations. Combien d'univers l'existence de l'homme abrite-t-elle ? Elle préférerait que Þórður reste à la maison, mais ce n'est là que le rêve puéril d'une femme, elle le sait, personne ne saurait se soustraire à la vie, elle sait qu'il y a du vrai quand Oddur dit que Þórður a la mer dans le sang, qu'en dépit de son caractère rêveur, des longues heures qu'il passe plongé dans les livres, de ses excellents résultats scolaires, la mer l'a toujours attiré et qu'il a toujours rêvé d'y prouver sa valeur. Elle sait qu'il en va ainsi, que c'est la loi, le cycle de la vie : les fils de paysan sont à la bergerie, les garçons du village en mer. Et pourtant, qu'il est difficile de le voir quitter la maison et se diriger vers la rive pour monter sur un bateau avec des étrangers, c'est à peine si elle parvient à le regarder sans se cramponner à quelque chose, elle doit se retenir de toutes ses forces pour ne pas courir derrière lui et le ramener à la maison, auprès d'elle, à l'abri, par la contrainte, par les larmes. Ce qui serait évidemment inexcusable. Þórður mettrait des années à la pardonner, Oddur lui en voudrait à jamais. Comment son cœur va-t-il supporter de le regarder partir comme ça, âgé de treize ans, avec ses cheveux blonds et revêches, son caractère doux et résolu, sa sensibilité, ses yeux rieurs. La vie semble toujours plus facile en présence de Þórður, jamais il ne rechigne à se lever le matin, il se montre patient avec ses frères et sœurs, il est apprécié par ses camarades — mais il arrive encore qu'il vienne se glisser dans le lit de sa mère quand Oddur est absent, quand Oddur est en mer, les bras de Margrét perçoivent combien il a grandi, mais elle sent sous sa paume battre son cœur d'enfant et cela l'apaise, ils s'endorment tous les deux, blottis l'un contre l'autre, les heures les plus précieuses de l'existence sont rarement bruyantes.

Qu'il est douloureux de l'accompagner du regard, si tôt le matin qu'il fait encore noir, en ces premières heures du jour où nous sommes les plus sensibles, les plus fragiles, pour ainsi dire sans défense, le voir s'éloigner et descendre vers la jetée où l'attendent le bateau et le monde de la mer, elle se cramponne à quelque chose, il s'éloigne de la maison, un pas sur deux, il est adulte, un pas sur deux, c'est un enfant. Ses frères et sœurs dorment encore, les trois filles, Elín, âgée d'un an à peine, Ólöf a neuf ans, Hulda onze, et Gunnar vient de fêter son quatrième anniversaire. Gunnar qui se lève en même temps que Hulda, deux heures plus tard, furieux, vexé que sa mère ne l'ait pas réveillé afin qu'il puisse voir son frère quitter la maison pour entrer dans le monde des grands, cet univers aussi fascinant qu'inquiétant — il a tellement hâte que son grand frère revienne. Hâte de voir sa transformation. Gunnar est persuadé que cette première journée de pêche en haute mer changera tant de choses chez Þórður qu'à son retour lui et leur père se ressembleront comme deux gouttes d'eau, et là, maman, dit-il en mordillant un morceau de poisson séché et en balançant ses pieds, assis sur sa chaise, il faudra que tu te maries aussi avec Þórður et que vous dormiez ensemble, on demandera à Bjarni le menuisier de fabriquer un lit plus grand où vous pourrez dormir tous les trois, mais je ne vais pas l'appeler papa. Même pas s'il te donnait son canif, interroge Hulda, occupée à saler le poisson, petite et vive, courageuse et les mains si fortes qu'elle n'a aucun mal à plaquer à terre un garçon de son âge. Il me le donnerait pour toujours ? Oui, il serait à toi pour toujours. Dans ce cas, je l'appellerai papa le mercredi et le dimanche, répond Gunnar en suivant sa sœur jusqu'à l'enclos à poisson où il l'aide à retourner les morues pour qu'elles sèchent, tellement impatient de grandir qu'il ne tient pas en place et demande parfois à Þórður de le suspendre par les pieds, espérant qu'ainsi ses jambes s'allongeront plus vite.

Cette journée devient interminable pour Margrét.

Elle regarde constamment à la fenêtre de la cuisine, avec ou sans jumelles, dans l'espoir d'apercevoir le bateau de Þórður, tellement inquiète et angoissée qu'elle supporte à peine les enfants autour d'elle, bien qu'elle fasse de son mieux pour maîtriser sa peur. Elle ne veut surtout pas aller s'allonger et s'offrir corps et âme à l'angoisse, s'interdit de courir à toutes jambes jusqu'à la jetée afin d'y voler un canot pour voguer vers le large et récupérer son fils qui n'est qu'un enfant, son fils aux rêves fragiles et déchirants, si chaleureux et si bon qu'il couvre parfois de baisers le visage de sa mère, de baisers d'enfant, et qui dit des choses tellement jolies, embellit le monde par ses mots, elle regarde la mer, effrayée à l'idée qu'il puisse être altéré par la fréquentation de ces rustres mal embouchés, leurs propos salaces sur les femmes, leurs paroles vulgaires, dures et méprisantes sur les questions d'entrejambes et de poitrines — peut-être Þórður rentrera-t-il les oreilles brûlées par les jurons et le cœur écorché, peut-être la regardera-t-il autrement.

Le jour le plus long de l'histoire de l'humanité ?

En tout cas, il s'écoule à une telle lenteur que si elle avait quelques bâtons de dynamite, Margrét fabriquerait une bombe dont l'explosion ferait bondir le temps en avant. Plus Þórður restera avec ces marins, plus il leur sera facile de le transformer et de l'enlever à sa mère. Elle s'occupe des petites, fait la lessive, nettoie le sol, taille une épée pour le petit Gunnar qui s'apprête à partir en croisade loin vers le sud et vers la Terre sainte, dépêche-toi, maman, dit-il, les armées m'attendent et je veux être rentré à la maison avant le retour de Þórður. Enfin, le soir approche.

Il approche, portant avec lui un soupçon de ténèbres et quelques étoiles, puis le vent se lève, les nuages noircissent au-dessus du fjord qui devient frisson, le cœur de Margrét s'assombrit également et son sang se fige. Le vent forcit, il se met à pleuvoir et les enfants se réfugient bien vite à l'intérieur, y compris Gunnar qui se voit contraint d'écourter sa croisade et qui, déçu et triste, demande à sa mère de panser ses plaies, nombreuses et profondes, elle se contente de lui dire, allons, allons, tu as bien joué, puis recommence ses allées et venues, jette un œil par la fenêtre, attrape dans le placard un objet qu'elle remet aussitôt en place, puis cesse de regarder dehors car elle n'ose plus le faire, refuse de voir à quel point la mer a noirci, refuse de voir qu'elle est presque aussi sombre que ces yeux de ténèbres dans lesquels elle a plongé les siens il y a des années ; aussi noirs et profonds que deux tombes. Elle répond n'importe quoi aux questions des petits, devient tellement bizarre que Gunnar est au bord des larmes. Mais Hulda s'arrange pour qu'elle se mette à faire la cuisine, son instinct lui dit qu'un peu d'occupation la calmera, maman, chante, s'il te plaît, ajoute-t-elle, chante-nous ces comptines américaines, et Margrét s'exécute, elle obéit sans réfléchir, prépare le repas en fredonnant les comptines qu'elle a apprises au Canada, qu'elle chante si fréquemment à ses enfants et qu'elle chante encore au moment où la porte s'ouvre sur le père et le fils. Oddur a touché terre en premier, mais il a attendu l'arrivée de Þórður qui entre, accueilli par le chant de sa mère, fatigué, éreinté, mais le dos droit, fier, et Margrét s'interrompt comme si le fil de sa voix s'était coupé en deux, elle regarde les deux hommes qui se tiennent côte à côte, Oddur et ses poings fermés, comme autrefois, afin de se maîtriser, afin que la fierté qu'il éprouve ne soit pas trop visible, Þórður est droit comme un piquet, il n'est plus tout à fait celui qu'il était en quittant la maison ce matin, il regarde sa mère qui doit lutter si violemment contre son désir de se précipiter vers lui pour le couvrir de baisers et l'étreindre que c'est presque une douleur. Debout à côté de la table de la cuisine, pansant ses blessures après les batailles qu'il a livrées ce jour, Gunnar regarde son frère bouche bée, tellement admiratif que Hulda éclate de rire, Margrét esquisse un sourire et se contente de dire, mes hommes doivent avoir faim. Elle lève les yeux vers Oddur, et leurs regards se croisent, se croisent intensément.

C'est ainsi, chacun d'entre nous a ses heures. Et qu'importe le reste.

Keflavík

— AUJOURD'HUI —

La petite Amérique — en direct du passé

Décembre, c'est l'hiver, il pleut ou il neige, pourtant nulle part la distance mesurée entre ciel et terre n'est plus importante, ce qui est trop long pour les anges. Les touristes qui affluent en Islande contournent tous la ville quand ils quittent l'aéroport ou s'y rendent par la route qui passe en surplomb, aucun d'entre eux n'a l'idée de faire un crochet jusqu'ici, tous ne font que passer au loin, c'est à croire que Keflavík n'existe pas.

Ari et moi nous rappelons le jour de l'inauguration du terminal de Leifsstöð, vers la fin des années quatre-vingt, l'événement était retransmis en direct à la télévision. Assis devant le petit écran au quatrième et dernier étage d'un immeuble de la rue Bergstaðastræti à Reykjavík, nous débordions d'une fierté toute nationale. Ce petit pays avait été capable de construire un terminal aérien sublime à la place du vieux bâtiment délabré qui ressemblait à une rosse usée et difforme, cerné par des panneaux de signalisation américains et situé en plein secteur militaire, preuve de notre incapacité à nous débrouiller seuls, comme si nous n'étions même pas fichus de sortir du pays sans passer par une puissance étrangère et grâce à de l'argent venu d'Amérique. Avant l'ouverture du nouveau terminal, la première vision que les visiteurs avaient de l'Islande était l'Amérique, comme si notre pays était une petite Amérique, une colonie. Notre sentiment national en souffrait, tout autant que l'image que nous avions de nous-mêmes, or il était déjà assez contrariant de savoir que nos hôtes étrangers étaient forcés d'atterrir sur la lande de Miðnesheiði, en plein désert, au milieu de ces champs de lave qui ressemblent aux pensées du démon : comme si l'Islande se résumait à peu près à l'armée américaine, à ces étendues de pierre ponce rugueuse, à des landes désolées et à Keflavík, l'endroit le plus noir du pays, butin de guerre de tous les vents. Voilà qui ne faisait pas honneur à notre nation, c'est pourquoi il était tout bonnement merveilleux d'avoir enfin ce magnifique aéroport qui s'élève, rouge et gris ciment sur la lande environnante comme une solennelle déclaration d'indépendance, aussi beau qu'un poème de Jónas Hallgrímsson avec ses murs ornés de photos gigantesques de la nature islandaise, chutes d'eau, montagnes, geysers et sources chaudes, chevaux sous un ciel limpide, pâtures gorgées de soleil et jolies blondes les cheveux au vent, vêtues de pulls islandais. Ces affiches montraient que l'Islande n'est ni la lande de Miðnesheiði ni Keflavík, absolument pas, bien loin de là, ce qui explique que la route menant à l'aéroport passe à bonne distance et en surplomb de l'agglomération, cette ville de garnison privée de son quota de pêche. Puis les militaires ont levé le camp et que saurait-on désormais dire de Keflavík, quels mots utiliser pour la qualifier — comment nommer une ville qui a tout perdu ?

En tout cas, Ari et moi avons suivi l'inauguration du terminal de Leifsstöð. Diffusée en direct à la télévision. Ómar Ragnarson planait à bord de son coucou et nous offrait une vue aérienne du bâtiment, le point de vue de Dieu et des touristes. Non, pas possible, regarde un peu, on voit les portiques de Drangey, me suis-je exclamé, l'index pointé vers ces installations où on séchait le poisson, situées à quelques kilomètres de l'aéroport, et ce n'était quand même pas rien de voir ces structures en bois sur lesquelles nous avions accroché des tonnes et des tonnes de poisson par tous les temps, pendant les mois les plus durs et les plus colériques de l'hiver, ces hauts tréteaux que nous avions ensuite délestés en été, quand la lande nous avait montré ses menues merveilles, discrètement, timidement, hésitante, comme si elle redoutait qu'on se moque d'elle ; ce n'était pas rien, mais c'était également assez bizarre de voir ce qui avait constitué notre quotidien le plus banal, à l'écart du monde, diffusé tout à coup en direct à la télévision, sous les yeux de toute la nation islandaise. Notre passé en retransmission simultanée ! Un passé lointain ; une réalité dont nous pensions qu'elle était sortie pour de bon de notre existence, sur le vieux bureau à côté de la vieille télé reposait le manuscrit presque achevé du premier recueil de poèmes d'Ari, empli de lignes capitales, de vers de poésie qui ne manqueraient pas d'illuminer le monde :

Les rougeoiements de l'aube se concentrent en soleil ;

Avant d'atterrir là / dans cette chambre d'hôtel crasseuse / en rupture de papier-toilette ;

Ce jour n'est pas le nôtre, et elle, elle, si loin d'ici.

Nous croyions tous deux dur comme fer que la publication de cet opus mettrait la société en émoi, que c'était là un grand événement, oyez, oyez, frères et sœurs, les mots qui vont changer le monde ne tarderont plus à vous parvenir ! En fin de compte, ils ne changèrent pas grand-chose, si ce n'est évidemment notre vie personnelle. Nous avions imprimé cinq cents exemplaires, ce qui devait n'être qu'un premier tirage tant nous étions certains qu'il faudrait très vite procéder à un second, nous attendions les appels des journalistes, mais la seule réaction tangible avait été le coup de téléphone d'Elín, mère d'Ásmundur et tante d'Ari, que ce dernier n'avait pas revue depuis des années. Elle avait appelé tôt le matin, il n'était même pas huit heures, après avoir lu l'entrefilet signalant la parution, en annonçant immédiatement, enflammée, qu'elle souhaitait commander six exemplaires. Elle avait discuté un long moment avec Ari, gentille et de bonne humeur comme toujours, puis avait inopinément fondu en larmes au beau milieu de la conversation, juste après avoir mentionné sa mère, cette chère Margrét, en disant qu'elle aurait été tellement heureuse de voir un de ses petits-enfants publier un recueil de poésie, tout autant que l'aurait été son frère Tryggvi — et encore plus Þórður, avait ajouté Elín, c'est alors que sa voix s'était brisée, en mentionnant le nom de son frère. Elle s'était interrompue et Ari l'avait entendue sangloter au bout du fil. Il s'était dit, terrifié, mon Dieu, elle pleure, et avait senti la sueur perler entre sa paume et le combiné. Mais cela n'avait pas duré bien longtemps, quelques sanglots pénibles, puis elle avait toussoté, deux fois, et s'était mise à rire en disant qu'on devient rudement sensible en vieillissant, qu'on ne supporte plus la moindre émotion, comme un petit oiseau, avait-elle dit, oui, ou comme un troglodyte mignon, puis elle avait à nouveau ri avant d'ajouter que, pour une fois, Jakob n'avait pas vendu la mèche et gardé la nouvelle pour lui, il ne lui avait pas dit que la famille comptait à nouveau un poète ! En effet, avait pensé Ari, mal à l'aise, la paume tellement humide que le combiné glissait de sa main, si son père n'avait rien dit à personne, c'est qu'il n'était tout simplement pas au courant de cette publication.

Cinq cents exemplaires en tirage initial, nous pensions devoir en imprimer beaucoup plus par la suite. Mais un mois plus tard, il nous en restait quatre cent cinquante-deux, c'est tout juste si les gens ouvraient le livre dans les librairies et nous étions incapables de le vendre nous-mêmes. Les poèmes ont sans doute le pouvoir de sauver le monde, mais ceux qui les lisent sont si peu nombreux, et leur nombre va diminuant : ils sont une ethnie en voie d'extinction. On devrait d'ailleurs leur accorder le statut d'espèce protégée et il faudrait que l'UNESCO pense à les inscrire au patrimoine de l'humanité.

Mais ce jour n'est pas le nôtre, et elle, elle, si loin d'ici : le livre fut un sacré flop. Aucun besoin de le réimprimer, mais grand besoin d'argent pour payer les frais d'impression, voilà pourquoi Ari et moi sommes retournés sur la péninsule de Suðurnes, retournés travailler chez Drangey, vous vous en souvenez peut-être, afin de démonter les séchoirs. Les mêmes que ceux identifiés par le présentateur qui assurait la couverture de l'inauguration en direct du terminal de Leifsstöð et commentait les images aériennes prises par Ómar Ragnarsson. Je vois là ces enfilades de portiques qui servent à sécher le poisson, a-t-il dit, eh oui, s'est écrié Ómar, ce sont bien les séchoirs, puis il a chanté le refrain de la chanson de marins que tout le monde connaît :

*On dit de ceux de Suðurnes,
que jadis ils voguaient sur les flots
et qu'ils y voguent encore !*

Ah ça, oui, ha, ha, s'est exclamé le présentateur en riant, ce sont de vrais marins, c'est vrai, et… enfin, n'oublions pas que Keflavík est aussi la ville de nos Beatles nationaux, a glissé Ómar, grisé par son séjour dans les airs, cette retransmission en direct et l'atmosphère de liesse, sans parler des milliers de personnes entassées dans le terminal plein à craquer et des 70 % d'Islandais assis devant leur poste de télé. Le présentateur lui a demandé de répéter, tout cela allait beaucoup trop vite, on passait des séchoirs à morue aux Beatles sans crier gare. La ville de nos Beatles nationaux, c'est-à-dire ? Enfin, s'est exclamé Ómar, en passe de succomber corps et âme à la liesse de cette journée, Rúnni Júll et Gunni Þórðar ont tous deux passé la majeure partie de leur enfance à Keflavík, ils ont été nourris au rock et aux Beatles par la radio de la base américaine, mon vieux ! Puis Ómar s'est remis à chanter, parfaitement juste, comme toujours :

*Tes yeux bleus scintillent
limpides et profonds,
et illuminent ma route
comme deux étoiles*

Te souviens-tu, ai-je demandé à Ari au moment où Ómar a mentionné, ou disons plutôt hurlé les noms de Runni Júll et Gunni Þórðar ; te souviens-tu de ce matin de janvier 1976 ?!

Ari : Il y a des choses qu'on n'oublie pas.

Moi : Au fait, qu'est devenu Ásmundur, je n'ai aucune nouvelle de lui depuis qu'il a foncé dans la clôture de manière si mémorable.

Il est parti dans l'Est, a répondu Ari en levant le bras pour me faire taire, penché vers la télé afin de mieux l'entendre — il est dans le Norðfjörður et travaille en mer, il a même un bateau, évidemment, il a voulu prendre la relève de grand-père, mais chut, a-t-il interrompu. Le présentateur se remettait à parler des séchoirs et il avait réussi à clouer le bec à cet excité d'Ómar qui survolait Leifstöð dans son coucou, pilotant d'une main et filmant de l'autre tandis qu'il chantait *Tes yeux bleus* de Gunni Þórðarson, réponse de Keflavík au *Here, There and Everywhere* des Beatles : l'œil droit de Sigrún, Ici, là-bas et partout. Nous l'avions croisée au rayon des biscuits à la coopérative de Búðardalur, son œil gauche avait été composé par Lennon, *If I fell*, Si je m'éprenais ; que regardaient ses yeux quand Kári se démenait sur elle en montrant les dents tant elle l'excitait, Kári dont les fesses blanches pointaient régulièrement au-dessus des sièges pour nous faire des clins d'œil, que regardaient donc les yeux de Sigrún à ce moment-là ?

Ari a levé le bras pour imposer le silence à mes souvenirs, à mes questions sur ce que Sigrún regardait tandis que Kári haletait au-dessus d'elle, elle qui n'est pas ici, qui jamais ne sera ici, nous avons simplement dû apprendre à vivre en son absence, ça n'a pas été facile, et pendant longtemps nous avons eu l'impression d'être comme l'oiseau qui ne retrouve plus son perchoir, l'étoile qui n'a plus aucun firmament où briller. Chut, s'est agacé Ari en levant le bras parce que le présentateur s'était remis à parler des séchoirs à poisson, disant qu'ils étaient loin de faire honneur aux lieux, si proches de ce magnifique terminal aérien, ajoutant qu'il était indéniable qu'ils détonnaient rudement avec la beauté du bâtiment. Nom de Dieu, s'est exclamé Ari, tu entends ça ? Par rapport à ce modernisme rutilant, notre passé ferait tache, qu'allons-nous en faire, quel endroit trouverons-nous pour le mettre au rebut ? Je suppose qu'on va simplement devoir l'oublier, ai-je répondu, et là les images d'Ómar ont disparu de l'écran, remplacées par le direct à l'intérieur du terminal où le présentateur chancelait sous l'effet de la joie et du champagne parmi la foule innombrable. Ce terminal aérien, a-t-il déclaré, en choisissant soigneusement ses mots, le regard rivé sur la caméra comme s'il s'apprêtait à faire une déclaration susceptible de changer la face du monde, ce terminal est tout aussi moderne que n'importe quel aéroport étranger. Il est la preuve éclatante que nous sommes une nation au même titre que les autres, une nation moderne, la preuve que nous voyons grand, que nous avons définitivement tourné le dos aux fermes en tourbe, que nous le faisons résolument et que l'univers restreint de la baðstofa[1] est définitivement derrière nous. Ce nouvel aéroport est la preuve que nous voyons grand, sans doute même plus grand que la plupart des nations, si seulement nous avions l'occasion de le montrer et de le prouver au monde. Quelle plus belle patrie que la nôtre, a conclu le présentateur en point d'orgue de son discours enflammé, les yeux toujours rivés sur la caméra comme s'il essayait de voir l'avenir, cet avenir où nous aurions enfin l'occasion de prouver au monde notre véritable valeur, les yeux plongés dans le futur sans toute-

---

1. La baðstofa est la grande salle commune de la ferme où l'ensemble de la maisonnée prend son repas, travaille, fait la veillée et dort.

fois nous apercevoir, Ari et moi, en ce mois de décembre où nous descendons la rue Hafnargata sous quelques flocons, par un froid mordant.

Nous dépassons Janvier 1976, deux femmes âgées d'une cinquantaine d'années sortent du bar et ont déjà allumé leur cigarette au moment où la porte se referme derrière elles et sur Rod Stewart qui continue à chanter *Maggie May* à l'intérieur. C'est le soir. Éméchés par le vin rouge et le whisky que nous avons bus à l'hôtel, nous descendons Hafnargata, cette rue beaucoup plus aseptisée que jadis, la première fois que nous l'avons parcourue en compagnie d'Ásmundur. Le maire Sigurjón y a fait le ménage. Nous descendons Hafnargata, les flocons se transforment en averse de neige, nous avons la mer à notre droite, ce soir elle est sombre et ressemble à un géant qui somnole, ce serait assez agréable de s'offrir une promenade sur la plage pour faire quelques ricochets en écoutant les vagues mourir sur le sable, mais les gens de Keflavík n'y ont plus accès, en tout cas, cet accès n'est ni aisé ni sans danger puisque la longue plage est désormais recouverte de remblai, de gros blocs transportés depuis Helguvík, des rochers âgés de deux cent mille ans que certains tentent parfois d'enjamber, désireux d'atteindre la rive pour goûter l'apaisement que procure la mer et s'emplir de sérénité. Hélas, ils se cassent bien souvent une jambe, leur pied dérape et se retrouve coincé entre les pierres glissantes. Ces centaines de tonnes qui séparent les gens d'ici de la mer. Peut-être afin de souligner qu'ils n'ont plus rien à y faire, que de toute façon ils sont désormais privés d'océan et doivent se résoudre à couper le cordon.

Nous écoutons le ressac, écoutons les flocons qui tombent

en parlant tout bas de l'Américain, cet ancien membre de la police militaire que nous avons revu en quittant l'hôtel. Sa femme était endormie, il se sentait seul et avait besoin de parler à quelqu'un, j'ai toujours ressenti une grande solitude dans votre pays, a-t-il confié au serveur géant, par le diable en personne, c'est à croire que cette putain de solitude est fabriquée ici même, qu'elle sort de la terre avec toutes vos satanées éruptions et qu'ensuite elle va se déverser sur le monde. La solitude, a-t-il répété avant de s'interrompre quelques secondes, pensif, puis il s'est mis à raconter des anecdotes de l'armée en piétinant, comme afin de ne pas perdre l'équilibre au sein de cet univers qui dépasse son entendement. Nous sommes parvenus à les éviter de peu, lui et le serveur, quittant l'hôtel sans être vus, affolés à l'idée que cet Amerloque vienne nous casser les oreilles avec ses interminables histoires de soldat et d'armée, et avec ses *fucking* qui remplaçaient un mot sur trois, nous sommes sortis dans le hall et avons hésité un instant en voyant le soir sombre que les flocons rendaient presque menaçant. Nous avons hésité, regardé alentour, comme pour repérer un détail qui nous donnerait le courage d'aller affronter la nuit et les flocons, c'est alors que nous sommes tombés sur cette photo de Leifstöð. Un poster récent affiché à la meilleure place, la photo est prise en plein soleil et agrémentée d'un texte en islandais, en anglais et en allemand qui figure juste au-dessous ; une description succincte de l'inauguration et de l'importance de cet aéroport. Elle cite le vers de poésie composé par Hulda, « Quelle plus belle patrie que la nôtre », et reprend les propos du présentateur sur notre valeur et nos ambitions. Puis, et juste au-dessous du vers de Hulda, suivent des données chiffrées quant au coût de construction, on peut lire qu'une bonne partie de la facture a été réglée par l'armée américaine, à la condition expresse que cette dernière puisse prendre les commandes du terminal « en cas de menace ». « On peut donc se demander, conclut la présentation dont nous avons compris qu'elle a été rédigée par la directrice de l'hôtel, Sigga en personne, si l'image que les Islandais ont d'eux-mêmes ne se fonde pas en fin de compte sur des illusions tout autant que sur notre capacité à oublier ce que nous n'avons aucune envie de nous rappeler. »

Tu étais au courant de ce truc-là ? dis-je. Non, répond Ari. Nous sommes presque arrivés vers ce qui fut autrefois les pêcheries de Duushús, une des plus anciennes parties de la ville, entre nous et la mer des rochers âgés de deux cent mille ans, des blocs de pierre arrachés à la dynamite aux falaises de Helguvík quand l'armée américaine y a installé un port pétrolier. Le vent nous fouette, venu de la mer et de la nuit. La falaise de Bergið, le Roc, qui surplombe le port et s'avance assez loin dans la mer, est éclairée par de puissants projecteurs, comme si elle s'apprêtait à quitter les lieux, se préparait au décollage et que même Bergið, ce roc immémorial dont les parois tombent à pic dans la mer, désiraient eux aussi fuir Keflavík, quitter cette ville qui a perdu son quota de pêche, perdu sa base militaire et où il n'y a pas grand-chose à voir si ce n'est du chômage, de vieux filets en lambeaux, le souvenir d'une armée, de l'argent disparu, et deux Norvégiens à tête de couperet. Non, dit-il, je l'ignorais, mais faut-il vraiment s'en étonner, d'ailleurs, l'un des plus grands malheurs de l'homme n'est-il pas sa propension à oublier plutôt qu'à se souvenir, sans doute par confort, ainsi, la vie exige moins d'efforts et le quotidien est plus facile à supporter. C'est bien pour ça que nous enfouissons

tant de choses, que nous les mettons de côté dans l'espoir que les jours les enterrent et qu'on les oublie.
Moi : Comme tu l'as fait ?
Ari : Comme je l'ai fait.

C'est pour cette raison que nous sommes là, à regarder ces blocs de pierre âgés de deux cent mille ans, dynamités par les troupes américaines dans la baie de Helguvík, puis déversés ici entre Keflavík et l'océan, comme afin de bien souligner que la ville n'est plus en bord de mer et que des centaines de milliers d'années les séparent, nous observons ce roc illuminé par les projecteurs qui fait route vers le ciel, ou simplement vers un ailleurs imprécis puisqu'on ne le laisse même plus reposer, tranquille, dans la nuit, parce qu'on a décidé de mettre cette bourgade hors jeu, désormais, plus rien n'adviendra ici, du reste, plus rien n'arrive depuis des dizaines d'années, les emplois ont déserté les lieux, les entreprises ne dégageaient plus assez de bénéfices, telle est l'aune à laquelle se mesure la vie de l'être humain, les bénéfices et non les battements du cœur, les intérêts de quelques-uns plutôt que le bonheur, et pourtant, nous voilà surpris en découvrant notre malheur, nos angoisses et nos incertitudes : Y aurait-il quelqu'un dans les parages qui pourrait nous mettre un peu de plomb dans la tête ?
Et nous sommes ici, légèrement éméchés après le vin bu dans cet hôtel dirigé par Sigga que nous avons croisée pour la première fois un matin de janvier 1976, Sigga avec qui nous avons ensuite travaillé à Drangey pendant quelques semaines d'hiver parce que Ari devait régler les frais d'impression d'un recueil de poèmes, c'est alors que nous avons démonté les séchoirs à poisson avec Þorlákur qui brandit aujourd'hui ses poings derrière la vitrine de l'agence immo-

bilière de la péninsule de Suðurnes. Ari avait composé un poème où il était question des seins de Sigga, aussi petits que ceux de Sigrún, le soupçon de nostalgie à la commissure de ses lèvres avait au moins deux cent mille ans, quand elle s'est allongée sur la banquette arrière du break Lada de Kári, nous avons cru que la nuit la plus noire de notre existence était arrivée. Nous ne savions rien, absolument rien, car il est apparu bien plus tard que la noirceur n'était pas là où nous l'avions vue, et que ces ténèbres étaient extrêmement pesantes, bien plus lourdes encore que tout ce remblai qui sépare Keflavík de l'océan. Et c'est pour cette raison que nous sommes ici. Parce que Ari a oublié, il a laissé cette chose se produire ; il a mis de côté ce dont il refusait de se souvenir, ce qu'il ne voulait pas reconnaître ni affronter, dont il refusait la responsabilité, il avait confié aux jours le soin de l'enterrer, puis vécu ainsi jusqu'à ce que tout se brise, jusqu'à ce qu'un bras s'abatte comme un cri sur une table de cuisine.

Et : « Désormais, je pourrai aimer d'autres hommes que toi. »

Certains vers de poésie sont plus lourds que d'antiques blocs de pierre, ils nous écrasent sous un poids insoutenable dont on ne saurait se libérer à moins de se souvenir et de se regarder en face sans détourner les yeux. D'arracher à l'abîme toutes ces choses oubliées, ces moments disparus. Et de se souvenir du Norðfjörður : se rappeler Margrét et Oddur dont les poings fermés étaient le chant d'amour, ces minutes où Margrét avait ôté sa robe et où les montagnes étaient autant de psaumes en route vers les cieux. Ramener toutes ces histoires à la surface, qu'elles aient eu lieu à Keflavík ou dans les fjords de l'Est, et quelle que soit la douleur qu'elles engendraient, car si nous n'avons pas le courage de nous souvenir, de nous regarder en face, si nous hésitons quand nous sommes confrontés à ce qui nous blesse, nous fait souffrir ou nous humilie, alors c'en est fini de nous. Et bien pire encore : jamais nous ne parvenons à devenir ce à quoi notre naissance nous a destinés. Nous nous transformons en image falsifiée. Bien plus superficielle que celle que nous aurions pu, que nous aurions dû être. Nous trahissons.

Alors, par où commence-t-on, dis-je en piétinant dans la bise glaciale qui souffle de la mer et balaie Keflavík, il est parfois difficile de se souvenir quand on est en Islande, les bourrasques dispersent vos pensées aux quatre vents et il arrive aussi que le froid soit si piquant et intense que vous êtes incapable de réfléchir vraiment parce que vous consacrez toute votre énergie à conserver un peu de chaleur, à composer une strophe poétique ou à raconter une histoire peut-être. J'ai déjà commencé, répond Ari. Je croyais l'avoir fait à Copenhague, quand j'ai reçu la photo envoyée par mon père, cette vieille photo où on le voit avec ma mère, mais j'ai compris ensuite que je m'étais trompé, ce n'est pas à ce moment-là que j'ai commencé ; en fait, le processus n'a vraiment débuté qu'à mon arrivée à Leifstöð, il fallait que je me déshabille entièrement, que je me penche tout nu sur ce pupitre et que je sente le doigt d'Ásmundur remuer en moi comme un reproche insistant — ce n'est qu'à ce moment-là que j'ai commencé à me souvenir. Que j'ai osé me rappeler. Demain, j'irai voir mon père, et je ne saurais te dire comment ça se passera. Nous n'avons jamais pu parler, comme si le langage n'avait pas prévu les mots nécessaires. Je peux déclamer du Shakespeare, décrire des nébuleuses lointaines ou la trajectoire des comètes — mais je suis incapable de parler à mon père. En tout cas, de lui dire ce qui compte vraiment. Je suppose que nous aurions dû apprendre des langues exotiques, le swahili ou le chinois, une langue dont les mots n'abritent aucun souvenir qui nous soit commun, une langue où les mots amour, nostalgie, douleur de l'absence et trahison ne seraient pas si lourds à nos oreilles que nous nous dérobons en les entendant et qu'au lieu de risquer la crise de nerfs, nous abordons des sujets qui ne posent aucun problème et sont des paravents derrière lesquels nous nous réfugions, la politique, le football, le temps qu'il fait. Mais avant de lui rendre visite, je passerai la nuit dans ma chambre d'hôtel et je lirai la lettre que ma belle-mère m'a envoyée à Copenhague, je veux dire que cette fois-ci, je la lirai vraiment et non en diagonale comme le jour où je l'ai reçue, sans doute afin de ne pas devoir affronter son contenu, et je lirai aussi l'article de Sigga qu'elle y a joint pour une raison que j'ignore. J'ai tout de suite eu l'impression que cette coupure de journal avait quelque chose de dérangeant, que je la vivrais comme une épreuve, voilà pourquoi je l'ai mise de côté, espérant évidemment que les jours se chargeraient de l'enterrer — or maintenant, j'ai été forcé de m'incliner sur ce pupitre.

Ta belle-mère, dis-je, j'ai toujours eu envie de…

Ari : Elle est entrée dans ma vie suite à un décès.

Votre profession ? Eh bien, la nostalgie.

Ce jour a passé. Il a débuté à plus de cent kilomètres à l'heure sur les champs de lave qui bordent le boulevard de Reykjanesbraut pour s'achever dans une chambre d'hôtel à Keflavík. Et il neige. Des messages immaculés qui descendent des cieux et nous sont destinés, à nous qui sommes à l'endroit le plus noir de l'Islande, mais le vent les disperse et les taille en pièces comme pour nous empêcher de lire les mots que le ciel voudrait nous transmettre. Ari est debout à la fenêtre de sa chambre et le soir se mue peu à peu en nuit. Il regarde par la vitre et ne voit rien que des flocons esclaves du vent, rien que des messages dont le contenu se brouille. Le rond-point en surplomb de l'hôtel a disparu, de même que les bâtiments d'en face parmi lesquels se trouvait jadis le restaurant Glóðin avec son agneau et ses pommes de terres caramélisées, son poulet-frites, sa photo des astronautes, tiens, qu'est-elle donc devenue, et quelle distance ces hommes ont-ils atteinte dans le cosmos, sont-ils montés plus près des étoiles que nous ne le faisons même en rêve, ont-ils vu quelque chose qui ressemblerait à Dieu, quelque chose qui aurait le pouvoir de nous consoler, ont-ils découvert que les aurores boréales sont en réalité constituées de musique, qu'elles sont les grandes orgues des cieux ? Décembre, il neige si dru que même les décorations de Noël ont disparu, elles sont pourtant innombrables dans cette ville, innombrables, multicolores et étincelantes, certaines clignotent à toute vitesse, comme d'agacement.

Un smiley composé de neuf bonbons de toutes les couleurs l'a accueilli quand il a regagné sa chambre. Quelqu'un a enlevé sa valise du lit pour la mettre sur le porte-bagages avant de lisser les draps et d'y déposer ces neuf bonbons, transformés en bonhomme à la mine souriante. Quelqu'un — peut-être d'ailleurs la directrice de l'hôtel, Sigga ? Ari était tout content, peu de choses sont aussi précieuses, aussi importantes en ce monde que les sourires. Pourtant, ces derniers ne figuraient pas sur la liste des pourparlers entre Brejnev et Jimmy Carter à l'hiver 1980, cette époque où le cœur de Tito se rapprochait toujours plus de son ultime battement, toujours plus du grand silence, malgré ça, tout le monde était persuadé que les deux dirigeants aborderaient toutes les questions capitales pour l'avenir des Terriens.

Ari s'installe devant le petit bureau, ouvre son ordinateur et s'apprête à se connecter au site de la BBC pour consulter les nouvelles du monde, fuir, mais trois messages non lus l'attendent dans sa boîte. Le seul qui soit important est celui que Hekla, sa fille, lui a envoyé il y a une demi-heure. Son cœur tressaute, les larmes lui montent aux yeux parce qu'elle lui manque, parce qu'il est heureux, parce qu'il est triste : « Cher vieux et mignon papa ! Prévois-tu de rentrer en Islande pour Noël ?! Sturla tient absolument à rester en Espagne, il veut vivre un Noël loin d'ici et dit que ça le fera mûrir. Pfff, il aura un sacré mal du pays le soir du réveillon ! Aïe, j'aurais vraiment préféré que cet idiot vienne ici ! En tout cas, je serai avec maman et Gréta. Vous ne vous parlez toujours pas, toi et maman ? Ça serait vraiment sympa d'arrêter vos âneries et de vous remettre ensemble — je ne peux pas en discuter avec elle sans la mettre en colère. Et ça fait pleurer Gréta. Vous êtes franchement incroyables ! Enfin, comment vas-tu, mon petit papa ? Tu ne veux vraiment pas rentrer au pays à Noël, je te laisserai même mon lit et je prendrai le canapé. Ta carcasse est trop vieille pour te contenter d'un canapé (hé hé) ! Réponds prestement, réponds promptement, mais ne fais pas ton méchant ! Je joins à ce courriel une chanson d'Alabama Shakes, *Always Alright*. Impossible de s'ennuyer en l'écoutant. Allez, on danse ! Bises ! »

Il écoute le morceau en souriant, cette énergie, cette joie de vivre lui rappellent irrésistiblement Hekla. Il meurt d'envie de l'appeler, d'entendre sa voix limpide, toujours teintée de bonne humeur, cette voix qui le régénère, mais il lui faut d'abord lire une lettre, et aussi cette coupure de presse. Il met ses lunettes pour se plonger dans l'article quand son portable vibre sur la table de nuit. Il vient de recevoir un texto du couple assis à côté de lui dans l'avion, Helena et Adam, quelques mots accompagnés d'une photo prise sur la place d'Austurvöllur où ils sourient de toutes leurs dents : « Salut ! Nous voici à l'endroit où la nation islandaise, lassée des politiciens incompétents et de la corruption, a renversé un gouvernement incapable en frappant sur des casseroles, génial ! Toute l'Europe vous regardait comme les messagers de temps nouveaux ! Votre charmante petite capitale nous séduit. Nous avons dîné dans un excellent restaurant et bu une délicieuse quantité de bon vin. Nous sommes ivres et nous allons remonter à notre chambre d'hôtel où je vais faire l'amour avec mon grand et merveilleux mari. N'oubliez pas d'être reconnaissant pour vos larmes, monsieur l'Islandais ! »

Ari distingue le bâtiment de l'Alþingi en arrière-plan. Ils ont sans doute pris la photo au pied de la statue de Jón Sigurðsson. Pauvre Jón Sigurðsson qui doit regarder jour et nuit le Parlement des Islandais, nous traitons bien mal notre grand héraut de l'indépendance, d'ailleurs, il a l'air plutôt menaçant et ses mains tiennent le revers de sa veste, comme s'il s'apprêtait à en plonger une dans sa poche intérieure pour attraper un œuf et le balancer sur le bâtiment ; prêt à attaquer si, par hasard, le président passait par là. Que faire de cette nation devenue en un clin d'œil l'exemple à suivre, de ces gens devenus les héros de l'Europe qui se sont ensuite, comme bien souvent, révélés excellents en course de vitesse, mais de bien piètres coureurs de fond ?

Ari appuie à nouveau sur le bouton central de son téléphone qui permet d'accéder directement aux messages. Tout en haut, le numéro étranger d'Helena, « *Hi, here we are...* ». Juste au-dessous, le nom, le numéro de Þóra et cette photo où elle lui sourit, prise à l'époque où l'existence d'Ari faisait naître un sourire sur les lèvres de sa femme, et dire qu'il a balancé tout ça aux ordures. Champion en course de vitesse, mais manque d'endurance ? « Ton père m'a prévenue que... » Elle a écrit ces mots à 15:47, il y a presque neuf heures, à seulement cinquante kilomètres d'ici. Ses doigts, ses mains, ses épaules, son cou, ses cheveux bruns, le ton de sa voix, ses yeux gris-bleu. Et cette manière qu'elle avait de lui sourire !

Sois reconnaissant pour tes larmes, monsieur l'Islandais !

Il s'essuie les yeux. Que dire ? Que tout a commencé par un décès ? Au moment où la mort est entrée dans le long couloir de l'hôpital de Vífilsstaðir pour ceindre doucement cette femme de ses grands bras aux os tissés dans le clair de lune et pour l'emporter, précautionneusement afin de ne pas se couper, doucement afin de ne pas l'effrayer. Lui ôtant la vie, les perspectives de bonheur, les chansons qu'elle rêvait de chanter, les poèmes qu'elle voulait composer, les villes qu'elle désirait visiter, la mort l'a soulevée tout doucement et, prenant cette vie, l'a libérée d'insoutenables souffrances. Nous mourons quand la souffrance est devenue plus grande que la vie.

Ari scrute la photo de Þóra, prise à l'époque où elle le considérait comme quelqu'un de précieux. « Si je dénoue mes cheveux, alors tu sauras que je suis nue sous ma robe. »

Pourquoi ne suffit-il pas d'être aimé, de quoi d'autre avons-nous besoin, pourquoi l'amour ne guérit-il pas les blessures ou ne les rend-il pas un peu plus supportables, comment pouvons-nous détruire ce qu'il y a de plus important, sais-tu que je suis nue sous ma robe et que les montagnes sont des psaumes en route vers le ciel — pourquoi la magie de tels instants perd-elle son éclat ? Ne serions-nous pas assez forts, assez déterminés, ne sommes-nous pas beaucoup trop prompts à opter pour les solutions rapides, les raccourcis, les fameux dix conseils ? Voilà, elle sourit. Voilà, elle fait une petite grimace. Pourquoi faut-il qu'elle soit si belle ? Que Dieu nous vienne en aide, qu'elle est belle ! Pourtant le corps humain est principalement constitué d'eau ; le carbone entre à hauteur de 18,5 % dans la masse corporelle et l'azote, à hauteur de 3,9 %. Þóra pèse environ soixante-cinq kilos, ce qui revient à un peu plus de deux kilos d'azote. Se peut-il qu'Ari soit épris de deux kilos d'azote ?

Il l'aime. Et elle lui manque ! Elle lui manque depuis le premier jour où il s'est réveillé dans l'appartement qu'il avait loué, deux semaines après sa fuite à Hólmavík. Entre-temps, il avait dormi sur le canapé de la maison d'édition, s'était noyé dans le travail en veillant à ne ménager aucun temps mort, c'était une course éperdue, une fuite en avant, puis il s'était installé dans ce meublé où il s'endormait épuisé, se réveillait douze heures plus tard, en larmes, et il lui fallait quelques instants pour comprendre que c'étaient les siennes. Après cela, il n'y avait plus eu de place pour grand-chose d'autre que la douleur du manque et de l'absence, comme si la réalité s'était arrêtée là et qu'elle continuait de patiner telle une roue dans le sable. Elle lui manquait, et cette douleur était un emploi à plein temps.

Votre profession ?

Eh bien, la nostalgie.

Elle refusait toute discussion, demeurait sourde à ses messages, s'en tenait à la promesse contenue dans le courriel qu'il avait reçu à l'hôtel Hólmavík : « Désormais, je serai froide envers toi. Telle sera ma vengeance. » Et les semaines passaient. Lentes. Si lentes qu'on eût dit que le temps était à l'agonie. Puis il avait entrevu une lueur d'espoir ; Harpa, la salle de concerts, avait programmé une des œuvres préférées de Þóra : la *Neuvième Symphonie* de Mahler ; elle ne manquerait pas d'y assister. Ce qui permettrait à Ari de la voir et qui sait ? La musique a tant de pouvoir, elle est capable d'influer sur le cours d'une vie, de changer un poing brandi en bouquet, une amertume en apaisement, en réconciliation. Il avait acheté des jumelles de théâtre, réservé une place au balcon, certain qu'elle choisirait un fauteuil à l'orchestre, il passerait son temps à la regarder et à observer son visage que la musique ne manquerait pas d'embellir un peu plus encore. Il était arrivé en avance, s'était installé sur le siège moelleux en surveillant la rangée où il était convaincu qu'elle irait s'asseoir, ses mains tremblaient tellement qu'il avait du mal à tenir les jumelles. Puis elle était arrivée — et s'était assise exactement à l'endroit qu'il avait imaginé ! Oui, ils étaient proches à ce point. Rien ne pouvait rompre un tel lien, ni la vie ni la mort, et encore moins un coup de sang à la table du petit déjeuner. Il avait tellement hâte de la croiser pendant l'entracte. De voir ce sourire éclairer son visage qui était la plus belle de toutes les musiques. Il déposerait un baiser sur ses cheveux, sentirait son parfum, la chaleur de sa peau et lui murmurerait, pardonne-moi, s'il te plaît, tu veux bien me pardonner, je suis tellement bête, alors elle lui caresserait l'oreille du bout des doigts et lui répondrait, avec un sourire qu'elle s'efforcerait de dissimuler, c'est vrai que tu es franchement idiot.

En l'apercevant, il avait dû ôter ses jumelles pour sécher ses larmes. Puis il avait inspiré profondément et les avait remises. C'est alors qu'il avait vu cet homme assis à côté d'elle, et qui lui parlait. Peut-être étaient-ils venus ensemble ? Brun, les cheveux mi-longs très légèrement en bataille, il portait la barbe. C'était un homme svelte, vêtu d'un costume dépareillé. Un artiste. Ou quelque chose comme ça. Sans doute un collègue de l'École supérieure des beaux-arts. Ils riaient. Et le concert avait commencé, cette grande symphonie dont les premières notes suggèrent que l'espoir lui-même descend sur terre. Ari l'observait presque constamment derrière ses jumelles. Entre le début du concert et l'entracte, le barbu s'était penché deux fois vers elle pour lui dire quelque chose et elle avait souri. Les lèvres de cet homme étaient toutes proches de l'oreille de Þóra, ses lèvres lui touchaient l'oreille. C'est sans doute un conférencier étranger, s'était dit Ari, elle doit sortir avec lui par politesse purement professionnelle.

Au lieu de se manifester pendant l'entracte, il les avait simplement épiés comme un voleur, caché derrière un pilier. Droit comme un piquet, le barbu était d'une élégance délicieuse et portait des chaussures à la dernière mode — et ce n'est pas du tout son type, avait pensé Ari, libéré d'un poids. Reconnaissant. Immensément soulagé. Puis il y avait eu ce moment. Elle discutait avec cet homme tout près de lui, beaucoup trop près, quand tout à coup, ce dernier avait levé son bras droit et approché la main de sa chute de reins — aïe, ce qu'elle pouvait être sublime dans cette robe verte choisie avec Ari en Italie deux ans plus tôt —, et sa main s'était posée là. Sans hésitation, sans mauvaise conscience, sans précaution, avec l'insouciance de celui qui sait qu'il en a le droit. Cette main s'était posée là et Þóra avait légèrement levé la tête en souriant gentiment. La paume de l'homme était alors descendue plus bas, puis plus bas encore, et s'était mise à lui caresser vigoureusement les fesses. À lui caresser le cul !

Ari n'avait pas réussi à se concentrer sur la musique après l'entracte.

Il était resté sur son fauteuil, transpirant alternativement de haine, de désespoir et de stupéfaction.

Voilà qui ne ressemblait pas du tout à Þóra de se laisser tripoter la croupe en public ; cela sous-entendait que la femme était une pouliche que l'homme pouvait caresser à sa guise au vu et au su de tous. Elle se serait mise en colère s'il s'était autorisé un tel geste quelques mois plus tôt ; d'ailleurs, jamais il ne se serait livré à ce genre de chose. Or ce barbu en chaussures dernier cri lui pétrissait les miches comme s'il n'y avait rien de plus naturel ; et elle lui souriait ! Assis sur son fauteuil, le vers de poésie polonaise colonisait jusqu'au moindre recoin de sa conscience et, comme une scie égoïne, débitait en morceaux le sens de sa vie : « Désormais, je pourrai aimer d'autres hommes que toi. »

Trois semaines plus tard, il avait pris place à bord d'un avion en partance pour Copenhague.

Trois semaines en enfer. Tant qu'il travaillait, il parvenait à maîtriser ses pensées, mais ces dernières l'assaillaient avec d'autant plus de violence dès qu'il se mettait au lit, la main de cet homme sur les fesses de Þóra, sa robe verte, qu'avaient-ils fait plus tard dans la soirée ? Lui avait-elle permis de la raccompagner chez elle, d'entrer dans la maison ; dans ce lit où elle avait fait l'amour avec Ari pendant toutes ces années, s'étaient-ils étreints, réveillés ensemble, peut-être : et qu'avaient-ils fait dans ce lit ??? Elle, qu'Ari pensait si bien connaître, qu'il pensait connaître mieux que quiconque, dont il croyait connaître chaque cellule, voilà qu'elle permettait à cet homme de lui caresser les fesses en public, au vu et au su de tous ; on se demande franchement comment elle se comporte quand ils sont au lit ! Que font-ils ? Peut-être est-elle entièrement différente. Aurait-elle des facettes inconnues, des choses qu'Ari n'a jamais entrevues ou qui ne se sont révélées qu'après leur divorce ? Il se retournait dans son lit, étouffait ses cris dans l'oreiller, hurlait comme un fou pour se libérer des images qui l'obsédaient, elle et ce barbu au lit, elle et cet homme en train de — il hurlait à pleins poumons, avalait parfois une demi-bouteille de whisky pour s'endormir. Comme s'il avait retrouvé ses vingt-cinq ans, qu'il composait des poèmes nocturnes, écoutait Tom Waits, *it takes a lot of whiskey to make this nightmare go away*, il faut une bonne dose de whisky pour chasser ce cauchemar. En résumé : il a fui à Copenhague. Et depuis, ne supporte plus Mahler.

365.*vies.is*

La lettre de sa belle-mère est datée du 2 octobre, il y a plus de deux mois. Ari ne l'a toujours pas lue. En la recevant, il l'avait commencée, puis mise de côté pour une raison qui lui était sortie de la tête, peut-être dérangé par un appel téléphonique, à moins qu'il n'ait dû s'occuper d'une affaire plus urgente et ait ensuite oublié la missive. Datée du 2 octobre, et assez longue. L'écriture manuscrite est appliquée, ce qui n'a rien d'étonnant venant de sa belle-mère ; même si elle est un peu gauche, cette femme n'a pas écrit beaucoup de lettres au cours de sa vie. Elle y a joint l'article de Sigga, la directrice de l'hôtel qui a transformé quelques bonbons multicolores en bonhomme souriant, a déclaré jadis, pas question que je passe à côté de ce truc-là, bondissant sur la plate-forme d'un camion un matin de janvier il y a maintenant trente-sept ans. Sigga qui quelques années plus tard, âgée de tout juste quinze ans, est entrée dans la mer pour s'y noyer, mourir, mettre fin à ses jours, et qui y serait parvenue si la belle-mère d'Ari ne s'était pas accordé une pause-cigarette afin d'oublier quelques instants les couteaux de l'existence, des déceptions, des épreuves. À l'aide d'un trombone, elle a fixé à l'article un morceau de papier, une feuille jaune et lignée dont elle a soigneusement découpé les bords, et où elle a écrit, ou plutôt griffonné en s'appliquant nettement moins que pour la lettre, comme si elle était pressée, que le bureau de poste de Sandgerði — où elle vit depuis quelques années — s'apprêtait peut-être à fermer, il est ouvert jusqu'à seize heures, voire seulement quinze quand la préposée a rendez-vous chez le coiffeur, doit chercher un petit à la maternelle ou tient à passer un peu de temps avec son mari avant que les enfants ne rentrent de l'école pour s'offrir un moment ardent et privilégié au sein de la routine — il importe de croquer la vie à pleines dents. La feuille jaune est toujours fixée à l'article et couverte de lignes écrites en toute hâte au recto comme au verso : « Tu te souviens de Sigga, la fille qui a tenté de se noyer ? Moi, je ne risque pas de l'oublier ! Je me suis posé pas mal de questions à l'époque parce que au moment où elle a fait ça, son père était sur son lit de mort. Saloperie de cancer, le pauvre homme a souffert le martyre. Le lendemain, Sigga est revenue travailler comme si de rien n'était et une des filles lui a demandé ce que ça signifiait de mettre fin à ses jours comme ça, si jeune. Il me semble que c'est Rósa qui lui a posé la question, cette sterne malfaisante de Rósa n'a jamais supporté Sigga. Serait-ce à cause d'un garçon ? a-t-elle ajouté. Je me souviens qu'elle a dit ça sur un ton moqueur, en tout cas dénué de gentillesse, et ça m'a choquée parce qu'on ne se suicide pas histoire de s'amuser, il y a nécessairement des motifs très graves, même si on est très jeune, et c'est vraiment moche de se moquer d'une chose aussi triste. C'est bien possible, a rétorqué Sigga, assez sèchement en se raidissant. Beaucoup de collègues avaient trouvé ça rudement égoïste de sa part de vouloir se suicider à cause d'un garçon alors que son père — enfin, pour ainsi dire, puisqu'il l'avait élevée dès l'âge de deux ans — était à l'article de la mort, qu'il souffrait affreusement et que tout le monde le pleurait déjà. Mais au fond, que savions-nous de leur vie ? Enfin, j'ai jugé bon de t'envoyer cette coupure de presse, tu as bien connu Sigga à une certaine époque. »

L'article, très long et intitulé *Le monde du mâle*, couvre une pleine page, il est illustré par la photo d'un important groupe de femmes. *Le monde du mâle*, suivi d'un sous-titre : « Ceux qui décident ont le droit de prendre ». De prendre quoi ? s'interroge Ari. Il commence à lire et obtient la réponse à sa question dès la cinquième ligne, le verbe « prendre » s'entend ici par : prendre une femme, abuser d'elle, la violer. Le texte est un plaidoyer argumenté, implacable et cinglant sur le pouvoir que l'homme exerce sur la gent féminine, le pouvoir qu'il s'arroge, fondé sur une vision ancrée en lui depuis qu'il est né, une conception enracinée dans l'Histoire, dans la langue elle-même, dans les chansons de variété, les films, les médias, ce à quoi viennent aujourd'hui s'ajouter les jeux vidéo. Nous en sommes témoins à chaque instant, écrit Sigga, nous y sommes constamment confrontés, tombons constamment sur des exemples, criants ou plus discrets. « Le langage est masculin et, sans même que nous le remarquions, il prend toujours position contre la femme en essayant de la rabaisser ou de la contrôler. Qu'une femme se montre ferme et déterminée, on lui reproche son impudence. Qu'un homme affiche le même genre de disposition, on le considère comme fort, on dit qu'il sait ce qu'il veut. La langue insulte la femme dès qu'elle tente de s'extirper du carcan, du rôle que le pouvoir masculin lui a assigné. Il suffit qu'une femme affiche des ambitions professionnelles pour qu'on lui reproche d'être froide à l'égard de ses enfants, on l'accusera de manquer d'instinct maternel. Et qu'un homme s'avise de faire passer sa famille avant son travail, le voilà considéré comme une bonne femme, un employé incompétent, une lavette. »

Un article enflammé. Au bout d'une quinzaine de lignes, Ari déteste pour ainsi dire tous les hommes, et pourtant le gros morceau arrive après, la violence, les excès impardonnables. « Les conceptions ancrées dans la langue, la culture, les médias ou la pop accordent toujours l'avantage aux hommes. Dès la naissance, la donne est extrêmement inégale, les mâles reçoivent presque tous les atouts dès le berceau. Et la certitude quant à leur supériorité, tout en confirmant parallèlement l'image soumise et passive de la femme, se manifeste bien souvent à travers cette folie, cette violence inouïe et ce crime impardonnable que sont les abus sexuels et le viol. »

Il y a sur la photo 365 femmes, autant que de jours dans une année. Toutes ont été victimes d'abus, toutes ont été

violées, certaines de nombreuses fois. « Abusées par leur père, leurs oncles ou cousins, leurs amis, le pasteur, violées chez elle, dans des discothèques, au fond d'arrière-cours, pendant de grandes fêtes en plein air ou sur la banquette arrière d'un break Lada. »
    Le cœur d'Ari s'arrête un instant de battre.
    Ou plutôt, il s'effondre.
    Et la buée envahit ses lunettes de lecture. Il les retire, se lève, se rassoit, reprend l'article, scrute la photo de ces femmes aussi nombreuses que les jours de l'année, car chaque jour des femmes subissent des abus, sont violées ou confrontées au harcèlement sexuel le plus vulgaire qui soit. Il scrute la photo, les visages ne sont pas très nets, il se frotte les yeux pour mieux les distinguer et se rend compte qu'il a oublié de remettre ses lunettes qu'il enfile aussitôt. Toutes affichent un air grave, ni menaçant ni triste, mais simplement grave. Elles sont 365, la plus jeune est âgée de seize ans, la plus âgée en a quatre-vingt-douze. Et chacune a son histoire à raconter. « Je ne dispose hélas pas de l'espace nécessaire pour qu'elles puissent le faire ici », précise Sigga en fournissant le lien vers un site créé pendant qu'elle travaillait sur son article, 365.vies.is : « Vous trouverez leur témoignage ainsi que leurs noms sur cette page. » Ari attrape son ordinateur, tape l'adresse le cœur battant, les doigts tremblants, le souffle court, Sigrún porte le numéro 137. Il y a une photo d'elle où elle sourit, vieillie de trente-trois ans, mais c'est bien elle. Il la reconnaît en dépit des années. Ses taches de rousseur n'ont pas bougé. Ses yeux sont à leur place. D'une part, *If I fell*. D'autre part, *Here, There and Everywhere*.

Allons, tout ira bien, ma petite

« C'était à l'automne 1980. Je n'étais encore qu'une gamine de seize ans qui s'apprêtait à aller au bal. J'avais travaillé toute la saison aux abattoirs, elle avait été excellente, on avait terminé d'abattre tous les moutons le mercredi et le bal avait lieu le samedi. Le premier jour de l'hiver. Ça m'a toujours semblé très symbolique parce que c'est à ce moment que, dans ma vie, l'été s'est achevé brutalement pour laisser place à un hiver sans fin. J'étais tellement impatiente d'aller à ce bal ! J'étais amoureuse d'un garçon qui travaillait avec moi et j'avais l'impression qu'il était attiré lui aussi. Il me regardait souvent avec une grande tendresse. J'avais demandé à ma mère de me faire une belle coiffure, je ne tenais pas en place. Je ne garde qu'un souvenir assez flou du bal lui-même, je n'étais qu'une gamine et je ne savais pas boire, beaucoup de gens m'avaient offert des verres, j'avalais tous ceux qu'on me tendait. Et ça ne m'a pas vraiment réussi. Je me rappelle avoir passé mon temps à attendre que ce garçon vienne m'inviter à danser, mais il ne l'a pas fait. Évidemment, il était timide. J'avais envisagé d'aller l'attraper par le bras pour l'entraîner sur la piste. Mon Dieu, ce que je pouvais avoir envie de l'embrasser ! Mais avec tous les mélanges que j'avais ingurgités, je ne me sentais pas bien, je me souviens vaguement d'avoir lutté comme je pouvais contre la nausée, agrippée à une table. Je le voyais qui se tenait à l'écart de la piste et je me disais qu'il ne fallait surtout pas qu'il se rende compte que j'avais envie de vomir, l'idée était insupportable car si ça m'arrivait, tout serait gâché ! Puis un homme est venu me voir. Il n'était pas du coin, mais avait de la famille dans la région. C'était un père de famille, marié et âgé d'une trentaine d'années. J'avais travaillé à côté de lui aux abattoirs. Évidemment, il ne m'intéressait pas, pour moi c'était un vieux. Il me taquinait régulièrement au travail et ça faisait rire nos collègues. Pour ma part, je ne le trouvais pas drôle, et un jour, j'en avais même parlé à ma mère. Je lui avais expliqué que je ne supportais pas ses taquineries, que ça ne me plaisait pas du tout quand il disait qu'il aimerait bien danser avec moi ou qu'il me demandait si je voulais bien l'épouser. Un jour, il est même allé jusqu'à déclarer : Si seulement les brebis avaient un aussi joli petit cul que le tien, les paysans ne s'ennuieraient pas. Ma mère m'avait répondu que je ne devais pas y faire attention, certains hommes étaient simplement comme ça, ils avaient besoin de rire et de plaisanter, et en fin de compte, c'était plutôt sympa. Elle me reprocha même d'être trop rigide, j'avais hérité ça de la famille de mon père, disait-elle, et je ne me prenais pas pour n'importe qui ! En outre, cet homme était quelqu'un de très bien, et avec ça, rudement travailleur. Moi, je le trouvais simplement pénible. Tout à coup, il était venu me voir alors que je luttais contre la nausée, c'était la première fois que je buvais et j'avais une peur bleue parce que je risquais de tout gâcher si ce garçon me voyait vomir. Et là, cet homme était arrivé en me demandant : Tu ne te sens pas bien, ma chérie ? J'ai eu l'impression qu'il s'inquiétait pour moi, qu'il était sincère, d'ailleurs, il m'a posé la question sur un ton paternel et je crois que j'ai simplement répondu par un hochement de tête, au bord des larmes. Il m'a emmenée à l'extérieur, je baissais les yeux tellement j'avais honte, mais j'apercevais quand même ce garçon dans le coin et j'ai pensé : Je reviendrai dès que j'irai mieux, et là j'irai le chercher pour l'entraîner sur la piste ! Puis j'ai vomi, accoudée à la voiture de cet homme, un break Lada de couleur jaune. Dégobillé comme un fulmar boréal. Je me rappelle avoir été très inquiète à l'idée que mes chaussures puissent être aspergées, imaginez un peu, danser avec le garçon qui vous plaît, joue contre joue, avec des souliers couverts de vomi ! L'homme s'est bien occupé de moi, il était prévenant, me caressait le dos en me disant que j'étais courageuse, que tout irait bien, puis il m'a tendu une bouteille. Croyant que c'était de l'eau, j'en ai avalé une bonne gorgée, mais c'était un cocktail sacrément costaud à base de vodka. Je me suis étranglée, il a éclaté de rire, continué de me caresser le dos et s'est mis à m'embrasser. J'étais choquée. Il m'embrassait comme si je lui appartenais et m'a forcée à laisser entrer sa langue dans ma bouche. J'étais encore à moitié sonnée après avoir vomi comme ça et bu ce cocktail qu'il m'avait tendu, et en même temps reconnaissante qu'il soit venu à mon secours. Je me disais que ce n'était vraiment pas gentil de le repousser, je n'aurais pas voulu qu'il imagine que j'étais snob ou que je ne me prenais pas pour n'importe qui, comme ma mère me le reprochait régulièrement. En résumé, je n'étais encore qu'une gamine, presque une enfant, j'avais beaucoup trop bu et je me sentais un peu perdue. Puis tout est allé très vite et en même temps très lentement. Je me suis retrouvée sur la banquette arrière, il m'a enlevé mon pantalon et je lui ai demandé, comme une idiote : Qu'est-ce que tu vas me faire ? Alors il a répondu, haletant : Allons, tout ira bien, ma petite. Ce n'était pas du tout mon avis. Je lui ai demandé d'arrêter, à nouveau prise de nausée, j'ai essayé de sortir, de me dégager de son poids, mais ça n'a fait que l'exciter encore plus et, comme il était bien plus fort, il m'a plaquée sur la banquette et m'a violée. Après ça, il m'a demandé : Alors, c'était si mauvais que ça ? en me tendant à nouveau la bouteille. Allez, ma petite, bois un bon coup, a-t-il ajouté en me tapotant le dos. J'avais l'impression d'être hors du monde, d'être sortie de mon corps et de le regarder, je voyais le sang couler entre mes cuisses en me disant, j'espère que ce garçon ne nous a pas vus car si c'est le cas, il n'aura sans doute plus jamais envie de danser avec moi. Puis je me suis vue attraper la bouteille et boire à grosses gorgées.

En allant à ce bal, j'étais une gamine de seize ans amoureuse d'un garçon, je rêvais de danser avec lui joue contre joue, je caressais ces rêves un peu puérils, certes, mais jolis et charmants à leur manière, j'imaginais que nous serions en couple, que nous prendrions la suite de papa et maman à la ferme. En me réveillant le lendemain — je ne sais même pas comment je suis rentrée chez moi, en tout cas je suis revenue couverte de vomi et j'ai eu droit à pas mal de réprimandes — tout avait changé. La fille qui était allée au bal la veille au soir en rêvant d'un garçon était morte, un homme adulte, âgé d'une trentaine d'années, l'avait assassinée sur sa banquette arrière. Je me suis souvent demandé ce qu'aurait été ma vie s'il ne m'avait pas violée. *Qui* serais-je devenue ? Je me dis parfois : Ai-je une chance de retrouver un jour la fille que j'étais alors, ou bien est-elle vraiment tout à fait morte ? Assassinée sur la banquette arrière de cette maudite Lada ? »

Mon Dieu, combien mon petit cœur d'oiseau s'est affolé dans ma poitrine !

Nous l'avons croisée une semaine plus tard à la coopérative, au rayon des biscuits, elle a détourné les yeux, comme

si elle n'avait aucune envie de nous voir, nous qui n'étions qu'une chanson de variété gauche et maladroite, occupant la 387ᵉ position au palmarès du bout du monde.
Elle n'a pas même daigné nous accorder un regard.
À quel moment donnons-nous la version correcte d'une histoire, et quelle est la juste perception du monde ?
Je suis devenue une autre personne, poursuit Sigrún sur le site en décrivant la manière dont l'image qu'elle avait d'elle-même s'est brisée en mille morceaux. Elle avait la sensation d'avoir été souillée, d'être sale, de n'être qu'une traînée, l'impression que c'était sa faute et qu'elle était responsable. Pendant quelques jours, elle avait toutefois vécu dans l'espoir que personne n'était au courant, pensant qu'ainsi il lui serait plus facile d'oublier. « Puis j'ai revu ce garçon. C'était à la coopérative. Je l'ai aperçu dans les rayons et j'ai même fait un crochet afin de le croiser. Je me disais que s'il me regardait à nouveau avec cette douceur et cette gentillesse, tout s'arrangerait. Mon Dieu, combien mon petit cœur d'oiseau s'est affolé dans ma poitrine quand je me suis approchée ! Il m'a sans doute vue venir, mais a fait semblant d'être occupé à chercher quelque chose dans le rayon des biscuits, il n'avait manifestement pas envie de me reconnaître et j'ai pensé, oh, mon Dieu, il est au courant, il sait que je suis sale ! Alors j'ai regardé ailleurs, j'ai baissé les yeux, quitté le rayon en vitesse et je suis sortie du magasin pour qu'il ne voie pas mes larmes. J'ai déménagé à Akranes juste après Noël, je ne supportais plus d'être dans ma région, d'être chez moi, j'ai trouvé un travail à l'usine de congélation et j'ai couché avec tant d'hommes les années suivantes que je ne saurais dire combien, d'ailleurs, je n'ai même pas envie de le savoir. Ils étaient souvent plus âgés que moi. Je me disais que j'étais sale, tout simplement.

J'avais la réputation d'être une fille facile et je me laissais prendre par le premier venu, quoi que je puisse en dire. Bien évidemment, on a souvent abusé de moi et j'ai plus d'une fois été maltraitée. Puis, après un week-end où j'avais passé deux nuits dans un chalet d'été avec un type que je pensais être mon petit ami, je suis allée consulter pour me faire aider. Il avait invité deux de ses copains et tous trois me considéraient comme leur propriété, un objet dont ils pouvaient user à leur guise. Quand, à moitié assommée par l'alcool, j'ai prié l'un d'eux de me laisser tranquille, il m'a répondu, l'air tout étonné, que j'avais couché avec tellement d'hommes qu'un de plus ou de moins ne changeait pas grand-chose. »

Que regardaient-ils ?

L'œil gauche composé par Lennon, le droit par McCartney.

Ari est debout à la fenêtre dans sa chambre d'hôtel. Il neige. Dehors, le monde est empli de messages expédiés par le ciel. Un jour, on a mesuré notre quotient intellectuel. Celui d'Ari est de 130. Ce n'est pas mal du tout, nous sommes-nous félicités, assez fiers, comme si on venait de recevoir une médaille ou un certificat attestant que nous n'étions pas un banal quotidien, un mardi sans relief, de simples anoraks dénués d'intérêt. Il est aisé de mesurer les performances de l'intellect, c'est sans doute pour cette raison que la plupart des choses sont évaluées à cette aune. À l'aune de l'intellect, les résultats : ce qui relève de l'évidence, ce qui est palpable. Mais il est plus difficile de mesurer l'essentiel, ce que nous avons de plus précieux : la perspicacité, la sensibilité, le sens moral. Un quotient intellectuel de 130, mais environ 12 d'intelligence émotionnelle. À quoi bon avoir un intellect performant si on ne comprend même pas ce qu'on a sous les yeux ? Nous avons regardé Kári entrer avec elle dans ce break Lada sans rien comprendre. Il a fallu que quelqu'un nous fasse un dessin, plus de trente ans après, pour qu'enfin nous ayons l'illumination. Debout à la fenêtre, Ari ne voit que son reflet dans la vitre presque entièrement noire. Celui qui n'a rien fait de mal est parfois rongé par la culpabilité. De même que celui qui n'a rien compris.

Ses yeux. « Que regardaient-ils quand Kári se démenait sur elle en montrant les dents tant elle l'excitait ? »

Où regardaient-ils ?

Ils ne regardaient rien. Ils étaient fixes.

Ou ils pleuraient.

Qu'il est délicieux d'exister

Minuit, et Keflavík s'est évanoui dans les tourbillons de neige. J'ouvre ma troisième bière chez l'oncle d'Ari, les dix-huit maquettes d'avions militaires américains nous surplombent de leur vol silencieux. L'oncle est content de me recevoir, bien plus heureux que ses chats allongés par terre, lesquels me fixent obstinément de leurs regards jaunes comme s'ils voulaient me transformer en perroquet afin de pouvoir plus facilement me faire mourir de peur. L'oncle boit du café, en grande quantité, il émiette du gâteau marbré tout en me racontant sa vie, ses années passées à la base, chez l'Amerloque, l'époque où Keflavík fleurissait et où l'argent coulait à flots, descendu de la lande. Une toute récente compilation du groupe Hljómar passe dans le lecteur CD, une chanson à plusieurs voix, forte et pleine de poésie : « Repose auprès de moi / tout est calme / qu'il est délicieux d'exister. » L'oncle interrompt son récit par intermittence, emporté par la mélodie ensorcelante, quand la musique le prend comme une mer, que serions-nous sans Hljómar, soupire-t-il avant de remettre ce morceau intitulé *Plaisir d'amour*, puis il me relate une époque où tous ceux de notre famille étaient en vie, une époque où ceux qui sont aujourd'hui défunts existaient et aidaient la terre à tourner, il me parle du Norðfjörður, cet endroit qu'Ari et moi connaissons à peine, mais qui est toujours là, tapi quelque part au creux de nos veines, dans notre sang, et peut-être est-ce Hljómar qui le rend si nostalgique, qui le conduit à me confier des choses qui semblent sorties droit de la bouche de Margrét : l'amour, déclare-t-il, est une Voie lactée rayonnante et indestructible ! Et le plus douloureux dans la vie est sans doute de n'avoir pas assez aimé, je ne suis pas certain que celui qui s'en rend coupable puisse se le pardonner.

Hljómar continue de chanter et l'oncle a disparu dans son récit, cet homme paisible s'oublie et cède à la passion, il semble avoir décidé de convoquer ici ceux qui ont disparu, les défunts, comme si les mots étaient autant de ponts entre les univers, comme s'ils avaient le pouvoir de nous apporter à la fois l'abîme et les cieux. Comme s'ils pouvaient nous apporter sur un plateau ces choses qui échappent à notre entendement. Je lutte contre la fatigue et mon envie de dormir, cette journée a été longue, il me semble qu'elle a duré cent ans, mais quelle valeur a notre vie si personne ne consent à en écouter le récit ?

La nuit. Les chats se sont endormis, toute chose sommeille en dehors de moi et l'oncle ; Hljómar ; Ari est dans sa chambre d'hôtel, il a commencé à lire la lettre de sa belle-mère — et demain, des événements se produiront, des événements que nous ne maîtrisons pas.

L'oncle s'est tu, il a fermé les yeux pour goûter la musique, je murmure : « le plus douloureux dans la vie est sans doute de n'avoir pas assez aimé », je regarde par la fenêtre du salon et n'y vois rien qu'un tourbillon de neige. Et Keflavík a si radicalement disparu derrière les flocons qu'on dirait que jamais cet endroit noirâtre n'a vraiment existé.

Composition : Nord Compo
Achevé d'imprimer par Normandie Roto Impression s.a.s.
61250 Lonrai
le 7 octobre 2015
Dépôt légal : octobre 2015
Premier dépôt légal : mai 2015
Numéro d'imprimeur : 1504578
ISBN 978-2-07-014595-9 / Imprimé en France

296851